fhl-Krimi

Kriminaloberkommissar Heine,
Heinrich wie der große Dichter.
Ich liebe die Dichtkunst,
doch ich halte es mehr mit der Wahrheit.

Sylke Tannhäuser, Jahrgang 1964, wurde in Leipzig geboren, wuchs in Zittau auf und kehrte nach dem Abitur nach Leipzig zurück. Die studierte Betriebs- und Verwaltungswirtin und Mutter zweier erwachsener Töchter lebt am Leipziger Stadtrand und arbeitet in leitender Stellung im öffentlichen Dienst. Seit 2006 schreibt sie Kurzgeschichten, die in verschiedenen Anthologien und Literaturzeitschriften erschienen sind. Sie wurde mehrfach mit Preisen ausgezeichnet. Mit ihren Kurzkrimis nahm sie mit Lesungen an den jährlich statfindenden Ostdeutschen Krimitagen teil. ›Später Zahltag‹ ist ihr erster Kriminalroman im fhl Verlag Leipzig.

Sylke Tannhäuser

Später Zahltag

 fhl Verlag

ISBN 978-3-942829-02-1

1. Auflage 2011
© 2011 by fhl Verlag Leipzig UG
Alle Rechte vorbehalten.

Lektorat: Ulrike Rücker
Titelbild: photocases.com / GoodwinDan
Satz: fhl Verlag Leipzig UG
Druck & Bindung: SDL - Digitaler Buchdruck, Berlin

Ein Verlagsverzeichnis schicken wir Ihnen gern zu:
fhl Verlag Leipzig UG
Gerichtsweg 28
04103 Leipzig
www.fhl-verlag.de
kontakt@fhl-verlag.de

1. Kapitel

Der Mann öffnete die schwere Tür einen Spalt, gerade breit genug, um hindurchzuschlüpfen. Mit leisem Klicken fiel der Flügel ins Schloss und verschluckte den matten Lichtschein, der das Haus für einen Moment aus der Schwärze geholt hatte. Schnellen Schrittes drückte sich der Mann einige Meter die Häuserfront entlang und vergewisserte sich mit einem Blick über die Schulter, dass ihm niemand gefolgt war. Eine grundlose Sorge.

Die Schwere der dichtstehenden Bäume ließ Passanten den Ort meiden und trieb sie auf die andere Straßenseite. Dorthin, wo es heller und freundlicher war.

Der Mann hielt sich gerade und ging zügig. Ein Mann wie Tausende, man hätte ihn für einen der Banker halten können, die nach ungewollten Überstunden aus dem reich verzierten Portal der Deutschen Bank in die frühe Nacht gespuckt wurden und nun nach Hause strebten. Wäre da nicht diese Kraft gewesen, die ihn wie eine unheilvolle Wolke umhüllte. Er glich einem Tier, einem gefährlichen Jäger, den der Erfolg seiner Jagd noch in Atem hielt.

Er querte die Fahrbahn und mischte sich unter die Menschen. Augenblicklich verlor sein Körper an Spannung, die Schritte wurden leichter und sein Rücken beugte sich kaum merklich. Chamäleongleich passte er sich an und wurde einer von ihnen; jemand, der die Zeit vergessen hatte und sich nun beeilte, um rechtzeitig zu Hause zu sein, ehe sich seine Familie um ihn sorgen würde.

Die Gestalt, die in der Nische nur wenige Meter vom Hauseingang, aus dem der Mann gekommen war, gewartet hatte, zog scharf die Luft zwischen die Zähne, als sie ihn im grellen Licht der Straßenlaternen erkannte. Sie wollte nicht glauben, was sie sah und machte einen Schritt aus dem schützenden Dunkel.

Plötzlich drehte sich der Mann um. Die Gestalt erschrak. Sie konnte sich unmöglich sicher sein, es war nur ein Augenblick. Und doch wusste sie es sogleich. Er hatte sie gesehen. Seinen hellen Falkenaugen entging nichts. Atemlos biss sie sich auf die Lippen. Der Mann runzelte die Stirn und verschwand zwischen den Häuserzeilen in Richtung Markt.

* * *

Das Stimmengewirr vereinigte sich mit dem Straßenlärm zu einem wilden Durcheinander und verlieh dem sterilen Treppenhaus ungewöhnliche Lebendigkeit. Oberkommissar Heinrich Heine, genannt Henne, hastete die Treppen hinauf. Es war zeitiger Morgen und für ihn, den passionierten Langschläfer, viel zu früh. Gewöhnlich brauchte er eine Anlaufzeit, um voll da zu sein. Ein Morgenkaffee, heiß und schwarz, war die schnellste Methode, ihn munter zu machen, doch heute musste der Kaffee warten.

Wenigstens war Henne nicht aus den Federn geklingelt worden. Der Anruf war gekommen, kaum dass er die Tür zu seinem Büro hinter sich ins Schloss und sich selbst auf den abgewetzten Bürosessel fallen lassen hatte.

Eine schrille Frauenstimme hatte in den Telefonhörer geschrien, durcheinander, aufgelöst, und erst als er sie einigermaßen beruhigen konnte, hatte sie von ›Mord‹ und ›tot‹ gestammelt. Vorsorglich hatte Henne die Leitstelle der Feuerwehr informiert und einen Notarzt angefordert. Man konnte nie wissen!

Atemlos stützte er sich in der zweiten Etage an der Wand ab. Seine linke Seite stach, er fluchte, biss aber die Zähne zusammen und lief weiter.

Verdammtes Pech, dass Gitta wie immer eifrig den Anruf zu ihm durchgestellt hatte, statt den üblichen Weg über die Geschäftsstelle zu nehmen. Dabei gab es genügend andere Kommissare und nicht alle waren so ausgelastet, wie sie vorgaben. Er hingegen hatte seinen letzten Fall gerade erst gelöst, zur allgemeinen Zufriedenheit, versteht sich. Das war er sich und seinem Ruf schuldig. Jetzt hatte er gehofft, wenigstens einige Tage aufatmen zu können.

Zum Teufel, warum hatte Gitta ausgerechnet ihn in ihr Herz geschlossen! Gitta, die dienstälteste der insgesamt vier in der Zentrale der Leipziger Polizeidirektion beschäftigten Damen und Faktotum der gläsernen Pforte. Gitta, die zur Polizeidirektion gehörte wie der Wegweiser am Eingangsportal. Jederzeit im Einsatz, die flinken Finger stets in der Nähe der Telefone, die Augen wachsam zwischen dem beeindruckenden Eingangsportal und dem Fahrstuhl hin und her huschend. Nur manchmal, wenn sie ihre Perücke zurechtzupfte, war sie weniger aufmerksam.

An diesem Tag prangte auf ihrem Kopf ein beeindruckendes Exemplar von flammendroter Farbe. Ihr Anblick hatte Henne zusammenzucken lassen, doch er hatte sich gehütet, seine Meinung kundzutun. Mit Gitta war in dieser Beziehung nicht zu spaßen. Er hatte ihr lediglich einen bösen Blick zugeworfen und dann die schwere Eichentür aufgestoßen. Gitta hatte er damit nicht beeindruckt. Sie war der festen Überzeugung, er würde das schon richten.

Bullschiet, was sollte an einem Mord schon zu richten sein! Wenn es überhaupt einer war, noch stand es nicht fest. Bislang kannte er lediglich den Tatort. Den angeblichen, verbesserte er sich in Gedanken: ein unpersönliches Bürogebäude inmitten der Stadt. Dort hatten sich die Stadtväter für teures Geld eingemietet. Vorübergehend, so hieß es. So lange, bis sie sich das geplante neue Rathaus leisten konnten. Es war ein offenes Geheimnis, dass dieser Traum längst in weite Ferne gerückt war. Die im Stadtsäckel hockende Leere schielte hungrig nach jedem Krumen vom Tisch des sächsischen Landesvaters. Es reichte, um die laufenden Kosten zu decken. Investitionen waren illusorisch.

In der vierten Etage schnaufte er wie ein Dampfross. Er schwitzte. Der Lauf war anstrengender, als er zugeben mochte. Genauer gesagt hätte er vehement abgestritten, dass er außer Atem war. Knapp über vierzig, im besten Alter gewissermaßen, da hatte man noch alle Stufen zu schaffen. Selbst wenn man übergewichtig war. Unverständlich, dass es keinen Fahrstuhl gab. Die Stadtoberen hatten wohl vergessen, ihrem Vermieter auf die Finger zu schauen oder jemand hatte ein Auge zugedrückt.

Henne lachte freudlos. Er hielt ohnehin wenig von der Politik des Bürgermeisters, dem ständig neue Prestigeobjekte für die verträumte mitteldeutsche Stadt einfielen. Ein überdimensioniertes Spaßbad, ein leeres Stadion für den vom Abstieg aus der vierten Liga bedrohten Fußballverein, ein Museum, dem nicht allein aufgrund der hohen Eintrittspreise die Besucher fehlten. Alles Bauwerke, die kein Mensch brauchte, finanziert vom gutgläubigen Steuerzahler und dem Staat, dem die größenwahnsinnige Baupolitik der ostdeutschen Kommunen schon lange ein Dorn im Auge sein musste. Aufholen, sich dem Westen angleichen, besser noch, sich an die Spitze setzen – so die Parole der

Stadtoberen. Wer weiß, welche Unternehmen sich daran eine goldene Nase verdient hatten.

Keuchend erreichte er die sechste Etage und damit den Ursprung des Lärms. ›Stadtkasse – geöffnet Montag bis Freitag, neun bis fünfzehn Uhr.‹ Die Buchstaben auf dem polierten Metallschild glänzten im Neonlicht. Majestätisch, einschüchternd, rathaustypisch. Er stieß die Glastür auf und platzte in die Menschenmenge im Eingangsbereich. Fuchtelnde Hände, aufgerissene Münder, jeder schien seinen Nachbarn übertönen zu wollen. Neugierige Erregung gemischt mit erschrockenem Entsetzen, weit entfernt von der üblichen Betroffenheit, die man angesichts eines Toten erwarten konnte.

Bei Hennes Anblick stockten die Leute. Köpfe fuhren herum, taxierende Blicke trafen aufeinander. Worte, soeben noch auf den Lippen, erstarben. Kollektives Einhalten gepaart mit spürbarem Misstrauen.

Henne kümmerte es nicht, er hatte sich längst daran gewöhnt. Seit einem Unfall teilte eine Narbe die linke Seite seines Gesichts und verlieh ihm das Aussehen eines martialischen Piraten. Captain Flint wirkte gegen ihn harmlos wie eine Gestalt aus den vorabendlichen Sandmanngeschichten. Selbst Schnauzer und Kinnbart konnten den grimmigen Eindruck, den der Kommissar auf andere machte, nicht mildern. Dazu die dunkle Haut … Erbteil seines äthiopischen Vaters, mit dem Mutter Heine in den wilden Sechzigern eine stürmische Affäre gehabt hatte. Er selbst hatte ihn nie kennen gelernt. Die Mutter weigerte sich, ihm Name oder Anschrift mitzuteilen. Er hatte es ihr längst verziehen.

Umständlich zog er seinen Dienstausweis aus der Jackentasche. »Keine Panik, Herrschaften, Mordkommission!«

Die Leute wichen zurück; langsam, widerwillig wie es schien. Aber für ihn nicht weit genug. Sein Blick flog über die Gesichter und saugte sich schließlich an einem jungen Mann fest. Der wurde rot und senkte den Kopf.

»Wo ist er denn, der Tote?«, bellte Henne.

Die Frage genügte, um die schmale Gasse augenblicklich zu verbreitern. Zögernde Finger wiesen nach rechts, einen knapp zwei Meter breiten, mit dunkelgrauem Filzbelag bespannten Gang entlang.

»Sehr freundlich.« Worte, die Hennes Tonfall Lügen straften, als er lostapfte. Weit kam er nicht, eine Frau kämpfte sich linkerhand durch die unschlüssig Herumstehenden.

»Ich begleite Sie!« Sie streckte ihm die Hand entgegen. Sie musste dabei den Kopf in den Nacken legen, Henne überragte sie ein gutes Stück. Die Frau verzog keine Miene.

»Rauchfuß!«, stellte sie sich vor. »Ich leite das Kassenamt. Ich war es auch, die Sie informiert hat.«

Diesmal ließ ihre Stimmlage nicht darauf schließen, dass sie aufgeregt oder durcheinander war. Im Gegenteil: Die Kassenleiterin sprach vollkommen ruhig. Erstaunlich, dass sie sich so schnell gefangen hat, dachte Heine und konterte: »Heine, Heinrich wie der große Dichter. Ich liebe die Dichtkunst, doch ich halte es mehr mit der Wahrheit.« Sein alter Scherz, kaum ausgesprochen, wusste er, Frau Rauchfuß fehlte der Sinn für solcherart Humor.

Die Antwort fiel entsprechend kühl aus: »Kommen Sie, Herr Hauptkommissar!« Sie wartete nicht, ob Henne folgte.

»Ober«, grollte er in ihren Rücken.

Sie stöckelte weiter, als hätte sie den Einwand nicht gehört. Vermutlich trugen altmodische Führungsseminare die Schuld an dem übertriebenen Autoritätsgehabe der Dame, mutmaßte Henne und schüttelte sich.

Fürs erste verpasste er ihr einhundert Minuspunkte auf seiner persönlichen Sympathieskala.

»Kriminaloberkommissar, nicht Hauptkommissar«, stellte er richtig und schloss zu ihr auf.

Die Rauchfuß nickte beiläufig. Hennes Dienstgrad interessierte sie nicht. Linkerhand zeigte sich ein weiterer Gang und sie bogen ab. Vor einer Tür blieben sie stehen.

»Hier liegt er!«

Henne holte hauchdünne Vinylhandschuhe aus der Hosentasche und streifte sie über, erst dann drückte er die Klinke.

»Ich gehe wohl besser.« Die Rauchfuß wandte sich ab.

»Nicht so schnell«, bremste Henne. »Ich brauche Sie.« Rache für den missglückten Dichterwitz.

Er betrat das Büro. Der Gestank ließ ihn die Nase rümpfen. Er hatte schon viele Leichen gesehen. Schöne und hässliche, solche, die aussahen, als ob sie schliefen und solche, die grausam entstellt waren. Nie würde er sich an den Anblick gewöhnen und noch weniger an ihren Geruch nach Blut und Ausscheidungen, der ihm stets den Magen umdrehte.

Der Rauchfuß schien es ähnlich zu gehen, sie würgte und presste ein Taschentuch auf Mund und Nase und das versöhnte Henne ein wenig.

Er ging zum Schreibtisch in der Mitte des Zimmers und musterte den Mann, der im Sessel lehnte und ziemlich tot aussah.

»Muss ich wirklich hierbleiben?«, krächzte die Rauchfuß, die in der Tür stehen geblieben war und von dort Hennes Wanderung mit Blicken, die zwischen Ekel und Faszination hin und her schwankten, verfolgte.

»Sie enttäuschen mich. Waren sie nicht bereits viel näher?«

»Nur ganz kurz«, versicherte die Rauchfuß schnell und zog sich noch weiter aus dem Zimmer zurück. »Ich musste mich schließlich vergewissern, was passiert ist.«

»Nur zu: Was, bitte, ist Ihrer Meinung nach passiert?«

»Das Blut!« Sie deutete auf die braunen, verkrusteten Flecken. »Herr August wurde erschlagen.«

»Endlich mal ein Name. Herr August.«

»Klaus August. Er ist ... war Bereichsleiter.«

»Hat der Bereich eine Bezeichnung? Abgegrenzte Aufgaben?«

»Herr August leitete den Zahlungsverkehr und ja, es gibt Abgrenzungen«, entgegnete die Rauchfuß nun wieder schnippisch.

»Ich komme darauf zurück«, versprach Henne boshaft. Sollte die Kassendame ruhig noch eine Weile im eigenen Saft schmoren. In jeder Abteilung, in jedem Amt gab es eine Schwachstelle. Aufgabenorganisation war ein vielversprechender Aufhänger, das war im Kassenamt der Stadtverwaltung nicht anders als bei der Polizeidirektion oder der Staatsanwaltschaft und allemal gut genug, um die Rauchfuß in Erklärungsnot zu bringen.

»Als Bereichsleiter hatte der Mann gewiss besondere Fähigkeiten, oder?«, fragte er. Ein weiterer Schwachpunkt, den der Amtsschimmel vor Jahrhunderten eingeführt und niemals abgelegt hatte. Persönliche Eignung spielte bei Stellenbesetzungen allzu oft eine untergeordnete Rolle.

»Er war ein guter Mitarbeiter, seit Jahren schon und immer verlässlich. Bei ihm gab es nie Fehler. Ich bräuchte mehr von seiner Sorte.«

»Hm.« Henne ging um den Schreibtisch herum, bemüht, so wenig Spuren wie möglich zu hinterlassen. Er tippte den Toten an. Der starre Körper gab nicht nach. Mit spitzen Fingern schob Henne den Hemdsärmel von Augusts rechtem Arm nach oben. Leichenflecke. Er drückte zu, die Flecke blieben. Der Mann musste schon eine Weile tot sein. Henne ließ den Ärmel zurückgleiten und richtete sich auf.

»Ein wirklich guter Mann«, brachte sich die Rauchfuß mit nun wieder schriller Stimme in Erinnerung und erhöhte damit ihr Konto um weitere fünfzig Minuspunkte. Frauen ihrer Art wussten nie, wann sie schweigen sollten. Henne musste an sich halten, um nicht genervt die Augen zu verdrehen. Stattdessen musterte er nachdenklich den Toten, dann den großen Schreibtisch.

So sahen also ein unfehlbarer Mann und sein Arbeitsplatz aus. Kein Stäubchen, kein Papier. Wäre da nicht das Blut und das tiefgezackte Loch im Kopf des Toten, man hätte das Szenarium für schön gemalte Werbung aus einem Einrichtungshaus halten können.

»Hatte Herr August nichts zu tun? Keine Akten, Vorgänge?«

»Selbstverständlich hatte er die! Arbeit gibt es mehr als genug. Herr August war sehr effizient. Während sich bei anderen Mitarbeitern die Post nur so stapelt, war bei ihm peinliche Ordnung. Wie es sich für einen Kassenmitarbeiter gehört.«

»Hat ihm nichts geholfen. Trotz Ordnung ist er tot, hm? Gab es Feinde? Neider?«

Die Kassenleiterin blickte Henne ausdruckslos an. »Nicht, dass ich wüsste. Ich sagte es bereits: Er war ...«

Diesmal hatte sich Henne nicht so gut unter Kontrolle und verzog das Gesicht. Warum nur benahmen sich weibliche Angestellte in seiner Gegenwart immer so, als hätten sie es nicht nötig, höflich zu sein? Die Rauchfuß jedenfalls schien ihn für einen Volltrottel zu halten, dem man jedes Wort mehrfach wiederholen musste. Oder lag es daran, dass man ihm den ausländischen Einfluss allzu deutlich ansah ... Der Gedanke war nicht neu, doch er schob ihn schnell von sich. Das war er sich und dem unbekannten Vater schuldig.

»Andererseits ...« Die Rauchfuß zögerte.

»Andererseits?«

»Herr August bearbeitete viele Bürgerbriefe, überwiegend unangenehme. Beschwerden zum Beispiel. Ungerechtfertigte natürlich, man kann es nicht allen recht machen.«

Henne hatte keine Zweifel, dass die energische Kassenchefin genau wusste, wie zumindest sie zu ihrem Recht kam.

»Hatte er in letzter Zeit Schwierigkeiten? Einen bestimmten Fall?«

Anstelle einer Antwort deutete die Rauchfuß auf den grauen Aktenschrank neben der Tür: »Kann ich endlich gehen?«

»Meinetwegen. Halten Sie sich jedoch zu meiner Verfügung und sagen Sie Ihren Leuten: So lange ich da bin, soll sich keiner aus dem Haus rühren! Und schließen Sie endlich die Tür!«

Die säuerliche Miene der Kassenleiterin zeugte deutlich, dass sie wenig erfreut war.

Henne angelte sich das Telefon und wählte die Nummer seines Büros. »Denk an den Doc, ich hab ihn bereits angefordert!«, erinnerte er Leonhardt, seinen Assistenten, der beim letzten Fall zwar die Spurensicherung verständigt, den Notarzt jedoch erst nach dessen Protest an den Tatort gelassen hatte. So eine Pleite wollte er nicht noch einmal erleben.

Er nahm den Büroraum unter die Lupe. Bis auf den großen, unregelmäßig geformten Blutfleck wies der im gleichen Grau wie auf dem Flur gehaltene Spannteppich keine Spuren auf. Tadellos gepflegt.

Er öffnete die Türen des ersten Schrankes. Akten; wie die Kassenchefin gesagt hatte. Dick und schwarz, säuberlich beschriftet in Reih und Glied, akkurat ausgerichtet: ›Bankauszüge‹, ›Soll‹, ›Ist‹, ›Kontogegenbuch‹. Er überflog die Etiketten. Den Ordner mit der Aufschrift ›Klagen‹ zog er heraus und blätterte darin herum. Eine Menge Papier, rot angestrichene Passagen, Namen stachen heraus, wiederholten sich sogar. Wenn das keine Fundgrube ist, dachte Henne und ließ die Seiten unter dem Daumen zurückschnellen. Bekannte Begriffe sprangen ihn an; ›Beschwerde‹, ›Einspruch‹, selbst Schimpfwörter. Die ganze Bandbreite – auch das behördentypisch. Wenn die Mitarbeiter so pampig wie ihre Chefin waren, kein Wunder. Er beschloss, sich diese Lektüre für den Abend aufzuheben und legte den Ordner auf einen gesonderten Stapel.

Als er gerade den Inhalt des letzten Schrankes sichtete, traf die Mannschaft ein. Henne, gewöhnlich ein Einzelkämpfer, duldete normalerweise nur Leonhardt um sich. Bei der Tatortsicherung allerdings beugte er sich dem üblichen Prozedere – notgedrungen. Er musste anerkennen, dass zwölf Augen mehr sahen als vier, und mit den neuartigen technischen Möglichkeiten konnten selbst ausgekochte Profis wie er nicht mithalten.

Die Männer machten sich sogleich ans Werk. Sie positionierten die tragbaren UV-Leuchten und legten Folien, Tüten und Pinzetten bereit.

Akribisch nahmen sie jeden Millimeter unter die Lupe und sammelten Fasern, Haare und Fingerspuren. Kameras klickten, wieder und wieder und doch war jedes Foto genau durchdacht. Jeder wusste um den Widerwillen des Kommissars gegen Teamarbeit und wollte die Spurensicherung nicht länger als unbedingt nötig hinziehen. Eine Einschränkung, die man Henne zuliebe hinnahm. Denn beliebt war er, trotz seiner eigensinnigen Art und merkwürdigen Methoden.

Der Arzt, ein junger Mann frisch von der Uni, war verdächtig blass, als er August in Augenschein nahm. Sein erster gewaltsamer Todesfall und weit unappetitlicher als die übrigen Einsätze. Entsprechend kurz fiel die Untersuchung aus, helfen konnte er ohnehin nicht mehr, und von Henne hatte er keine Unterstützung zu erwarten. Der hatte demonstrativ einen Platz am Fenster bezogen und beobachtete von dort aus jeden Handgriff des Arztes. Als dieser den Totenschein ausstellte, transportierten zwei schwarz gekleidete Männer den Leichnam ab. Sobald die Anordnung der Staatsanwaltschaft vorlag, würde ihn ein Rechtsmediziner eingehend untersuchen.

Leonhardt arbeitete sich durch das Gewühl zu Henne vor.

»Schon was gefunden, Chef?«, wollte er wissen und wich behände einem herumschwenkenden Scheinwerfer aus.

Henne arbeitete seit vier Jahren mit dem jungen Kriminalkommissar zusammen und noch immer überraschte ihn dessen ungeduldige Neugierde, die jeden neuen Fall begleitete. Etwas, das man sonst nur bei Anfängern kannte. Leonhardts Augen funkelten, als er sich unter einem durchhängenden Kabel hinwegduckte. Unbekümmert stampfte er die großzügig von der Spurensicherung verteilten Kreidekrümel von den Schuhsohlen und hinterließ dabei eine Staubwolke.

»Als erstes brauche ich eine Liste der Leute aus dem Haus. Name, Adresse, Büro, Arbeitszeit ... Alles, was du in Erfahrung bringen kannst.«

»Sollte nicht schwer sein, die stehen draußen herum. Man könnte meinen, das Ganze hier wäre eine Volksbelustigung.«

»Werden sonst nicht viel vom Leben haben, sind schließlich Beamte.«

Leonhardts helle Augenbrauen zuckten nach oben, doch er schwieg.

»Also mach endlich und bring den Ersten gleich mit! Wir fangen mit den engsten Kollegen an.«

»Wie – hier?«

»Nee, mir ist so schon schlecht genug. Ich kümmere mich um einen Raum.«

Leichter gesagt, als getan. Das Bürohaus wies die übliche Ausstattung auf. Weiße Wände, graue Türen. Ein Gang glich dem anderen, kalt und unpersönlich, dennoch fand sich Henne nach nur zweimal fragen im Eingangsbereich wieder. Dort orientierte er sich an dem knallgelben Hinweisschild, das dem kahlen Bereich einen Farbtupfer gab. Der Innenarchitekt musste Mitleid mit den Besuchern gehabt haben. Wollte wohl Sonne in die Ämtertristesse bringen. Henne grinste schief.

Kurze Zeit später hatte er gefunden, was er suchte. Er wunderte sich über das verwaiste Sekretariat, doch die Tür zum Nachbarraum war nur angelehnt. Die Kassenchefin würde ihm schon sagen, wo er sich einnisten konnte. Im letzten Moment stutzte er. Die Rauchfuß telefonierte. Ihr Ton war scharf: »Niemals! Du verlangst zuviel.« Der Hörer knallte auf die Gabel. »Mistkerl!«

Nicht eben die feine Art, dachte Henne, räusperte sich und stieß die Tür auf.

Die Rauchfuß fuhr herum.

»Sie!«

Als sie Henne erkannte, riss sie sich zusammen. Ein aufgesetztes Lächeln entblößte Zähne, die zu weiß glänzten, um echt zu sein. »Womit kann ich Ihnen helfen?«

»Ich will Ihre Mitarbeiter befragen – ungestört – und brauche dazu einen geeigneten Ort.«

»Wie wäre es mit der Polizeidirektion oder irgendeinem Revier?«, erwiderte die Kassenleiterin süffisant und lächelte so breit, dass Henne ihre Backenzähne sehen konnte.

Er runzelte die Stirn. »Wenn Sie darauf bestehen … Aber rechnen Sie nicht damit, dass Ihren Leuten Zeit zum Arbeiten bleiben wird. Der Weg hin und zurück, die unvermeidlichen Wartezeiten vor meinem Büro …«

»Schon gut.« Das Lächeln der Rauchfuß mutierte zu einer Grimasse. »Nehmen Sie den Beratungsraum in der ersten Etage, Zimmer 103.« Sie holte den Schlüssel aus einer Schublade des riesigen Schreibtisches, der das Büro dominierte. »Ich hoffe, es wird nicht allzu lange dauern.«

Blöde Kuh, dachte Henne und erwiderte grimmig: »Das hoffe ich auch. Normalerweise geben sich Mörder nicht in der ersten Minute zu erkennen.«

Rita Rauchfuß rümpfte die Nase. Was bildete sich dieser unmöglich aussehende Kommissar ein? Sie war kein kleines Kind, und dennoch vermittelte er ihr ein Gefühl der Unzulänglichkeit. Energisch zupfte sie die Jacke ihres malvenfarbenen Kostüms zurecht.

Das Beratungszimmer war wie der Rest des Gebäudes von mittelmäßiger Nüchternheit. In der Mitte ein Tisch, umsäumt von Stühlen, die allesamt hart und unbequem wirkten, ansonsten weiße Wände, weder Bilder noch Grünpflanzen. Henne rückte die Stühle beiseite und schob den Tisch näher ans Fenster. Ein Ermittlertrick, den ihm sein Ausbilder zu Zeiten, die so lange zurück lagen, dass sie gar nicht mehr wahr waren, beigebracht hatte. Das Tageslicht im Gesicht, die Freiheit vor Augen, gaben sich die meisten Menschen weniger verschlossen und achteten nicht auf ihre Mimik. Henne konnte aus den Gesichtsausdrücken Schlüsse ziehen, die manche Antworten in einem anderen Licht erscheinen ließen. Noch hatte er keinen Anhaltspunkt, noch waren alle verdächtig.

Leonhardt steckte den Kopf durch die Tür. »Ich habe die Liste. Sonst noch was?«

»Geht oben alles in Ordnung?«

»Die Spurensicherung ist bald fertig. Die brauchen uns nicht.«

Henne nickte zufrieden: »Dann lass uns anfangen!«

Die Erste war die Stellvertreterin des Toten, eine Mittdreißigerin, die wesentlich älter wirkte und schüchtern an der Tür stand. Henne pfiff auf die üblichen Formalitäten und ging mit ausgestreckter Hand um seinen Stuhl herum auf sie zu: »Gerlinde Bauer, richtig?«

Frau Bauer nickte.

»Setzen Sie sich doch.«

Zaghaft nahm sie auf dem angebotenen Stuhl Platz. Sie nestelte ein Taschentuch aus der Hosentasche und wischte sich über die Augen.

»Immer ruhig, Frau Bauer! Was geschehen ist, ist geschehen. Niemand kann den Toten wieder zum Leben erwecken. Herr August stand Ihnen wohl sehr nahe?«

Ein Zögern, kurz und doch lang genug, um Hennes Aufmerksamkeit zu wecken.

»Wir waren Kollegen, saßen Tür an Tür.«

»Eng?«

»Wie meinen Sie das?«

»Waren Sie befreundet? Haben Sie sich geduzt, nach der Arbeit gemeinsam etwas unternommen?«

»Wir haben gut zusammengearbeitet, mehr nicht.« Die Antwort kam zu schnell. Ein Ablenkungsmanöver vielleicht, zumindest aber Unsicherheit. Gut für Henne, ein Ansatzpunkt, wenn auch noch kein Verdacht, aber das konnte sich ändern.

Er notierte etwas in seinem Buch. Wenn die Frau allerdings gesehen hätte, was er schrieb, wäre sie verwundert gewesen. Henne zeichnete ein Bild von ihr. Obschon er übertrieb, war sie auf Anhieb zu erkennen. Die tiefen Augenringe, verschärft durch die übergroße Nase, der bittere Zug um den Mund, verkniffene, farblose Lippen. Eine vom Leben enttäuschte Frau.

»Erzählen Sie, wie Ihr Tag gewöhnlich abläuft. Was haben Sie, was hat Herr August zu tun?«

»Ich fange zeitig an.«

»Wie zeitig, bitte?«

»Um sieben, jeden Tag.«

»Herr August auch?«

»Er kommt gegen neun. Bis dahin habe ich die Post vorbereitet, so dass er sie nacheinander durchgehen kann ... konnte.« Nervös knetete sie die ineinander verschlungenen Finger. Als sie bemerkte, dass Hennes Blick auf ihre Hände gerichtet war, versteckte sie sie rasch in den Taschen ihrer weiten Hose.

»Bitte weiter, Frau Bauer! Ich möchte alles wissen.«

»Nach der Post nahm Herr August die Überweisungen an die verschiedenen Banken vor. Dann kümmerte er sich um die Geldanlagen.«

»Geldanlagen?« So sahen also die leeren Kassen aus.

»Ja, sicher! Klaus, ich meine Herr August«, verbesserte sie sich hastig, »rief reihum bei unseren Partnerbanken an und erkundigte sich nach den jeweiligen Tageskonditionen. Dann entschied er, welcher Betrag wo und wie angelegt wurde.«

»Viel?«

»Ganz unterschiedlich, mitunter Hunderttausende, dann wieder nur einige zehntausend Euro. Je nachdem, welche Auszahlungen die Stadt vorzunehmen hatte.« Frau Bauer rutschte auf der Stuhlkante hin und her, so dass Henne fürchtete, sie würde jeden Moment vornüber kippen. »Für Sozialhilfe und so. Sie wissen schon.«

Er wusste nicht, nickte jedoch. »Art und Laufzeit der Anlagen?«

»Nur Tagesfestgeld. Langfristiges macht die Chefin, Frau Rauch-fuß.«

»Ansonsten konnte er frei verfügen? Ohne Kontrolle?«

Frau Bauers Augenlider zuckten nervös. »Natürlich gibt es die. Je-des Kassengeschäft muss durch zwei Personen abgezeichnet wer-den.«

»Diese zweite Person – das waren wohl Sie?«

Erneutes Augenflattern. »Ich, also ich … ja.«

»Sie haben demzufolge alles überprüft.«

»Es ist … oft sind nur ein paar Minuten Zeit, bis die Zinsen wieder fallen.«

»Hm.«

»Aber Herr August war ein brillanter Finanzmanager. Ihm konnte man blind vertrauen, das müssen Sie mir glauben.«

Konnte er das? Eine Minute starrten sie einander an, Henne nach-denklich, Gerlinde Bauer flehend.

»Wir können also sagen: Herr August jonglierte allein mit einem Haufen Geld«, stellte Henne schließlich trocken fest.

Frau Bauer schwieg betreten.

»Sagen Sie mal …« Der Kommissar beugte sich jovial über den Tisch. »Was war Herr August denn für ein Mensch?«

»Da kann ich Ihnen nicht viel erzählen.« Erneut kam die Antwort verdächtig schnell.

»Na, hören Sie!« Hennes Faust donnerte auf den Tisch. »Sie spra-chen schließlich von enger Zusammenarbeit, Tür an Tür, schon verges-sen?«

Frau Bauer fuhr zusammen und riss die Augen auf. Kleine Zähne gruben sich in die dünnen Lippen, ganz Bild einer erschrockenen Maus. Die Worte kamen holpernd: »Er … er sah gut aus. Groß und schlank, stets korrekt gekleidet.«

»Hochnäsig?«

»Um Gotteswillen nein, er respektierte seine Mitarbeiter.«

»Ein Chef, der geliebt wurde?«

»Wenn Sie so wollen …«

»War er verheiratet? Hatte er Hobbys? Was trieb er in seiner Frei-zeit?«

Die Frau hob nichtssagend die Schultern. Sie sah Henne nicht an, während sie in der Hosentasche nach dem zerknüllten Taschentuch kramte. Kaum hielt sie es in der Hand, tupfte sie an ihren Augen herum.

»Na gut!« Henne brach abrupt ab, auch das einer seiner altbewährten Tricks. Später würde er sich diese allzu ahnungslose und doch so betrübte Stellvertreterin nochmals vornehmen.

Er rieb seine Narbe. Sie juckte, ein untrügliches Zeichen für die Anspannung, unter der er stand. »Sagen Sie mir Bescheid, wenn Ihnen noch etwas einfällt! Hier, meine Telefonnummer. Sie können mich jederzeit anrufen.«

Frau Bauer ließ langsam die Hände sinken. »Ich kann gehen?«, fragte sie unsicher.

Henne nickte abwesend. Unmöglich für sie zu erkennen, dass er sie scharf aus den Augenwinkeln heraus beobachtete. Das Zögern, das Vibrieren, dann die schnellen Schritte mit denen sie den Raum fluchtartig verließ, gaben Henne zu denken. ›Später‹, ermahnte er sich und machte auf der vor ihm liegenden Liste hinter Gerlinde Bauers Namen ein dickes Fragezeichen.

Leonhardt steckte den Kopf zur Tür herein: »Brauchst du mich?«, wollte er wissen.

»Mit den paar Beamtenherzchen werde ich wohl noch alleine fertig werden«, knurrte Henne und Leonhardt zog sich schleunigst zurück. Wenn sein Kommissar in dieser Laune war, kam man ihm besser nicht zu nahe. Seit Henne letztes Jahr einen heftigen Streit mit dem Staatsanwalt gehabt hatte, war er schlecht auf Staatsdiener aller Art zu sprechen. Den Streit hatte Schuster, der Polizeidirektor und Hennes oberster Chef, beilegen können. Henne hatte sich dagegen gewehrt. Wäre es nach ihm gegangen, hätte sich der feine Herr Staatsanwalt selbst auf der Anklagebank wiedergefunden. Letztendlich hatte er Schuster zuliebe nachgegeben. Der Alte wollte ihn nicht verlieren, jeder wusste, die Staatsanwaltschaft hatte einen langen Arm. Zu lang für einen kleinen Oberkommissar, auch wenn der einer der besten war. Der Allerbeste, wollte man Schuster glauben. Die Untersuchung war im Sand verlaufen, der Hass auf die Bürokraten geblieben.

Die Nächste war eine junge Frau. Selbstsicher schaute sie sich um. Überhaupt, so stellte Henne fest, war sie das ganze Gegenteil von Frau Bauer. Auffallend schön, jung, blond, gut gebaut. Grund genug, die Taktik zu ändern.

»Name, Alter, Beruf?«

»Anja Pechter, neunzehn Jahre«, erwiderte die junge Frau im gleichen Stil und fügte dann hinzu: »Herr August war mein Betreuer.«

»Betreuer?«

»Ich bin in der Ausbildung, Verwaltungsfachangestellte.«

»Toller Titel.«

»Die offizielle Bezeichnung in meinem Vertrag«, erwiderte Anja trocken.

»Was hat Herr August unterrichtet?«

»Nicht unterrichtet, Praktikum. Er sollte mich in die Zahlungsangelegenheiten einweisen.«

»Sollte?«

»Bis jetzt durfte ich nichts Besonderes machen. Belege schreiben, Unterlagen wegheften, Ordner sortieren, Kaffee kochen. An die wichtigen Verfahren kam ich nicht heran.«

»Das wären?«

»Geldanlagen, Liquiditätsplanung. Solche Sachen eben.« Anja schüttelte ihre Lockenmähne. »Das hat Herr August nicht zugelassen.«

»Vielleicht fand er sie zu jung dafür.«

»Vielleicht.«

Henne kratzte sich nachdenklich am Kinn. »Wie lange sind Sie denn schon hier?«

»Fast sechs Monate. Erst war ich in der Buchhaltung.«

»Und die Arbeit? Gefällt sie Ihnen?«

Anja hob lässig die rechte Schulter und verzog den Mund: »Ich sagte ja schon, ich habe nur wenig zu tun. Wenn Sie allerdings wissen wollen, ob ich das mein Leben lang machen möchte? Nein, Traumjobs sehen anders aus.«

»Gibt es die in einer Stadtverwaltung?« Henne bezweifelte es.

»Keine Ahnung.«

»Sie können sich jederzeit für einen anderen Platz bewerben.«

»Wissen Sie, was hier los ist? Die Mitarbeiter werden wie in einer Tombola unter den Chefs verlost. Bewerbungen sind reine Makulatur. Man hat keinerlei Einfluss darauf, wo man eingesetzt wird. Gefällt dem Chef meine Nase nicht, bin ich in kurzer Zeit weg.« Ein Hauch von Hoffnungslosigkeit zog über Anjas Gesicht, doch sie hatte sich sogleich wieder in der Gewalt.

»Das dürfte Ihnen wohl kaum passieren, bei Ihrem hübschen Näschen.«

Anja schlug die langen Beine übereinander und gewährte Henne einen Blick auf ihre sonnenbankgebräunten Schenkel. »Auch das ist nicht immer ein Vorteil«, erwiderte sie spitz.

Henne horchte auf. »Wieso? Wurden Sie belästigt?« Solche Dinge kamen vor, auch und besonders in Behörden.

»Ach was, Herr August war ein korrekter Mann. Sehr sogar.« Spöttisches Lächeln.

»Das müssen Sie mir näher erklären.«

»Was meinen Sie damit?« Noch mehr Spott in den Mundwinkeln.

Henne wusste auf einmal, sie würde sich eher die Zunge abbeißen, als darüber zu sprechen. Er winkte ab. »Lassen Sie nur! Ich dachte … ach nein.«

»Tja …«, erwiderte Anja unbestimmt.

Henne versuchte es anders. »Wie ist Herr August mit Ihnen umgegangen? Persönlich, meine ich.«

»Ich verstehe nicht …«

»War er streng? Gerecht? Oder eher nachsichtig?«

»Völlig normal.«

»Das heißt?«

»Er hat uns alle gleich behandelt.«

»Außer bei den Aufgaben.«

»Außer bei den Aufgaben«, stimmte Anja zu.

Angesichts der von Frau Bauer genannten Beträge verständlich, dachte Henne. »Belassen wir es erst einmal dabei.«

Als Anja mit graziösen Schritten, die ihren kurzen Rock zum Wippen brachten, zum Ausgang ging, seufzte er. Für einen Moment hatte ihn das junge Mädchen an seine Frau erinnert. Ex-Frau, korrigierte er sich. Mit dem gleichen Lächeln hatte Erika ihn oft genug um den Verstand gebracht. Energisch schüttelte er die sentimentale Regung ab.

Hagen Leonhardt schaute erneut durch die Tür.

»Komm rein.«

Heine fasste die Ergebnisse der bisherigen Befragungen zusammen. Leonhard schrieb emsig mit und blickte nach den letzten Worten auf. »Die Kassenchefin?«, fragte er.

»Die hebe ich mir bis zum Schluss auf. Die ist ein eigenes Kapitel und nicht unbedingt ein schönes.«

Leonhardt rutschte von dem Tisch herunter, auf dem er saß. »Machen wir weiter?«

»Klar, was sonst.«

Neun Stunden später lehnte sich Henne erschöpft zurück und blickte Leonhard vielsagend an. »Wir haben jetzt mehr als fünfzig Personen befragt und nichts erfahren, was wir nicht bereits aus den ersten Vernehmungen wussten. August war eine Auster, zumindest was sein Privatleben betraf. Normal ist das nicht!«

»Kommt darauf an, was du unter normal verstehst.«

Im Gegensatz zu dem älteren Heine war Leonhardt der lange Tag nicht anzusehen. Nach wie vor stand das neugierige Funkeln in seinen stahlblauen Augen.

»Vielleicht war August ein Eigenbrötler.«

»Seit wann sind Eigenbrötler nette Chefs?«

»Dann war er eben die Ausnahme.«

»Du redest Bockmist.«

»Dann eben anders: In Büros wird getratscht und geklatscht und immer findet sich jemand, der darüber redet.«

»Schon besser!«

»Wenn die lieben Kollegen so wenig über August wissen, wird er nicht viel von sich erzählt haben. Ist doch clever, so erspart er sich, der Mittelpunkt von Pausengesprächen unzufriedener Mitarbeiter zu sein.«

»Das bezweifle ich. Gerade über Leute, von denen kaum etwas bekannt ist, wird am meisten hergezogen. Hier lügt jemand.«

Henne stand auf und klemmte sich das Notizbuch unter den Arm. Während er die Tür abschloss, fiel ihm ein, dass im Zimmer des Hauptkassierers der Ordner mit den Beschwerden stand. »Sind die Spurensucher noch am Werk?«

»Keine Ahnung, soll ich nachschauen?«

»Lass mal, nimm dir stattdessen das private Umfeld des Toten vor und stell zusammen, was du findest: Familie, Freunde, Nachbarn. Ich gehe in der Zwischenzeit hoch in Augusts Büro. Warte nicht auf mich.«

Doch Henne sollte kein Glück haben. Das Zimmer war bereits versiegelt und darüber hinaus mit rot-weiß gestreiftem Klebeband verschlossen.

Also machte er sich zur Dienststelle auf, wo Leonhardt voller Eifer auf die Tastatur des Computers hämmerte, die Augen starr auf den Bildschirm gerichtet, auf dem Zahlenkolonnen, Tabellen und blinkende Punkte ein für Henne unverständliches Durcheinander bildeten.

»Spukt der Kasten irgendetwas Verwertbares aus?«, fragte er.

Leonhardt fuhr sich über die blonden, halblangen Haare. »Ich habe noch keinen Menschen erlebt, über den so wenig bekannt ist. Die Daten geben nichts her. August ist bislang nicht auffällig geworden, er hat nicht einmal ein Auto.«

»Was ist mit der Wohnung?«

»Die K 2 ist informiert. Die Kollegen sind noch im Einsatz. Sie stehen uns morgen zur Verfügung. Ich habe die Wohnung einstweilen versiegeln lassen.«

»Gute Idee«, sagte Henne ohne große Überzeugung.

Leonhardt schaltete den Computer aus. Er rieb sich die Augen. »Feierabend?«

Es dunkelte bereits, Hennes knurrender Magen erinnerte ihn daran, dass er seit dem Mittag nichts gegessen hatte. Weiß Gott, er hatte sich ein gutes Stück Fleisch verdient.

2. Kapitel

Die ›Rote Emma‹, Hennes Stammkneipe, lag am anderen Ende der Stadt. Ein Gartenlokal, Treffpunkt von Arbeitern, Rentnern und natürlich Kleingärtnern. Selten Leute aus der mondänen Innenstadt. Er durchquerte den Biergarten und trat in die rauchverhangene Gaststube. Er schob sich auf einen Hocker am Tresen.

»Hallo Willy!«, begrüßte er den Wirt.

Willy schaute kurz auf und nickte. »Wie immer?«

»Wie immer!«, bestätigte Henne. »Nicht viel los heute, was?«

»Muss halt sehen, wie ich zurecht komme. Die Leute trinken ihr Bier lieber daheim, ist billiger. Um die Zeit ist selten noch Betrieb. Du kommst spät.« Willy deutete auf die große Uhr hinter sich, die kurz nach dreiundzwanzig Uhr anzeigte.

»Ich hatte zu tun!«

Obwohl er seit fast zwanzig Jahren zu Willy kam, hatte dieser noch immer keine Ahnung, womit Henne seine Brötchen verdiente. Vermutlich dachte er, er wäre bei der Müllabfuhr. Solche Jobs gönnte man Leuten wie ihm, Drecksarbeit weckt keinen Neid. Es kratzte ihn nicht, im Gegenteil. Die Leute konnten ihn mal. Hauptsache, sie ließen ihn in Ruhe. Also vermied er Themen, aus denen der Wirt schlussfolgern konnte, dass er ein Bulle war, und Willy war nicht neugierig.

Er hob sein Schwarzbier und prostete Willy zu.

»Hast du Erika in letzter Zeit gesehen?«, erkundigte er sich betont beiläufig.

Willy schüttelte den Kopf. »Mensch Henne, vergiss sie doch endlich! Es ist vier Monate her, seit sie dich verlassen hat. Denk nicht mehr an sie!«

»Hast ja Recht!« Henne stürzte sein Bier hinunter. Der Hunger war ihm vergangen. »Das Gleiche noch einmal«, deutete er auf das leere Glas.

Eine Stunde später und ein paar weitere Schwarzbier im Magen, machte er sich auf den Heimweg. Aber auch in der Wohnung über den

Dächern der Stadt ließ ihn Erika nicht los. Auf dem wackligen Garderobenschränkchen im Flur, ein Fundstück vom Flohmarkt, stand noch immer ihr Bild. Von Erika vergessen oder absichtlich zurückgelassen. Vielleicht um ihm den Verlust vor Augen zu führen; Erika war das durchaus zuzutrauen. Gedankenversunken hielt er es in den Händen und suchte in ihren Zügen ein Zeichen, an dem er die Unzufriedenheit, ihren Frust hätte erkennen können. Doch nichts. Mit strahlendem Lächeln beugte sich Erika der Kamera entgegen.

Resigniert packte er das Bild in die Schublade und schob sie langsam, fast behutsam zu.

Er ging in die Stube. Die hellen Flecken an der Wand, Überbleibsel der Möbel, die Erika mitgenommen hatte, erinnerten ihn daran, dass er renovieren wollte. Später. Vielleicht.

Er raffte die zerknitterten Kleidungsstücke vom Sessel und brachte sie ins Bad. Achtlos ließ er sie auf den Boden fallen, ehe er sich über das Waschbecken beugte und einige Handvoll Wasser trank. Sein Spiegelbild ließ ihn zusammenzucken. Er sah schlecht aus, erschöpft und abgekämpft, graue Haut, blutunterlaufene Augen. Die Narbe spannte. Er müsste sich rasieren. Wenn Erika da wäre, hätte sie längst mit ihm geschimpft.

Erika! Sein Blick fiel auf die leere Konsole. Keine Cremedosen, kein Parfüm. Sie hatte ihre Kosmetikartikel mitgenommen. Was sollte er auch damit. Dennoch ... der jahrelang vertraute Anblick von Lippenstift und Puder fehlte ihm. Dabei hatten sie oft deswegen gestritten. Er sollte froh sein, dass er endlich ungehinderte Sicht auf den Spiegel hatte. Stattdessen sehnte er sich nach ihrem Kram, den sie vermutlich nie wieder in seinem Bad verteilen würde. Er hatte es vermasselt.

Er fuhr sich mit dem Handtuch über das müde Gesicht. Die Gedanken jedoch konnte er nicht wegwischen.

Zurück im Wohnzimmer holte er Lissy, das Saxophon, das ihn seit seiner Studentenzeit begleitete, aus dem Futteral. Mit geübten Griffen setzte er es zusammen und ging auf die Terrasse, die sich über die gesamte Front der Altbauwohnung hinzog. Die Lichter der Stadt lagen wie Perlen unter ihm.

Wahllos stimmte er einige Töne an und schließlich fanden die Klänge zueinander. *When a man loves a woman* ... Jahrelang hatte Erika gebeten, er solle mit ihr nach Spanien gehen, einfach eine Zeitlang aussteigen. Zwei, drei Sommermonate vielleicht.

Er hatte es ihr versprochen und sie hatte es nicht vergessen.

»Wann, Heinrich, wann?«, hatte sie oft gefragt.

Und er? Er hatte sie vertröstet. Wieder und wieder, bis sie ihm nicht mehr glauben wollte und ohne ihn gefahren war. Ihn verlassen hatte, nur wegen einiger Monate im Süden. Weil sie sich auseinander gelebt hätten, so ihre Meinung.

Eine schrille Stimme holte ihn in die Wirklichkeit zurück. »Ruhe, da oben! Wissen Sie nicht, wie spät es ist?«

Sofort hörte Henne auf zu spielen. »Ist ja schon gut, Frau Strehle!« Um nichts in der Welt wollte er es mit der über achtzig Jahre alten Dame, die eine Etage unter ihm wohnte und obendrein die Hauseigentümerin war, verderben. Sie konnte recht boshaft sein. An schlechten Tagen hechelte sie jeden durch, den sie nicht mochte und scheute auch vor Kündigungen nicht zurück. Ihn, Henne, hatte sie bis jetzt verschont. Ein Zeichen, dass sie ihn sympathisch fand und wenn es nach ihm ging, sollte dieser Zustand so lange wie möglich anhalten. Er war froh, diese Wohnung zu haben, er mochte die Gegend rings um den Bayrischen Bahnhof und er mochte das alte Haus, das gut in Schuss war. Dazu nahm Frau Strehle nur eine kleine Miete, ein Umstand, der angesichts der allerorts gestiegenen Mietpreise nicht zu verachten war.

* * *

Am nächsten Tag erschien Henne schlecht gelaunt im Büro. Er hatte sich bis in die Morgenstunden schlaflos im Bett gewälzt und als ihm letztendlich doch die Augen zugefallen waren, war er im Traum einer Erika hinterhergelaufen, deren Gesichtszüge sich jedes Mal, wenn er sie eingeholt hatte, in die von Anja Pechter verwandelt hatten; einmal süß und unschuldig, dann wiederum wild und zu einer Teufelsfratze verzerrt. Selbst als er endlich aufgewacht war, hatte ihn der Gedanke an die junge Frau nicht losgelassen, und er hatte hin und her überlegt, in welchem Verhältnis sie tatsächlich zu dem toten Klaus August gestanden haben mochte. Nun fühlte er sich wie gerädert und auch der starke Kaffee, den Leonhardt vor ihn stellte, rang ihm nur ein müdes Nicken ab.

»War wohl spät gestern?«, fragte der Assistent.

»Lass mal! Ich bin heute einfach nicht gut drauf.«

»Wir müssen gleich rüber ins Rathaus!«

Henne kippte den Kaffee hinunter, klemmte sich das unvermeidliche Notizbuch unter den Arm und schloss sich Leonhardt missmutig an. Das Reich der Schlangenlady, wie Henne insgeheim die Kassenleiterin getauft hatte, wartete. Der Rauchfuß war es gestern nicht gelungen, ihr Punktekonto zu verbessern und Henne erwog, Leonhardt die Arbeit unter den Augen der Kassenleiterin zu überlassen und sich selbst in der Zwischenzeit in die Wohnung des Toten zu begeben.

»Die Presse hat sich angekündigt«, sagte Leonhardt beiläufig. »Sie warten in der Schongauer Straße.«

Das fehlte noch, dass er sich ausgerechnet heute mit den sensationshungrigen Pressefritzen herumschlagen sollte. Dann doch lieber Rita Rauchfuß samt ihrer grau in grau gehaltenen Residenz.

Kaum hatten sie das Haus betreten, schoss wie aus dem Nichts ein Mann auf sie zu und wedelte hektisch mit den Händen. »Gut, dass Sie endlich kommen.«

»Wo brennt es denn? Noch eine Leiche?«, grollte Henne mit zusammengebissenen Zähnen.

»Sie sagten doch, wenn ich noch etwas hätte …«

»Aber sicher.« War das der vielgerühmte Wink des Schicksals oder nur die Strafe für sein verpfuschtes Männerdasein? Er erinnerte sich an den aufgeregten Herrn: Gunter Großmann, ein unsympathischer Typ und sichtlich von sich beeindruckt. Dabei konnte er sich nach Hennes Ansicht keiner besonderen Fähigkeiten rühmen, sah man von dem schnurgeraden Scheitel ab, der sein eng am Kopf anliegendes schiefergraues Haar akkurat teilte und die hektischen Körperbewegungen des Mannes auf wundersame Weise schadlos überstand.

»Kommen Sie mal mit!« Henne stieg mit schnellen Schritten die Stufen hinauf.

Leonhardt und Großmann konnten nur mit Mühe folgen. Kaum hatten sie Zimmer 103 erreicht, schob Henne Großmann hinein.

»Also, was gibt es?«

»Ich habe nachgedacht.«

»Und?«

»Ich hätte da eine Ahnung …«

»Wer von uns hat die nicht mitunter!«

Großmann stutzte einen Augenblick, dann platzte er heraus: »Ich weiß, wer der Mörder ist!«

Henne schaute erstaunt auf. »Da bin ich ja mal gespannt.«

Verschwörerisch beugte sich Großmann vor. Henne verzog keine

Miene, als ihn der nach kaltem Rauch riechende Atem des Mannes streifte.

»Frau Rauchfuß! Nur sie kann es gewesen sein.«

Triumphierend lehnte sich Großmann zurück und verschränkte die Arme.

»Hatte sie Streit mit dem Kassierer?«

»Keine Ahnung, aber sie ist die Einzige, die zu jedem Raum Zutritt hat. Sie besitzt einen Generalschlüssel.«

Henne tauschte mit Leonhardt einen beredten Blick.

Großmann hob die Stimme. »Verstehen Sie denn nicht? Sie kann jederzeit überall hin. Auch in das Büro von Herrn August. Dort sind ziemlich brisante Unterlagen. Geheime Unterlagen.«

»Warum sollte August vor Frau Rauchfuß dienstliche Geheimnisse gehabt haben? Ich denke, die Kassenleiterin hat hier das Sagen?«, fragte Leonhardt.

»Ja, hm … das weiß doch jeder. August war der heimliche Chef«, stotterte Großmann und nestelte nervös eine Zigarette aus der Tasche, besann sich, dass er in den städtischen Räumen nicht rauchen durfte und platzierte sie hinter seinem Ohr. Sie gab ihm ein albernes Aussehen und Henne musste sich ein Grinsen verkneifen.

»Können Sie das beweisen?«

»Sie sind Polizist, nicht ich! Ich wollte Ihnen nur einen Tipp geben.« Großmann schaute Henne mit beleidigtem Dackelblick an.

Hennes Mundwinkel zuckten, die Narbe brannte, doch er beherrschte sich und sagte so leise, dass die Worte kaum zu verstehen waren: »Herr Großmann! Gehen Sie jetzt wieder an Ihre Arbeit. Pronto, wenn ich bitten darf. Ich kümmere mich um alles.« Sein Zeigefinger schnellte in Richtung Tür und Großmann hatte es plötzlich eilig.

»Was für ein Spinner«, sagte Leonhardt verächtlich.

»Geh schon mal hoch zum Tatort, ich komme gleich nach.«

Kaum war Leonhardt verschwunden, überlegte Henne: Großmann hatte vielleicht nicht ganz unrecht. In jedem Wort fand sich ein Fünkchen Wahrheit, und die Rauchfuß war ihm ohnehin nicht geheuer. Er zog sein Notizbuch heraus und notierte sich einige Stichpunkte. Fragen für die Rauchfuß, die ihr gewiss nicht gefallen würden. Zufrieden klappte er das Buch zu und steckte es wieder ein. Die Hexe konnte warten, zunächst musste er nach oben und sehen, was die Spurensicherung übrig gelassen hatte.

Auf dem Weg in die sechste Etage lief ihm Leonhardt in die Arme. »Gut, dass du kommst, Heinrich.«

»Warum die Hektik?«

»Wirst du gleich sehen, das Siegel ist beschädigt.«

»Du meinst, jemand hat sich an Augusts Büro zu schaffen gemacht?«

»Sag ich ja! Du warst doch der Letzte gestern. Hast du nichts bemerkt?«

»Nee. Unsere Leute waren schon weg. Alles gesichert, ordentliche Welt.«

»Jetzt ist das Absperrband jedenfalls abgerissen und das Schloss zerkratzt.«

»Verdammt!«

Henne nahm immer zwei Stufen auf einmal.

Vor Augusts Büro hatten sich einige Kassenmitarbeiter versammelt und reckten wie neugierige Hühner die Hälse. Leonhardt scheuchte sie ungeduldig weg.

»Hier, sieh es dir selbst an!«

Henne untersuchte die Spuren. Das Absperrband lag in der Mitte durchtrennt auf dem Boden. Die Reste des Siegels hingen traurig an der Tür herab, praktisch war es kaum noch vorhanden. Die Tür war um das Schloss herum völlig zerkratzt, als wäre der Eindringling beim Versuch, es zu öffnen, immer wieder abgerutscht. Kein Wunder, die Schrauben waren tief versenkt und bildeten selbst für einen versierten Schlosser eine Herausforderung. Zum Glück war die Tür noch immer verriegelt. Entweder war der Einbrecher gestört worden, oder er hatte seine fruchtlosen Versuche irgendwann aufgegeben.

Nachdenklich betrachtete Henne den Teppichboden, der durch die Fußspuren der zahlreichen Menschen, die sich seit dem letzten Tag vor dem Domizil des toten Hauptkassierers gedrängt hatten, stark gelitten hatte.

»Ich habe die Rauchfuß verständigt. Sie müsste jeden Moment hier sein.«

»Kluges Kerlchen, die hat mir gerade noch gefehlt!«

»Was sollte ich denn sonst machen? Vielleicht auf die Straße gehen und laut rufen, ob jemand eine Leiche sprechen möchte?«

»Nun sei nicht gleich bissig! Ich habe es nicht so gemeint. Mir geht nur etwas im Kopf herum, das sich einfach nicht fassen lässt.«

»Vermutlich der Kater der letzten Nacht«, murmelte Leonhardt, glücklicherweise zu leise, als dass es Henne verstehen konnte.

Der bückte sich plötzlich. »Schau einer an!«, murmelte er und pflückte ein langes, blondes Haar von der unteren Hälfte der Tür. »Was meinst du, wem das gehört?«

Leonhardt zuckte mit den Schultern.

»Fällt dir wirklich nichts dazu ein?«

»Könnte von dem hübschen Käfer sein. Die kleine Azubine?«

Henne nickte. »Fräulein Pechter, doch zur Sicherheit brauche ich eine Analyse.«

»Du traust ihr das zu? Einen Bruch unter der Nase der Polizei?«

»Schon mal was davon gehört, dass stille Wasser tief und ... vergiss es, kennst du sicher.«

»Klar doch. Aber die? Halte ich für unwahrscheinlich. Du kannst mich erschießen, doch ich glaube es einfach nicht.«

»Ich komme bei Gelegenheit darauf zurück«, versprach Henne, »aber erst werde ich der Kleinen auf den Zahn fühlen.«

»Moment mal, und die Rauchfuß?«, rief Leonhardt Henne nach, der schon fast das Ende des Ganges erreicht hatte.

»Die übernimmst du!«

Im ersten Moment war Henne enttäuscht, als er durch Frau Bauer erfuhr, dass sich Anja krank gemeldet hatte. Aber dann beschloss er, es als Glücksfall zu betrachten. Jetzt hatte er einen Grund, sich ohne lästigen Durchsuchungsbeschluss in ihrem Zuhause umzuschauen. Einen Kondolenzbesuch mochte sie ihm nachsehen, das war völlig unverfänglich, und vielleicht konnte er auf die Art einfacher als gedacht an ein weiteres Haar von ihr kommen. Er brauchte schließlich Vergleichsmaterial für das Labor.

Weit hatte er nicht zu gehen. Nach etwa zehn Minuten schnellen Fußmarsches bog er in die Körnerstraße ein, Nummer 17. Henne verglich die Hausnummern. Hier! Hier war es, ein frisch hergerichtetes Gründerzeithaus und, soweit es Henne einschätzen konnte, fachgerecht rekonstruiert statt kaputtsaniert. Er liebte alte Häuser, denen der Charme der Zeit anhaftete und die daran erinnerten, dass nicht alles vergänglich war. Beinah zärtlich strich er über den aus Basalt gehauenen Türstock, ehe er die Erdgeschossklingel neben Anjas Namensschild drückte.

Er wartete, bis der Summer ertönte. Beim ersten Klicken trat er in den Hausflur. Anja stand bereits in der Tür und blickte ihm ungehalten entgegen.

»Ich hoffe, ich störe nicht.« Henne setzte seine treuherzigste Miene auf. »Wo Sie doch krank sind und sicher nicht ausgerechnet mich erwartet haben.«

»Wollen Sie mich verhaften?«, fragte Anja schnippisch.

»Ich will Ihnen nichts Böses. Ehrlich!« Vorwurfsvoll schaute er sie an. »Wie können Sie nur so schlecht von mir denken?«

»Sie sind ein Mann, und ich kenne keine Männer, die es nur gut mit einem meinen. Na los! Machen Sie schon! Sagen Sie, was Sie wollen!«

Anja öffnete die Tür so weit, dass Henne an ihr vorbei in den kleinen Korridor treten konnte.

»Hübsch haben Sie es hier.« Anerkennend musterte er die Designergarderobe, an der unübersehbar der Mantel einer Nobelmarke prangte. »Was verdient man eigentlich so als Lehrling?«

»Ist nicht üppig. Davon könnte ich mir die Wohnung nicht leisten, wenn Sie das meinen.«

»Reiche Eltern?«

»Sie geben mir etwas dazu, aber sie haben selbst nicht viel.«

»Ein Freund?«

Anjas Blick wurde abweisend. »Das ist vorbei. Endgültig.«

Daher also ihre schlechte Meinung über Männer, dachte Henne und nahm sich vor, besonders nett zu sein. Vielleicht konnte er sie überzeugen, dass nicht alle Mistkerle waren.

Plötzlich drehte sich ein Schlüssel im Schloss. Durch einen schnellen Schritt zur Seite entging Henne knapp der schmerzhaften Bekanntschaft mit der nach innen aufschlagenden Tür.

»Nanu, du hast Besuch?« Das Mädchen, das hereinkam, drückte Anja flüchtig.

»Herr Heine, ein Oberkommissar oder so etwas, jedenfalls von der Kripo. Er geht gleich wieder«, antwortete Anja mit einem unmissverständlichen Blick zu Heine hinüber.

Dieser nickte begütigend.

»Ich bin Julia, Anjas Freundin.«

»Hast du es?« Anja griff nach der kleinen Plastiktüte, die Julia in der Hand hielt. Die ließ die Tüte los, und Anja verschwand damit hastig im Badezimmer.

»Was hat sie denn? Ist ihr schlecht?«, fragte Henne, der die Werbung auf der Tüte erkannt hatte. Klingenapotheke, dort war auch er Kunde, ein seltener allerdings.

»Oh Mann, du weißt es wohl nicht, was? Sie ist schwanger. Sie bekommt ein Kind, ein Baby, alles klar?«

»Wenn das kein Grund zur Freude ist …«

»Willst du mich verarschen?« Julia musterte Henne misstrauisch, dann drehte sie sich um und verschwand in der Küche.

Henne nutzte die Gelegenheit, um einen schnellen Blick in das Wohnzimmer am Ende des Flures zu werfen.

Plötzlich tauchte Julia in der Tür auf. »Wolltest du nicht gehen?«

Henne schaute unschlüssig zur Badezimmertür. »Fräulein Pechter …«

»Vergiss sie, die kotzt sich die Seele aus dem Leib. So schnell kommt die nicht raus. Am besten, du verschwindest.«

»Sagen Sie ihr wenigstens schöne Grüße.«

Julia, die bereits wieder in der Küche herumwerkelte, murmelte etwas Unverständliches. Heine nahm es als Bestätigung und drückte sich zur Tür hinaus. Vorsichtig umklammerte er die Haare, die er während der Begrüßung der Mädchen unbemerkt von Anjas Mantel gezupft hatte. Im Treppenhaus holte er einen Briefumschlag aus der Tasche und steckte seine Beute hinein.

Eine Stunde später hatte er die Proben bei Doktor Kienmann, dem Polizeiarzt, abgeliefert und wartete in dessen Zimmer auf das Ergebnis. Es dauerte nicht lange. Kurz nachdem es sich Henne in dem breiten Ledersessel des Arztes bequem gemacht hatte, kam der zurück.

»Auf, auf, mein Freund! Der Bericht …« Kienmann schwenkte einen hellblauen Bogen.

»Du hast was gut bei mir«, dankte Henne für die schnelle Arbeit.

»Hau schon ab! Aber halt mich auf dem Laufenden!«

Vergnügt pfiff Henne vor sich hin. Endlich eine Spur. Seine Nase hatte ihn nicht getrogen. Die Haarproben waren identisch.

Wieder stand Henne vor Anja Pechters Wohnung, doch obwohl er hartnäckig den Klingelknopf malträtierte, machte Anja nicht auf.

»Verdammter Mist!« Er riss ein Blatt aus dem Notizbuch, kritzelte eine Nachricht und stopfte sie in den Briefkasten.

* * *

Der Mann drückte sich tiefer in den Fahrersitz des dunkelblauen Opels. Sein Blick folgte Henne bis zur Straßenecke, erst dann richtete er sich wieder auf. Was mochte der Bulle im Schilde führen? Wenn dieser Kommissar bei Anja aufkreuzte, noch dazu zweimal innerhalb eines Tages, dann war etwas im Gange. Es beunruhigte ihn, wenn auch nicht allzu sehr. Schließlich hatte er gewollt, dass die Polizei ermittelte. Aber ausgerechnet bei Anja? Vielleicht sollte er mit ihr sprechen.

Falsch, schalt er sich gleich darauf. Anja war das schwache Glied in seiner Kette, ein Risiko. Sie durfte ihn nicht sehen. Er überlegte, an wen er sich sonst wenden konnte. In Gedanken ließ er die Personen Revue passieren, nur um eine nach der anderen auszusortieren. Keine war für seine Zwecke geeignet, dennoch würde er sich für eine entscheiden müssen. Er gab sich keinen Illusionen hin; wenn er erfahren hatte, was er wissen musste, würde sie sterben. Es drängte ihn nicht danach, im Gegenteil. Aber seine Sicherheit ging vor. Er konnte sich keinen Fehler leisten.

Er startete den Wagen und reihte sich in den dünn fließenden Verkehr ein. Eine dunkle Limousine, völlig unauffällig. Mit einem Blick in den Rückspiegel vergewisserte er sich, dass ihm niemand folgte, dann fuhr er auf die nächste Bundesstraße und gab Gas.

Er hielt sich genau an die Verkehrsbeschränkungen, eine Kontrolle war das Letzte, was er brauchen konnte. Nach zwanzig Kilometern nahm er die Abfahrt, und nach einer weiteren halben Stunde bog er zwischen dicht stehenden Bäumen auf einen Schotterweg, der zu einem Campingplatz führte. Er stieg aus und öffnete die Schranke, die die Einfahrt versperrte. Nachdem er hindurch gefahren war, verschloss er sie wieder sorgfältig und fuhr den Weg im Schritttempo weiter. Vor einem Wohnwagen am Ende des Platzes stellte er das Auto ab. Bevor er hineinging, schaute er sich prüfend um. Um diese Zeit war der Platz verlassen. Die Meisten hatten ihre Zelte im Spätsommer abgebrochen, und die wenigen Wintercamper waren noch nicht eingetroffen. Ihm blieben mindestens zwei Wochen, wenn er Glück hatte, sogar mehr.

Niemand aus seinem Umfeld wusste um diesen Ort, den er nur in der menschenleeren Zeit nutzte. Er beglückwünschte seine Umsicht, dass er den Stellplatz unter falschem Namen gemietet und mittels Postbrief bar gezahlt hatte. Man kannte ihn hier nicht. Für den Rest des Campingplatzes war er irgendjemand mit einem alten Wohnwagen, der die Einsamkeit liebte. Ein Mann ohne Gesicht. Er allein wusste, dass er in dem Moment, in dem er das Büro in der Innenstadt verlassen hatte, zu einem Mann geworden war, dessen Rache sich mit jedem Tag ein Stück mehr verwirklichte. Er war der Bumerang, der den Feind treffen würde.

* * *

Die Frau ließ den Wasserstrahl auf die frisch geschnittenen Brennnesseln prallen. Ihr Blick verlor sich im Spiel der Tropfen, die Gedanken schweiften zurück. Klaus August. Warum nur hatte er sie belogen? Sie hatte ihm vertraut, er hingegen … Hohle Worte, nur dazu da, sie sich zu Willen zu machen, wertlos.

Mechanisch nahm sie die nassen Stängel und hüllte sie in Küchenpapier. Sie griff nach dem schweren Nudelholz und ließ es auf die Blätter sausen. Wut machte sich in ihr breit, die Blätter mussten büßen. Das Holz walzte über sie hinweg, vor und zurück, wieder und wieder. Die brennenden Kapseln brachen auf, doch die Frau hielt nicht inne. Sie nahm gar nicht wahr, was sie tat. Ihr Kopf dröhnte.

Warum? Warum?

Klaus konnte darauf nicht mehr antworten. Er war tot, stumm für alle Zeiten. Sie hatte seine Leiche gesehen und doch waren da diese Zweifel.

Wenn er bloß mit ihr gesprochen hätte! Aber als sie ihn zur Rede stellen wollte, hatte er sie ignoriert. Er hatte getan, als wäre sie Luft und erst als sie die verdammten Akten, hinter denen er sich viel zu oft versteckte, vom Tisch gefegt hatte, war er aufgefahren und hatte sie zur Kenntnis genommen.

Sie schauderte, als sie an den Blick dachte, mit dem er sie angeschaut hatte. Diese Augen, bohrend, hell und kalt. Ein Blick, den sie liebend gern ungeschehen gemacht hätte, wenn es ihr nur möglich gewesen wäre. Sie hatte zu einer Entschuldigung ausgeholt, doch er hatte sie nicht einmal angehört. Da hatte sie den verhängnisvollen Entschluss gefasst. Schlecht sollte es ihm gehen, Schmerzen sollte er haben, leiden wie sie. Das Gift war schwach gewesen, zu schwach zum Sterben, doch immerhin stark genug, um ihrer Rache zu genügen. Aber irgendetwas war schief gelaufen. Sie hatte ihn gesehen, frisch und munter war er aus dem Haus gegangen. Am nächsten Tag war er plötzlich tot. Jemand hatte ihn erschlagen. Verdammt noch mal, wer? Und was war mit ihrem Tee passiert? Die Polizei hatte nichts gefunden.

Das Nudelholz fuhr in einer weit ausholenden Bewegung durch die Luft und knallte auf den Tisch, dass die Kräuter aus dem Küchenkrepp heraus über die Tischplatte trudelten. Der Schlag brachte die Frau zur Besinnung. Im Grunde war es ein Glück, dass Klaus tot war. Sie wusste nur zu gut, dass sie zu weit gegangen war. Klaus konnte furchtbar sein. Er hätte ihr den Tee niemals verziehen. Durch seinen Tod entging sie der Rache, die aus unzähligen Demütigungen bestanden hätte. Sie hatte es oft genug erlebt. Klaus war fähig, ihr jede Selbstachtung zu nehmen. Wie ein Teufel hatte er sie in den Klauen gehalten, und trotz allem war sie froh und glücklich gewesen. Quatsch, dumm und naiv, das war sie. Wie sie sich dafür hasste!

Sie griff nach den Zweigen, zupfte die dunkelgrünen Blätter von den Stielen und gab sie in das dichtgewebte Sieb, das auf dem dickbauchigen Tonkrug thronte.

Plötzlich war sie zu schwach, selbst für die Wut, die nach und nach anstelle ihrer Ängste getreten war, bis sie die Oberhand gewonnen hatte. Eine Träne rann ihr die Wange entlang, hing für einen Moment zitternd am Kinn und tropfte schließlich auf ihre Bluse. Ein dunkler Fleck, klein und gemein, Sinnbild ihrer beschmutzten Seele. Sie starrte auf die zu einer Pyramide gehäuften Blätter und übergoss sie mit einem Strahl aus dem Wasserkessel. Der Duft nach frischem Grün breitete sich aus. Sie sog ihn hastig ein, hilfesuchend, als könne er sie retten und schloss die Augen. Mit zurück gelegtem Kopf und halb geöffnetem Mund lehnte sie schwer am Küchentisch und erinnerte auf bizarre Weise an eine vom Liebesakt erschöpfte Frau. Ein kalter Schauer ließ sie schließlich frösteln, und sie schüttelte sich.

Hastig füllte sie eine Tasse mit dem frischen Tee und trank ihn in kleinen Schlucken. Das heiße Getränk brannte in der Kehle. Wohlige Wärme breitete sich in ihr aus, hüllte sie ein und gab ihr Halt und Geborgenheit. »Ach Klaus!« Ein Seufzer, ein Schrei. Die Frau schlug die Hände vors Gesicht und brach in Tränen aus.

3. Kapitel

Erster Stock, das Zimmer ganz hinten links. Der Name steht an der Tür.«

Perücken-Gitta musterte Anjas kurzen Rock, der knapp unter dem Po endete und die ohnehin langen Beine des Mädchens noch länger erscheinen ließ. Diese Jugend heutzutage. Sie schnalzte missbilligend mit der Zunge. Dabei sah das Mädel ansonsten ganz nett aus.

Henne saß entspannt am Schreibtisch. Er musste gehört haben, wie Anja die Tür öffnete, aber er schaute nicht auf. Kein Zeichen, dass er ihre Anwesenheit bemerkt hatte.

Unsicher sah Anja zu ihm hinüber. Ihr Blick wanderte über den riesigen Stadtplan an der Wand hinter seinem Rücken, die wenigen blauen Fähnchen – Standorte, die Henne im aktuellen Fall von Bedeutung erschienen – die hellbraunen Schränke, die Papierstapel. Henne ließ sie gewähren. Sie sollte sich an die Situation gewöhnen. Ganz sicher befand sich das Mädchen zum ersten Mal in dem altehrwürdigen Gebäude, in dem die Kriminalpolizei ihr Domizil hatte.

Schließlich räusperte sich Anja, und er wies auf den Stuhl vor seinem Tisch. Als sie sich setzte, bemerkte er, wie erschöpft sie aussah. Er gab das Versteckspiel auf. »Geht es Ihnen gut?«

Anja machte eine nichtssagende Handbewegung. »Sagen Sie mir, was Sie wollen«, bat sie. »Ich möchte wieder nach Hause. Ich bin krank.«

Nichts war geblieben von ihrer Sicherheit. All die Überlegenheit war wie von Geisterhand weggewischt.

»Fräulein Pechter!« Henne sprach langsam und deutlich. »Wir haben den Beweis, dass Sie versucht haben, in das Büro des Hauptkassierers Klaus August zu gelangen.«

»Ich arbeite dort«, verteidigte sich Anja schwach.

Henne seufzte. »Offensichtlich haben Sie mich falsch verstanden. Nicht zur Arbeit wollten Sie in das Zimmer. Sehen Sie, es war versiegelt, denn schließlich handelt es sich um den Schauplatz eines Mordes.

Also: Obwohl jedem Menschen, ich betone, jedem mit Ausnahme meiner Wenigkeit, der Aufenthalt in diesem Büroraum versagt war, haben Sie nicht davor zurückgeschreckt, sich gewaltsam Zutritt zu verschaffen. Dass es Ihnen nicht geglückt ist, ändert nichts an der Tatsache. Sie haben sich strafbar gemacht, denn ein Siegelbruch, auch ein versuchter, bringt Sie mit dem Gesetz in Konflikt.«

Anja hatte mit schreckgeweiteten Augen zugehört. Sie schluckte krampfhaft, blinzelte, dann konnte sie die Tränen nicht länger zurückhalten.

»Möchten Sie mir nicht sagen, warum Sie unbedingt in das Zimmer wollten?«

Anja schluchzte: »Ich hatte doch nichts Böses vor, ich wollte bloß meine Tasche holen.«

»Ihre Tasche? Bei August?«

Anja nickte.

»An dem Tag, als der Mord entdeckt wurde, hat kein Mitarbeiter der Kasse den Raum betreten«, sagte Henne hart.

»Doch, leider.«

»Hm?«

»Ich bin früh morgens, gleich nachdem ich zur Arbeit gekommen war, zu Herrn August gegangen. Ich wollte ihn etwas fragen.«

»Lebte er da noch?« Hennes Blick saugte sich an Anjas bebenden Händen fest.

»Das ist es ja eben. Ich habe ihn gesehen. Er lag so seltsam da ... das viele Blut.«

»Damit machen Sie sich zu meiner Hauptverdächtigen, ist Ihnen das klar?«

»Aber ich war es nicht, er war doch schon tot!«, schrie Anja verzweifelt auf.

»Das herauszufinden ist mein Job. Zunächst erzählen Sie mir bitte alles noch einmal von vorne. Am besten, Sie fangen damit an, wie Sie das Büro von Herrn August betreten haben.«

Anja hielt mühsam die Tränen zurück. »Ich kam kurz vor sieben, eher als alle anderen, sogar vor Frau Bauer, die sonst immer die Erste ist.«

»Hatten Sie einen Grund?«

»Ich konnte nicht schlafen, mir war ständig übel, also bin ich zeitig aufgestanden, statt mich länger im Bett herumzuquälen. Ich hoffte, die

Arbeit würde mich ablenken, und außerdem musste ich ohnehin mit Herrn August sprechen.«

»Sie waren also vor sieben im Gebäude«, stellte Henne fest.

»Der Flur lag noch im Dunkeln, nur bei Herrn August brannte Licht. Man konnte es durch die Türritzen sehen.«

»Haben Sie sich da nicht gewundert? Herr August kam doch nie vor um neun!«

»Das stimmt schon, doch ich habe mir darüber keine Gedanken gemacht. Wie gesagt, ich wollte ihn dringend sprechen und war froh, dass er schon da war. Also bin ich in sein Büro gegangen und da …« Anja kämpfte erneut mit den Tränen.

Hennes Blick wanderte zu ihrem Gesicht. Wie blass sie war!

»Bitte, Fräulein Pechter, was war dann?«

»Er hing so komisch auf dem Schreibtischsessel, als ob er schliefe. Dann habe ich auch schon das Blut gesehen.«

»Haben Sie ihn berührt?«

Anja schüttelte den Kopf. »Ich wollte es, deshalb habe ich meine Tasche abgestellt, doch ich konnte es nicht. Das Blut, der Geruch …« Anja machte eine kurze Pause. »Ich bin hinausgerannt. Auf der Treppe ist mir zum Glück Frau Rauchfuß begegnet. Ich hab ihr alles erzählt.«

»Was kam dann?«

»Sie glaubte mir nicht, und ich musste mit ihr zurück. Als sie es selbst gesehen hatte, sind wir gemeinsam ins Sekretariat gelaufen.«

»Wo Frau Rauchfuß dann die Polizei alarmiert hat.«

»Vermutlich, kurz darauf waren Sie jedenfalls da.«

»Eine seltsame Geschichte, die Sie da erzählen.«

»Ich habe nichts getan, Herr Oberkommissar. Ich wollte wirklich nur meine Tasche holen, sonst nichts.«

Hennes Augen wurden ausdruckslos. »Es gab keine Tasche in Augusts Büro.«

Anja schluckte. »Sie stand auf meinem Schreibtisch.«

»Das soll ich Ihnen abnehmen?«

»Ich weiß, es klingt unglaublich, deswegen habe ich es bislang verschwiegen. Trotzdem ist es wahr. Ich dachte erst, ich träume, aber dann kam Frau Rauchfuß, und alles hat sich aufgeklärt.«

»Da bin ich aber neugierig.«

»Die Chefin hat sie auf meinen Tisch gestellt. Ich muss sie im Sekretariat vergessen haben.«

»Haben Sie das wirklich?«

»Muss ich wohl. Ich war durcheinander, aufgeregt. Frau Sperling, die Sekretärin, hat jedenfalls bestätigt, dass meine Tasche auf dem Sideboard gelegen hat.«

»Und Sie?«

»Ich kann mich nicht daran erinnern«, sagte Anja kleinlaut.

»Warum mussten Sie August unbedingt sprechen?«, wechselte Henne das Thema.

Anjas Gesicht verschloss sich, und Henne ahnte, er würde alles außer der Wahrheit zu hören bekommen.

»Ich wollte wissen, wann ich in einem anderen Bereich eingesetzt werde.«

»Sie tun sich keinen Gefallen, wenn Sie lügen«, warnte er leise.

»Ich sage die Wahrheit.«

Ausdruckslos füllte Henne das Formular aus. Anja saß wie ein Häufchen Unglück daneben, schniefte und schluchzte. Trotz der verquollenen Augen war sie noch immer wunderschön anzusehen, wie ein Engel, und Henne fragte sich, ob dieser Anblick mit einer schwarzen Seele vereinbar war. Die Antwort lautete eindeutig ja.

Als er mit dem Protokoll fertig war, unterzeichnete sie mit fahriger Hand, dann war sie entlassen.

Henne trat ans Fenster. Wolkenfetzen zogen über den Himmel, unten auf der Straße war nur mäßiger Verkehr. Aber all das interessierte ihn nicht. Sein Blick ging ins Leere. . . Anja Pechter, eine Mörderin? Lächerlich! Die Geschichte mit der Tasche war zu simpel, um erfunden zu sein. Doch gerade die einfachen Dinge entpuppten sich häufig als Irrtum. Noch dazu hatte sie ihn angelogen, mochte sie es noch so sehr abstreiten. Beweisen konnte er es zwar nicht, doch er spürte es.

Seine Gedankengänge wurden unterbrochen, als Leonhardt die Tür zuknallte und sich in den Stuhl vor Hennes Schreibtisch krachen ließ, so dass dessen Lehne bedenklich knirschte.

Henne fuhr herum: »Menschenskind, was soll das?«

»Ich hab es wirklich satt. Stell dir vor, die Rauchfuß hat mir eben erklärt, unsere Arbeit in ihren Räumen sei beendet. ›Es muss ja irgendwann normal weitergehen‹«, ahmte Leonhardt die Kassenleiterin nach.

Henne blickte verständnislos. »Na und?« Doch plötzlich dämmerte es ihm. »Du hast dich doch nicht etwa ins Bockshorn jagen lassen?«

»Du hast gut reden. Von ihr nicht, aber dafür vom Alten.«

»Verdammt, warum?«

Leonhardt verdrehte die Augen. »Als ich ihr mit vielen, schlauen Worten die Bedeutung unserer Arbeit erklären wollte, hat sie mich beiseite geschoben und Schuster angerufen. Du hättest sie hören sollen: ›Verehrter Herr Kriminaldirektor, so geht das aber nicht ...‹ Daraufhin hat uns der Alte zurückgepfiffen.«

»Soll das heißen, wir haben in der Kasse alle Zelte abgebrochen? Das hätte der Alte nie zugelassen!«

»Hat er aber! Aus, fini, vorbei! Wir können nur noch von hier aus operieren.«

Herzlichen Dank, Schlangenlady! Henne fluchte und pfefferte das Protokoll quer durch den Raum.

Wortlos holte Leonhardt die Kaffeekanne und goss seinem Chef eine Tasse ein. Indem er sich wieder auf seinen Platz begab, hob er das Protokoll auf und strich es glatt.

»Nanu, Anja Pechter war da?«, fragte er.

»Spar dir die Ablenkungsmanöver.«

Leonhardt überflog Anjas Aussage, dann reichte er das Blatt an Henne zurück. »Ziemlich undurchsichtig, die Kleine.«

Henne zuckte mit den Schultern. »Wird sich alles aufklären.« Er griff zum Telefon. Er hatte Glück und erwischte Fischer von der Spurensicherung. Mit ihm hatte er bisher gut zusammengearbeitet, er vertraute ihm, auch wenn er ihn nicht um sich haben mochte. Fischer rauchte Zigarren – je stinkender, desto lieber. Henne musste sich einmal einen ausgedehnten Vortrag über Qualitätsunterschiede nicht nur bei den kubanischen anhören. Seitdem ging er Fischer aus dem Weg, telefonierte aber regelmäßig mit ihm. Was er erfuhr, machte ihn nachdenklich.

»Unsere Theorie vom Tod durch Erschlagen wackelt.«

»Ich habe weiß Gott schon viele Tatorte gesehen. Ich könnte meinen Arsch verwetten, dass August ...«

»Vergiss deine Rede nicht und hör mir zu!«, unterbrach Henne seinen Assistenten ungeduldig. »Alles deutet auf Erschlagen hin. Die Lage der Leiche, die offene Schädeldecke, die ausgetretene Hirnmasse, das Blut. Alles Beweise.«

»Aber?«

»Die Wunde hätte wesentlich mehr bluten müssen.«

»Wie bitte?«

»Wenn ich dir in diesem Moment ein Loch in deine Rübe knallen würde, würdest du bluten wie ein abgestochenes Schwein.«

Leonhardt verstand plötzlich: »Genau das hat August nicht getan.«

»August müsste bereits im Sterben gelegen haben, als ihm der Schädel zertrümmert wurde.«

»Damit haben wir ein Opfer, von dem wir nicht wissen, wie es gestorben ist ...«

»... und noch weniger Ahnung, wer ein Motiv hat«, ergänzte Henne freudlos.

»Vergiss nicht den Einbruch.«

»Versuchter Siegelbruch«, korrigierte Henne mechanisch.

»Meinetwegen. Zumindest dafür haben wir den Täter oder sollte ich besser sagen: die Täterin?«

»Die kleine Pechter ist harmlos. Klar hat sie sich verdächtig gemacht, doch mein Bauchgefühl sagt mir, sie ist keine heiße Spur.«

»Ziemlich schnell, dein Sinneswandel.«

»Spar dir deinen Spott! Sie hat es plausibel begründet und halte davon, was du willst; ich glaube ihr.«

Henne verschwieg, dass sein Glaube weit weniger fest war, als er angab. Zumindest Anjas Lüge hinsichtlich ihres Besuches bei August wartete noch auf dringende Aufklärung.

»Erzähl das mal dem Alten! Der wird uns nicht viel Zeit lassen und schon bald Ergebnisse wollen.«

Das Telefon schellte und da Henne keine Anstalten machte, nahm Leonhardt den Hörer ab.

»Ja?« Je länger er lauschte, umso mehr ähnelte sein Gesichtsausdruck dem eines Bären, der einen Korb voll Honigwaben entdeckt hatte. Mit zufriedenem Brummen legte er schließlich auf. Seine Augen funkelten. »Du wirst es nicht glauben, das Wunder ist geschehen.«

»Spann mich nicht auf die Folter!«

»Die Leiche ist obduziert.«

»Endlich! Das Ergebnis?«

Leonhardt hielt es nicht länger auf dem Platz. Aufgeregt sprang er auf und tigerte durch den Raum: »Giftspuren, jede Menge.«

»August wurde vergiftet?«, vergewisserte sich Henne, der Leonhardt nicht aus den Augen gelassen hatte Als Leonhardt nickte, setzte er hinzu: »Wie war das gleich mit deinem Arsch?«

»Der ist gerettet.«

»Meine Güte, setz dich endlich. Du machst mich verrückt mit deinem hin und her Gerenne.«

Als Leonhardt saß, sagte Henne mit einem boshaften Blinzeln: »Wenn ich mich recht erinnere, warst du davon überzeugt, dass unser Kassenmann erschlagen wurde. Irrtum ausgeschlossen, was?«

»Stimmt, und auch wenn es dich ärgert, ich liege damit genau richtig. Fakt ist, August hatte Gift im Körper und das bedeutet, es muss gewirkt haben, doch ehe er daran sterben konnte, wurde er erschlagen.«

»Wenn das Gift überhaupt tödlich war«, zweifelte Henne.

»War es, sagt Kienmann. Deshalb jedenfalls die relativ geringe Blutmenge.«

»Gift!«, überlegte Henne. »Das erschwert die Sache.«

»Wenn schon, du wolltest doch neue Erkenntnisse. Jetzt hast du sie und bist nach wie vor unzufrieden.«

»Allerdings! Ich hatte mir unter neuen Erkenntnissen eher einen Hinweis auf den Täter vorgestellt. Nun suchen wir auch noch einen Giftmörder. Als ob einer alleine nicht reichen würde!«

»Möglicherweise ist es ein und dieselbe Person.«

»Wenn August das Gift nicht freiwillig genommen hat.«

»Selbstmord? Glaube ich nicht.«

»Ich auch nicht«, gab Henne zu.

»Zumindest ist der Täterkreis merklich eingeschränkt.«

»Wie wahr, ein Giftbrauer braucht einschlägige Kenntnisse. Hat Kienmann gesagt, welches Gift verwendet wurde?«

»Hyosmin oder so ähnlich«, antwortete Leonhardt, »Genaues steht im Bericht.«

»Worauf wartest du? Hüpf rüber und hol ihn!«

Hennes Gedanken ratterten. Einen Selbstmord konnte er sich beim besten Willen nicht vorstellen. Vielleicht wollte der Mörder auf Nummer sicher gehen oder die Spuren der Vergiftung verwischen.

Mechanisch massierte er seine pochende Narbe. Er konnte sich nicht erinnern, je von einer ähnlichen Konstellation gehört zu haben. Eine harte Nuss. Die Sache fing langsam an, ihm zu gefallen. Er liebte Herausforderungen.

* * *

Er schaute auf die Uhr. Wo blieb nur Leonhardt? So weit war der Weg zu Kienmann nun auch wieder nicht. Als es Henne nicht länger aushielt und Kienmanns Nummer wählte, näherten sich vom Gang her eilige Schritte. Gleich darauf wurde die Tür aufgestoßen.

»Na endlich! Gib schon her!«

Henne riss Leonhardt den Umschlag aus der Hand und öffnete ihn. Schnell überflog er die Seiten. »Ah, hier steht es: ausgeprägt vergrößertes Herz, fleckenförmige Veränderung der Herzmuskulatur, hochgradige Herzkranzgefäßverkalkung. Kombiniertes Herzversagen, hervorgerufen durch Vergiftung, nachweisbar anhand der angesichts des Herzschadens extremen Konzentration von Hyoszyamin im Blut. Scherbenartige Zerlegung des knöchernen Schädeldaches, Hirngewebszertrümmerungen, Blutungen über und unter der harten Hirnhaut, ebenso der weichen. Beigebracht durch Fremdeinwirkung, vermutlich mit einem harten Gegenstand. Todeseintritt etwa gegen zwanzig Uhr.« Er legte die Blätter beiseite. »Was, um alles in der Welt, wollte August um diese Zeit noch im Büro?« Dann bissig: »Als Beamter!«

Leonhardt verdrehte die Augen und griff nach dem Bericht.

»Ach du Scheiße«, murmelte er plötzlich.

»Ich wollte dich nicht darauf stoßen, aber wo du es nun selbst entdeckt hast …«

»Okay, ich hab mich geirrt.«, gab Leonhardt kleinlaut zu, um sich gleich darauf zu verteidigen: »Das hätte jedem passieren können.«

»Unbestritten, nur warst du der Einzige, der seinen Allerwertesten in die Waagschale geworfen hat.«

»Todesursache Herzversagen«, las Leonhardt vor und setzte hinzu: »Irgendjemand muss ihm unmittelbar vor seinem Tod den Schädel zertrümmert haben, womöglich im selben Augenblick, in dem August dabei war, über den Jordan zu gehen.«

»Ein Grenzfall«, nickte Henne.

»Warum macht jemand so etwas?«

Henne hob ratlos die Schultern.

* * *

Mit letzter Kraft schloss sie die Wohnungstür. Sie konnte das Zittern nicht länger unterdrücken und lehnte sich einen Augenblick haltsuchend an die Wand. Dann taumelte sie in die Stube und ließ sich in den tiefen Sessel fallen. Sie presste die Hände auf die Brust und holte tief

Luft. Einatmen, ausatmen, ein, aus. Ihr Herz wollte sich nicht beruhigen.

Klaus! Sie hatte ihn gesehen, aber wieso? Klaus war tot! Hatte sie sich getäuscht? Der Augenblick war überaus kurz gewesen, der Bruchteil eines Wimpernschlages, und doch hatte sie keinen Zweifel gehabt, als sie seinen Charakterkopf in der Menschenmenge auf dem Bahnhof entdeckt hatte.

Jetzt allerdings war sie sich nicht mehr so sicher.

Hatte sie Halluzinationen?

Sie atmete weiter angestrengt ein und aus, und allmählich wurde sie ruhiger. Gewiss war es nur das schlechte Gewissen, das sie Gespenster sehen ließ. Ein hysterisches Lachen drängte sich durch ihre zusammengepressten Lippen. Reiß dich zusammen, schimpfte sie mit sich selbst und zwang sich zum Nachdenken.

Der Kommissar fiel ihr ein, und augenblicklich war es mit der mühsam erlangten Ruhe vorbei. Dieser Heine wollte sie erneut befragen, die Vorladung war mit der Tagespost gekommen. Die Rauchfuß hatte einen seltsamen Ausdruck in den Augen gehabt, als sie ihr den Brief persönlich übergeben hatte. Wusste sie etwas, und was wusste der Kommissar? Er war anders als sie sich einen Polizisten vorgestellt hatte. Kein dummer Befehlsausführer, sondern besessen. Dazu ein Kanake, wenn auch mit Leipziger Dialekt. Er machte ihr Angst, und vielleicht hatte er sie längst durchschaut.

Sie musste sich vorsehen! Was sollte sie nur tun? Was?

Ihre Kehle zog sich zusammen, dass sie meinte zu ersticken. Ihr Herz ging erneut zum Galopp über.

Verdammt, sie durfte sich nicht gehen lassen! Langsam atmen, langsamer, konzentriere dich!

Sie blickte auf das Bild, das in einem gläsernen Rahmen auf dem Tisch stand. Am Anfang war Klaus sehr zurückhaltend gewesen. Es hatte ihr gefallen, sie hatte darin ein Zeichen von Rücksichtnahme, von Achtung gesehen. Trotzdem hatten sie zueinander gefunden, tastend, allmählich.

Ihr Puls raste, das Herz machte einen Sprung, stolperte. Atme, verflixt noch mal! Nicht so schnell!

Dann die Tage, an denen Klaus unerreichbar für sie war, keine Zeit angeblich. Wenn sie gewusst hätte, wo er diese Tage verbracht hatte! Sie zerrte am Kragen ihrer Bluse. Verdammt, warum bekam sie ihn nicht auf? Der Knopf sprang ab und rollte auf den Teppich. Luft – alles in ihr schrie danach. Sie presste die Hände fester auf die bebende Brust. Einatmen, ausatmen!

Wie dumm war sie gewesen, wie ahnungslos. Falsch, nicht ahnungslos. Absichtlich hatte sie die Augen verschlossen, dankbar für jeden Augenblick, den Klaus für sie erübrigen konnte. Billige Almosen, jetzt bekam sie die Quittung.

Der sonderbare Kommissar … einerseits gelassen, als berühre ihn weder der Mord, noch ihre Aussage. Eine dämliche Taktik, bestimmt wollte er sie in Sicherheit wiegen. Sie spürte die Bedrohung. Der Schwarze war subtil und gefährlich.

Irgendetwas steckte in ihm, ein Feuer vielleicht, jedenfalls trieb es ihn an. Er würde sie jagen und ins Unglück stürzen. Wie Klaus, dieser Scheißkerl, der jetzt im fetten Dunkel der Erde vermoderte.

Die Wut erlosch so rasch, wie sie gekommen war. Es war ohnehin alles vorbei. Müde schloss sie die Augen. Ihr Puls beruhigte sich, die Hände fühlten auf einmal die weichen Brüste. Die Finger glitten tiefer, bewegten sich schneller, rieben und kniffen. Als sie mit einem Seufzer zum Höhepunkt kam, rollten Tränen über ihre Wangen. Nie wieder würden sie Klaus Hände streicheln, nie wieder würden sie seine heißen Lippen berühren.

* * *

Leonhardt blickte Henne vorwurfsvoll an. »Warum bloß versumpfst du immer in dieser Spelunke?«

Henne antwortete nicht, doch Leonhardt wusste auch so, was zu tun war. Wortlos stellte er die Tasse mit Kaffee – schwarz, stark und ohne Zucker – auf den Tisch und wandte sich wieder dem vor ihm liegenden Ordner zu.

»Danke, Hagen.«

Leonhardt winkte ab, Henne jedoch fuhr fort: »Doch, doch, ich bin dir wirklich dankbar. Ich habe es dir nie gesagt, aber du bist mir eine große Hilfe.«

»Woher kommt das denn nun wieder? Willst du was? Ist dir vielleicht Gittas Anblick auf den Magen geschlagen?«

Gitta trug an diesem Tag einen veilchenblauen Zopf, den sie auf wunderbare Weise inmitten ihrer natürlichen Haarpracht platziert hatte und der weithin leuchtete. Ein Schock für jedes Männerauge.

»Quatsch, ich meine es ernst. Ich habe die ganze Nacht über mich nachgedacht.«

»Dann muss es Erika sein. Sie steckt dir immer noch in den Knochen.«

»Die auch, ja, aber es ist mehr. Ich bin ein Ekel, ein egoistisches, eingebildetes Ekelpaket.«

»Mensch, Heinrich! Klar bist du arrogant, zynisch, sarkastisch, verletzend und was weiß ich noch. Doch du bist ebenso einfühlsam, behutsam und hilfsbereit. Ein echter Kumpel eben.«

»Erika hat das offenbar anders gesehen.«

»Erika ist nicht die ganze Welt. Andere Mütter haben auch schöne Töchter.«

»Du verstehst das nicht.«

»Ich verstehe sehr wohl.« Energisch pflanzte sich Hagen Leonhardt vor Henne auf. »Du hast dich gestern besoffen und dann das große Heulen gekriegt. Es ist deine Sache, aber lass dir gesagt sein: Selbstmitleid passt nicht zu dir.«

»Na hör mal, ich bemitleide mich doch nicht. Im Gegenteil! Ich verabscheue mich.«

»Ist das so ein großer Unterschied? Nein, Heinrich, komm auf den Boden der Tatsachen zurück! Trinkt deinen Kaffee und du wirst sehen, danach geht es dir viel besser. Und heute Abend, mein Freund, gehen wir zusammen auf die Piste.« Theatralisch breitete Leonhardt die Arme aus: »Ihr Frauen der Stadt, wir kommen.«

Als sie kurze Zeit später das Haus in der Shakespearestraße betraten, in dem August eine Eigentumswohnung hatte, waren Hennes Depressionen verschwunden.

Der Hausmeister, ein magerer, gebückt gehender Mann, hatte sie in den zweiten Stock geführt und nachdem Henne das Polizeisiegel entfernt hatte, die Tür zu Augusts Wohnung geöffnet. Nun stand er abwartend im Treppenhaus und wollte die Männer nicht allein lassen.

»Gehen Sie ruhig, wir brauchen Sie nicht mehr«, sagte Leonhardt.

»Ich bin verantwortlich für das Haus.«

»Wir machen schon nichts kaputt.«

»Ich werde Sie sicherheitshalber beobachten.«

Heine riss der Geduldsfaden: »Lassen Sie uns endlich unsere Arbeit machen, sonst nehme ich Sie fest. Behinderung bei der Aufklärung eines Verbrechens.«

»Sie verstehen das nicht. Hier im Haus wohnen strenge Leute, sie wollen ihre Ruhe und deshalb muss ich für Ordnung sorgen. Die haben hier einen Anwalt.«

»Einen Anwalt«, brummte Heine missmutig und plötzlich brüllte er: »Sagen Sie ihm, ich fürchte mich zu Tode, und nun verschwinden Sie endlich!«

Der Mann zögerte, setzte zu einem Einwand an, besann sich dann aber anders und schlurfte widerwillig die Stufen hinab.

Henne knallte die Tür zu: »Du nimmst dir das Schlafzimmer vor. Ich sehe mich in der Stube um.«

»Musste das eben sein?«

»Hä?«

»Dein Geschrei.«

Henne hob die Schultern. Er wusste selbst nicht, was über ihn gekommen war. Die Nerven, es mussten die Nerven sein. Erika ... Scheiße, reiß dich zusammen, schimpfte er mit sich.

»Wonach suchen wir eigentlich?«, fragte Leonhardt.

»Wenn ich das wüsste! Bis jetzt interessiert mich alles, vor allem das, was ungewöhnlich erscheint.«

»Pff.«

»Du sagst es.«

Sie gingen ins Wohnzimmer.

»Tolle Bude«, staunte Leonhardt.

Die Wohnung war hoch und hell, jede Menge Stuck an Wand und Decken und doch modern und männlich eingerichtet. Viel Glas, gepaart mit Edelstahl und schwarzem Holz. Den Mittelpunkt bildete eine riesige Wohnlandschaft aus weißem Leder. Einen Tisch gab es nicht. Stattdessen reihten sich flache Sitzhocker um einen noch flacheren Kasten, dessen ebenfalls weiß bezogene Oberseite durch eine dicke Glasplatte geschützt war. Darauf zwei massive Kerzenständer aus Silber sowie ein Tablett, dieses allerdings leer. An der größten Wand stand ein schrankwandähnliches Teil zwischen mäßig gefüllten Regalen. Einige Bücher, zu sehr inmitten der schwarzen Wänden in Szene gesetzt, als dass sie tatsächlich dem Literaturkonsum dienen konnten, ein paar Modellautos, eine mickrige Grünpflanze, aber keine Fotos.

Henne öffnete eine Schranktür.

»Das Schlafzimmer wartet«, erinnerte er Leonhardt, der ihm neugierig über die Schulter schaute.

»Schon gut.« Leonhardt trollte sich nach nebenan. Gleich darauf tauchte er wieder auf. »Zählen Pornos zu den außergewöhnlichen Dingen, die wir suchen?« Er schwenkte einen Stapel bunter Hefte. »Lagen direkt auf dem Nachttisch.«

»Mann, wenn August nicht selbst einer der Darsteller ist, dann nimm sie einfach nur zur Kenntnis.«

Kurze Zeit später kehrte Leonhardt mit einem Fotoalbum unterm Arm zurück. Er grinste zufrieden. »Schau dir das an! Es lag im Wäscheschrank ganz unten. Ein einfallsloses Versteck.«

Henne blätterte das Album durch. »Hochzeitsfotos, wie romantisch. Mir wird gleich schlecht.«

»Es gibt auch glückliche Ehen.«

»Nicht in dieser Junggesellenwohnung.«

»Stimmt auch wieder. Vielleicht sind sie geschieden. Das Standesamt wird es wissen.«

»Ein Fotoalbum zwischen den Klamotten! Das zeugt nicht unbedingt von Ordnung.«

»Regelmäßiger Damenbesuch?«

»Möglich, die Frauen sollen ja auf ihn abgefahren sein.« Henne fielen die Worte ein, mit denen Gerlinde Bauer ihren toten Chef beschrieben hatte.

Leonhardt stapfte ins Nachbarzimmer zurück. Drei Stunden später hatten sie jeden Schrank und jede Schublade durchsucht. Der einzige Fund, der Hennes Interesse weckte, war ein Schlüssel, den Leonhardt – an die Rückseite des Nachttisches geklebt – entdeckt hatte.

»Sieht wie ein Schließfachschlüssel aus«, meinte er.

»Vielleicht ein Bankfach, August war schließlich Kassierer.«

»Verdammt magere Ausbeute.«

»Schau dir den Haufen an!« Leonhardt wies auf den Berg von Papieren, der sich auf dem Schlafzimmerteppich türmte. »Ich habe lediglich einen Bruchteil durchgesehen. Der Schlüssel befand sich in dem Umschlag hier.«

Schmutzig weißes Recyclingpapier, das sich in nichts von Millionen anderen Umschlägen unterschied.

»Keine Aufschrift, keine Notiz.« Henne wendete den Umschlag ratlos hin und her.

»Irgendwo wird sich schon was dazu finden. Weiß der Kuckuck, wo August das vergraben hat.«

»Im Wohnzimmer jedenfalls nicht. Komisch, dass August ausgerechnet an dem Ort keine Unterlagen aufbewahrt, an dem man sie am ehesten vermuten würde.« Henne gab sich einen Ruck. »Wir packen das ganze Zeug ein und nehmen es mit ins Büro.«

»Alles?«

»Was sonst, werd bloß nicht kleinlich. Ich rufe die Jungs von der zweiten Abteilung an. Das können die machen. Wir haben genug zu tun.«

Während Leonhardt das leidige Protokoll schrieb, schichtete Henne die Papiere in einen der mitgebrachten blauen Plastiksäcke.

Mittag war längst vorbei, Hennes Magen meldete sich und auch Leonhardt hatte Hunger. Die Kantine war leer, umso zufriedener war Henne, als er Kienmann entdeckte, der einsam an einem Tisch saß und verdrießlich in einem Salat stocherte.

»Auf Diät?« Henne griff sich einen Stuhl.

»Meine Frau findet, ich werde dick. Bauchansatz! Lächerlich! Heirate bloß nie!«, seufzte der Doktor.

»Wen denn auch!«

»Was macht eigentlich dein Fall?«, lenkte Kienmann ab.

»Nicht viel. Vergiftung mit Hyosdingsbums.«

»Hyoscyamin, ein Alkaloid.«

»Erzähl mal!«

»Hyoscyamin ist ein natürlicher Stoff, er kommt in Pflanzen vor. Genauer gesagt in Datura stramonium.« Kienmann bemerkte den verständnislosen Blick des Freundes und setzte hinzu: »Stechapfel. Wächst fast überall an Wegesrändern, an Mauern, auf Brachland. Eine anspruchslose Pflanze.«

»Die jeder pflücken und nutzen kann.«

»Für den Durchschnittstyp ist Stechapfel bedeutungslos. Man muss ihn schon kennen, um ihn bewusst wahrzunehmen oder gar nach ihm zu suchen.«

»Unser Mörder – ein verkappter Botaniker.«

»Es muss keinesfalls ein Profi sein. Geringe Kenntnis der Pflanzenwelt reicht aus«, korrigierte Kienmann und balancierte die Salatblätter von einer Seite auf die andere.

»Er brauchte also nur ein wenig von dem Zeug zu nehmen und es August ins Essen mischen?«

»Ganz so einfach ist es nun auch wieder nicht. Stechapfel ist zwar giftig, doch bedarf es einer ziemlichen Menge, um zum Tode zu führen. Kein Mensch würde freiwillig einen Haufen Grünzeug in sich hineinstopfen.« Energisch schob Kienmann den Salatteller von sich. »Der Mörder könnte die Samenkapseln verwendet haben, ein starker Extrakt, destilliert und in ein süßes Getränk gekippt.«

»Warum süß?«

»Meinetwegen auch bitter, Hauptsache mit Eigengeschmack. Im Fall August war die Dosis übrigens doch nicht so groß.«

»Du hast doch eben gesagt …«

»Ich weiß, was ich gesagt habe. August hatte einen Herzfehler, nur deshalb war das Gift trotz der geringen Menge tödlich. Ein gesunder Mann hätte lediglich Magenkrämpfe bekommen.«

»Gott im Himmel!«

»Der wird dir nicht helfen. Giftmorde werden übrigens überwiegend von Frauen verübt.«

Kienmann stand auf und versenkte den kaum berührten Salat im Abfall.

»Aber das Loch im Kopf!«, rief ihm Henne hinterher.

Der Doktor wandte sich um. »Den Verletzungen nach zu urteilen ein Schlag von mittlerer Stärke. Einer Frau durchaus zuzutrauen.«

Als Henne und Leonhardt an ihre Schreibtische zurückkehrten, waren beide nicht zum Reden aufgelegt. Jedem von ihnen gingen Dinge im Kopf herum, unreif noch, weder gut durchdacht, noch ausgegoren und deshalb zu früh, als dass sie hätten miteinander darüber sprechen wollen.

Es war längst dunkel, als Henne übermüdet die Akten schloss. »Für heute reicht es.«

Leonhardt rieb sich die Augen. »Ich kann mich auch nicht mehr konzentrieren.«

»Du brauchst was zum Ausklingen, könntest ohnehin nicht schlafen. Einen Drink?«

»Klar, Chef, das wird aber teuer, ich warne dich.«

Wenig später waren die beiden auf dem Weg in die nahe gelegene City. Die Bar, in der sie schließlich landeten, befand sich in einer Seitenstraße unweit des Bahnhofes. Bei Tageslicht besehen machte sie einen heruntergekommenen Eindruck. Jetzt allerdings, im Halbdunkel der im Stil der Gründerzeit gehaltenen Tischlampen, wirkte das Interieur vorteilhafter. Fast gediegen, stellte Henne fest. Umso mehr wunderte er sich, als ihm ein Mädchen zuwinkte, das nicht in den Laden passte. Zu jung für den verblichenen Chic. Dann erkannte er sie; Julia, Anja Pechters Freundin. Er ging zu ihr und hatte nichts dagegen, dass sie ihn zur Theke zog.

»Ich wusste gar nicht, dass junge Frauen wie Sie in Bars wie dieser verkehren.«

Julia lachte laut auf. Zu grell, wie Henne fand.

»Ist nicht meine Stammdisko, doch was soll's, man muss sich über Wasser halten.«

»Wie wahr. Wie machen Sie das?«

»Stell dich nicht so an!« Julia verzog amüsiert den Mund. »Männer wie du wollen doch nur das Eine.«

Daher also wehte der Wind. Die Sittenpolizei hatte einen Tipp verdient.

»Ich gehöre nicht zum Stammpersonal«, fuhr Julia fort. »Nur wenn ich klamm bin, schnappe ich mir hier einen Kunden. Dann haue ich wieder ab.«

»Haben Sie sonst keinen Beruf? Keine Ausbildung?«

Das Mädchen tat Henne leid. Er wusste, die hohe Arbeitslosigkeit in der Stadt zwang manches junge Ding zum Verkauf des Körpers. Wenn man jung war, wollte man das Leben in vollen Zügen genießen und das hieß für die meisten, in tollen Bars verkehren, schicke Klamotten tragen, Geld haben.

Julia registrierte, dass Henne kaum ihr nächster Freier sein würde und ging zum förmlichen Sie über. »Finden Sie mal eine Stelle, wenn Sie an der Nadel hängen.«

»Schon mal an einen Entzug gedacht?«

»Lange her. Mein Ex hat mich beschissen, dann ist er abgehauen. Schlechte Voraussetzungen für eine Therapie. Ich bin ein Teil der Rückfallquote.« Verbittert stürzte Julia ihren Drink herunter.

»Er war nicht der Richtige für Sie«, tröstete Henne, doch Julia fiel ihm hitzig ins Wort. »Was wissen Sie denn schon! Sie sind ja auch einer von denen, die sich ein junges Mädchen nehmen, dessen Vater sie sein könnten. Deswegen sind Sie schließlich hier, geben Sie es doch zu!« Wütend strich sie sich eine gelöste Haarsträhne aus dem Gesicht. Ihre dunklen Augen blitzen. »Nur weil ich Anjas Freundin bin, haben Sie sich nichts anmerken lassen. Ich könnte ihr schließlich was stecken, oder? Dabei weiß sie selbst ganz genau, wie Männer in Ihrem Alter sind. Der Mann, der ihr das Kind angedreht hat, hat sie auch nur ausgenutzt. Als er erfahren hat, dass sie schwanger ist, hat er sie sitzen lassen, der feine Herr Kassierer!«

Hennes Kopf ruckte vor. »Moment mal, von wem sprechen Sie?«

»Na, ihr Chef eben, der Heini in der Kasse. Hat alles, was er braucht, lebt wie die Made im Speck, doch Anja lässt er im Stich. Meint, er ließe sich nicht erpressen, dabei hat sie ihn nur gebeten, für ihr Kind zu sorgen. So ein Schwein. Ich muss kotzen.«

Julia rutschte vom Barhocker und verschwand in Richtung Klo. Schnell zahlte Henne und winkte Leonhardt nach draußen.

»Die Welt ist schlecht«, kommentierte dieser die Neuigkeit. »Da treibt es ein Beamter mit einem jungen Mädchen, seiner Schülerin sozusagen. Wem kann man da noch trauen?«

»Was fragst du mich!«

Der Abend war Henne und Leonhardt gründlich verdorben.

4. Kapitel

In den frühen Morgenstunden war ein kräftiger Regenguss niedergegangen. Die Luft im Büro war stickiger als sonst, unangenehm muffig. Henne riss die Fenster auf und ließ die feuchte Herbstkühle herein. Die Scheiben beschlugen sofort, die Fensterputzer würden wieder meckern.

Eine Weile war nur das Rascheln der Seiten zu hören. Dann schob Henne den vor ihm liegenden Papierhaufen zur Seite und lehnte sich zurück. Missmutig starrte er auf die an der Wand aufgestapelten Plastiksäcke. Sie enthielten alles, was die Kollegen der K 2 eingesammelt hatten.

»Bis wir das durchgesehen haben, sind wir alt und grau«, seufzte er.

»Das Protokoll stimmt«, antwortete Leonhardt gelassen. »Hier steht genau, was in welchem Sack ist.«

»Wenn es so einfach ist, dann kriegst du es auch alleine hin, du Optimist.« Henne griff sich die abgewetzte Lederjacke. »Ich gehe noch mal in Augusts Wohnung.«

Was erhoffte er sich davon? Hätte Leonhardt gefragt, er hätte keine Antwort gewusst. Aber Leonhardt fragte nicht, und so blieb Henne eine Ausrede erspart.

Auf dem Weg in die Shakespearestraße ordnete er seine Gedanken. Ein Mann und seine Geliebte, soweit nicht ungewöhnlich. Dann aber wurde die Geliebte schwanger, und der Mann ließ sie fallen. Grund genug für die werdende Mutter, ihn zu hassen. Doch ein Mord? Noch dazu wenn die Frau von der Art einer Anja Pechter war? War dieses Mädchen zu solch einer schrecklichen Tat fähig? Verdächtig hatte sie sich bereits gemacht und das nicht zu knapp. Aber Anja als Mörderin? Kaum vorstellbar.

Andererseits gab es genügend Beispiele, in denen ausgerechnet die, denen man es am wenigsten zutraute, zu allem fähig waren. Eine verzwickte Sache. Dabei drängte die Zeit, Schuster wollte Ergebnisse. Die

Presse saß ihm im Genick, der Bürgermeister sowieso und die Stadträte stellten bereits unangenehme Fragen. Weiß der Geier, woher die alle so schnell von den Ermittlungen erfahren hatten. Eine offizielle Erklärung hatte es bislang nicht gegeben, aber wie immer war die Nachricht von dem Mordfall wie ein Wüstenbrand durch Leipzig gefegt. Zu gern hätte er die undichte Stelle mundtot gemacht. Eines Tages, so nahm er sich vor, würde er sie finden.

Die Kollegen von der Spurensicherung hatten das Büro des Toten gründlich untersucht. Ein Glas, eine Tasse oder sonst einen Gegenstand, der das Gift enthalten haben mochte, hatten sie nicht gefunden. Natürlich waren Fingerspuren vorhanden, jede Menge sogar. Völlig normal, schließlich saß August in einem öffentlichen Büro. Sie hatten die Abdrücke katalogisiert, konnten aber nicht alle zuordnen. Die dazugehörenden Personen zu finden, bedingte die sprichwörtliche Suche nach der Nadel im Heuhaufen. Mit einem verwertbaren Hinweis konnten die Spurensucher nicht dienen.

Dann blieb immer noch zu klären, was August so spät noch im Büro gemacht hatte.

In August Wohnung angekommen, schlenderte Henne von Raum zu Raum. Er ließ den Blick schweifen, nahm sich ausgiebig Zeit, doch die insgeheim erwartete Erleuchtung stellte sich nicht ein. Enttäuscht setzte er sich auf das weiße Sofa und schloss die Augen.

Klaus August, achtunddreißig Jahre, 1,78 groß, besondere Kennzeichen: keine.

Stopp, ganz so war es nicht!

Henne zählte auf: August hatte offensichtlich weder Feinde, noch Freunde. Familie schied ebenfalls aus, sah man von der Exfrau ab. Unwahrscheinlich, dass ein Typ wie August ohne Frauen gelebt haben sollte, zumindest seine Kolleginnen hatten ausnahmslos für ihn geschwärmt. War eine davon die Favoritin? Wenn er das herausfinden wollte, musste er tiefer bohren, als in den bisherigen Befragungen und selbst dann war es fraglich, ob sie ihm die Wahrheit sagen würden. Frauen waren in Liebensdingen gegenüber Dritten und erst recht der Polizei wenig auskunftsfreudig. Ein Außenstehender würde offener reden. Der Hausmeister zum Beispiel.

Henne war dessen verkniffenes Rattengesicht deutlich in Erinnerung. Der wusste mit Sicherheit eine Menge über die Mieter der teuren Shakespearestraße und deren Gewohnheiten, mochten sie auch noch so unwesentlich erscheinen. Ein Mann wie Hausmeister Krüger ließ sich nichts entgehen.

Das Handy rüttelte ihn aus seinen Gedanken. Rapport beim Chef, so schnell wie möglich. Leonhardt klang hektisch. Schuster musste mächtig unter Dampf stehen.

* * *

Der Mann biss sich auf die Lippen. Er dachte nach. Der Kommissar war aus dem Haus gerannt und mit quietschenden Reifen davon gefahren. War das nun gut oder schlecht?

Er ließ den Motor an und fädelte sich in den Verkehr. Er wagte es nicht, Henne zu folgen. Er durfte nichts riskieren. Vermutlich wäre er ohnehin zu langsam gewesen. Wenn er bloß wüsste, was der Neger oben gesucht hatte! Die Bude war doch leer. Er hatte gesehen, wie sie das Zeug rausgeschleppt hatten. Säckeweise. Komisch, dass ein ganzes Leben in einen Haufen Plastikbeutel passte. Irrtum, korrigierte er sich. Nicht jedes, seines zumindest ließ alles offen. Klaus August – er zerdrückte den Namen auf der Zunge. Der Kassierer gehörte der Vergangenheit an. Zu spät, ihm nachzutrauern. Ein neuer Abschnitt hatte begonnen. Jetzt war er am Zug – endlich. Er musste es nur geschickt anstellen. Spinnengleich musste er sein Netz weben, Stück für Stück. Den Schwarzen hatte er bereits gefangen, noch nicht fest, aber es entwickelte sich. Wenn der Bulle auch nur einen Funken Verstand hatte – und davon ging er aus – würde er sich allmählich voran arbeiten. Er musste behutsam vorgehen und ihn führen. Eine logische Kette. Seine Lippen kräuselten sich. Der Ausdruck gefiel ihm.

* * *

Henne stand auf dem Nordfriedhof herum und fror. Er wünschte, er hätte seine Lederjacke an, aber anlassgemäß hatte er sich in ein schwarzes Jackett gezwängt. Er zog den Kopf ein, und trotzdem rann der Regen in den Kragen und hinterließ dunkle Flecken auf Schultern und Rücken.

»Scheißwetter«, knurrte er und musterte verbiestert die Friedhofskapelle. Hätte es nicht geregnet, hätte er deren Pracht, geschaffen vom berühmten sächsisch-altenburgischen Hofbaumeister Brückwald gewiss bewundert. So jedoch hatte er dafür kein Auge, sondern wartete ungeduldig auf die Trauergemeinde.

Schuster hatte ihm die Hölle heiß gemacht. Was er sich denken würde, dass er so lange herumstocherte und ihn hinhielt. Pah, als ob er was dafür konnte, dass er nicht weiterkam. Der Fall August wurde immer undurchsichtiger. Heiße Spur? Fehlanzeige.

Als die Glocken das Ende der Trauerfeier ankündigten, lief er schnell in einen Seitenweg der Hauptachse, die den Friedhof mittig teilte. Hinter einer Buchsbaumhecke verborgen, beobachtete er den Zug schwarzgekleideter Trauergäste, der sich langsam Richtung Theresienstraße in Bewegung setzte. In angemessener Entfernung folgte er ihm schließlich. Wenige Meter vor der Stelle, an der August beigesetzt werden sollte, reihte er sich ein. Niemand nahm Notiz von ihm.

Der Grabredner ehrte den Toten mit bildhaften Worten. Die Kassenmitarbeiter wirkten wie Pinguine. Die Rauchfuß, die Bauer, selbst die junge Anja Pechter. Henne fragte sich, ob sie wahre Trauer empfinden mochten. Vermutlich war es eher ein Pflichttermin. Unmittelbar nachdem die Erde auf den matt glänzenden Sarg gefallen war, wandten sie sich hastig zum Gehen. Vielleicht lag es aber auch am Wetter. Der gleichmäßige Regen hatte sich mittlerweile zu einem regelrechten Wolkenbruch entwickelt.

Auch Henne beschloss, zum Ausgang zu gehen. Sein Blick streifte über den frischen Erdhügel zu der dahinter stehenden Baumgruppe. Hinter einem Stamm verborgen stand ein großgewachsener Mann. Trotz des Regens trug er eine Sonnenbrille.

Der Fremde musste seine Blicke gespürt haben. Er schaute ihn an. Einem Impuls folgend hob Henne die Hand, doch plötzlich wandte sich der Fremde ab und strebte dem Ausgang zu.

»Dann eben nicht«, brummte Henne und schlenderte hinterher.

Der Mann drehte sich um. Als er Henne folgen sah, schritt er schneller aus. Henne legte ebenfalls einen Zahn zu. Seine Schritte knirschten auf dem schütteren Kiesweg und hinterließen kleine Kuhlen, die sich augenblicklich mit Wasser füllten. Der Mann blickte zurück und begann zu laufen.

»Warten Sie!« Sein Bedürfnis, mit dem Fremden zu sprechen, wuchs.

Der Mann rannte weiter, als hätte er Henne nicht gehört.

»Warten Sie doch!« Henne spurtete los, doch der Mann war schneller. Die dunkle Gestalt tauchte ein paar Mal zwischen Grabstellen auf, dann verlor er sie aus den Augen. Schwer atmend ließ er sich auf eine

Bank fallen. So weit war es also mit ihm gekommen. Jeder lange Kerl konnte ihn mühelos abhängen. Er schluckte und beschloss einmal mehr, Willys Eisbein abzuschwören und stattdessen zu trainieren. Kein verlockender Gedanke.

Missmutig musterte er seine Hosenbeine. Dunkle Schmutzflecke, nasser Saum. Er hievte sich hoch. Verdammt, nun war auch sein Hinterteil feucht. Was für eine beschissene Tagesbilanz.

* * *

Sie ging langsam und bedächtig. Die Morgenluft war feucht, es roch nach kühler Erde und frischem Gras. Wolkenfetzen schipperten gemächlich am blauen Himmel entlang und kreuzten die Kondensstreifen der Flugzeuge auf ihrer Route gen Süden, in die Urlaubsländer sonnenhungriger Menschen.

Die Stille war vollkommen. Nur selten verirrten sich Menschen hierher. Daher liebte sie den Weg außerhalb der Stadt entlang des Flusses, der seinen Ursprung im tschechischen Elstergebirge hatte und diesem Umstand seinen Namen *Weiße Elster* verdankte. Der Weg war durch einen breiten Buschstreifen nebst anschließendem Hang vom Flussbett getrennt, nur an wenigen Stellen konnte man einen Blick auf das träge dahinströmende Nass erhaschen.

Ab und zu hielt sie inne und bückte sich am Wegesrand nach einer Pflanze. Sie untersuchte die Blüten, prüfte Größe und Farbe, befingerte Blätter und strich Stängel entlang. Sie nahm nicht alles, nur das Beste. Hier eine tiefblauviolette Doldenrispe des Feldrittersporns, da eine gelbe Sprossspitze Honigklee. Ihr Korb füllte sich allmählich.

Unvermittelt fühlte sie sich in ihre Kindheit zurückversetzt. Sie sah sich an der Hand der Mutter den sandigen Weg zwischen goldgelben Feldern dahin trotten. Roch den Duft reifer Äpfel, das frisch gemähte Heu. Hörte, was die Mutter sagte, erklärte, hastig manchmal, ungeduldig und aufbrausend, wenn sie nicht gleich begriff. Ihre Mutter, die sie zornig an den Zöpfen zog. Die Kräuterfrau, bei den Dörflern als Hexe verschrien. Ein Name, mit dem sie, das Mädchen, die Mutter ebenfalls oftmals bedachte. Heimlich, immer dann, wenn die Mutter zankte, schrie und schlug.

Schuldbewusst bekreuzigte sie sich. Die Mutter war tot, lange schon. Die Dörfler hatten hinter vorgehaltenen Händen geflüstert, der Teufel habe sie geholt. Sie aber wusste es besser. Sie war alt genug gewesen, um alles zu verstehen. Sie wusste, die Mutter hatte sich das Leben genommen. Sie hatte sich vergiftet. Wegen des Abenteurers, des Zigeuners, der eines Tages mit dem Zirkus in das kleine Dorf gekommen war, die Mutter betört und nach wenigen Wochen das Weite gesucht hatte. Die Mutter, der danach lediglich ein gebrochenes Herz geblieben war, hatte nicht mehr gewollt und ihre Tochter, die sie ohnehin Zeit ihres Lebens als Ballast empfunden hatte, ohne Skrupel im Stich gelassen. Wie Jahre zuvor bereits der Vater.

Das Kind kam in ein Heim, konnte sich nicht anpassen und wurde hin und her geschoben. Von einer Anstalt zur anderen, bis zur Volljährigkeit, dann auf einmal kam die Freiheit.

Die Frau wischte sich über die Stirn.

Wie lange war das her? Zwanzig Jahre? Ihr kamen sie wie hunderte vor. Sie fühlte sich alt. Uralt und verbraucht, benutzt und weggeworfen.

Klaus. Der Kommissar, sie musste auf der Hut sein.

Sie verscheuchte den Gedanken. Heute wollte sie nicht daran erinnert werden. Heute wollte sie den Tag genießen, die Sonne, die Natur, den Duft der Pflanzen und der längst abgeernteten Felder. Nachwehen des Sommers. Sie wollte froh und unbeschwert sein. Ein einziges Mal, das zumindest.

Plötzlich fuhr sie zusammen. Sie lauschte. Da war es wieder, ein Geräusch, als ob jemand durch die Büsche schlich. Hastig sah sie sich um.

Da war nichts.

Sie musterte die Zweige, sie bewegten sich nicht. Vielleicht hatte sie sich getäuscht. Langsam ging sie weiter, aufmerksamer jetzt. Sie achtete darauf, dass ihre Schritte nicht zu hören waren.

Wieder dieses Rascheln, sie fuhr herum und suchte den Wegesrand ab. Sie starrte in die bereits vom Laub befreiten Büsche und auf einmal war sie sich sicher; sie war nicht allein. Schauermärchen fielen ihr ein, von vergewaltigten Frauen, die, nachdem ihr Peiniger sein Vergnügen gehabt hatte, mit aufgeschlitzter Kehle liegengelassen wurden. Die Angst griff nach ihr mit langen Fingern, und sie begann zu rennen. Sie lief und lief, sie schaute nicht zurück und so entging ihr der Mann, der den Korb, den sie hatte fallen lassen, wütend ins hohe Gras kickte.

* * *

»Sie können mir glauben, wir sind befreundet. Er hat nichts dagegen, wenn ich in seiner Wohnung auf ihn warte. Schließen Sie einfach auf.«

Der Hausmeister musterte den Mann misstrauisch. »Ich kenne Sie nicht, hab Sie noch nie gesehen.«

»Nicht meine Schuld, machen Sie endlich!«

»Selbst wenn ich wollte. Ich kann sie nicht in die Wohnung lassen. Herr August wird nämlich nicht kommen.«

»Nicht?« Der Fremde rückte seine dunkle Brille zurecht.

Der Hausmeister beugte sich vor und raunte: »Er ist tot.«

Sekundenlanges Schweigen ehe die Antwort kam, die keine war: »Tot?«

»Tot!«

»Woher wissen Sie das?«

»Die Polizei war da, alles ist abgesperrt.«

Abrupt machte der Brillenmann kehrt und stürzte davon.

Verwundert schob der Hausmeister seine Schiebermütze nach hinten und kratzte sich am Kopf. Komischer Kauz, dachte er. Freund von August! Wenn das stimmen sollte! Warum rannte der auf einmal weg? Seltsame Reaktion auf eine Todesnachricht.

Kopfschüttelnd machte er sich daran, die Treppe zu kehren. Stufe für Stufe, akkurat und voll Hingabe. Der edle Granit beanspruchte seine ganze Aufmerksamkeit. Krümel, Sandkörnchen, selbst Staub waren ihm ein Gräuel. Schnell war der Fremde, der angebliche Freund des netten Herrn August, vergessen. Ordnung war wichtig. Ordentlich und sauber musste alles sein.

Unten angekommen entleerte er den Unrat in einen Kübel. Er sah die Straße hinunter. Sie war menschenleer. Eigentlich könnte er noch den Gehsteig säubern, dachte er bei sich. Es begann bereits zu dunkeln. Im fahlen Laternenlicht würde er nicht sauber genug arbeiten können, die Mühe wäre umsonst. Nein, morgen war auch noch ein Tag.

Er stieg in den Keller hinab, stellte Besen und Schaufel in die Nische gleich am Eingang neben Laubrechen und Schneeschieber. Alles hatte seinen angestammten Platz, seine Ordnung. Er griff in die Kiste mit Streusand und zog eine Flasche heraus. Er fand, nach der anstrengenden Arbeit hatte er sich einen Schluck verdient. Der Klare wärmte ihn. Sein Blick streifte den zu Augusts Wohnung gehörenden Kellerraum. Merkwürdig, dass der leer war. Klaus August hatte ihn nie benutzt. Dabei besitzt doch jeder Mensch Dinge, die irgendwo abgestellt werden mussten. Ein weiterer Schluck aus der Flasche ließ ihn Augusts Keller vergessen. Eine halbe Stunde später versenkte er den Schnaps wieder zwischen dem Sand und schloss den Keller ab. Auf dem Weg nach oben blieb er vor Augusts Wohnungstür stehen. Armer Kerl, dachte er. War so ein netter Mensch gewesen. Wer weiß, wer jetzt die Wohnung bekam.

Plötzlich hörte er ein Poltern. War da jemand? Die Polizei? Er legte das Ohr an die Tür. Tatsächlich, drinnen rumorte es. Der Kommissar hätte ihm doch Bescheid sagen können! Energisch drückte er den Klingelknopf. Einmal, zweimal. Verdächtige Stille. Na gut, würde er eben nachschauen. Der Ordnung wegen und überhaupt. Das war er dem netten Herrn August schuldig. Er holte den Ersatzschlüssel aus der Tasche und öffnete die Tür.

Totenstille. Er lauschte. Nichts. Hatte er sich getäuscht? Er beschloss nachzusehen und drückte die Klinke der Wohnzimmertür. Aus den Augenwinkeln bemerkte er eine Bewegung und fuhr herum.

»Was machen Sie hier?«

»Regen Sie sich nicht auf!«

»Und ob ich mich aufrege! Ich bin ein gewissenhafter Mensch, zuverlässig, ordentlich. Sonst wäre ich nicht Hausmeister.« Dann lauter: »Ich habe Ihnen gesagt, Sie können nicht in diese Wohnung und was machen Sie? Sie Verbrecher!«

»Seien Sie leise!«, zischte der Brillenmann.

»Langsam, Freundchen! Das ist ein Fall für die Polizei. Ich werde Sie melden!«

Der Fremde war mit einem Satz bei ihm. »Das würde ich an Ihrer Stelle bleiben lassen. Sie haben mich nicht gesehen, einverstanden?« Er hielt ihm einen Zwanziger unter die Nase.

»Stecken Sie Ihr Geld weg, ich bin nicht käuflich.« Der Hausmeister zitterte vor Empörung, als er zu der immer noch offen stehenden Wohnungstür ging.

An der Schwelle holte ihn der Fremde ein und riss ihn herum: »Begreifen Sie doch! Ich habe keine Wahl! Ich muss in die Wohnung. Ohne Polizei!«

Der Hausmeister sah das eisige Flimmern hinter den dunklen Gläsern. Die Wärme des Alkohols war auf einmal verschwunden, der Mut wie weggefegt. Nackte Angst sprang ihn an. Unter Aufbietung aller Kräfte machte er sich los. »Rühren Sie sich nicht von der Stelle! Die Polizei muss jeden Augenblick hier sein.« Er drehte sich um, aber er kam nicht weit. Der Mann warf sich auf ihn, prallte im Treppenhaus in den schmächtigen Rücken, der Hausmeister stolperte, blieb am Geländer hängen und ruderte hilflos mit den Armen durch die Luft. Dann stürzte er, den Mund zu einem stummen Schrei aufgerissen, die Treppe hinab.

Kaltblütig sah der Brillenmann zu, wie sich sein Opfer mehrmals überschlug und schließlich seltsam verdreht in der Zwischenetage liegen blieb. Ein Blick nach oben, einer nach unten. Niemand hatte den Vorfall bemerkt. Schnell zog sich der Mann in die Wohnung zurück.

Als er eine halbe Stunde später heraus kam, lag der Hausmeister noch immer leblos im Flur. Vorsichtig stieg er über den Körper hinweg und machte, dass er aus dem Haus kam. Auf der Straße schlug er seinen Mantelkragen hoch und zog die Schultern ein. Ein Mann, der nicht gesehen werden wollte.

Den Beobachter, der in einem dunkelblauen Wagen auf der anderen Straßenseite saß, konnte er jedoch nicht täuschen. Der hatte den Brillenmann im fahlen Licht der Laterne erkannt. Zufrieden rieb er sich die Hände. Die Schlinge zog sich zu.

* * *

Henne schritt zügig aus. Er fror, der Morgen war kalt. Nach wenigen Tagen Restsonne war das Wetter umgeschlagen. Feiner Nieselregen ließ die Pflastersteine der Straße glänzen. Wieder einmal.

Henne hatte dafür kein Auge. Zielstrebig steuerte er auf das elegante Wohnhaus in der Shakespearestraße zu. Er rettete sich vor dem Wasserschwall eines vorbeibrausenden Autos unter das weit ausladende Vordach und klingelte. Ungeduldig trat er von einem Bein auf das andere, wippte auf den Zehenspitzen und versuchte, durch die getönte Scheibe der Haustür zu spähen.

Plötzlich wurde die Tür aufgerissen. Er konnte sich gerade noch fangen, fast wäre er gefallen. Er räusperte sich verlegen: »Ich suche den Hausmeister, Herrn Krüger.«

Die ältere Frau, die die Tür geöffnet hatte, schaute ihn missbilligend an. »Wir dulden keine Bettler und kaufen wollen wir auch nichts.«

»Erlauben Sie mal ...«

»Was wollen Sie denn sonst von ihm?«

»Kriminalpolizei. Ich habe ein paar Fragen.«

»Sie sind von der Polizei? Ich dachte, da dürfen nur Deutsche ...«

»Sagen Sie mir einfach, wo ich Herrn Krüger finde.«

»Er ist nicht hier.« Abweisend zog die Frau die Tür hinter sich ins Schloss und spannte ihren Schirm auf.

Henne ließ nicht locker: »Wo sonst?«

»Wer? Der Krüger? Im Krankenhaus, im ›Sankt Georg‹, ein städtisches Haus, soviel ich weiß.«

Die Frau schickte sich an, in den Regen zu treten.

»Ist ihm etwas passiert?«

»Passiert?« Unmerkliches Zögern. »Wie man es nimmt. Er ist die Treppe hinab gestürzt. Hatte wohl zuviel getrunken.«

»Was Sie nicht sagen!« Henne setzte ein gewinnendes Lächeln auf. »Tut er das öfter?«

»Trinken? Jawohl, viel zu oft.« Plötzlich hatte die Frau Zeit, selbst wenn es für einen dunkelhäutigen Menschen war. »Er war doch schon bei den Anonymen!«

»Bitte?«

»Na, Alkoholikern!«

»Ach ja!«

»Obwohl ... die Entziehungskur hat er abgebrochen.« Sie seufzte theatralisch. »Das Personal heutzutage! Was soll man bloß tun? Man muss ja froh sein, überhaupt einen Hausmeister zu bekommen.«

Vier Millionen Arbeitslose, da dürfte es nicht schwer sein, einen Hausmeister zu finden, dachte Henne, doch das behielt er für sich. »Im ›Georg‹, sagten Sie?«

Die Frau nickte. »Was hat er denn verbrochen?«, fragte sie.

Neugierige Frauen rangierten auf Hennes Sympathieliste nur knapp über Emanzen.

»Der? Nichts.«

»Aber Sie sind doch von der Polizei, oder?« Ihr Gesicht nahm wieder den misstrauischen Ausdruck an.

Na gut, wenn er damit hässliche Gerüchte vermeiden konnte: »Es geht um Herrn August, zweiter Stock.« Hoffentlich wusste es der Hausmeister zu schätzen.

»Oh ja, der Herr August. Ein netter Mann, ruhig, ordentlich. Wie ich schon Ihrem Kollegen gesagt habe, ein angenehmer Mitbewohner.«

Mehr ertrug er nun wirklich nicht. Hastig verabschiedete er sich. Missbilligend schüttelte die Frau ihre in kunstvolle Locken gelegte Altweiberfrisur. Ihr Blick folgte Henne, der geschickt Pfützen übersprang und dem Spritzwasser der Autos auswich. Als wäre er auf der Flucht. Sie beschloss, sich vorsorglich in der Polizeidirektion zu erkundigen. Womöglich hatte ihr dieser unfreundliche Mensch einen Bären aufgebunden und war dort völlig unbekannt. Und überhaupt, seit wann beschäftigte der Staat derart brutal aussehende Ausländer! Die Polizisten in den Fernsehserien waren immer adrett und nett anzuschauen.

* * *

Das Krankenhaus lag im Norden der Stadt, in einem Stadtteil namens Eutritzsch. Henne nahm die Straßenbahn, die schnellste Verbindung, trotzdem war er fast eine dreiviertel Stunde unterwegs. Die Stadtväter hatten die Delitzscher Straße so gut ausgebaut, dass seitdem Staus an der Tagesordnung waren.

Er passierte den Eingangsbereich des altehrwürdigen Baus und fragte sich zu dem Gebäude durch, in dem die Neurochirurgie ihren Sitz hatte. Kein leichtes Unterfangen, immerhin waren über fünfzehn Fachkliniken auf dem Gelände untergebracht. In Haus 12 fand er, was er gesucht hatte. Die erstbeste Krankenschwester, die ihm über den Weg lief, sprach er an. Die betrachtete verwirrt seinen Dienstausweis, dann verwies sie ihn an den Chefarzt. Er musste einige Zeit warten, ehe er von Doktor Rupert empfangen wurde.

»Der Patient Krüger wurde gestern Abend eingeliefert«, begann Doktor Rupert. »Geschlossenes Schädelhirntrauma.«

»Soll heißen?«

»Der Schädelknochen ist unverletzt, aber das Gehirn ist beschädigt. Die Computertomografie hat zudem eine Wirbelsäulenschädigung ergeben. Typisch für Sturzverletzungen, zumindest so schwere, wie es bei Herrn Krüger der Fall ist.«

»Ist er bei Bewusstsein?«

»Ich wundere mich, dass Sie das fragen. Er ist schwerstverletzt.«

»Also nicht ansprechbar?«

»Ich habe alles getan, was ich konnte: Magnetresonanztomografie, Neurosonografie, die ganze Palette. Sein Zustand ist stabil.« Rupert klappte die vor ihm liegende Krankenakte zu. »Er wird mit Sicherheit irreversible neurologische Defizite behalten. Bleibende Schäden.«

»Wird er durchkommen?« Hennes Narbe brannte auf einmal, doch er widerstand der Versuchung, sie zu berühren.

»Ich bin Arzt, nicht Gott. Morgen, spätestens übermorgen werde ich Ihnen darauf antworten können.« Rupert streckte Henne die Hand hin. »Wenn Sie keine weiteren Fragen haben ... meine Patienten brauchen mich. Aber eines sollten Sie vielleicht wissen.«

»Ja?«

»Herr Krüger hatte Alkohol im Blut. Nicht viel, trotzdem genug, um einen ausgewachsenen Mann schwanken zu lassen. Ich sage Ihnen das nur, damit Sie wissen, dass es sich bei dem Sturz um ein Unglück handeln kann.«

»Wir gehen derzeit nicht von Fremdeinwirkung aus, falls Sie das meinen«, erwiderte Henne kühl.

* * *

Sein Kopf schwirrte. August – ein Rätsel, er sollte sich intensiv damit befassen, doch was machte er stattdessen? Seine Gedanken kreisten um Erika. Ausgerechnet. Der Teufel mochte wissen, wieso sie ihm immer wieder in den Sinn kam. Je mehr er die Erinnerung an sie zurückdrängen wollte, umso hartnäckiger kam sie wieder. Vielleicht lag es an der Schwester vom Klinikum. Sie trug dieselbe Frisur wie seine Ex. Vielleicht lag es aber auch am Ziehen der Narbe oder an diesem verdammten Dauerregen. Verschwinde Erika, lass mich endlich in Ruhe.

Henne riss sich gewaltsam vom Anblick des Straßengraus los und ließ den Blick über die Fahrgäste der Linie 16 schweifen. Verschlossene, griesgrämige Gesichter allesamt. Er war nicht der Einzige, den dumme Gedanken quälten. Also doch der Regen. Er war froh, als er am Hauptbahnhof aussteigen musste. Der Gang quer durch die Innenstadt würde ihn ablenken.

»Neuigkeiten?« Leonhardt schaute kurz auf, dann widmete er sich erneut dem vor ihm liegenden Papierstapel.

»Der Hausmeister ist keine Hilfe. Nicht vernehmungsfähig«, entgegnete Henne. Auf Leonhardts fragenden Blick hin, setzte er hinzu: »Er liegt im Krankenhaus, ist unglücklich gestürzt. Schwere Hirnverletzungen, sagt der Arzt.«

»Pech!«

»Und bei dir?«

Leonhardt reichte Henne mehrere Kontoauszüge über den Tisch.

Henne pfiff durch die Zähne. »Mein lieber Mann!«

»Jeden Monat über fünftausend Euro. Empfänger ist das Maurer-Sanatorium, eine Anstalt in Bayern. Ich habe bereits angerufen, sie erwarten dich.«

»Gleich morgen fahre ich hin, und du kommst mit.«

»Der Alte wird das nicht genehmigen.«

»Den Papierkram holen wir später nach.«

»Auf deine Verantwortung.«

»Zweifellos!«, lächelte Henne schief.

»Pläne für heute?«

Henne zeigte auf die restlichen Säcke. »Das dürfte reichen.«

»Kein Problem, wir kriegen Unterstützung. Mittag kommen zwei Grünlinge.«

»Die Personaltante erwartet, dass wir die Beamtenanwärter sinnvoll einsetzen. Schließlich sind die für eine Stellung im höheren Dienst vorgesehen, könnten sozusagen eines Tages unser Chef sein.«

»Hättest du letztes Jahr die Finger von dem Staatsanwalt gelassen, wärst du jetzt der Chef. Zumindest Kriminalhauptkommissar.«

»Alte Kamellen.«

»Die Unterlagen sind wichtig und eine gute Gelegenheit für die Grünlinge, sich einzuarbeiten. Außerdem schadet es nicht, wenn sie den Job von der Pike auf lernen.«

Ein Argument, das Henne selbst oft genug im Munde führte.

5. Kapitel

Die Küche lag im Halbdunkel. Die Frau hatte absichtlich die große Deckenlampe gelöscht. Tisch und Kochfeld wurden von einer über dem Herd angebrachten Leuchte erhellt. Genug für ihre Zwecke. So war es viel gemütlicher. Sie hasste grelles Licht, es stand ihr nicht. Es war unbestechlich, zeigte ihre Falten und Risse und machte sie hässlich und alt. Die Helle kannte keine Gnade. Der sanfte Schein der Wandlampe war viel besser. Warm, zärtlich und liebevoll.

Die Vorfreude ließ sie erbeben. Sie leerte den Korb, den sie in der Hand hielt. Pflanzen, Körner und Wurzeln kullerten durcheinander. Sie schob sie auseinander, suchte und wählte. Zuerst der Stechapfel. Die schwarzen, runzligen Samen rieselten durch die Fingerritzen. Dann die Tollkirsche. Sorgfältig prüfte sie die Wurzeln, ehe sie einige auswählte und weiter kramte. Wasserschierling, getrocknete Wüterichblätter und Nachtschattenfrüchte. Alles war da und alles in bester Qualität, wie es sich gehörte und wie es ihr zustand. Das Beste war grad gut genug. So hatte es die Mutter gelehrt, die tote. Tot wie Klaus. Wie unterschiedlich der Tod doch wirkte! Die Mutter so fern, Klaus hingegen noch immer gegenwärtig. Damit musste endlich Schluss sein, sonst würde sie am Ende durchdrehen und sich verraten.

Sie gab die Zutaten in einen Topf, füllte Wasser auf und setzte ihn auf den Herd. Ab und an rührte sie mit einem Holzlöffel um. Bittere Dämpfe füllten die kleine Küche. Geduld, Geduld. Die Natur ließ sich nicht zwingen. Zucker rieselte in den Sud. Sie ließ ihn erneut aufkochen, dann nahm sie den Topf von der Flamme und kostete vorsichtig. Sie schüttelte sich. Der Trank schmeckte bitter.

Noch ein Löffel Zucker. Ein zweiter, ein dritter. Schluss jetzt, das musste reichen. Es reichte nicht, doch sie konnte nicht länger warten. Runter mit dem Zeug. Sie hielt sich die Nase zu und trank ohne abzusetzen. Kurze Zeit später tauchte sie in die Rauschwelt ein. Eine Welt, in der es keinen Klaus August gab. Kein Gewissen, keine Polizei und keine Angst.

Sie hörte nicht, wie sich der Schlüssel in der Wohnungstür langsam drehte. Sie sah nicht, dass die Tür einen Augenblick lang offen stand, ehe eine Gestalt das hereinfallende Hauslicht verdeckte und die Tür leise hinter sich schloss. Der Eindringling stand einen Moment im Korridor und witterte. Enttäuscht schüttelte er den Kopf. Sie hatte wieder einen ihrer Tränke gebraut, der Geruch nahm ihm fast den Atem.

Er schlich von Zimmer zu Zimmer. Der altmodische Mief, der über der Wohnung hing, widerte ihn an. Er rümpfte die Nase.

In der Wohnstube fand er sie. Sie hing auf der Couch, halb liegend, halb sitzend und röchelte leise. Er beugte sich über sie und verzog angeekelt das Gesicht. Das Messer, das er in der Hand gehalten hatte, verschwand in seiner Jackentasche. Er war zu spät gekommen. In ihrem Zustand konnte sie seine Fragen nicht beantworten. Sie würde ihn nicht einmal erkennen.

Er erwog, eine Nachricht zu hinterlassen, besann sich jedoch anders. Er durfte keine Spuren verursachen. Er würde wiederkommen müssen. Zu einer anderen Zeit, einer besseren und dann Gnade Gott, wenn sich das Weib widersetzte.

* * *

Der Direktor des Maurer-Sanatoriums hatte Henne und Leonhardt in sein Büro gebeten. Hier strahlte alles Exklusivität und Gediegenheit aus: die massiven Eichenmöbel, der Marmortisch, die goldgerahmten Landschaftsgemälde an den Wänden.

»Ich erinnere mich nicht.« Der Direktor gab Henne das Foto zurück, ganz bayrische Behäbigkeit. »Das Sanatorium beherbergt über einhundert Menschen, da kann ich unmöglich alle Angehörigen kennen.«

»Klaus August. Der Mann heißt Klaus August«, half Leonhardt nach.

Schulterzucken, Ratlosigkeit. »Am besten, Sie wenden sich an Frau Bertram. Sie führt unsere Patientendatei. Anhand der Überweisungsträger kann sie die Daten der Person herausfiltern, für die der Mann Zahlungen geleistet hat.«

Er drückte auf einen Knopf des riesigen Telefonapparates, der fast die Hälfte des nicht eben kleinen Beistelltisches einnahm, sprach in den Hörer. Henne verstand kein Wort. Dieses rollende Bayrisch, das Buchstaben verschluckte und einfügte, nach Regeln, die ihm ein Rätsel waren. Der Direktor hätte ebenso gut kasachisch sprechen können.

Am anderen Ende der Leitung war er jedoch offenbar verstanden worden, denn kurze Zeit später erschien eine Frau, die sich als Frau Bertram vorstellte.

Henne bedankte sich im feinsten Sächsisch für die direktorale Hilfe und erntete dafür einen verständnislosen Blick aus randloser Brille. Genug Entschädigung für das Bayrische Kauderwelsch.

Frau Bertram lachte und lotste die Kommissare eilig zur ledergepolsterten Tür hinaus. Brav trabten Henne und Leonhardt hinter ihr her in ihr eigenes Büro, das nicht minder beeindruckend als das des Direktors war. Henne blickte sich anerkennend um. »Sie haben einen schönen Arbeitsplatz«, meinte er.

»Dafür eine Menge Arbeit. Der Alltag mit behinderten und pflegebedürftigen Menschen ist nicht immer leicht.«

Sie tippte die auf dem Kontoauszug von August angegebene Zahlenkombination in das Computerprogramm. »Da! Luise Minhof. Für sie hat Herr August bezahlt. Der letzte Monat ist noch offen.«

»Können Sie mir mehr über diese Luise Minhof sagen?«

»Sie ist seit knapp zwei Jahren bei uns. Alzheimer.«

»Eine Bekannte von Herrn August?«

»Seine Frau.« Die Bertram zeigte auf ein Kürzel in einer Spalte des auf dem Monitor abgebildeten Datensatzes: »Hier sehen Sie es.«

Henne und Leonhardt wechselten einen raschen Blick.

»Können wir mit ihr sprechen?«, fragte Henne.

»Das kommt darauf an, in welcher Verfassung sie ist. Alzheimer ist … nun ja, das werden Sie wohl wissen. Das Gedächtnis bekommt Lücken. Mal große, mal kleine und immer gegenwärtig. Man kann nicht helfen. Gehen Sie zu Schwester Annegret, Wohnbereich 3 im linken Seitenflügel. Dort ist Frau Minhof untergebracht. Schwester Annegret wird Ihnen Näheres sagen können.« Sie zwinkerte schelmisch. »Bei Schwester Annegret verfängt Ihr netter Dialekt nicht.«

Als Henne mit Leonhardt im Schlepptau Wohnbereich 3 betrat, wurde er bereits erwartet.

»Ich bin Schwester Annegret.«

Henne verstand plötzlich, was Frau Bertram mit ihrer Anspielung gemeint hatte. Schwester Annegret entpuppte sich beim ersten Wort als Landsmännin.

»Aus Chemnitz?«, fragte er.

»Aue im Vogtland, seit fünf Jahren in Bayern und ich hab es keinen

Tag bereut. Bei uns drüben gab es ja keinen Job für mich.« Die korpulente Frau fasste Henne resolut am Arm. »Aber deswegen sind Sie wohl kaum hier. Frau Bertram hat Sie angemeldet. Kommen Sie! Ich bringe Sie zu Frau Minhof. Erschrecken Sie nicht, sie sieht nicht gut aus.«

Die Frau, der Henne und Leonhardt kurz darauf gegenüber standen, musste früher eine Schönheit gewesen sein. Ihr volles, glänzendes Haar erinnerte an reifes Korn. Ihre Augen leuchteten in einem Blau, so dunkel, wie es Henne noch nie gesehen hatte. Ihr Blick allerdings war leer. Die rechte Wange zierte ein violetter Fleck, der an den Rändern grün und gelb schimmerte.

»Frau Minhof ist letzte Woche gefallen«, erklärte Schwester Annegret und schob den Rollstuhl, in dem Frau Minhof saß, näher ans Fenster. »Sie können mit ihr sprechen, doch vermutlich wird sie nichts verstehen. Seit ihrem Sturz ist ihr Bewusstsein stärker als sonst getrübt.«

»Hat sie Schmerzen?«

»Keine Sorge. Alzheimer Patienten erinnern sich nicht daran. Sie hat den Sturz längst vergessen.«

Henne beugte sich zu Frau Minhof hinab und fasste ihre Hand. »Sie kennen mich nicht, aber ich möchte mich gern mit Ihnen unterhalten.«

Frau Minhof lächelte ihn an.

»Ich komme von Klaus, Ihrem Mann.«

»Schön.« Das Lächeln wurde breiter.

»Er braucht Ihre Hilfe. Sie müssen mir alles sagen, was Sie über ihn wissen.«

»Schön.«

»Als erstes nennen Sie mir bitte die Namen seiner Freunde.« Henne gab Leonhardt ein Zeichen und der zückte Stift und Notizheft.

»Schön.«

»Frau Minhof, hatte Ihr Mann Freunde?«

Frau Minhof lächelte weiter, sanft und leer. »Mein Mann?«

»Klaus August ist Ihr Gatte, Frau Minhof. Sagen Sie mir, was Sie wissen.«

»Schön.«

»Bitte, hatte Ihr Mann Freunde?«, versuchte es Henne erneut.

Frau Minhof summte vor sich hin. Sie schloss die Augen. Das Lächeln auf ihren Lippen erstarrte zu einer Grimasse.

Schwester Annegret zog Henne zurück. »Ich habe es Ihnen ja gesagt. Sie ist krank. Sie hat selbst das Wenige, was sie noch vor Tagen wusste, vergessen.«

Henne machte sich los und drückte Frau Minhof die Hand. »Leben Sie wohl und alles Gute.«

Frau Minhof antwortete nicht. Ihr leises Summen begleitete Henne hinaus.

»Und Sie? Was wissen Sie über Klaus August?«, fragte er Schwester Annegret.

»Ermitteln Sie gegen ihn? Hat er was verbrochen?«

»Nein, nein.«

»Viel weiß ich nicht. Er ist ein netter Mann, kommt regelmäßig und besucht seine Frau. Er bringt stets Blumen mit, gelbe Rosen, fährt Frau Minhof im Park spazieren und liest ihr vor, sie hören Musik. Traurig, dass ihn seine Frau nicht versteht.«

»August ist tot.«

»Tot?" Schwester Annegrets Erschütterung war echt. »Aber … er war doch noch jung, gesund. Oder etwa nicht?«

»Er wurde ermordet.«

»Mein Gott!« Entsetzt starrte die Schwester Henne an.

»Verstehen Sie nun, warum wir alles wissen müssen?«

Annegret nickte langsam. »Fragen Sie! Wenn ich kann, helfe ich Ihnen. Der arme Mann!«

»Haben Sie Herrn August jemals in Begleitung gesehen?«

Sie legte den Kopf schief und überlegte ein Weilchen. »Soviel ich weiß, kam er immer allein.«

»Hat er über sich gesprochen? Irgendetwas erwähnt? Seine Arbeit, Freunde, Kollegen, Urlaub, Hobbys?«

»Wir haben kaum ein Wort miteinander gewechselt. Nur einmal … Ich weiß nicht, ob das wichtig für Sie ist.«

»Alles ist wichtig«, betonte Henne.

»Es ist sehr persönlich. Obwohl, jetzt wo er tot ist, wird es ihm nicht peinlich sein, wenn ich es Ihnen sage.«

»Bestimmt nicht.«

»Es gab da eine Sache. Er hatte kein Geld und war schon zwei Monate schuldig geblieben. Der Direktor hatte bereits die Kündigung des Heimplatzes angedroht. Herr August wollte seine Frau unbedingt weiter bei uns lassen. Er fragte mich, was er tun könne.«

»Was haben Sie ihm geraten?«

»Müssen Sie das wirklich wissen?«

Henne nickte.

Schwester Annegret wurde rot. »Ich habe ihm daraufhin das Geld geborgt.«

»Sie haben was?« Henne glaubte, sich verhört zu haben.

»Es ist gewiss nicht meine Art, einem wildfremden Menschen Geld zu leihen, aber Herr August war eine Ausnahme.« Annegret hielt Hennes Blick trotzig stand. »Er war ein Gentleman, höflich, gebildet und er tat mir leid. Ich wusste, er würde das Geld zurückzahlen.«

»Hat er es?«

»Selbstverständlich! Einen Monat später hat er alles beglichen.«

»Wissen Sie noch, wann das war?«

»Lassen Sie mich überlegen. Es ist schon länger her, mindestens ein Jahr.«

Henne und Leonhardt wechselten einen Blick.

Der Zeitpunkt deckte sich mit den hohen Zahlungseingängen auf Augusts Konto. Dreizehn Monate vor seinem Tod war der erste höhere Betrag geflossen. Woher, hatten sie noch nicht herausbekommen. Die Banken hatten sich bislang erfolgreich hinter dem Bankgeheimnis verschanzt, aber es war nur eine Frage der Zeit, bis sie mit den Angaben herausrücken mussten.

Mehr brachten die Männer durch Schwester Annegret nicht in Erfahrung.

Kopfschüttelnd ging Henne neben Leonhardt den breiten Sandweg entlang, der die Rasenflächen vor dem Klinikgebäude in zwei gleichmäßige Vierecke teilte. Er zeigte auf die beeindruckende Kulisse. »Alles edel, teuer, gediegen. Wer hier wohnt, hat Geld. Wenn ein Angehöriger in Zahlungsschwierigkeiten ist, muss das Personal doch stutzig werden, richtig?«

Leonhardt nickte, das typische Funkeln im Blick.

»Doch was passiert? Schwester Annegret, eine Frau, die mit beiden Beinen im Leben steht, borgt ebendiesem Angehörigen, einem im Grunde genommen wildfremden Mann, Geld. Noch dazu eine gehörige Summe. Verstehst du das?«

»Immerhin ist es gut gegangen.«

»Was, zum Teufel, hatte August an sich, dass ihm die Frauen dermaßen vertraut haben.«

»Du hast es doch gehört; gutaussehend, elegant, klug, dazu Manieren und Charme. Darauf fliegen die Weiber nun mal.«

»Manche Männer haben immer Glück«, seufzte Henne und dachte an Erika.

»Klaus August nicht. Der ist tot.«

Hennes Laune besserte sich augenblicklich.

»Gehen wir noch einen Happen essen, bevor wir zurückfahren?«, fragte Leonhardt.

»Lass den Leuten ihre Haxen und den Leberkäs samt Weißwurst. Wir legen auf der Autobahn einen Zwischenstopp ein.«

»Aber keine Pommes. Meine Hose kneift allmählich.«

»Deine Sorgen möchte ich haben.« Henne schielte neidisch auf Leonhardts durchtrainierten Körper.

* * *

Der Mann rutschte auf dem Fahrersitz nach unten, so dass er von außen nicht gesehen werden konnte. Der Kommissar und sein Kollege waren schnell zurückgekommen. Also konnten sie nicht viel erfahren haben. Schade, dass Luise mit hineingezogen wurde, aber sie merkte es ja nicht. Ein Trost, sein einziger. Die dicke Schwester hatte den Bullen bestimmt alles brühwarm erzählt. Die hörte sich gern reden. Die hatte nie gemerkt, dass er ihre wasserfallartigen Litaneien gehasst hatte. Nun wusste der Kommissar jedenfalls, wohin sein Geld geflossen war. Zu dumm, dass er die Kontoauszüge nicht vernichten konnte. Aber er brauchte sie, ein weiteres Glied in der Kette. Der Bulle musste in die richtige Richtung gestoßen werden. Jeder einzelne Cent musste plausibel sein, der Neger durfte keinen Verdacht schöpfen. Für einen kurzen Moment fuhr ihm durch den Kopf, was wohl wäre, wenn Henne anders als geplant reagierte.

Unwillig runzelte er die Stirn. Es war ein gefährliches Spiel, auf das er sich eingelassen hatte. Aber hatte er eine Wahl gehabt? Nein, er hatte alles genau durchdacht. Notfalls musste der Bulle verschwinden. Er hoffte, dass es nicht dazu kam, es würde alles verkomplizieren. Seine Hände zitterten und er vergrub sie in den Jackentaschen. Er konnte sich keine Schwäche leisten. Später, wenn alles vorbei war … später würde er über seine Angst lachen. Allmählich entspannte er sich. Er zog den Atlas unter dem Beifahrersitz hervor und blätterte. Bestimmt würden die Bullen auf dem schnellsten Weg zurückfahren. Autobahn. Er hingegen würde sie meiden. Er suchte die Route über ruhige Nebenstraßen und fuhr los.

* * *

»Frau Rauchfuß!« Henne umrundete den Stuhl, auf dem die Kassenleiterin Platz genommen hatte.

»Sie machen mich nervös«, klagte die Frau. »Können Sie nicht stehen bleiben?«

»Kann ich, aber ich denke beim Laufen besser. Also, Frau Rauchfuß! Herr August war am Tag seines Todes lange im Büro. Was sagen Sie dazu?«

»Das ist nicht ungewöhnlich. Wenn viel Arbeit anliegt, ist er eben länger geblieben. Da konnte es schon mal auf acht oder neun Uhr zugehen.«

»Sonderbare Arbeitszeitregelungen.«

»Was soll man machen, wenn die normale Zeit nicht ausreicht? Geht es nach dem Personalrat, dürfte kein Mitarbeiter nach neunzehn Uhr im Amt sein. Die Praxis sieht anders aus.«

»Wie denn?«

»Ich sagte es bereits«, erwiderte Frau Rauchfuß schnippisch.

»Erklären Sie es mir bitte nochmals.« Henne gab sich Mühe, freundlich zu bleiben. Die Frau ging ihm auf die Nerven.

»Mitunter fallen besondere Termine an, unaufschiebbar. Zuarbeiten, Berichte, Vorlagen, solche Dinge eben und die müssen pünktlich gemacht sein. Da setzte Herr August seine Freizeit ein, auf ihn war Verlass. Reicht das?«

»Kam das oft vor?«

»Mein Gott, zwei- vielleicht dreimal im Monat. Ich verstehe nicht, was das mit seinem Tod zu tun hat. Wieso kümmern Sie sich nicht um wichtigere Sachen?«

»Der Mörder war in Ihren Amtsräumen und das lange nach den offiziellen Öffnungszeiten. Er wusste, er würde Klaus August abends um acht noch antreffen.«

Die Rauchfuß schwieg.

»Wenn der Kassierer so lange arbeitete, hatte er sich womöglich mit seinem Mörder verabredet. Ist das üblich in Ihrem Amt?«

»Was wollen Sie damit sagen?«, fuhr die Kassenleiterin auf.

»Antworten Sie auf meine Frage: Kann jemand jederzeit Ihre Dienstzimmer betreten? Auch nach den Öffnungszeiten?«

»Das wäre möglich«, räumte die Rauchfuß widerwillig ein.

»Freut mich, dass Sie endlich begreifen. Weiter! Wie kommt er herein?«

»Er könnte klingeln und jemand, der ihn erwartet, lässt ihn ein. Oder der Hauswart sperrt auf.«

»Ihre Mitarbeiter sitzen abends allein in dem großen, leeren Bürohaus. Die Gefahr eines Überfalls ...«

»Ach was! Wir bewahren kein Bargeld bei uns auf.«

Er hatte es nicht anders erwartet. Schlange Bedenkenlos sorgte sich nicht um ihre Leute. Noch mal fünfzig Minuspunkte. Das Konto der Rauchfuß sprengte allmählich alle Grenzen.

»Wussten Sie, dass Herr August herzkrank war?«

Die Rauchfuß schüttelte den Kopf.

»Hat er sich oft krank gemeldet? Mehr als andere?«

»Der Datenschutz ...«

»Ich pfeife auf Ihren Datenschutz.« Hennes Faust knallte auf den Tisch. »Ich suche einen Mörder und Sie haben mir dabei zu helfen, verstanden?«

Sein eisiger Blick ließ die Rauchfuß frösteln. »Herr August war immer zur Stelle, immer im Dienst. Ich kann mich an keine Krankmeldung erinnern«, sagte sie schnell.

»Mit wem haben Sie eigentlich telefoniert, damals, als Sie mir den Schlüssel zu Ihrem Beratungszimmer gegeben haben?«, wechselte Henne das Thema.

»Du lieber Gott! Was soll das denn nun wieder! Ist das so wichtig?«

»Ich stelle die Fragen, schon vergessen? Denken Sie nach! Es war ein unangenehmes Telefonat. Sie haben dem Mann gedroht!«

»Dem Mann?«

»Sie nannten ihn Mistkerl.«

Die Miene der Kassenleiterin wurde undurchdringlich. »Ich habe keine Ahnung.«

»Dann werde ich die Telefonzentrale bitten, mir die Nummer Ihres Gesprächpartners herauszusuchen.«

»Wenn es unbedingt sein muss!« Die Rauchfuß erhob sich. »Kann ich jetzt gehen?«

Wortlos wies Henne auf die Tür. In diesem Moment klingelte das Telefon.

»Für Sie, Herr Heine!«

Der Beamtenanwärter, ein schmaler Junge mit kurzen, dunklen Haaren und Brille, reichte Henne den Hörer über den Tisch.

»Ja?«, bellte Henne. Mit unbewegtem Gesicht hörte er zu. »Danke für Ihre Mühe«, beendete er schließlich das Gespräch. Er winkte Leonhardt. »Komm! Wir müssen ins Krankenhaus. Krüger ist aufgewacht.«

* * *

Chefarzt Rupert erwartete sie bereits. »Regen Sie ihn bitte nicht auf. Herr Krüger ist zwar bei Bewusstsein, aber das kann sich jederzeit ändern. Ich mache Ihnen ohnehin keine großen Hoffnungen. Sein Gedächtnis ist stark beeinträchtigt.«

»Keine Sorge, es dauert nicht lange«, beruhigte ihn Henne. Tatsächlich blieb er nur wenige Augenblicke bei Krüger, denn schon nach dem ersten Blick erkannte er, es war zwecklos. Der Hausmeister konnte ihm keine Informationen liefern. Geistesabwesend lag er im Bett, angeschlossen an zahlreiche Schläuche, die den ausgemergelten Körper am Leben hielten. Trotzdem beugte sich Leonhardt über den Kranken und fragte: »Verstehen Sie mich?«

Unverständliche Wortfetzen tropften von Krügers Lippen.

»Lass ihn! Er kann uns nicht helfen«, meinte Henne und wandte sich ab.

»Sollte sich sein Zustand bessern, rufe ich Sie an«, versprach Doktor Rupert.

»Wäre es möglich, neben seinem Bett ein Aufnahmegerät zu installieren? Nur für den Fall, dass er spricht? In klaren Momenten, meine ich.«

»Wenn Sie es wünschen, ist es sicher kein Problem.«

Henne nickte zufrieden.

»Kann einem Angst machen, wenn man sieht, wie schnell ein Mensch zum Wrack wird«, sagte Leonhardt auf dem Weg nach draußen.

»So möchte ich nicht enden.«

»Wer kann das schon voraussagen?«

»Niemand«, räumte Henne ein. »Trotzdem möchte ich in einem solchen Fall liebend gern auf lebensverlängernde Maßnahmen verzichten.«

»Ein schneller Tod ist jedenfalls besser. Ich für meinen Teil will auch nicht an Geräte angeschlossen werden. Ich will in Würde abgehen.«

»Kann man ja regeln. Vorsorgeverfügung und so.«

»Bringt nicht viel. Mein Schwager, Arzt wie du weißt, sagt dazu, in den meisten Fällen wird der Patientenwille ignoriert. Bist du krank, bist du den Medizinern ausgeliefert. Mit Haut und Haar, keine Kompromisse und Sterbehilfe ist in unserem schönen Land ein Verbrechen.«

»Ein Hoch auf die Menschlichkeit.«

»Du meinst Politik.«

»Oder das.«

Während Leonhardt zurück ins Büro trabte, machte Henne einen Abstecher zu Anja Pechter. Er hatte Glück, die junge Frau war daheim. Während er auf der Couch Platz nahm, setzte sie sich auf einen Sessel, Henne direkt gegenüber.

»Sie wohnen sehr gemütlich.« Henne wies in die Runde. Im Gegensatz zu Augusts Wohnung strahlte Anjas Zuhause Wärme und Geborgenheit aus. Helle Möbel vor farbenfrohen Wänden.

»Warum sind Sie gekommen?«, fragte Anja.

»Klaus August war verheiratet«, sagte Henne und ließ die junge Frau dabei nicht aus den Augen.

Anja wurde blass.

»Wussten Sie davon? Sie hatten doch ein Verhältnis mit ihm.«

»Ich habe ihn wirklich geliebt, auch wenn Sie das nicht glauben. Ich hätte Sie nicht hereinlassen sollen, Sie wollen mich nur quälen! Sind Sie jetzt zufrieden?«

Anjas Fassade splitterte und sie brach in Tränen aus.

»Es tut mir leid, wenn Sie diesen Eindruck haben.« Henne blickte ernst. »August wurde ermordet und ich suche den Täter. Ihre Beziehung spielt dabei eine untergeordnete Rolle. Bis jetzt.«

»Ich kann doch nichts dafür«, schluchzte Anja.

»Dann antworten Sie auf meine Fragen! War Ihnen bekannt, dass August verheiratet war?«

»Nein, ich hatte keine Ahnung, sonst hätte ich mich niemals mit ihm eingelassen.«

»Hat jemand von Ihrer Beziehung gewusst?« Henne reichte sein Taschentuch über den Tisch.

Anja nahm es und schnäuzte sich heftig. Sie räusperte sich ein paar Mal, dann sagte sie: »Ich glaube nicht. Klaus war sehr vorsichtig, er blieb im Büro stets distanziert, und er hat mich nie geduzt, wenn die anderen dabei waren.«

»Wo haben Sie sich getroffen? In seiner Wohnung?«

»Das wollte er nicht, er kam immer zu mir. Ich weiß nicht einmal, wo er wohnte.«

»Erzählen Sie mir von dem Baby«, forderte Henne.

»Sie wissen davon?«

Erschrocken schlang Anja die Arme um ihren noch flachen Bauch. Erneut stiegen ihr Tränen in die Augen.

»Wie hat es August aufgenommen? Oder haben Sie ihm nichts davon gesagt?«

»Doch, doch. Ich habe mich ja gefreut, dachte, auch er wäre glücklich.«

»War er es?«

»Nein!« Anja schluckte die Tränen hinunter, ihre Stimme wurde hart. »Er hat mir angeboten, abzutreiben. Er wollte die Kosten übernehmen.«

»Sie hätten doch gewiss ein natürliches Mittel gewusst. Eine Pflanze zum Beispiel«, klopfte Henne auf den Busch.

»Bitte?« Anja schaute verständnislos.

»Vergessen Sie es«, sagte Henne und fuhr fort. »Sie haben nicht auf ihn gehört, nehme ich an.«

»Ich wollte das Baby behalten.«

»In ihrem Alter, ohne abgeschlossene Ausbildung – eine mutige Entscheidung.«

»Ich hatte gehofft, Klaus würde mich unterstützen. Zumindest finanziell. Doch er hat abgelehnt. Hat mir sogar unterstellt, das Kind wäre nicht von ihm.«

»Berechtigt?«

»Natürlich nicht«, antwortete Anja empört.

»Das muss bitter für Sie gewesen sein.«

»Ich wollte nichts mehr von ihm wissen. Klaus hat mich enttäuscht. Für ihn zählte nur sein Ansehen.«

»Sie haben sich also von ihm getrennt.«

Anja nickte. »Am Tag, bevor er starb.«

Henne schwieg, doch sein Blick sprach Bände.

»Sein Tod nützt mir nichts«, fuhr Anja fort, »im Gegenteil. Mein Kind wird seinen Vater niemals kennen. Selbst Unterhalt kann ich jetzt nicht mehr einklagen.«

»Rache ist ein starkes Motiv«, sagte Henne. »Wollten Sie sich an August rächen?«

»Wo denken Sie hin! Ich wäre dazu niemals fähig. Insgeheim habe ich bis zuletzt gehofft, er würde seine Meinung ändern. Später, wenn das Kind da ist.«

Anja weinte wieder. Plötzlich presste sie die Hände auf den Leib und stöhnte.

Henne sprang auf: »Was haben Sie?«

»Mein Bauch. Es tut furchtbar weh.«

»Bleiben Sie ruhig, ich rufe einen Arzt.«

Wenige Minuten später wurde Anja ins Krankenhaus gebracht.

»Du solltest deinen Arbeitsplatz gleich ins ›Sankt Georg‹ verlegen«, sagte Leonhardt, als Henne ihm von Anjas Vernehmung berichtete.

»Beschrei es lieber nicht!«

»Was kommt als nächstes?«

»Ich habe Frau Bauer bestellt, in einer Stunde. Bis dahin hätte ich gern Ergebnisse von dir. Die Unterlagen ...«

Leonhardt griff in die oberste Schublade seines Schreibtisches und zog ein Blatt Papier heraus. »Versicherungspolicen, Mietvertrag, Garantiebelege, Kontoauszüge, alte Zeitungen«, las er vor. »Kein Hinweis auf den Schließfachschlüssel. Aber die Grünlinge haben noch nicht alles gesichtet.«

»Gibt es eine Lebensversicherung?«

»Das schon, doch du kannst den Gedanken daran gleich fallen lassen. Begünstigte ist seine Frau, Luise Minhof. Keine Chance, dass sie ihren Mann ermordet hat. Sie wäre dazu gar nicht in der Lage.«

»Vielleicht hat er sich vergiftet, um seine Frau abzusichern. Der Aufenthalt in dem teuren Pflegeheim kostet schließlich.«

»Die Versicherungssumme ist nicht sehr hoch und ob die bei Selbstmord zahlen, bezweifle ich. Außerdem passt das nicht zu deiner bisherigen Theorie.«

»Theorien sind dazu da, über den Haufen geworfen zu werden«, entgegnete Henne bissig.

»Schon gut, aber August hat die Versicherung nicht gebraucht. Er hatte eine Viertel Million auf dem Konto.«

»Soviel verdient man nicht einmal als städtischer Beamter.«

»Seinen Gehaltsabrechnungen nach hätte er dafür reichliche sieben Jahre arbeiten müssen. Ohne einen Cent auszugeben, wohlgemerkt.«

»Natürlich hat er eine andere Geldquelle gehabt, nur welche?«

»Er hatte auch hohe Ausgaben. Die Wohnung, das Heim, das gute Leben.«

»Auto und Reisen?«

»Fehlanzeige. Aber wir haben jede Menge Quittungen sichergestellt, alles größere Beträge und immer vom gleichen Lokal. Die ›Pfeifferschen Weinstuben‹.«

»Kenne ich. Sternerestaurant, Weltspitzenküche. Das sagt zumindest der Guide Michelin.«

»Wusste gar nicht, dass du in solchen feinen Schuppen verkehrst.«

Henne winkte ab. »Erika hat mich jedes Jahr dorthin geschleift. Am Hochzeitstag.«

»Glück für dich ...«

»August war also oft dort.« Henne überging Leonhardts Bemerkung. »Die Bedienung müsste sich an ihn erinnern.«

»Ich werde mich gleich dahinterklemmen.«

»Lass mich das machen. Aber erst kommt die Bauer, danach sind die Weinstuben dran.«

Fast hätte Henne das leise Klopfen überhört.

Frau Bauer trippelte durch die Tür und setzte sich zögernd auf die vorderste Kante des Stuhles, die Tasche fest umklammert auf den Knien.

»Klaus August war verheiratet. Wussten Sie davon?«, begann Henne ohne Umschweife.

Die Bauer zuckte zusammen. Ihr Blick flackerte. »Nein!«, stotterte sie. »Ich ... davon hatte ich keine Ahnung.«

Sieh mal einer an, dachte Henne. »Warum erschreckt Sie das so?«

»Es ist ... nun ... ich meine ... ich weiß nicht.«

»Frau Bauer!« Henne stand auf, ging um den Tisch und stellte sich hinter den Stuhl der Frau. »Ich glaube, Sie verbergen etwas.«

Die Frau wandte sich um, blickte zu ihm auf. »Sie täuschen sich! Ich habe Ihnen alles gesagt.« Ihre Lider zuckten nervös.

»Herr August hatte darüber hinaus eine Liebesbeziehung.«

Die Bauer durchfuhr es eiskalt. Oh Gott, dieser Irre wusste von ihr und Klaus. Er wollte sie fertig machen.

»August und Fräulein Pechter.«

»Waaaas?«

»Jawohl, Fräulein Pechter erwartet ein Kind, und August ist der Vater.«

»Sie lügen!«

Henne ging zu seinem Platz zurück und setzte sich. »Ich lüge nie.«

Nervös knetete Frau Bauer die Henkel ihrer Handtasche. »Ich glaube Ihnen nicht«, hauchte sie verzweifelt.

»Warum nicht, Frau Bauer? Was lag Ihnen an August? Waren Sie am Ende ebenfalls in ihn verliebt?«

»Um Himmels Willen, nein!« Mit Mühe unterdrückte sie ein Stöhnen. Der Kommissar sollte nicht merken, wie es um sie stand. Die Mühe hätte sie sich sparen können.

Henne pokerte: »Denken Sie darüber nach. Wenn Sie mir etwas zu sagen haben, wissen Sie ja, wo Sie mich finden.«

Damit war sie entlassen. Wie betäubt schwankte sie hinaus.

»Perfekt«, lobte Leonhardt. »Meinst Du, sie ist die Mörderin?«

»Keine Ahnung, ich kann mir nicht vorstellen, welches Motiv sie haben könnte. Aber irgendetwas ist mit ihr.«

»Für eine normale Arbeitskollegin hat sie jedenfalls reichlich übertrieben reagiert.«

»Ich wette, jetzt arbeitet es in ihr. Wir lassen sie eine Weile schmoren. Nur eine Frage der Zeit, dann wird sie reden.«

»Ich kümmere mich in der Zwischenzeit um ihre Vorgeschichte. Kindheit, Eltern, Freunde«, sagte Leonhardt und zog die Tastatur des Computers zu sich herüber.

6. Kapitel

Gerlinde Bauer lief indes ziellos durch die Straßen. Klaus, ihr Klaus sollte ein Verhältnis mit der kleinen Pechter gehabt haben? Sie wehrte sich gegen den Gedanken, doch er kehrte hartnäckig zurück. Hatte sie der Kommissar belogen? Zuzutrauen war es dem Wahnsinnigen. Oder stimmte es und Klaus hatte sie auch in dieser Beziehung hintergangen? Sie wusste nicht, was sie glauben sollte. Sie brauchte Ruhe, musste nachdenken. Aber wie? Wo?

Ihre Füße trugen sie die engen Altstadtstraßen entlang. Unvermittelt fand sie sich in der Shakespearestraße wieder. Vor dem Haus, in dem Klaus gewohnt hatte, hielt sie inne. Sehnsuchtsvoll starrte sie auf die Fenster im zweiten Stockwerk. Wie glücklich war sie dort gewesen.

In der ersten Etage bewegte sich eine Gardine. Gerlinde Bauer erschrak, flüchtete. Zurück ins Büro? Unmöglich! Man würde ihr den Schmerz ansehen.

Sie rannte nach Hause. In der Sicherheit ihrer Wohnung braute sie sich mit fliegenden Händen einen kräftigen Tee. Zitronenmelisse, Fenchel und Lindenblüte. Eine beruhigende Mischung, wohltuend und entspannend. Sie zögerte, dann tat sie einige Krümel getrockneten Fliegenpilzes dazu. Ein wenig nur, gerade genug, um sie in Stimmung zu bringen. Nach dem Umrühren der erste Schluck. Aaah, das tat gut! Anja Pechter! Die kleine Schlampe hatte sich also an Klaus herangemacht. Man wusste ja, wie so was geht. Schluck Nummer zwei. Ein unschuldiger Augenaufschlag, verheißungsvolles Lächeln, dazu die kurzen Röcke, die Oberteile, die mehr zeigten, als sie verbargen. Da wurde selbst der härteste Mann schwach. Ein weiterer Schluck. Und dann ihr angebliches Interesse an seiner Arbeit. ›Ja, Herr August! Selbstverständlich, Herr August.‹ Widerlich, die Schleimerei, aber Männer mochten es ja, wenn sie angehimmelt wurden. Schluck. Das sollte das raffinierte Flittchen noch teuer zu stehen kommen. Schluck, schluck, schluck. Der heiße Tee brannte in der Kehle, aber sie spürte es nicht.

Sie lehnte sich zurück, malte sich aus, wie sie sich an Anja rächen würde. Sie würde das Biest unmöglich machen, sie bloßstellen. Hier ein Wort, dort eine Andeutung. Nach und nach würden sich alle von dem Engelchen zurückziehen. Sie würde es natürlich merken, aber keinen Grund dafür wissen. Sollte sich die Kleine wider Erwarten nichts daraus machen, nun ... ihr Vorrat an Stechapfel war groß genug. Rache war so süß, so genugtuend. Der restliche Tee rann ihre Kehle hinab, gekippt in Schlückchen, die jeder englischen Lady zur Ehre gereicht hätten.

* * *

Willy schob Henne das Glas hin. »Auf bessere Geschäfte.«

»Auf dein Wohl.«

Die ›Rote Emma‹ war auch an diesem Abend nur mäßig gefüllt. In einer Ecke saßen drei junge Männer an einem Tisch und spielten Skat. Am Stammtisch hatten sich vier Gartenfreunde niedergelassen. Im Vereinszimmer tagten die Kaninchenzüchter – schon fortgeschritten beim Fassen wichtiger Beschlüsse – und brauchten eine Pause von Bier und Hausmannskost.

Willy hatte wenig zu tun. »Willst du essen?«, fragte er. »Das Kasseler ist heute vorzüglich.«

»Tu reichlich auf, ich hab Kohldampf«, nickte Henne. Vergessen waren die guten Vorsätze und was er sich noch vor kurzem wegen seines vergeblichen Sprinteinsatzes auf dem Nordfriedhof versprochen hatte.

Wenig später schob Willy einen gut gefüllten Teller über den Tresen. »Lass es dir schmecken.«

Während Henne aß, lauschte er beiläufig dem Gespräch, das lautstark vom Stammtisch aus durch den Raum zog. Wie immer ging es um Politik. Die Männer schimpften über das städtische Amt, die immer höher werdenden Beiträge und die Auflagen, mit denen die Stadtväter nach und nach jede gärtnerische Freude zunichte machten. Kleingartenvereine hin und her, ohne die Gartenfreunde wären sie über kurz oder lang verwaist. Denen jedoch wurden immer wieder Steine in den Weg gelegt. Die einst schlagkräftigen Parolen über die Bedeutung grüner Lungen in den Städten waren längst zu hohlen Worten verkümmert.

»Mehr Geld wollen sie alle«, sagte einer. »Schutz bieten sie dafür nicht.«

Die Gartenanlagen wurden regelmäßig von Einbrechern heimgesucht. Kleine Fische. Sie stahlen meist Lebensmittel. Das konnten die Kleingärtner verschmerzen. Schlimmer war, dass die Diebe die Häuschen und Beete verwüsteten. Das tat weh, den Laubenpiepern jedenfalls, die mit ganzer Seele an ihrer Scholle hingen.

»Sollten sich besser um die Ordnung in der Stadt kümmern. Wenn ich nur an letztes Ostern denke«, fuhr ein anderer fort. »Fast alle Bushaltestellen waren zertrümmert. Arbeit für die Glaser.«

»Das waren die Linken.«

»Aber nur, weil die Neonazis aufmarschiert sind. Ich verstehe nicht, warum die immer wieder in die Stadt gelassen werden.«

»Muss sich herumgesprochen haben. In Leipzig sind die Rechten gern gesehen. Pfui Deubel!« Der Mann spuckte aus. Henne hätte es ihm gern gleichgetan, aber er beherrschte sich.

»Sie sind erbost.« Willy nickte in Richtung Stammtisch und schaute Henne entschuldigend an.

»Zu recht! Du solltest es auch sein. Wenn den Kleingärtnern tiefer in die Tasche gegriffen wird, bleibt ihnen weniger zum Leben. Sie werden noch seltener in deine Kneipe kommen.«

»Was kann ich dagegen machen? Nichts!«

»Wir haben alle unser Los.«

Als Henne nach Hause kam, wurde er schmerzlich an seine Worte erinnert.

Der Briefkasten spuckte ein Schreiben aus. Erika. Ihre Anwältin hatte es amtlich formuliert, Henne las nur eines aus den wohlgesetzten Worten heraus: Erika wollte die Scheidung, einen endgültigen Strich ziehen, die gemeinsamen Jahre wegpusten. Als ob alles schlecht gewesen wäre!

Verbittert legte er den Brief beiseite. Na gut, dann würde er eben ein geschiedener Mann sein. Es sollte ja Frauen geben, die das interessant fanden. Doch wollte er überhaupt eine Neue? Besser nicht, ein Reinfall reichte! Das Leben war so schon trüb genug.

Er polierte Lissys Einzelteile und setzte sie zusammen. Der Klang des Saxophons beruhigte ihn. Unter seinen Griffen schluchzte und sang das Instrument, lachte und weinte, klagte, seufzte. Die Töne füllten den Raum und machten seinen Kummer erträglicher. Die Musik enttäuschte ihn niemals. Sie war seine Freundin, seine Stütze, sein Halt in der düsteren, lieblosen Welt.

In dieser Nacht träumte er, er wäre ein berühmter Musiker. Begnadet und vergöttert. Dann der Auftritt, ein ganz besonderer. Er aber stand auf der Bühne und hatte alles vergessen. Leer, ausgefegt sein Kopf. Der Albtraum jedes Künstlers. Das Publikum buhte ihn aus, und am lautesten schrie Erika. Er erwachte vom Schmerz, der sich von der Narbe über das ganze Gesicht in den Nacken zog.

* * *

»Gut, dass du endlich kommst!« Leonhardt stürzte auf Henne zu und drückte ihm ein Päckchen von der Größe einer Zigarettenschachtel in die Hand. »Das musst du dir unbedingt anhören!«

»Du bist ja ganz aus dem Häuschen. Was ist es denn?«

»Das Tonband aus dem Gerät an Krügers Bett. Ein Fahrer des Krankenhauses hat es eben abgegeben.«

»Erklärungen dazu?«

»Nichts, dafür Grüße von Doktor Rupert. Krüger hat es leider nicht geschafft. Er ist in der Nacht verstorben.«

»Armer Kerl, vermutlich ist es besser für ihn!«

Henne schob die Kassette in den Recorder. Eine Weile herrschte Stille, ab und an unterbrochen vom Rascheln der Kissen, dann ein Stöhnen, Gebrabbel, Wortfetzen. Plötzlich Krügers Stimme ganz klar: »Sie dürfen nicht …«, gefolgt von unverständlichen Sätzen, schließlich ein weiteres deutliches Wort: »Sonnenbrille«.

Mehr sagte Krüger nicht. Henne schaltete das Gerät aus. Ein Gedankenblitz streifte ihn, flüchtig, nicht zu halten. Was war es nur? Verdammt noch mal! Je stärker er sich zu erinnern suchte, umso weniger fiel es ihm ein. Vielleicht wurde er doch allmählich alt, wie es ihm Erika vorgeworfen hatte.

»Was ist?« Leonhardt hüpfte aufgeregt herum. »Was sagst du dazu?«

»Nichts!«

»Wie – nichts!« Leonhardt guckte verständnislos.

»Mann, ich weiß nicht, was Krüger gemeint hat.«

»Aber das ist doch ein eindeutiger Fingerzeig! ›Sie dürfen nicht‹ – das hat er gesagt. Muss was gewesen sein, das ihn verdammt beschäftigt hat. Enorm wichtig oder würdest du im letzten Augenblick auf Erden von Nebensächlichkeiten sprechen?«

»Reine Spekulation.«

»Krüger sagte, Sie dürfen nicht …«

»… und was bitte? Reden? Trinken? August erschlagen?«, fuhr Henne barsch dazwischen.

»Ich weiß, ich bin kein Superhirn wie du.« Leonhardt war frustriert. »Trotzdem darf ich denken, auch wenn du es für unmöglich hältst.«

»Irrtum Hagen, ich halte nichts für unmöglich, aber ich halte mich in erster Linie an Tatsachen. Deshalb fühle ich jetzt dem Personal der Weinstuben auf den Zahn.«

Die ›Pfeifferschen Weinstuben‹ öffneten erst mittags. Henne schlenderte um das klassizistische Gebäude, vorbei an den aufstrebenden Säulen, die die Vorderfront zierten und von dicht bepflanzten Blumenkübeln umrahmt wurden. Er suchte den Personaleingang. Auch dieser war zu, aber auf Hennes energisches Klopfen hin steckte ein Mann den Kopf heraus.

»Können Sie nicht lesen? Geschlossen!«

Henne hielt ihm seinen Ausweis unter die Nase. »Darauf kann ich keine Rücksicht nehmen. Ich ermittle in einem wichtigen Fall.«

Der Mann riss erschrocken die verschlafenen Augen auf.

»Kriminalpolizei? Ist etwas passiert?«

»Pfiffiges Kerlchen. Denken Sie, ich wäre sonst scharf auf Ihren Anblick?«

»Schon gut, ich will keinen Ärger.«

»Da haben wir etwas gemeinsam. Lassen Sie mich nun rein, oder muss ich die Tür eintreten?«

»Besser nicht. Dürfen Sie das überhaupt?«

»Was? Reinkommen?«

»Türen eintreten und unbescholtene Bürger einschüchtern.«

»Nee, aber das mache ich am liebsten. Ist der beste Teil meines Jobs, klar?«

»Witzig.« Das verkniffene Gesicht machte deutlich, dass Hennes schwarzer Humor den Mann nicht beeindruckte. »Vielleicht ist Ihr Ausweis geklaut«, murmelte er, während er sich beeilte, die Tür zu öffnen.

»Keine Sorge, der ist so echt wie meine Hautfarbe.«

»Ich hab es nicht so gemeint.« Der Mann führte den Kommissar durch die Küche in den Gastraum. »Zufrieden?«, fragte er und wies auf einen Tisch neben der Pendeltür, die den Küchengang vom Restaurant trennte.

Henne ignorierte den Platz und lehnte sich an den Tresen.

»Sie heißen?«

»Erwin Himpel, ich bin der ›Chef du rang‹, die rechte Hand der Geschäftsführung sozusagen.«

»Kompetent, was? Das trifft sich gut, genau so eine Person suche ich.«

Himpel schob die Stirn in Falten. Sollte wohl besonders beflissen wirken, angestrengtes Nachdenken, alles für den Kunden. Bei Henne hinterließ es jedoch nur den Eindruck, einen blasierten und noch dazu unhöflichen Kerl vor sich zu haben. Das Prachtstück eines serviceorientierten Dienstleisters. Seine Begeisterung hielt sich in Grenzen.

»Womit kann ich Ihnen denn nun dienen?« Die Stirnpartie war auf ihren angestammten Platz zurückgerutscht.

»Kennen Sie diesen Mann?« Henne legte Augusts Foto auf den Tisch.

Himpel nahm es und betrachtete es. Die Stirn machte sich erneut selbständig – lange. Schon wollte Henne ungeduldig werden, da sagte Himpel: »Ich habe ihn mehrfach bedient. Der Herr kommt jeden Monat.«

»Allein?«

»Manchmal.« Er zögerte: »Meistens in Gesellschaft.«

Henne zückte sein Notizbuch. »Die wäre?«

»Ich achte eigentlich nicht auf solche Dinge. Ich respektiere meine Gäste.«

»Mir kommen die Tränen. Also: Wer war bei ihm?«

»Ein Mann, groß, sehr sogar. Dunkler Anzug, dunkle Brille.«

»Noch jemand? Denken Sie nach! Es könnte wichtig sein!«

»Ich überlege ja schon.« Sinkende Mundwinkel gaben Henne einen weiteren Beweis von Himpels beweglichem Mienenspiel.

»Nein, an andere Begleiter erinnere ich mich nicht.« Erleichterung, offensichtlich ein Grund zur Freude. Die Mundwinkel wanderten nach oben.

»Na gut!« Henne steckte das Foto in die Jackentasche. »Wann kann ich die anderen Kellner befragen?«

»Vor zwölf Uhr ist keiner da.«

»Ich schicke einen Kollegen vorbei. Sorgen Sie dafür, dass Ihre Leute die Fragen beantworten.«

»Was hat er denn verbrochen?«, fragte Himpel und zeigte auf Hennes Jacke.

»Der? Nichts. Der ist tot!«

Himpel schlug die Hände vor den offenen Mund.

Henne schob sich an ihm vorbei. »Machen Sie sich keine Mühe, ich finde alleine hinaus.«

Zurück im Büro tippte Henne das Protokoll. »Lass es Himpel unterschreiben«, sagte er zu Leonhardt.

Der steckte das Blatt achtlos ein. »Habe ich dir nicht gesagt, Krügers Gestammel ist wichtig?«, kam Leonhardt auf die Aufzeichnungen aus dem Krankenhaus zurück. »Die Sonnenbrille. Krüger hat Sonnenbrille gesagt. Auch Himpel hat eine dunkle Brille erwähnt.«

»Das ist mehr als sonderbar. Wer setzt in einem Lokal eine getönte Brille auf?«

»Einer, der unerkannt bleiben will.«

»Oder etwas zu verbergen hat.«

»Eben!«

»Vielleicht ist er blind.«

»Im Ernst?«

»Quatsch!«

»Menschenskind!«, schimpfte Leonhardt.

Henne sagte nachdenklich. »Am Tag, als August beerdigt wurde, hat es geregnet. Auf dem Friedhof war ein Mann.«

»Da waren doch viele.«

»Aber nur einer mit Sonnenbrille, und der war auf keinen Fall blind.« Das konnte ein Zufall sein, doch Henne glaubte nicht recht daran.

»Das sagst du jetzt erst? Wenn wir schon damals nach ihm gefahndet hätten ...«

»Hätten, hätten! Mein Gott!«

»Dass dir so was passiert. Dir mit deinem Elefantenhirn!«

»Brauchst gar nicht zu frotzeln. Auch ein Elefant kann einmal was vergessen.«

»Jedenfalls haben wir jetzt eine heiße Spur.«

»Hoffentlich. Es wird langsam Zeit.«

»Wieso? Hat der Alte Druck gemacht?«

Henne winkte ab. »Frag nicht! Ich will nicht darüber reden.«

»So schlimm?«

Henne schnaufte ärgerlich. »Scher dich in die Weinstuben. Die Mittagszeit ist längst vorbei.«

* * *

Der Mann überdachte den Tag. Er war in der Stadt gewesen, ursprünglich wollte er sein Glück doch noch einmal bei Anja versuchen, dann hatte er es sich anders überlegt. Der Bulle war zu oft um sie herum, er schien glatt einen Narren an ihr gefressen zu haben. Sogar in sein Büro hatte er sie bestellt, dabei war sie von allen am ahnungslosesten.

Statt an Anja, hatte er sich wieder an den Bullen geheftet. Er hatte gehofft, er würde herausfinden, was Heine vorhatte. Als der jedoch in den Weinstuben verschwunden war, hatte er aufgegeben und war in sein Versteck gefahren. Jetzt saß er in dem einzigen Sessel und dachte nach.

Was wollte Heine in dem Lokal? Hatte er Sinter endlich ausfindig gemacht? Begann sein Plan Früchte zu tragen?

Zu dumm, dass er immer noch nicht wusste, was die Polizei herausgebracht hatte. Dabei lief ihm die Zeit davon. Jeder Tag, den er sich länger in der Gegend aufhielt, vergrößerte die Gefahr, entdeckt zu werden. Aber noch konnte er es sich nicht leisten, zu verschwinden. Erst musste er sicher sein, dass alles funktionierte. Er hatte so viel Kraft, so viel Zeit daran gesetzt.

Er erinnerte sich genau, wie es gewesen war, damals, als er von Turnau erfahren hatte. Die Idee war ihm wie ein Blitz durch den Kopf geschossen. Er hatte sie erst beiseite geschoben, doch einmal eingenistet, war sie hartnäckig zurückgekehrt und hatte allmählich Gestalt angenommen. Bis er eines Tages gewusst hatte, dass es funktionieren konnte. Die Falle war perfekt und Sinter, auch wenn er dämlich war, ein ausgezeichneter Köder. Der Bulle musste nur noch an ihn herangeführt werden, doch dabei durfte er nicht in Erscheinung treten. Das war der schwerste Teil seines Planes. Bis jetzt allerdings schien alles gut zu laufen. Die Bestätigung, die er brauchte, würde er sich holen. Morgen. Von Gerlinde Bauer.

Er nahm einen Schluck aus der neben ihm stehenden Wasserflasche. Gern hätte er ein Bier getrunken, aber er hatte sich geschworen, bis zum Erfolg auf Alkohol zu verzichten. Es stand zu viel auf dem Spiel, er brauchte einen klaren Kopf. Das kalte Wasser ließ ihn frösteln. Er beschloss, sich Bewegung zu verschaffen. Es konnte nicht schaden, wenn er in Form blieb.

Eine Weile stemmte er verbissen die schweren Hanteln, die er vorsorglich gekauft hatte. Als seine Muskeln von der Anstrengung zitterten, verschnaufte er einen kurzen Moment, dann drehte er einige Runden um das nahe gelegene Wäldchen. Erschöpft und ausgelaugt kehrte er zurück. An diesem Abend fiel er zum ersten Mal seit langer Zeit – kaum dass er sich auf die schmale, unbequeme Liege gelegt hatte – in tiefen Schlaf.

* * *

Anja ging mehrmals an dem Haus vorüber, ehe sie sich ein Herz fasste.

»Sie?« Erstaunt musterte Gerlinde Bauer die junge Frau. »Was wollen ausgerechnet Sie von mir?«

Anja ließ sich von dem abweisenden Ton nicht einschüchtern. »Darf ich eintreten?«, fragte sie.

Widerwillig gab die Bauer die Tür frei. Anja folgte ihr in das Wohnzimmer. »Ich muss mit jemandem reden, mit einem Menschen, der mich versteht.«

Auch das noch, seufzte die Bauer innerlich und wehrte ab: »Dafür gibt es Seelsorger.«

Anja nahm auf dem Sofa Platz und knetete nervös ihre Finger. Sie wusste nicht, wie sie beginnen sollte. Vielleicht war es ein Fehler gewesen, herzukommen.

»Also, was wollen Sie?«, fragte die Bauer.

Anja gab sich einen Ruck. »Herr August war mein Ausbilder, und Sie vertreten ihn. Ich dachte ...«

»... dass ich seinen Job übernehme?«

»Tun Sie das nicht?«

»Das entscheidet Frau Rauchfuß.«

»Zu der möchte ich nicht gehen«, sagte Anja leise.

»Ihnen wird nichts anderes übrigbleiben.«

»Es ist nur ... Frau Rauchfuß ist immer so streng, kalt wie ein Fisch.«

»Das ist doch Unsinn«, verlor die Bauer die Geduld. Allmählich ging ihr die Kleine gehörig auf die Nerven.

»Entschuldigen Sie, das wollte ich wirklich nicht sagen, es ist mir einfach herausgerutscht. Zu Ihnen habe ich eben mehr Vertrauen.«

»Hat Ihr Vertrauen nicht Zeit, bis Sie wieder gesund sind? Sie könnten mich im Büro sprechen.«

Anja schüttelte heftig den Kopf. »Es ist eher privat. Ich möchte nicht, dass etwas durchsickert.«

»Ihre Schwangerschaft etwa?« Die Bauer starrte böse auf Anjas Bauch.

»Woher wissen Sie … ach was, es ist ohnehin egal. Ich habe das Kind verloren.«

»Das tut mir leid.« Ihr eisiger Blick strafte die Worte Lügen.

»Ich weiß nicht, was Sie gegen mich haben«, erwiderte Anja leise. »Sie sind doch auch eine Frau. Sie müssten mich verstehen.«

»Wie sollte ich? Sie haben Herrn August, einen ehrenwerten, integren Mann, umgarnt und in Ihr Bett gezogen. Weiß der Himmel, was Sie sich davon versprochen haben. Vielleicht eine bessere Beurteilung.«

»Das ist nicht wahr«, verteidigte sich Anja. »Ich habe ihn geliebt. Ich kann nichts dafür, dass er mein Ausbilder war.«

»Das soll ich Ihnen glauben?« Hass blitzte in Gerlinde Bauers Augen auf. Hass auf die junge, hübsche Frau, die alles hatte, was ihr selbst fehlte. Die ihr den Mann genommen hatte, obwohl sie hätte jeden haben können. Jeden, nur nicht Klaus, ihren Klaus.

»Er hat den ersten Schritt getan, nicht ich.«

»Sie hätten ihn zurückweisen müssen.«

»Das wollte ich ja, aber er hat nicht nachgelassen. Woher wissen Sie überhaupt davon?«

Unvermittelt war Gerlinde Bauers Wut verraucht. Das Mädchen und sie, sie waren beide Opfer, Teile in Klaus Augusts Sammlung. Sie waren auf ihn hereingefallen, auf seinen Charme und die schönen Worte, die sich nun als hohl und verlogen erwiesen hatten.

»Ist schon gut«, murmelte sie und reichte Anja ein Taschentuch. Sie wartete, bis sich das Mädchen die Nase geputzt hatte, dann fragte sie müde: »Was wollen Sie von mir? Wie soll ich Ihnen helfen können?«

»Die Polizei … der Kommissar … er verdächtigt mich. Er denkt, ich habe Klaus auf dem Gewissen.«

»Dann wären Sie wohl kaum noch auf freiem Fuß.«

»Ich habe Klaus nicht ermordet, aber ich habe Angst«, gestand Anja.

»Das brauchen Sie nicht. Nicht, wenn Sie unschuldig sind!«

»Ich bin es, ich schwöre es Ihnen«, stammelte Anja. »Dieser Heine befragt mich trotzdem immer wieder. Die Kollegen in der Kasse haben es längst mitbekommen. Sie weichen mir aus, schneiden mich. Kein Anruf, kein Krankenbesuch. Dabei hatte ich immer ein gutes Verhältnis zu allen! Auf einmal wollen sie nichts mit mir zu tun haben.«

Freude durchzuckte Gerlinde. Ihr Plan hatte also funktioniert. »Ich fürchte, ich kann Sie nicht davor bewahren.«

»Wenn ich in eine andere Abteilung ... Sie haben doch Beziehungen und könnten sich für mich einsetzen. Bitte! Es würde mir helfen.«

»Meinen Sie, der Kommissar findet Sie dann nicht mehr?«

»Darum geht es mir nicht. Ich will einfach weg. Zu Menschen, die mich nicht kennen und mich nicht mit Klaus in Verbindung bringen.«

Als ob damit alles in Ordnung käme, dachte die Bauer und sagte nachdenklich: »Ich werde sehen, was ich tun kann.«

»Danke! Vielen, vielen Dank.« Inbrünstiges Händedrücken, bewegter Blick. »Das werde ich Ihnen nie vergessen.«

Gerlinde Bauer musste sich auf die Lippen beißen, um das gehässige Lachen zu unterdrücken, das danach drängte, in Anjas erleichtertes Gesicht zu platzen.

* * *

Der Mann verharrte bewegungslos im Eingang des Nachbarhauses. Zum Glück hatte ihn Anja nicht gesehen, er konnte sich gerade noch rechtzeitig verstecken. Nicht auszudenken, wenn er ihr bei der Bauer über den Weg gelaufen wäre! Sie hätte alles in Frage gestellt. Dumm nur, dass er sich nun gedulden musste, bis sie das Haus verlassen hatte. Er musste die Bauer allein antreffen!

Er stellte sich ihr Hasengesicht vor, die flackernde Angst in ihren Augen. Ein Kaninchen im Angesicht der Schlange kurz vorm Heldentod. Nur dass die Bauer kein Held war und niemals sein würde. Er raffte den dunklen Mantel fester um die Schultern. Es hatte zu nieseln angefangen, und allmählich kroch die Kälte durch die Gummisohlen seiner Schuhe die Waden hinauf. Er stieß die Hände in die Taschen, seine Finger spielten mit dem Messer. Es war ein gutes Ding, spitz und scharf. Wie geschaffen, um das, was er wissen wollte, aus der Bauer herauszukitzeln. Es erstaunte ihn, dass er keine Gewissensbisse verspürte. War es wirklich schon so weit mit ihm gekommen? War er derart abgebrüht? Früher war er weich und gutmütig gewesen. Einer, der Gewalt verabscheut hatte. Krimis und Gruselfilme hatte er regelrecht gehasst, und nun war er selbst in einem gefangen. Mehr noch, er hatte ihn inszeniert. Die Geister, die ich rief … Luise zuliebe, schärfte er sich ein. Ihretwegen war er zu dem geworden, was er jetzt war.

Das Licht im Treppenhaus hinter ihm ging an und malte seine Silhouette auf das nasse Pflaster. Verflucht, alles schien sich gegen ihn verschworen zu haben. Er würde es später versuchen müssen.

Mit schnellen Schritten lief er zu dem Wagen, der einige Häuser weiter unten stand. Als sich die Haustür öffnete und den Störenfried ausspuckte, war er längst davon gefahren. Die Straße lag friedlich wie eh und je im spärlichen Laternenlicht.

* * *

Hennes Herz klopfte zum Zerspringen. Er hatte Lampenfieber, sein erster Auftritt. Worauf hatte er sich da bloß eingelassen! Alles wegen Willy! Der hatte ihn gebeten, ach was, gedrängt hatte er ihn, weil es längst beschlossen war. Wollte wohl dem Musikverein der Gymnasiallehrer einen Gefallen tun, schließlich brachten die regelmäßig Umsatz, auf den Willy dringend angewiesen war. Für die Lehrer eine Abwechslung, für ihn der Einstand ins Musikgeschäft, so hatte Willy gesagt. Entnervt hatte er zugestimmt, nur damit Willy Ruhe gab, und weil er ohnehin gezweifelt hatte, dass es tatsächlich dazu kommen würde. Trotzdem hatte er sich vorbereitet und das, obwohl ihm der Kassenmord kaum Zeit gelassen hatte. Nachts, allein im Büro, wenn die Kollegen das Dienstgebäude längst verlassen hatten und ihn niemand hören konnte, hatte er geübt wie noch nie in seinem Leben. Kunststück, in der Polizeidirektion gab es keine Frau Strehle. Jetzt allerdings waren seine Hände feucht, sein Mund dagegen wie ausgetrocknet. Der dämliche Traum spukte ihm noch immer im Kopf herum.

»Wo bleibst du denn?« Willy steckte den Kopf aus dem Vereinszimmer und winkte.

Henne rutschte vom Hocker.

»Los, mach mir keine Schande!« Willy schubste Henne durch die Tür, dann war er verschwunden. Henne war auf sich gestellt. Die Gespräche verebbten, die Lehrerinnen und Lehrer wandten sich ihm zu.

Erwartungsvolle Stille machte sich breit. Sekunden, die sich zu unendlichen Minuten dehnten. Ein Räuspern, ein Stuhlscharren.

Hennes Magen flatterte, ihm war speiübel. Er würde kläglich versagen, er musste hier raus. Sein Blick huschte über Gesichter, blieb an der Frau hängen, die an der Stirnseite des Tisches saß und ihm aufmunternd zulächelte. Plötzlich war es ihm unmöglich, dieses Lächeln zu enttäuschen.

»Ja, dann, beginnen wir mal«, krächzte er und setzte Lissy an die Lippen. Anfangs hingen die Töne zitternd im Raum, zaghaft, leise. Doch allmählich wurde er sicherer. Seine Finger tanzten über die Klappen. Sein Atem füllte den Korpus und entlockte dem Instrument weiche Klänge, voll Leidenschaft und Intensität. Er schloss die Augen. Wie von selbst sang Lissy ihr Lied, eins mit dem bulligen Mann, dem niemand soviel Gefühl zugetraut hatte. Als er endete, herrschte einen Moment atemlose Ruhe. Dann brandete donnernder Beifall auf. Die Lehrer klatschten und stampften und klopften auf die Tische.

Henne sah sich sprachlos um. Die Frau verließ ihren Platz an der Stirnseite und kam zu ihm. »Das war virtuos. Sie müssen unbedingt in unserem Blasorchester spielen.«

Ihre Begeisterung war echt und Hennes Magen begann erneut zu flattern. Anders und viel besser. »Meinen Sie?«

»Am kommenden Montag, das Gutenberg-Gymnasium. Die Aula ist ganz oben. Ich warte auf Sie.«

»Mit wem ...«

»Wie dumm von mir, entschuldigen Sie. Elvira Sommer, Musik und Kunstgeschichte.« Sie machte einen übertriebenen Knicks.

Henne sah das spitzbübische Lächeln in ihren Mundwinkeln und musste lachen. Die Zeit verging wie im Flug. Irgendwann im Laufe des Abends stellte er erstaunt fest, dass ihn diese Frau faszinierte, und er überhaupt nichts dagegen hatte. Es machte ihm Spaß, sie anzuschauen, ihr zuzuhören und mit ihr zu lachen. Erst als Willy Küchenschluss verkündete, verabschiedeten sie sich. Während sich Elvira inmitten der anderen Lehrer auf den Weg zur Bushaltestelle machte, ging Henne zu dem kleinen Parkplatz am Eingang der Gartenanlage, wo sein Auto abgestellt war. Er bedauerte, dass sie sein Angebot, sie nach Hause zu fahren, abgelehnt hatte, doch er tröstete sich damit, dass er sie am Montag wiedersehen würde.

Zu Hause angekommen nahm er als erstes Erikas Bild und warf es in den Mülleimer. Aus und vorbei. Elvira würde sein gebrochenes Herz kitten und ihn endlich heilen. Mit diesem Gedanken schlief er ein.

* * *

Am nächsten Tag fühlte er sich froh wie lange nicht mehr.

»Nanu, gute Laune?« Leonhardt kommentierte das Pfeifen, mit dem Henne das Büro betrat, mit einer schmerzlichen Grimasse.

»Was hast du bloß?«

»Mag sein, dass du Saxophon spielen kannst – pfeifen kannst du jedenfalls nicht.«

»Wenn schon, der Auftritt gestern war ein voller Erfolg. Die Herren Pädagogen waren begeistert.«

»Nur die Männer?«

»Die Frauen auch. Vor allem eine.«

»Daher weht also der Wind.«

»Blödsinn, wenn hier etwas weht, dann sind es höchstens deine Haare. Siehst schon aus wie ein Hippie.«

»Lenk nicht ab.«

»Das hab ich gar nicht nötig. Zwischen Elvira und mir läuft nichts.« Bis jetzt zumindest, setzte Henne in Gedanken hinzu.

»Aha.«

»Was – aha!«

»Nur so. Du sollst übrigens gleich zum Alten kommen.«

»Schon wieder?«

»Klang eigentlich nicht nach Ärger.«

»Was soll's, ich werde es überleben.«

Schusters Sekretärin winkte Henne sofort ins Büro des Alten durch.

»Mein lieber Heine, gut, dass Sie kommen!« Joviales Handwedeln in Richtung der gigantischen Plüschcouch, die dem ansonsten modern eingerichteten Büro des Polizeidirektors einen muffigen Touch gab. Relikt aus der längst vergangenen Honecker-Ära, in der alles pompös und übertrieben sein musste. »Wie geht es Ihnen?«

Henne traute dem Frieden nicht. »Danke der Nachfrage, ich arbeite immer noch an dem toten Kassierer.«

»Genau darum geht es.«

Worum sonst, dachte Henne. Wenn es eine Person in der Polizeidirektion gab, für die er mehr als das normale Maß tun würde, dann war es Schuster. Oft genug hatte ihn der Alte gedeckt und obwohl sie selten einer Meinung waren, ließ ihm Schuster freie Hand. Solange er seine Fälle löste und das möglichst schnell, war Schuster bereit, Hennes unorthodoxe Methoden zu tolerieren. Wie Henne hasste auch sein Chef das alltägliche Bürokratengehabe in den Machtzentralen der Stadt, doch im Gegensatz zu Henne musste er zumindest in der Öffentlichkeit lächeln und gute Miene machen. Nach solchen Auftritten ließ er Henne seinen Groll spüren. Je nach Tagesform wehrte sich der dagegen oder steckte es einfach weg. Diesmal beschloss er, es Schuster nicht so leicht zu machen.

»Die Kassenleiterin setzt mir zu. Regelmäßig ruft sie an und fragt, wann wir den Mörder haben. Ich weiß nicht, was ich ihr noch sagen soll.«

»Die Wahrheit, Herr Schuster. Ich ermittle weiter.«

»Mensch Heine, Sie verstehen das nicht. Rita – ich meine Frau Rauchfuß – und ich sind in einer Ortsgruppe. Alte SPD-Genossen sozusagen.«

»Umso besser.«

»Im Gegenteil. Sie lässt keine Gelegenheit aus, mich in ein schlechtes Licht zu setzen. Kurz gesagt, sie macht mich unmöglich. Meine Kandidatur ... egal, ich brauche endlich Ergebnisse. Beeilen Sie sich!«

»Ganz erfolglos sind wir nicht.« Henne fasste mit knappen Worten zusammen, was er und Leonhardt bislang herausfinden konnten. »Jetzt suche ich den Unbekannten mit der Sonnenbrille«, endete er.

Schuster blickte sorgenvoll. »Vielleicht sollten Sie ein Phantombild erstellen und an die Öffentlichkeit gehen.«

»Klar.«

Auf dem Weg ins Büro fiel Henne auf, dass er ziemlich schnell nachgegeben hatte. Schuster schaffte es eben doch immer wieder.

7. Kapitel

Leonhardt war sofort mit Feuereifer dabei. »Nee, den Zeichner lass mal stecken«, meinte er und loggte sich mit wenigen Tastengriffen in eine der Datenbanken ein. »Face Design System, seit letzter Woche verfügbar, praktisch ganz neu. Du wirst staunen.«

Henne staunte in der Tat, welche unglaublichen Dinge Leonhardt dem Wunderkasten entlockte. Er selbst mied Computerarbeit, wo er konnte, aber Leonhardt hatte sich im Laufe der Zeit als Profi herausgestellt. Glücklicherweise, wie Henne bei jeder Gelegenheit gern zugab.

»Es beginnt.«

Leonhardt tippte auf die verschiedenen Identikits, probierte Gesichtsformen, wechselte Kinnpartien, Nasen, Augen und Münder. Jedes Mal verneinte Henne.

»Ich habe ihn schließlich nur flüchtig gesehen und selbst da mehr von hinten«, verteidigte er sich, als Leonhardt allmählich ungeduldig wurde.

»Schwarz statt brünett?«

Leonhardt änderte die Haarfarbe und verdeckte die eng zusammenstehenden Augen mit einer dunklen Brille.

»Besser?«

»Viel besser, es kommt ihm zumindest sehr nahe.«

»Lassen wir es so oder soll ich weiter basteln ?«

Durch ein Wiegen des Kopfes gab Henne zu verstehen, dass er noch nicht zufrieden war.

Leonhardt schob Haare und Kinn umher. Brillenformen wechselten sich ab, Farbtöne gingen ineinander über.

»Stopp!« Henne schlug ihm auf die Schulter. »Das ist er.«

»Ich verschicke es gleich übers Netz.«

Kurze Zeit später kam die erste Antwort. Die Leipziger Volkszeitung wollte die Meldung bereits in der nächsten Ausgabe veröffentlichen.

»Morgen also!« Henne rieb sich zufrieden die Hände.

»Telefondienst für mich?«

»Kluges Kerlchen. Wir wollen doch keine Information verpassen, oder?«

»Schon gut, ich mach es ja freiwillig«, stöhnte Leonhardt und dachte mit Grauen an die vielen Anrufer, die solche Aktionen nutzten, um sich wichtig zu machen.

* * *

»Ich kann nichts dafür! Ich konnte ja nicht ahnen, dass der abnippelt.« Peter Sinter, dünn und mehr als einen Kopf größer als sein Gegenüber, wich ängstlich zurück. Sein Blick huschte hilfesuchend durch das Zimmer. Er hätte alles gegeben, um endlich verschwinden zu können.

»Hier geht es um mehr als diesen armseligen Hausmeister. Du hast schlampig gearbeitet. Der eigensinnige Kommissar sucht nach dir.«

»Aber warum? Niemand hat mich gesehen.«

»Halts Maul, ich wiederhole, der dämliche Hausmann interessiert mich nicht. Es geht um August. Du solltest ihm Angst machen, aber du Dummkopf musstest ihn ja gleich erledigen.«

»Er hat mich gereizt«, verteidigte sich Sinter schwach.

»Du reizt mich auch! Du hast meine Befehle missachtet.«

»Ich sollte ihn hart rannehmen, das haben Sie gesagt.«

»Schweig! Du hast ihn erschlagen, und das solltest du nicht.«

»Die Bullen müssen erst einmal beweisen, dass ich es war.«

»Du unterschätzt die Gefahr. Ich will, dass du verschwunden bleibst. Tauch weiter unter, sofort!«

Karl Turnau schob ihm einen Umschlag zu.

Sinter nahm ihn und stopfte ihn ungeöffnet in die Hosentasche.

»Eins noch, Peter!« Turnaus scharfe Stimme klirrte vor Kälte. »Wehe, du versagst!«

Als Sinter das Zimmer verlassen hatte, öffnete sich eine kleine Tapetentür. Der Mann, der das Zimmer betrat, ähnelte Karl Turnau wie ein Ei dem anderen.

»Nun, Karl? Bist du zufrieden?«, fragte er.

Karl nickte. »Peter hat es kapiert. Er macht keine Schwierigkeiten. Der Schnüffler hingegen beunruhigt mich.«

»Willst du ihn bestechen?«

»Funktioniert bei dem nicht.«

»Warten wir ab, ob er uns zu nahe kommt. Unser Informant wird uns auf dem Laufenden halten«, munterte Hans seinen Zwillingsbruder auf. Er griff nach der auf dem Servierwagen stehenden Kristallkaraffe und füllte zwei Gläser mit dem Rosé.

»Riech mal!«

Karl nahm sein Glas entgegen und atmete das Bouquet ein. »Ein edler Tropfen.«

»Ein außergewöhnlicher Pinot noir aus dem Elsass. Jahrgang 1990.«

Karl nahm einen Schluck und rollte ihn genießerisch im Mund herum. Er schluckte. »Die Froschfresser haben einen guten Wein hinbekommen!«

»Dabei ist das Elsass deutsch! Eine Schande, dass es die Wehrmacht nicht halten konnte.«

»Weißt du noch, wie Großvater geschwärmt hat? Wie Gott in Frankreich hat er gelebt. Damals, im Reichsgau Baden, zu dem das Elsass gehörte.«

»Alte Kamellen.«

»Warte ab, die Zeiten ändern sich. Wir werden täglich stärker.«

»Auf den Erfolg.«

Die Brüder prosteten sich in gegenseitigem Einverständnis zu.

»Wie ist die Stimmung im Stadtrat?«, wollte Hans wissen.

Karl setzte sein Glas ab. »Feige Schweine. Trauen den anderen Fraktionen nicht über den Weg. Kuschen, wenn aus deren Ecken Anträge kommen. Vor allem bei den Grünen.«

»Den Parteifreunden fehlt dein Hintergrund. Sie denken, du bist ihr Mann und hältst dein Mitgliedsbuch in allen Ehren.«

Karl lachte grimmig. »Sollen sie ja. Sonst wäre ich schneller als mir lieb ist den Vorsitz der Fraktion los. Ich freue mich schon auf die dummen Gesichter, wenn sie erfahren, dass ich in den Landtag einziehe.«

»Ein Christ als Nationalsozialist.«

»Ich war noch nie gläubig.«

»Aber man glaubt es allgemein.«

»Tarnung. Die und die Geschäfte unter Freunden bringen mich voran.«

»Freunde?«

»Manus manum lavat.«

»Eine Hand wäscht die andere. Hier eine kleine Gefälligkeit, dort ein Entgegenkommen … winzige Schritte, von denen jeder für sich betrachtet keine Gefahr darstellt. Insgesamt aber kann deine Kungelei die Christdemokraten gehörig ins Straucheln bringen.«

»Bis jetzt weiß keiner, dass er nicht der Einzige ist, der mir einen Gefallen schuldet.«

»Den du gewissenhaft eintreibst«, ergänzte Hans.

»Eine Person – eine Stimme. Ich fordere sie ein, bis ich genug habe.«

»Ein wenig Schmiergeld wirkt oft Wunder.« Hans klopfte auf die Brusttasche seines Jacketts, die durch das Portmonee ausgebeult war.

»Das lass lieber sein! Einige fragen sich bereits, ob dein Bauunternehmen wirklich soviel abwirft, wie du sie glauben machst.«

»Keine Bange, meine Bücher sind in Ordnung. Da sucht selbst der schärfste Steuerfahnder vergebens.«

»Bring dich bloß nicht in Schwierigkeiten«, warnte Karl. »Das wirft ein schlechtes Licht auf mich!«

»Dein Stuhl wird schon nicht wackeln.«

»Dabei soll es auch bleiben«, entgegnete Karl scharf. »Das Geld hole ich mir woanders her, du kennst die Quelle.«

»Damit wird ja nun Schluss sein.«

»Ich habe einen neuen Plan. Die Zeit drängt. Noch knapp zwei Monate, dann muss die Finanzierung stehen oder alles ist verloren.«

»Du übertreibst. Wenn du diesmal nicht gewinnst, versuchst du es eben bei der nächsten Wahl.«

»Verdammt, Hans, es wird kein nächstes Mal geben. Nicht für mich. Denk an Kirbel!«

Hans zuckte zusammen. Walter Kirbel, der hochgelobte Landtagskandidat von der Küste war vor einigen Jahren bei einem Ausflug mit seiner Segelyacht unter mysteriösen Umständen über Bord gegangen. Der Fall wurde nie aufgeklärt, zumal jede Spur von Kirbel fehlte. Es gab keine Leiche, dafür jede Menge Gerüchte. Von Versagen war die Rede, von Strafe und Gericht. Nicht auszudenken, wenn Karl …

* * *

»Verzeihen Sie den Überfall.« Henne setzte einen Fuß in die spaltbreit geöffnete Wohnungstür. »In Ihrem Amt sagte man mir, Sie hätten heute einen freien Tag. Da dachte ich, ich versuche einfach, Sie daheim zu erwischen.«

»Ich habe Ihnen doch bereits alles gesagt.« Gerlinde Bauers Herz schlug bis zum Hals.

»Sicher, klar, aber ich bin nun mal so.«

»Wie – so?« Verrückt, das war er, aber das würde sie ihm niemals ins Gesicht sagen.

»Einigen wir uns auf hartnäckig. Das muss Sie wirklich nicht beunruhigen.«

Tat es aber, und wie, doch auch das sollte der unmögliche Kommissar um keinen Preis erfahren. Gerlinde rief sich zur Ordnung. Sie musste unverfänglich wirken, völlig normal.

»Außerdem gibt es etwas, das ich mit Ihnen besprechen will. Wollen wir drinnen weiter reden? Die Nachbarn müssen ja nicht alles mithören.«

»Also gut«, seufzte sie und führte Henne in die Wohnstube. »Ich hoffe, sie machen es kurz!«

»Darf ich Platz nehmen?«

»Meinetwegen.« Widerwillig deutete sie auf den Sessel am Fenster. Sie selbst blieb in der Tür stehen. Die Arme um den mageren Körper verschränkt, ein freudloses Lächeln im Gesicht, beobachtete sie, wie sich Henne umständlich in den Sessel fallen ließ. Als er saß, stachen seine Knie wie Türme in die Luft.

»Wie gesagt, komme ich eben aus der Stadtkasse. Ursprünglich wollte ich zu Fräulein Pechter.«

»Hm.«

»Ich hatte Pech, sie wurde versetzt. Wissen Sie, warum?«

»Sie hat darum gebeten.«

»Einfach so? Hat es ihr bei Ihnen nicht mehr gefallen?«

»Die Leute reden.« Ihr kam eine Idee. »Kann ich Ihnen einen Kaffee anbieten? Oder Tee?«

»Kräutertee?«, fragte Henne zurück. »Vielleicht selbst gesammelt?«

Gerlinde reagierte sofort. »Aus dem Supermarkt an der Ecke. Schwarzer Tee mit Früchten.«

»Dann Kaffee bitte, wenn es keine Umstände macht. Keine Milch, aber zwei Stück Zucker.«

Als sie in der Küche verschwunden war, hatte Henne endlich Muße, sich in aller Ruhe im Wohnzimmer umzusehen. Sein Blick wanderte über die altmodische Schrankwand, das Glasteil, den beachtlichen Bestand an Sammeltassen. Nicht unbedingt sein Geschmack. Im angrenzenden Bücherregal ausschließlich Liebesromane. Auch nicht seine Wellenlänge. Der bis an die Decke reichende Gummibaum – ein Zeichen für den grünen Daumen der Bewohnerin. Bei ihm gingen alle Pflanzen ein.

Die riesige Vase in der Ecke sollte wahrscheinlich Wohlstand und Stil ausdrücken. Für asiatische Billigprodukte dieser Art fehlte ihm der Sinn. Die Fotogalerie darüber war schon eher etwas, eine Fundgrube an Informationen. Bilder sagten eine Menge aus. Über die Beziehung zu einzelnen Familienmitgliedern zum Beispiel, über Freunde, Hobbys, Vorlieben, Reisen.

Mühsam hievte er sich aus dem Monstrum von Sessel und betrachtete die Fotogalerie aus der Nähe. Die Ansicht eines Dorfes, ein Klassenfoto, die junge Gerlinde unter Palmen. Damals schon grau und nichtssagend. Daneben ein Bild, offensichtlich im Büro geschossen. Eine Party, Geburtstag vermutlich. Dahinter ein Portrait. Er stutzte. War das nicht …? Tatsächlich! Klaus August!

Henne lauschte. Die Bauer hantierte noch immer in der Küche. So eine Chance kam nicht so schnell wieder. Er griff nach dem Bilderrahmen. Die Widmung auf der Rückseite überraschte ihn nicht.

Als Gerlinde Bauer zurückkehrte, fand sie Henne auf seinem Platz, als hätte er ihn nie verlassen. Sie stellte das Tablett mit einem Kännchen, zwei Tassen und etwas Gebäck auf den Tisch und bediente Henne.

»Sehr aufmerksam«, dankte der. Als er die Tasse entgegennahm, stieß er mit dem Ellenbogen an sein Knie.

»Oh je!« Henne wollte aufstehen, aber die heiße Tasse in seiner Hand vereitelte jede Anstrengung, und er beließ es bei der Andeutung.

Frau Bauer war ohnehin schneller. Sie holte eine Serviette und tupfte die Flecken vom Teppich.

»Wissen Sie, Herr Kommissar, mir ist noch etwas eingefallen«, sagte sie ohne aufzuschauen.

»Na los, immer raus damit.«

»Ich weiß nicht, ob es Sie interessiert.«

Henne zuckte unmerklich zusammen. Wie kamen die Leute bloß darauf, dass es Dinge gab, die für Ermittler uninteressant sein könnten?

»Mich interessiert alles.«

Frau Bauer sagte zögerlich : »Herr August und Fräulein Pechter hatten Streit.«

»Das soll in Beziehungen manchmal vorkommen.«

»Wenn es Sie nun doch nicht interessiert …«

»Aber sicher doch, erzählen Sie weiter.«

»Es war am Tag vor dem Mord. Anja Pechter hat ihm gedroht, sie würde ihn umbringen.«

»Das hat sie gesagt?«

»Wortwörtlich.« Frau Bauer nickte eifrig.

»Können Sie das beschwören?«

»Selbstverständlich! Sie werden mir doch wohl mehr glauben als diesem jungen, flatterhaften Ding.«

Henne äußerte sich nicht dazu.

»Herr August war krank. Ein Streit könnte ihn sehr aufgeregt haben. Sein Herz war nicht das Beste.«

»Herzkrank? Davon hat er mir nichts gesagt.«

»Das wiederum wundert mich, wo Sie sich doch so nahe gestanden haben.« Henne trank den Kaffee aus und stemmte sich hoch. »Vielen Dank für Ihre Gastfreundschaft. Übrigens, Sie haben hübsche Bilder.« Er zeigte auf die Fotos.

Frau Bauer begriff sofort und wurde blass. »Das kann ich erklären.«

»Ach lassen Sie mal, ist nicht so wichtig«, wehrte er ab, »ich bin schon weg.«

Gerlinde Bauer blieb wie angewurzelt sitzen. Diese verdammten Bilder! Sie hatte die Gelegenheit nutzen wollen, den Verdacht auf die junge Pechter zu lenken, und nun? Hatte der Kommissar ihr Spiel durchschaut?

Hektisch sprang sie auf, packte die Fotos und warf sie auf den Boden. Voll Wut trampelte sie darauf herum. Mit Genugtuung sah sie das Glas splittern, Augusts Gesicht knittern, sein Lachen verschwinden.

* * *

In der Dienststelle wartete eine gelangweilte Gitta. Gönnerhaft winkte sie Henne zu, als der mit langen Schritten die Eingangshalle durchquerte. Angesichts der kastanienbraunen Lockenpracht, die ihr ausnahmsweise mal gut stand, streckte er anerkennend den rechten Daumen in die Höhe. Zum Dank bedachte ihn Gitta mit einem strahlenden Lächeln. Henne machte, dass er davonkam. Ein Gespräch mit Perücken-Gitta war das Letzte, was er heute brauchte. Er hatte Besseres vor, als sich einen Vortrag über Farben und Modelle, Frisier- und Pflegehinweise anzuhören. Er wollte zu Doktor Kienmann.

»Nanu? Was treibt dich denn her?«

Henne ließ sich auf die wuchtige Ledercouch in Kienmanns Büro fallen. »Die Frauen werden mir ewig ein Rätsel bleiben«, stöhnte er.

»Schieß schon los, was hast du auf dem Herzen?«

»Der Mord in der Stadtkasse, du erinnerst dich?«

Kienmann nickte.

»Der Tote, August, war ein Weiberheld. Verheiratet, wenn auch nicht zusammenlebend, junge Geliebte und dann noch seine Stellvertreterin. Die hat allerdings die Liaison bestritten. Glatte Lüge. Ich habe soeben den Beweis in den Händen gehalten. Eine wundervoll schmalzige Liebeserklärung auf einem Foto des stolzen Hahnes und das in der Wohnung der alternden Dame.«

»Na und?«

»Die Stellvertreterin, sie heißt Gerlinde Bauer, hat mich unverblümt auf Anja Pechter gehetzt.«

Kienmann hob fragend die Augenbrauen.

»Die Geliebte. Jung, attraktiv, sexy«, erklärte Henne.

Kienmann grinste. »Ist doch offensichtlich. Die Dame ist eifersüchtig.«

»Genau mein Gedanke«, bestätigte Henne. »Aber indem sie die Pechter belastet, macht sie sich selbst verdächtig. Das weiß sie mit Sicherheit. Sie ist zwar unscheinbar, aber nicht dumm.«

»Womöglich rechnet sie damit, gerade deswegen unschuldig zu wirken.«

»Weiber!«

»Kann eine die Giftmischerin sein?«

Henne hob unwissend die Schultern. »Keine hat das Zeug für einen Mord, aber das will ja nichts heißen.«

»Ich habe den Obduktionsbericht nochmals geprüft.« Kienmann stand auf und holte eine Mappe aus dem Aktenschrank.

»Ist etwas nicht in Ordnung?«

»Wie man es nimmt.«

»Sag endlich!«

»August wurde ein Gift verabreicht. Zumindest vermuten wir das.«

»Was soll das nun wieder heißen? Er hatte dieses Hyoszeugs doch in sich, oder?«

»Ja klar, aber ich schließe nicht aus, dass August das Hyoscyamin aus freien Stücken genommen hat. Doch das ist es nicht, was mir aufgefallen ist.«

»Was denn dann?« Henne schaute den Doktor fragend an.

»August hätte nicht sterben müssen. Nicht an dem Gift!«

»Das kapiere ich nicht.«

»Hier steht es.« Kienmann blätterte in dem Bericht und zeigte auf eine rot markierte Stelle. »Das Hyoscyamin hatte sich in Augusts Körper ausgebreitet. Er war unruhig, verwirrt, hatte Herzrhythmusstörungen, vermutlich auch Halluzinationen. Kurz vor dem tödlichen Schlag wurde er bewusstlos. Zu diesem Zeitpunkt hätte er noch gerettet werden können!«

»Moment mal! Du meinst, statt den Notarzt zu alarmieren, hat ihm ein Unbekannter den Schädel eingeschlagen?«

Henne kratzte sich die Wange. Die Narbe juckte wieder. Wurde das denn nie besser? Er sehnte sich nach Erikas weichen Händen. Sie hätte das dämliche Brennen vertrieben. Zu spät!

»So ist es«, unterbrach Kienmann Hennes Gedanken.

»Verdammt, suche ich nun einen Giftmörder oder einen Totschläger?«

Kienmann schloss die Mappe. »Das, mein Freund, ist eine kluge Frage.«

* * *

»Sei froh, dass du das Kind verloren hast.«

Julia griff nach einer Zigarette, zündete sie an und reichte sie an Anja weiter, ehe sie sich auch eine nahm. Die Freundinnen rauchten schweigend. Doch während Julia das Nikotin offensichtlich genoss, starrte Anja bedrückt vor sich hin. Mit einer fahrigen Bewegung drückte sie ihre Kippe aus.

»Ich weiß, es ist besser so. Trotzdem wäre es schön gewesen.«

»Wenn du einen Vater für dein Kind gehabt hättest.« Julia hielt Anja die Finger vors Gesicht und zählte gnadenlos auf: »Keinen Beruf, kein Einkommen, keinen Unterhalt, keine Unterstützung. Stell dir vor, in welcher Armut das Kind aufgewachsen wäre. Hättest du das tatsächlich gewollt?«

»Natürlich nicht.«

»Eben! Siehst ja an mir, wohin das führt.«

»Das kann man überhaupt nicht vergleichen. Du bist eine gute Freundin, die einzige, die ich habe und du weißt genau, dass es dir besser gehen könnte, wenn deine Sucht nicht wäre.«

»Was spielt das schon für eine Rolle? Ob mit oder ohne Drogen, ich wurstle mich Monat für Monat durch. Gelegenheitsjobs, Schnorrereien, schwanzgeile Kerle. Mal hier einen Euro, mal dort ein paar Cent. Weit entfernt vom feinen Leben. Armut ist ekelhaft.«

»Ich habe dir schon tausendmal gesagt, du musst deinen Körper nicht verkaufen.«

Julia lachte böse. »Du bist gut! Hast du dich etwa nicht verkauft? Der Kassenheini hat dich letztendlich doch auch bloß bezahlt.«

»Nenn ihn nicht so«, bat Anja leise. »Ich habe ihn geliebt.«

Julia verzog den Mund, als hätte sie Zahnschmerzen. »Ist ja gut, ich hab es nicht so gemeint. Tatsache ist jedoch, er hat dich sitzen lassen. Erst hatte er seinen Spaß und als du ihm zu teuer wurdest, hat er dich abserviert.«

»Das hat er nicht«, begehrte Anja auf.

»Was dann?« Julia pulte eine neue Zigarette aus der Packung.

»Er hätte sich nicht von mir getrennt. Ich war es, die Schluss gemacht hat.«

»Allerdings hat er dir ja wohl den Grund dafür geliefert.«

»Wenn ich damals gewusst hätte, was ich heute weiß, hätte ich ihn verstanden.«

»Ach nee.«

»Wirklich!« Anja nickte eifrig. »Klaus konnte mich nicht öffentlich lieben, er war verheiratet.«

»Noch schlimmer. Ein Fremdgänger.«

»Seine Frau ist in einer Klinik, unheilbar krank. Verstehst du? Er konnte sich nicht zu mir bekennen.«

»Das ist mir zu hoch. Wenn er sich nicht scheiden lassen wollte, hätte er nichts mit dir anfangen sollen. Entweder oder.«

»Sollte er etwa wie ein Mönch leben? Den Rest seines Lebens oder zumindest bis zum Tode seiner Frau? Er hat ihr nichts vorenthalten, und ich habe ihr nichts weggenommen. Sie bekam nichts von alldem mit.«

»Na ja, wenn dir das als Entschuldigung genügt ...«

»Du weißt eben nicht, was wahre Liebe ist. Ich jedenfalls hätte ihm verziehen.«

»Mensch Anja, wach auf! Merkst du nicht, was los ist? Dein Klaus war kein Heiliger!«

»Er wollte sogar mit mir verreisen«, überging Anja Julias Einwand.

»Dir ist nicht zu helfen«, stöhnte Julia.

»Es sollte der perfekte Liebesurlaub werden. Das hat er gesagt.« Anjas Augen wurden feucht.

»Na komm.« Julia zog Anja in die Arme und strich ihr tröstend übers Haar. »Ich verspreche dir, ich werde nichts mehr dazu sagen. Hauptsache, du lernst wieder lachen.«

Anja klammerte sich wie eine Ertrinkende an die Freundin, und Julia fuhr durch den Kopf, wie ungerecht doch das Leben war.

Sie ahnte nicht, dass der Mann, der aus dem Dunkeln der Straße zu den hell erleuchteten Fenstern starrte, ihren Standpunkt teilte. Doch im Gegensatz zu ihr wollte er sich nicht damit abfinden. Er beabsichtigte, ein Stück Gerechtigkeit wiederherzustellen und war bereit, den Preis dafür zu zahlen. Bald!

* * *

»Wenn das so weitergeht, werde ich noch verrückt!«, klagte Leonhardt, nicht ohne vorsorglich die Sprechmuschel des Telefonhörers mit der Hand abzudecken.

»Ermittlungsarbeit ist das allmähliche Zusammenfügen winziger Bruchstücke zu einem sinnvollen Ganzen.« Hennes erhobener Zeigefinger senkte sich auf Leonhardt. »Doch heute ist dein Glückstag, ich habe Mitleid.« Er winkte dem gelangweilt am Tisch sitzenden Beamtenanwärter zu. »Übernehmen Sie mal.«

Der junge Mann sprang erfreut auf und griff nach dem Hörer. »Sie sprechen mit Kristof Keller, was kann ich für Sie tun?«

Leonhardt verdrehte die Augen. »Wenn das alles ist, was in der Polizeischule gelehrt wird, dann Prost Mahlzeit.«

»Hat sich etwas ergeben?«, ignorierte Henne das Sticheln.

Leonhardt zeigte angewidert auf den Stapel Notizen. »Ich hab alles aufgenommen. Erwartungsgemäß überwiegt der übliche Blödsinn. Einer klang zunächst vielversprechend. Der Kerl meinte, er hätte unseren Sonnenbrillenboy gesehen, am Haltepunkt Südbahnhof draußen vor der Stadt. Ich habe sofort einen Streifenwagen hingeschickt. Der Typ war blau wie eine Haubitze und stand außerdem unter Drogen, völlig unzurechnungsfähig. Er hat nur angerufen, weil er eine Belohnung erwartet hat. Scheiße noch mal!«

»Lass die Ausdrücke.«

»Du hast gut reden. Du musstest dich ja nicht mit diesen durchgeknallten Verrückten abgeben«, murrte Leonhardt.

»Stimmt, und deshalb erlöse ich dich. Wir gehen in Augusts Wohnung. Wenn unser Mann tatsächlich dort war, hat er Spuren hinterlassen. Womöglich Fingerabdrücke, die sich von denen in unseren Unterlagen unterscheiden.«

»Ein Versuch ist es wert.« sagte Leonhardt versöhnt, das alte Blitzen in den Augen. »Warte mal! Hier irgendwo muss der Wohnungsschlüssel sein.«

Er überflog die Protokolle und wühlte in einem der säuberlich beschrifteten Kästen herum. Triumphierend fischte er das Schlüsselbund heraus.

»Na bitte!«, lobte Henne.

»Bus oder Auto?«

»Keins von beiden, wir gehen zu Fuß.«

»Bei dem Wetter?«

Leonhardt schaute zum Fenster. Dicke graue Wolken hatten sich zu einem Gebirge aufgetürmt, das zum Greifen nah über den Dächern hing. Nicht mehr lange und es würde wie aus Eimern schütten. Betrübt sah Leonhardt auf seine hellbraunen Wildlederschuhe. Er hörte Manuela bereits schimpfen.

Henne gab nach. »Meinetwegen, nehmen wir also den Wagen.«

* * *

Als sie in die Shakespearestraße einbogen, zerriss ein greller Blitz den Wolkenberg. Unmittelbar darauf brach der Regen los, als hätte Petrus sämtliche Himmelsschleusen geöffnet.

Henne fluchte, alle Parkplätze waren belegt. Er quetschte sich in eine Lücke zwischen einem Audi und der Blumenrabatte am Ende der Parkbuchten. Für einen Kleinwagen hätte der Platz unter Umständen gereicht. Der Ford jedoch ragte ein gutes Stück über die schnurgerade gewachsenen Zwergastern hinweg. Ein knapp fünfzig Zentimeter hoher Buchsbaumkegel verschwand unter dem Kühlergrill.

»Sauber«, meinte Leonhardt.

Henne quittierte die Bemerkung mit einem schiefen Grinsen.

Sie zogen die Jacken über die Köpfe und sprinteten zu Augusts Haus. Sie hatten Glück, der Eingang war geöffnet. Anscheinend kümmerte sich seit Krügers Tod niemand mehr darum, dass die Hausordnung eingehalten wurde.

Als sie die Treppe hinaufgingen, hinterließen sie dunkle Flecken auf dem Granit. An der Wohnungstür hielt Leonhardt Henne zurück. Er tastete den Rahmen ab, die Drückergarnitur, das Schließblech.

»Das Schloss ist unbeschädigt. Wenn jemand hier war, dann ein Profi.«

Henne öffnete die Tür. »Sonderbar, wie leer eine Wohnung wirkt, sobald man weiß, der Besitzer kommt niemals zurück.«

Nachdenklich durchschritt er den Korridor, warf einen Blick in Küche, Bad und Schlafzimmer.

Leonhardt folgte ihm in die Stube. »Kein Wunder. Die Jungs von der K 2 haben gründliche Arbeit geleistet. Sämtlicher Schriftkram, Zeitungen, Bilder, Bücher – alles fehlt. Das macht es nüchtern.«

»Immerhin stehen noch die Möbel.«

Henne öffnete den Wohnzimmerschrank. Er starrte auf die aufgereihten Gläser, Untersetzer, Geschirr, das nach Größe und Farbe sortiert war, als befänden sie sich in einer Verkaufsausstellung. Tassen links, Teller rechts. Alles so, wie er es vom letzten Mal her kannte. »Wonach würdest du suchen?«, fragte er.

»Hm?« Leonhardt stellte das schwere Kristallglas, das er aus dem Schrank genommen hatte, an seinen Platz zurück.

»Stell dir vor, du bist mit dem Toten bekannt, sogar vertraut. Ihr habt euch regelmäßig getroffen. Was könnte er von dir haben? Was willst du zurück? Wonach würdest du in seinen vier Wänden suchen?«

»Ach so!« Leonhardt kratzte sich die Stoppeln am Kinn. »In meiner jetzigen Situation vermutlich einen Rasierer.«

»Sehr witzig.« Henne verzog das Gesicht.

»Was kann schon so wichtig sein, dass ich es von einem Toten zurück haben will!«

»Das frage ich dich ja gerade!«

»Ein Andenken vielleicht, etwas Persönliches.«

»Oder etwas, das dich belastet oder entlarven kann.«

»Ein Foto, zum Beispiel.«

Henne nickte. »Die sehen sich morgen die Grünschnäbel an.«

»Wie wäre es mit einem Brief, einer Karte, irgendeinem Schriftstück?«

»Alles bereits gesichtet, aber wir nehmen uns die Aufstellung noch einmal vor. Nur zur Sicherheit, ich glaube nicht an eine neue Entdeckung. Hier!« Henne reichte Leonhardt die vom Schrank genommenen Fingerabdrücke. »Die vergleichen wir nachher.«

»Wird dasselbe ergeben, wie das, was wir bereits haben. Unser Mann ist kein Anfänger, der trägt mit Sicherheit Handschuhe. Sofern es überhaupt einen Eindringling gibt. Das Schloss war intakt.«

»Nimm mir nicht jegliche Hoffnung«, knurrte Henne. Er wusste, dass Leonhardt Recht hatte, doch sollte er sich davon unterkriegen lassen?

Sie durchsuchten die restlichen Möbel. Nirgends gab es einen Hinweis darauf, dass sich zwischenzeitlich jemand daran zu schaffen gemacht hätte. Trotzdem hatte Henne irgendwie das Gefühl, dass da noch etwas war. Vielleicht sah er schon Gespenster. Kein Wunder, bei dem Job. Wie hatte Erika ihn immer gewarnt? ›Heinrich, du verlierst dich und mich dazu.‹ Er seufzte. Zumindest mit Letzterem hatte sie Recht behalten.

Plötzlich schellte es an der Tür. Henne schlich zum Eingang und presste das Auge an den Spion. Das verzerrte Bild ließ ihn grinsen, und er öffnete.

»Sieh an, die nette Dame, die mir neulich Auskunft zu Herrn Krüger gegeben hat.«

»Frau Johanna Spilling. Mein Mann ist Professor, im Ruhestand natürlich.« Sie lächelte um Entschuldigung heischend und ihre Silberlöckchen nickten sanft, als sie verlegen den Kopf neigte. »Ich habe Sie beobachtet. Vorhin, als sie das Haus betreten haben. Da dachte ich mir, wenn die Polizei schon mal hier ist, spare ich mir den Gang aufs Revier und werde meine Meldung gleich an Ort und Stelle los.«

Henne nickte mechanisch. Die Neugierde trieb sie also her. Na schön. »Worum geht es denn?«

»Der Mann, der in der Zeitung, der gesucht wird ...« Wieder bebten die Locken, diesmal energischer.

»Sie kennen ihn?«

»Das nicht, aber ich habe ihn gesehen. Vor vier oder fünf Wochen, vielleicht liegt es auch schon länger zurück. So genau kann ich mich nicht erinnern, das Alter, wissen Sie? Ich vergesse manchmal Sachen.«

»Wer tut das nicht«, seufzte Henne.

»Ach, Sie auch? Ich kann Ihnen da jemanden empfehlen. Mein Arzt, Herr Doktor Muninger …«

»Das ist wirklich nicht nötig«, bremste Henne. »Sagen Sie mir einfach, was es mit dem Mann aus der Zeitung auf sich hat.«

Frau Spilling stutzte, überlegte kurz, dann fiel es ihr wieder ein. »Ach ja, der Mann. Ich kam an dem bewussten Tag von einem Ausflug zurück. Spät, es war bereits dunkel. In meinem Alter sollte man da längst zu Hause sein, nicht wahr?«

Henne stimmte zu. »Der Mann …«, erinnerte er sie.

»Es waren zwei. Herr August und der Fremde. Sie waren vor mir und gingen geradewegs in Augusts Wohnung hinauf. Zu schnell für meine alten Beine, ich konnte sie nicht einholen, obwohl ich mich beeilt habe.«

Henne beschloss, ab sofort neugierige Frauen zu mögen. »Haben sie sich unterhalten?«

»Ich hab nicht viel verstanden. Die Ohren, in meinem Alter, Doktor Muninger sagt …«

»Nun mal hübsch langsam. Was genau haben Sie mitbekommen?«

»Es war im Treppenhaus, der Fremde hat gelacht, drohend, und Herr August hat dann geflucht. Das machte er sonst nie!«

»Aha.«

»Er hat einen von diesen Kraftausdrücken benutzt. Ich mag ihn nicht wiederholen.«

»Auch nicht, wenn ich Sie innigst darum bitte?«

Frau Spillings Wangen färbten sich in einem rosa Ton, der das Glitzern in ihren Augen Lügen strafte: »Verdammter Hurensohn«, flüsterte sie und setzte schnell hinzu: »Das hat er gesagt, obwohl er sonst immer ein Gentleman war, einer von der alten Schule.«

Verdammter Hurensohn, Unwort des Jahres. Henne zwang sich, ernst zu bleiben.

»Interessant! Sie sind eine gute Beobachterin.«

»Dabei meint mein Mann immer, ich solle mich nicht überall einmischen. Ich tue doch nur meine Pflicht, nicht wahr?«

»Ganz recht. Sie haben mir sehr geholfen. Leider kann ich Ihnen den Gang in mein Büro nicht ersparen. Ich möchte Ihre Aussage protokollieren.«

»Muss das sein?«

»Ich brauche Ihre Unterschrift. Die Bürokratie, Sie verstehen? Aber ich verspreche Ihnen, es dauert nicht lange.« Henne nahm ihre Hand. Frauen mochten solche Gesten. »Sie sind sehr wichtig.«

Das Rosa auf den runzligen Wangen steigerte sich zu einem tiefen Rot. Stolz stand in ihren Augen, als sie Henne zunickte. Bei soviel Ehre konnte sie schlecht ablehnen und so hässlich, wie sie den Herrn Kommissar in Erinnerung hatte, war er gar nicht, selbst für einen Ausländer. Tatsächlich sah er recht liebenswert aus, vor allem wenn er lächelte.

Der Tag hielt für Henne noch eine weitere Überraschung bereit. Zurück im Büro erwartete ihn Damenbesuch. Julia hatte es sich verdächtig nah neben Kristof Keller bequem gemacht, die Beine aufreizend übereinander geschlagen und den Oberkörper weit genug nach vorn gebeugt, um einen vielversprechenden Einblick in ihren Ausschnitt zu gewähren. Sie strahlte und schien sich mit Keller gut zu verstehen. Henne bemerkte, dass sie schnell die Hand vom Schenkel des Jungen nahm.

»Nanu?«, fragte er. »Was führt Sie denn in unsere heiligen Hallen?«

»Die Zeitung! Ich dachte, mich trifft der Schlag, als ich das Foto gesehen habe. Ich kenne den Mann, den Sie suchen.«

Henne rieb sich die Hände. Die Götter meinten es gut mit ihm. Endlich Fortschritte. »Erzählen Sie!«

»Sie wissen ja wohl noch, womit ich meinen Lebensunterhalt verdiene«, begann Julia und zwinkerte Henne zu. Auf sein Nicken fuhr sie fort: »Es war vor vier oder fünf Wochen, ein Donnerstag. Eine Kollegin rief an und sagte, es gäbe Arbeit für mich. Das halten wir immer so, wir helfen uns, jede hat es schwer.«

»Kann ich mir denken. Name und Anschrift der Kollegin?«

»Sie will keinen Ärger.«

»Bekommt sie auch nicht, ich will nur sichergehen.«

»Dass ich Sie nicht belüge?«

»Unter anderem.«

»Anneliese Makowski, Grundstraße, Nummer weiß ich nicht. Es ist das letzte Haus auf der linken Seite, zweiter Stock. Wehe, Sie tun ihr etwas an.«

»Ts, ts, ts.« Henne schüttelte den Kopf. »Wir sind die Guten, schon vergessen?«

»Ich hab genug schlechte Erfahrungen mit der Polente gemacht.«

»Trotzdem sind Sie hier. Freiwillig.«

Julia nickte widerwillig. »Ich muss verrückt sein.«

»Deswegen verstehen wir uns so gut«, stellte Henne trocken fest. »Ihre Kollegin rief also an. Und dann?«

»Ich sollte mich am Abend in einer Vorstadtkneipe einfinden. Da wäre eine Tagung oder so was ähnliches. ›Zur Schluckburg‹, so heißt die Bude. Ziemlich heruntergekommen, niedrigstes Niveau.«

»Sie hätten ablehnen können.«

»Als ob ich mir das leisten könnte! Ich bin jedenfalls dorthin, und da habe ich ihn kennengelernt.«

»Den Mann aus der Zeitung?«

»Genau den«, bestätigte Julia. »Anfangs hatte er kein großes Interesse an mir, quatschte dauernd von irgendwelchem Mist. Saubere Nation, Deutschland den Deutschen und so. Ich habe ihn reden lassen. Manche Kunden wollen das und zahlen trotzdem den vollen Preis.«

»Er auch?«

»Nee, der brauchte bloß ein wenig Anlauf. Er hat gelabert, wir haben getrunken und schließlich sind wir doch in der Kiste gelandet. War nicht mal übel. Was hat er denn verzapft?«

»Das finde ich gerade heraus«, erwiderte Henne ausweichend. »Wissen Sie noch mehr über Ihren Freier? Name, Adresse, Eigenschaften?«

»Tut mir leid, er hat es mir nicht gesagt, und in meinem Geschäft fragt man nicht. Obwohl …«

»Ja?«

»Einer der anderen Kerle, so ein Dicker mit Glatze, die Glubschaugen immerzu in meinem Ausschnitt, hat ihm kurz bevor wir nach oben gegangen sind auf die Schulter geklopft und gelallt, Peter solle sein Bestes geben. Das muss natürlich nicht sein richtiger Name sein.«

»Sie geben mir Anlass zur Hoffnung. Peter also, immerhin etwas. Sonst noch etwas? Überlegen Sie!«

Julia grinste schief. »Dass er beim Sex die Socken angelassen hat, wird Sie ja kaum interessieren.«

»Ungewöhnliche Praktiken? Ich meine, hat er sonderbare Dinge von Ihnen verlangt?«

»Was verstehen Sie unter ungewöhnlich?«, fragte Julia ironisch. »Ich mache alles, was der Freier will. Hauptsache, er zahlt gut.«

»Was mussten Sie bei diesem Peter machen?«

»Das, Herr Oberkommissar, fällt unter mein persönliches Dienstgeheimnis.«

»Ich dachte, Sie legen keinen Wert darauf, künftig regelmäßigen Polizeibesuch zu bekommen.«

»Wollen Sie mich erpressen?«

»Mitnichten, ich will Ihnen helfen. Die Kollegen von der Sitte ...«

»Schon gut«, fiel ihm Julia gereizt ins Wort. »Der Kerl war stinknormal. Drauf, rein und abgespritzt. Leicht verdientes Geld.« Mürrisch kramte sie in ihrer Tasche nach einer Zigarette.

Kellers Gesicht hatte die Farbe einer reifen Tomate.

»Geht doch«, sagte Henne zufrieden. »Sie haben uns sehr geholfen. Besten Dank.«

»Kein Grund, zynisch zu werden«, maulte Julia. Sie sah zu Kristof Keller hinüber, und ihre Stimmung kletterte nach oben.

Henne bemerkte den Blickwechsel und sagte: »Herr Keller hat gewiss alles notiert. Unterschreiben Sie das Protokoll und dann ab mit Ihnen. Sollte ich weitere Fragen haben, lasse ich es Sie wissen. Ihre Adresse habe ich ja nun.«

»Nett, wenn Sie sich davor anmelden. Es könnte sonst sein, ich bin gerade beschäftigt. Das wäre Ihnen bestimmt peinlich.«

»Sie wären enttäuscht«, antwortete Henne und lächelte sie unschuldig an.

8. Kapitel

So geht das auf keinen Fall weiter!« Hans knüllte aufgebracht die Zeitung zusammen und katapultierte sie in die Ecke.

Karl lehnte ihm gegenüber im Sessel und musterte den Bruder gelassen durch die randlose Brille.

»Ärgere dich nicht.«

»Ich soll ruhig bleiben?« Hans fuhr hoch. »Die Bullen suchen Peter und wenn sie ihn finden, dann gnade uns Gott.«

»Sie werden ihn nicht finden.«

»Wie kannst du dir so sicher sein?«

»Ganz einfach.« Karl hob die Zeitung auf und glättete sie sorgfältig. »Wir sorgen dafür, dass Peter nicht reden wird.«

»Nein!« Hans' Stimme kippte ins Falsett. Er sah den kalten Blick seines Bruders und riss sich zusammen. »Du kannst ihn doch nicht abservieren!«

»Wenn ich immer so zögerlich gewesen wäre, hätte ich jetzt keinen Sitz im Stadtrat.«

»Ich will davon nichts wissen.«

»Natürlich nicht«, erwiderte Karl verächtlich. »Du bist ja nur an Geld interessiert. Ich hingegen verfolge höhere Ziele.«

»Macht, ich weiß. Das hat dir Großvater eingebläut.«

»Bei dir allerdings haben seine Bemühungen versagt.«

»Lass uns nicht streiten. Ich unterstütze dich, das habe ich immer. Mit einem Mord will ich aber nichts zu tun haben.«

»Das musst du auch nicht. Ich kümmere mich darum.«

»Ausgerechnet Peter. Wir konnten uns doch immer auf ihn verlassen.«

»Sei nicht komisch. Peters größter Ehrgeiz ist es, die Nutten der Stadt flachzulegen.«

»Der Kontakt zu Klaus August hat jedenfalls geklappt.«

»Stimmt. Bis Peter ausgerastet ist.«

»Davon wissen die Bullen nichts.«

»Nur eine Frage der Zeit. Im Moment wollen sie Peter, um ihm das mit dem Hausmeister anzuhängen. Haben sie ihn erst einmal in der Mangel, ist es ein Kinderspiel, seine Beziehung zu August herauszubekommen.«

»Beziehungen sind nicht strafbar.«

Karl baute sich vor Hans auf. »Begreif es endlich; Peter hat August kalt gemacht, das Büro wimmelt nur so von seinen Fingerabdrücken. Die Bullen brauchen sie bloß zu vergleichen und das werden sie als erstes tun, wenn sie Peter haben. Schon haben sie etwas in der Hand, um ihn unter Druck zu setzen.«

»Er könnte schweigen.«

»Genau das ist der Punkt: Er könnte, aber tut er es auch?«

»Was macht eigentlich dein Junge, der Norbert?«, wechselte Hans hastig das Thema.

»Prima Kerl, er kommt ganz nach mir.«

»Packt er das Abitur?«

»Im Frühjahr ist es soweit. Ich mache mir keine Sorgen, Norbert schafft das mit links.«

»Und danach?«

»Das wird sich ergeben. Vielleicht studiert er Jura. Er könnte bei Gerhard unterkommen.«

»Natürlich, Gerhard Keller, Anwalt, renommierte Kanzlei.«

»Norbert ist sich noch nicht sicher. Erst der Abschluss, alles andere findet sich.«

»Wenn er will, kann er bei mir einsteigen. Einen guten Geschäftsführer kann ich immer gebrauchen.«

»Der Junge studiert, das steht fest.«

»Soll er ja. Bis er damit fertig ist, halte ich ihm einen Platz frei. Egal, ob er sich für Jura, Betriebswirtschaft, Bau oder sonst was entscheidet.«

»Hauptsache, er geht nicht in die Politik, das meinst du doch, oder?« Karl verzog den Mund. »Dabei bist gerade du bisher gut gefahren. Mit einem Bruder wie mir, einem, der Einfluss nehmen kann, wenn Bauleistungen zu vergeben sind.«

»Alles hat seinen Preis. Schließlich will ich nicht umsonst deinen Wahlkampf finanziert haben.«

»Was hast du neulich gesagt? Eine Hand wäscht die andere. Das gilt auch unter Brüdern.«

»Ich habe nichts dagegen, das weißt du. Trotzdem, ein Politiker in der Familie reicht. Zumindest wenn es um Kommunalpolitik geht.«

»Warte nur, bald bin ich im Landtag.«

»Gut für dich und deine Mission.«

»Vergiss nicht, auch du bist ein Teil davon.« Karl beobachtete Hans scharf, und der beeilte sich zu sagen: »Wir schaffen es gemeinsam. Je mehr Geltung du hast, umso mehr Aufträge bekomme ich.«

»Genau deswegen muss Peter verschwinden.«

Hans wagte es nicht, Karl in die Augen zu sehen. Leise sagte er: »Mach, was du willst, aber lass mich dabei aus dem Spiel.«

* * *

Es sind die kleinen Dinge, dachte der Mann. Man muss darauf achten. Soeben war einer der Zwillinge aus dem Büro des Stadtrates gestürmt. Er wusste nicht, welcher es war. Er konnte sie nicht auseinanderhalten, aber es spielte auch keine Rolle. Der Zwilling war anders als sonst gewesen. Hektisch fast. Jeder andere hätte gedacht, er hätte es nur eilig gehabt. Termindruck gab es überall. Er jedoch schaute genauer hin. Er schaute hinter die Fassade. Der verrutschte Binder, die umgekrempelte Hosentasche, das blasse Gesicht. Kleinigkeiten eben und trotzdem aufschlussreich. Die Brüder waren bekannt für ihre Eleganz, immer perfekt, immer wie aus dem Ei gepellt. Da ließ ein schlecht sitzender Krawattenknoten tief blicken. Etwas war im Gange, es lag auf der Hand.

Zufrieden lächelte er in sich hinein. Die Turnaus waren aufgeschreckt, sie witterten etwas und waren dabei so herrlich ahnungslos. Das Spiel nahm seinen Lauf, unaufhaltsam. Sie würden beizeiten erfahren, welche Lawine auf sie zurollte, doch dann war es zu spät. Sie würden zermalmt werden. Dann war er frei.

* * *

Henne musterte sich kritisch. Das helle Hemd und die zerknitterte Leinenhose, die sich zu seinem Leidwesen hartnäckig gegen alle Versuche, sie mit dem Bügeleisen in Form zu bringen, gewehrt hatte, waren ungewohnt. Er hielt einen blaugestreiften Schlips vor die Brust, tauschte ihn gegen einen roten und schüttelte den Kopf. Er fühlte sich nicht wohl. Entschlossen riss er sich die Sachen vom Leib und stieg in die alte, ausgewaschene Jeans. Dann streifte er ein schwarzes Shirt über und warf sich die unvermeidliche Lederjacke über die Schulter. Zufrieden atmete er auf. Elvira musste ihn nehmen, wie er war, selbst wenn sein Bauch unter dem T-Shirt deutlich zu sehen war.

Er lächelte. Kaum kannte er die Frau, da nannte er sie auch schon beim Vornamen. Wo sollte das hinführen? Zugegeben, Elvira Sommer hatte etwas an sich, das ihm gefiel. Sehr sogar. Seelenverwandtschaft vielleicht. Dazu dieses Herzklopfen. Zu stark, um … ja, was eigentlich? Liebe? Lächerlich! Er schob den Gedanken schnell beiseite.

Als er eine Stunde später die Treppen zur Aula des Gutenberg-Gymnasiums hinaufstieg, kehrte das Herzklopfen jedoch mit neuer Macht zurück. Erika kam ihm in den Sinn, konnte sie ihn nicht in Ruhe lassen? Unwillig schüttelte er den Kopf. Er wischte sich die schweißnassen Hände an der Jeans ab, dann drückte er auf die reich verzierte Klinke der großen Aulatür, die ein Innenarchitekt aus der Gründerzeit herübergerettet hatte und trat ein.

Die Musik, die er, wenn auch gedämpft, schon im Treppenhaus gehört hatte, überrollte ihn wie eine Ostseewelle. Verwirrt blieb er stehen.

Die knapp zwanzig Männer und Frauen auf der Bühne nahmen keine Notiz von ihm. Ihre Blicke sprangen zwischen Noten auf altertümlichen Holzständern und Elvira Sommer hin und her. Elvira stand in der Mitte auf einem dunkel gefärbten Holzpodest. Obwohl von kleiner Statur, beherrschte sie mit weit ausholenden Armbewegungen den Raum. Sie dirigierte mit Leidenschaft, setzte den ganzen Körper ein, beugte und wiegte sich und zwang das Orchester, ihr zu gehorchen. Ihre Stimme mischte sich mit den samtigen Klängen der Oboen, stieg mit den Klarinetten empor, um sich schließlich im tiefen Ton der Tuba zu verlieren. Das Stück endete in einem wilden Durcheinander von Flöten und Klarinetten, Trompeten und Fagott. Selbst ein Horn war vertreten, und als es erklang, reihten sich die anderen Instrumente manierlich in den Schlussakkord ein. Ein gemeinsames Seufzen, erleichtert, dass das schwere Stück geschafft war. Dann Stille und bevor Worte fallen konnten, Hennes spontanes Klatschen.

Elvira Sommer wirbelte herum. Sie erkannte ihn und ihre Augen blitzten freudig auf. »Wir machen eine kurze Pause«, rief sie den Musikern zu und sprang leichtfüßig von der Bühne.

»Wunderbar, dass Sie gekommen sind«, begrüßte sie ihn herzlich, das Gesicht gerötet, die feuchten Haare an den Schläfen klebend. Henne fand, sie sah hinreißend aus.

»Ganz schön schwere Arbeit«, sagte er und wies auf das Orchester. »Sie haben die Bläser hervorragend geführt.«

»Danke. Wenn Sie wollen, können Sie gleich einsteigen.«

»Denken Sie, ich schaffe das?«

»Ein großer Hornist hat einmal gesagt, die zwei besten Freunde eines Bläsers sind sein Ohr und seine Luft.«

»Dale Clevenger, Chicago Symphony Orchestra.«

»Sie kennen ihn?«

»Wer Strauss und seine Hornkonzerte liebt, kommt an Clevenger nicht vorbei.«

»In der Tat ein Genuss. Aber gerade angesichts Clevengers Weisheit gibt es für Sie keinen Grund zur Sorge. Sie spüren die richtigen Töne, Ihr Saxophonspiel ist sehr gut.« Sie lachte. »Ohr und Luft sind ausreichend vorhanden.«

»Ich übernehme keine Garantie«, sagte Henne hastig.

»Ach was, setzen Sie sich auf die rechte Seite hinter die Flöten.«

Neugierige Blicke sprangen Henne an, er nickte in die Runde und murmelte einen Gruß. Einige Gesichter kamen ihm bekannt vor. Natürlich, sein Auftritt bei Willy, sie waren dabei gewesen. Zumindest der hagere Lange mit dem weißen Haarkranz auf dem Charakterkopf und die hellblonde, etwas pummlige Frau neben ihm. Henne lächelte sie an, und als sie ihm aufmunternd zunickten, wurde sein Puls spürbar ruhiger. Elvira fand einige Worte und erwähnte sein Spiel. Wieder Nicken, nun auch von anderen.

Wie geheißen, setzte sich Henne hinter die Flöten; zwei junge Frauen, kaum älter als zwanzig, wohl Referendarinnen. Sie drehten sich zu ihm um und kicherten wie Backfische. Henne kam sich reichlich blöde vor.

Elvira klopfte mit dem Taktstock auf den Notenständer. Ruhe kehrte ein. Henne packte Lissy aus, die neben ihm sitzende ältere Klarinettenspielerin flüsterte ihm ein toi, toi, toi zu, dann ging es auch schon los. Die Kraft der Musik überraschte ihn erneut. Schon als Zuhörer vom Spiel beeindruckt, empfand er nun, als Teil des Orchesters, wie lebendig die Musiker spielten. Ihre Begeisterung und Hingabe machten die mitunter fehlende Fingerfertigkeit bedeutungslos, zumal Elvira die unsauberen Stellen so lange wiederholen ließ, bis sie saßen. Bislang hatte er immer allein gespielt. Im ersten Moment verblüffte es ihn, wie leicht es ihm fiel, sich in die Gemeinschaft einzuordnen, doch dann dachte er nicht weiter darüber nach, sondern gab sich ganz dem Spiel hin.

Später, nach der Probe, wartete er, bis Elvira die Notenständer beiseite geräumt und die Aula abgeschlossen hatte.

»Darf ich Sie ein Stück begleiten?«, fragte er.

»Sicher, aber ich habe eine bessere Idee. Ich kenne ein nettes Café gleich um die Ecke. Wenn Sie einige Minuten Zeit haben, können wir uns dort unterhalten.«

»Ich lasse mich gern entführen.«

»Charmeur«, lachte Elvira.

Das Café war nur mäßig besucht. Sie fanden einen Tisch in der Ecke und bestellten Kaffee und Wasser.

»Die Probe – hat sie Ihnen gefallen oder war es verlorene Zeit?«, fragte Elvira.

»Für Sie würde ich alles geben, nicht nur meine Zeit. Mit dem Dirigenten muss sich ein Musiker gut stellen.«

»Das haben Sie wahrlich nicht nötig. Nein, nein«, wehrte sie schnell ab, als Henne etwas entgegnen wollte. »Es ist nicht nur Ihr Spiel. Sie passen hervorragend in das Team, zumal unser bisher einziger Saxophonspieler ausgefallen ist.«

»Krank?«

Elviras Blick verdüsterte sich. »Er hatte einen Unfall. Er wurde zusammengeschlagen.«

»Unfall ist dafür bestimmt nicht das richtige Wort. Erzählen Sie mir, wie es passiert ist?«

»Das ist nicht so einfach.«

»Versuchen Sie es! Das heißt, selbstverständlich nur, wenn Sie darüber sprechen wollen.«

Elvira seufzte. »Der Mann ist ein Kollege von mir, er unterrichtet wie ich am Gutenberg-Gymnasium.«

»Das macht es nicht eben leichter für Sie.«

»Wir rühmen uns, eine sogenannte gute Schule zu sein. Wir nehmen nur die Besten, vor allem die, bei denen auch der gesellschaftliche Hintergrund stimmt. Sie verstehen, was ich sagen will?«

»Die bürgerliche Mittelschicht.«

»Mindestens! Der Direktor verspricht sich davon Ruhe und Ordnung, eine größere Lernbereitschaft, mehr Engagement der Schüler und Eltern.«

»Traumtänzer«, knurrte Henne.

»Vor zwei Tagen ist passiert, was niemand für möglich gehalten hat. Zwei Schüler der zehnten Klasse haben Anibal Dominego nach dem Unterricht aufgelauert. Es gab eine Prügelei, richtig brutal. Wir können diese schreckliche Tat nicht verstehen. Wir sind ratlos.«

»Kein deutscher Name.«

»Anibal ist Puerto Ricaner, jedenfalls zur Hälfte. Er hat eine deutsche Mutter.«

»Da können wir uns die Hand reichen. Könnte der Überfall damit zusammenhängen?«

»Ich hoffe, die Polizei klärt das auf.«

»Gab es Anzeichen von Rassenhass an Ihrer Schule?«

»Nie, im Gegenteil. Wir haben Partnerschulen in Frankreich, Italien und Spanien, auch England. Jedes Jahr findet ein Schüleraustausch statt, bis jetzt immer ein Erfolg.«

»Das muss nichts bedeuten.«

»Sie klingen schon wie der Polizeibeamte, der sich an unserer Schule umgehört hat.«

»Ich bin selbst Polizist, jetzt bei der Kripo«, gestand Henne.

»Ich beneide Sie, das muss interessant sein.«

»Für Außenstehende vielleicht. Im Grunde genommen befasse ich mich mit trockenen Ermittlungen. Papierkram und so.«

»Trotzdem«, beharrte Elvira. »Sie lernen viele Menschen kennen.«

»Meistens schlechte. Menschen, die ich nicht zu meinen Freunden zählen möchte.«

»Niemand ist ganz und gar schlecht.«

»Sagen Sie das den Opfern.«

»Das klingt, als ob es schlimm für Sie ist.«

»Ich komme damit zurecht.«

»Irgendwie kommen Sie mir verbittert vor. Dabei braucht jeder Mensch Freunde.«

»Wer sagt denn, dass ich keine habe?« Henne dachte an Kienmann, Leonhardt, Willy.

»Und Liebe? Haben Sie eine Frau, eine Familie?«

»Das ist vorbei. Ich war wohl kein besonders guter Ehemann. Weder zuvorkommend, noch nett.«

»Ein richtiges Ekelpaket also? Das nehme ich Ihnen nicht ab.« Elvira kicherte.

»Es hört sich gut an, wie Sie das sagen. Es hat etwas Beruhigendes für mich.« Henne nahm seinen Mut zusammen und fragte: »Was meinen Sie, wollen wir uns duzen?«

»Gern.« Elvira hob ihre Kaffeetasse.

Henne atmete erleichtert auf. »Ich heiße Heinrich.«

»Heinrich Heine? Hatten deine Eltern eine Vorliebe für deutsche Poesie?«

»Frag nicht, was ich mir deswegen schon anhören musste, aber ich mache das Beste daraus.« Henne stand auf und verbeugte sich formvollendet. »Gestatten? Heinrich Heine, wie der große Dichter. Ich halte es jedoch weniger mit der Dichtkunst, eher mit der Wahrheit.«

Wieder kicherte Elvira, und Henne war einen winzigen Moment lang irritiert.

»Prost Heinrich.«

Die zwei Worte genügten, um Schmetterlinge in Hennes Bauch tanzen zu lassen. Sie kamen ihm vertraut vor. Wie etwas, das er verloren und plötzlich wiedergefunden hatte. Ein tolles Gefühl.

* * *

Gerlinde Bauer lag reglos, wie gelähmt. Ihr Herz hämmerte, die Zunge klebte am Gaumen. Sie konnte sich nicht erinnern, was sie geweckt hatte. Sie war plötzlich hochgeschreckt, voller Panik. Sie hatte von Klaus geträumt, so wie sie ihn am liebsten gesehen hatte, morgens am Frühstückstisch, eingehüllt in den Duft ihrer Liebe, entspannt und gelöst. In solchen Momenten hatte er allein ihr gehört, entfernt vom alltäglichen Leben mit seiner Geschäftigkeit. Warum nur hatte sie ihr Glück zerstört?

Sie raffte sich auf und taumelte in die Küche. Sie drehte den Wasserhahn bis zum Anschlag auf und trank hastig gleich aus der hohlen Hand. Die eisige Kälte bohrte sich in ihren Kopf. Das brachte sie in die Gegenwart zurück. Sie lebte, während Klaus tot war. Da war sie wieder, die Schuld, die das dumme Gewissen immer wieder hervorzerrte.

Frau Bauer presste die Hände auf die Schläfen, die Stimme sollte endlich schweigen. Vergebens.

Mit zittrigen Händen brühte sie sich einen Tee. Schöllkrautblüten und Baldrianwurzeln, eine beruhigende Mischung, hoffte sie. Ungeduldig trommelte sie mit den Fingerspitzen auf die Tischplatte und zerrte schließlich das Töpfchen vom Herd, obwohl das Wasser noch nicht kochte. Sie mochte nicht länger warten, sie konnte es einfach nicht, obschon sie wusste, dass sich so die Wirkung des Tees nur unvollkommen entfalten konnte. Früher hätte sie eine solche Hast nicht zugelassen.

Früher? Eine Ewigkeit zurück, unwiederbringlich vorbei. Jetzt war sie eine Mörderin. Sie hatte Klaus auf dem Gewissen, die Dosis war für einen Herzkranken viel zu hoch gewesen. Dabei hatte sie nicht mehr als sonst genommen.

Sie schluchzte.

Mörderin!

Diese verdammte Stimme sollte endlich den Mund halten!

Sie nahm die Tasse, stellte sich ans Fenster und schaute hinaus. Blicklos. Die Straße war still. Tot. Wie Klaus. Selbst das große Haus auf der anderen Straßenseite, das ansonsten jeden Abend mit Leben gefüllt war, lag heute im Dunkeln.

Sie fröstelte und sah auf den Regulator an der Wand, ein Erbstück einer Großtante mütterlicherseits, die sie nie gekannt hatte. Kurz nach zweiundzwanzig Uhr. Die Nacht hatte gerade erst begonnen. Es war Samstag, der Tag, an dem man unterwegs war, Freunde traf, essen ging. Sie jedoch war allein.

Ein ankommendes Auto schreckte sie auf. Zwei Männer stiegen aus. Einer lief um den Wagen herum auf die Beifahrerseite und half einer Frau auf die Straße. Dann gingen sie in das herrschaftliche Haus hinein. Kurze Zeit darauf erhellten wie gewohnt die gelben Fensterlichter den dunklen Asphalt. Alles war wie immer.

Wie gern hätte Gerlinde Bauer mit den Bewohnern der Villa getauscht!

Sie wusste nichts über sie, kannte sie lediglich vom Sehen: die Frau, den fast erwachsenen Buben, den Mann, der seinem Bruder wie ein Ei dem anderen glich. Sie hatte keinen Kontakt zu ihnen, man grüßte sich auf der Straße, mehr nicht. Bisher hatte sie nicht das Bedürfnis gehabt, etwas daran zu ändern. Bisher war es gut, so wie es war. Jetzt hätte sie alles für die Möglichkeit gegeben, einfach über die Straße gehen zu können und einzutauchen in die heile Welt dieser Menschen, Teil davon zu werden. Aber auch ohnedem war sie dankbar. Dafür, dass die anderen da waren, ihr Leben auf gewohnte Weise fortsetzten und auf diese Art die angsteinflößende Dunkelheit vertrieben. Dankbar, weil sie die Nacht auf banale Art normal und den durch ihre Träume geisternden Klaus unecht machten.

Sie starrte mit brennenden Augen hinüber und verfolgte den Schatten der Frau, der von Zimmer zu Zimmer huschte, die schweren Gardinen zuzog und sie damit aussperrte. Der Lichtschein, der auf die Straße fiel, wurde immer dünner und verschwand schließlich ganz.

Auf einmal fror sie stärker, ihre Zähne klapperten. Sie tappte durch die Küche ins Schlafzimmer zurück. Dabei drückte sie die Tasse wie ein kostbares Gefäß an sich und spürte nicht, wie der überschwappende Tee ihr Nachthemd nässte. Als sie die letzte laue Wärme getrunken hatte, wurde ihr besser.

Sie zog die Daunendecke bis ans Kinn und wickelte sich hinein. Zuflucht vor der Welt da draußen und der Stimme im Inneren. Kurze Zeit später schlief sie tief und fest. Sie hörte nicht, wie sich Hans von seinem Bruder und dessen Frau verabschiedete, ehe er den Motor aufheulen ließ und davonbrauste. Gerlinde träumte von Klaus und ihrem Frühstückstisch. Nie hätte sie geglaubt, dass sich das intensive Gespräch der Zwillingsbrüder an diesem Abend ausgerechnet um sie gedreht hatte.

* * *

Zufrieden faltete der Mann die Tageszeitung zusammen. Es war kein aktuelles Blatt, er hatte sich nicht getraut, in die Stadt zu fahren und einzukaufen. Stattdessen hatte er im Schutz der Dunkelheit die Papiercontainer einer Wohnsiedlung am Stadtrand durchwühlt und genommen, was er finden konnte. Nachdem er die Ausgaben der Leipziger Volkszeitung der letzten Tage nach Nachrichten über den Kassenmord durchblättert hatte, war er fündig geworden. Zwar war keine Rede von dem toten Kassierer oder den Ermittlungen der Polizei, doch er hatte Sinter mühelos erkannt. Das Phantombild ließ keinen Zweifel zu. Die Polizei suchte nach Sinter. Der Grund blieb unerwähnt, doch der war ihm ohnehin egal. Hauptsache die Fahndung lief. Sie würden ihn finden, das stand für ihn fest. Dieser Heine war kein Dummer, den führte ein Peter Sinter nicht an der Nase herum. Es war nur eine Frage der Zeit, wann er den Langen schnappen würde. Endlich konnte er seine Zelte abbrechen, bald würde er frei sein.

Seine Hand zitterte leicht, als er die Zeitung beiseite legte. Er ging zu dem altmodischen Schränkchen, das neben der Klappliege stand und öffnete es. Er tastete unter einem Stapel zerfledderter Bücher herum. Als er nicht gleich fand, was er suchte, zerrte er die Bücher heraus. Polternd fielen sie in einer Staubwolke auf den Boden. Er hustete. Als sich der Staub gelegt hatte, kniete er sich nieder und suchte das Innere des Schränkchens ab. Mit einigen eng beschriebenen Papierbögen tauchte er schließlich wieder auf. Er setzte sich auf die Liege und begann zu lesen. Er konzentrierte sich. Obwohl er den Inhalt kannte, las er, als hätte er die Papiere noch nie gesehen. Bei jedem Wort überlegte er, ob es genau das aussagte, was damit bezweckt war. Einige Male strich er, verbesserte oder nahm Ergänzungen vor. Die Arbeit nahm ihn ganz gefangen, er spürte kaum, wie die Zeit verging. Erst als die Worte vor seinen Augen zu verschwimmen begannen, bemerkte er, dass es längst dunkel geworden war. Im Schein einer Kerze las er den Rest, nun schneller und weniger aufmerksam. Es war genug, er war erschöpft, unendlich müde. Doch noch durfte er sich keine Ruhe gönnen.

* * *

»Ja?«, brummte Henne schlaftrunken in den Telefonhörer. Er rieb sich die Augen und lauschte. Plötzlich war er hellwach. »Ich komme«, war sein einziger Kommentar, dann legte er auf.

Eine halbe Stunde später wartete er neben Leonhardt im Leichenhaus der Universitätsklinik. Ein Mann im weißen Kittel winkte sie in einen Saal. Er zeigte auf eine Bahre.

»Hier liegt er.« Der Mann zog das Laken von dem Toten.

Henne fuhr zusammen. Die weitgehend verkohlte Leiche verströmte einen unangenehmen Geruch.

»Haben Sie seine Papiere?«

»Deswegen hat der Staatsanwalt Sie benachrichtigen lassen. Die Feuerwehrmänner haben seinen Ausweis gefunden. Zum Glück hat einer sofort geschaltet. Der Tote heißt Peter Sinter, Jahrgang siebzig, wohnhaft in Borna, Frankenberger Straße.«

»Nette Adresse.« Die ironische Bemerkung trug Leonhardt einen bösen Blick ein.

»Ein Unfall?«, fragte Henne.

Der Pathologe schüttelte den Kopf. »Der Rücken der Leiche ist fast unversehrt. Ebenso der Boden, auf dem sie gefunden wurde. Anzeichen, dass der Mann schon vor dem Brand nicht mehr lebte.«

»Stimmt, niemand bleibt ruhig liegen, wenn seine Wohnung in Flammen steht«, stellte Henne fest. »Ein Tötungsdelikt?«

»Das werden wir gleich wissen. Der Staatsanwalt hat die Obduktion angeordnet. Wenn Sie wollen, können Sie dabei sein. Ich fange sofort an.«

Henne wollte nicht, und auch Leonhardt verspürte keine Lust dazu.

»Vergessen Sie nicht, Fingerabdrücke zu nehmen.« Henne tippte vielsagend auf den Personalausweis des Toten.

Der Pathologe verdrehte die Augen. »Haben Sie eine Ahnung, wie schwer das bei Brandleichen ist?«

»Lassen Sie mal«, mischte sich Leonhardt beschwichtigend ein. »Der Kommissar weiß genau, dass Sie Ihre Arbeit hervorragend machen. Schicken Sie den Bericht an Doktor Kienmann. Die Brieftasche dieses Herrn Sinter nehmen wir gleich mit.«

»Wenn Sie meinen! Aber füllen Sie das Formular aus. Es liegt vorn auf dem Schreibtisch.«

Ohne die Kommissare weiter zu beachten, machte der Pathologe sein Diktiergerät aufnahmebereit. Dann richtete er die einzelnen Obduktionsinstrumente auf dem Metalltisch aus. Angesichts der blitzenden Messer, Zangen und Sägen hatten es Henne und Leonhardt plötzlich sehr eilig. Eine geöffnete Leiche vertrug selbst der hartgesottenste Polizist schlecht, erst recht auf nüchternen Magen.

»Personalausweis, Führerschein, zwanzig Euro vierundsechzig in bar«, listete Leonhardt auf. Anerkennend pfiff er durch die Zähne: »Dazu eine goldene Kreditkarte. Passt irgendwie nicht zu der Gegend, in der er wohnt.«

»Schlüssel?«

»Sind dabei. Außerdem ein Handy und eine angerissene Schachtel Zigaretten. Laut Protokoll lag alles im Flur, wo das Feuer weniger stark gewütet hat.«

»Pack es ein, wir fahren nach Borna. Ist ja quasi um die Ecke.«

»Informierst du die Kollegen vor Ort?«

»Muss ich wohl«, brummte Henne missmutig.

Seine Laune besserte sich schlagartig, als sich die Bornaer Polizei wider Erwarten zuvorkommend zeigte und darauf verzichtete, einen Mann für sie abzustellen. Henne und Leonhardt konnten sich in aller Ruhe umsehen.

»Hier ist es. Die Frankenberger.« Leonhardt zeigte auf das mit Graffiti besprühte Straßenschild. »Ich hab es ja gesagt, feine Gegend.«

Die Frankenberger Straße lag inmitten einer trostlosen Plattenbausiedlung. Zerborstene Fensterscheiben, mit obszönen Sprüchen beschmierte Hauswände, umgekippte Müllcontainer. Verfall, wohin man sah. Jede zweite Wohnung stand leer, in den übrigen hausten Leute, denen das Geld fehlte, um sich eine andere Bleibe zu suchen. Arbeitslose und Sozialhilfeempfänger; die Unterschicht. Was hatte ein Mann wie Peter Sinter hier verloren? Was ihn gehalten? Lebensphilosophie oder Tarnung?

Henne und Leonhardt suchten Nummer dreiundvierzig, das Haus, das auf Peters Ausweis als Wohnanschrift angegeben war. Es war ein Haus wie alle anderen im Viertel, nicht besser, nicht schlechter.

Die Kommissare hatten keine Mühe, Sinters Wohnung zu finden. Sechste Etage, oben unterm Dach. Die Brandspuren waren weithin sichtbar, schwarze Wände bis knapp unter den Dachfirst, dicke, dunkle Zungen auf ausgewaschenem Beton.

Henne und Leonhardt kämpften sich das verdreckte Treppenhaus empor. Glasscherben, Zigarettenkippen und Essensreste, dazu der Gestank nach Urin und Erbrochenem, gemischt mit Asche und Tod. Angewidert verzog Henne das Gesicht.

Leonhardt hingegen strahlte. Die Szenerie bot den perfekten Nährboden für Verbrechen, die nur darauf warteten, aufgeklärt zu werden. Er war in seinem Element.

Die Wohnung war eine Enttäuschung. Das Wohnzimmer war völlig ausgebrannt, Wände und Boden mit einer dicken Rußschicht überzogen. Nur die Stelle, wo Sinter gelegen hatte, wies einen helleren Farbton auf. Ein schmutziges Ocker, das vermutlich ursprünglich recht freundlich gewesen war.

Die anderen Räume sahen kaum besser aus. Die Feuerwehr hatte zwar ein Übergreifen des Feuers verhindern können, die starke Rauchentwicklung hatte jedoch Spuren hinterlassen. Der immer noch brenzlige Geruch reizte Henne, er hustete und Leonhardt kramte eine Packung Papiertaschentücher aus seiner Jacke.

»Mach sie nass«, riet er ihm. »Dann fällt das Atmen leichter.«

Henne stolperte in die Küche, zerrte ein Tuch hervor und tränkte es mit Wasser. Er fluchte, als es zerriss. Der zweite Versuch gelang besser. Das Tuch vor Mund und Nase gepresst, tauchte er in der Küchentür auf. »Pfadfindertrick?«, versuchte er einen müden Scherz.

»Nee, Armee.«

Leonhardt würgte. Er schubste Henne zurück und wedelte mit den Armen. Es dauerte eine Weile, bis Henne begriff. Er reichte dem Kollegen die Packung.

Zum Glück sieht uns niemand, dachte Henne, den Leonhardts Anblick an die Zivilverteidigungsausbildung während der Schulzeit erinnerte. Er hoffte, die Presse tauchte nicht ausgerechnet jetzt auf. Da er auf die Unterstützung der Bornaer Kollegen verzichtet hatte, war der Tatort praktisch ungesichert. Ein Bild von ihm und Leonhardt in der Tageszeitung, womöglich mit einem Kommentar zur ach so professionellen Ausrüstung der Kriminalpolizei versehen, würde Schuster mit Sicherheit auf die Palme bringen. Der Chef reagierte auf negative Berichterstattungen allergisch.

»Beeilen wir uns lieber.«

Er schob Leonhardt in das Schlafzimmer. Zehn Quadratmeter, maximal zwölf, ein Schrank, ein Bett, für mehr war kein Platz.

Leonhardt tippte an die halb geöffnete Tür des Kleiderschrankes. Sie schwang auf, schlug zurück und knallte aus der Halterung. Als sie auf den Boden polterte, stieg eine dunkle Wolke empor. Henne presste das Taschentuch fester aufs Gesicht. Seine Augen brannten, die Narbe sowieso. Mit geübten Griffen durchsuchten sie die Fächer.

»Nichts Besonderes«, stellte Leonhardt fest. »Kleidungsstücke, alle in schwarz. Muss seine Lieblingsfarbe gewesen sein.«

Sie gingen ins Badezimmer. Hier sah es nicht ganz so schlimm aus, aber bis auf die wenigen Toilettenartikel auf dem Waschtisch war es leer.

»Dieser Sinter hat nicht viel gehabt«, stellte Leonhardt fest und warf seinen Mundschutz in die Toilette. »Willst du auch ein neues Tuch?«, fragte er.

Henne schüttelte den Kopf. »Hier drin ist es nicht so schlimm. Riechst du das?« Er schnüffelte. »Eindeutig Benzin.«

»Typischer Brandbeschleuniger.«

»Wahrscheinlich Brandstiftung. Damit dürfte klar sein, dass Sinter nicht auf natürliche Weise abgetreten ist.«

Henne wusch sich die Hände.

Leonhardt bediente die Toilettenspülung. Sein handschuhbewehrter Zeigefinger hinterließ einen verschmierten Abdruck auf der Abdeckung.

»Scheiße, wenn das die Spurensicherung sieht!«

»Ist gleich weg«, sagte Leonhardt und rubbelte an dem Fleck herum. Es knirschte, der Deckel knackte. Ehe Leonhardt zugreifen konnte, löste er sich und stürzte mit Getöse ab.

»Menschenskind!« Henne fuhr herum.

Leonhardt reagierte nicht. Auch Henne blieb die Sprache weg. Fassungslos starrten sie auf den Stapel eng zusammengepresster Tütchen, die bis obenhin mit weißem Pulver gefüllt waren.

»Das Zeug ist mindestens zweihundert Riesen wert«, sagte Leonhardt schließlich.

»Die Drogenfahndung wird sich freuen. Vielleicht kriegen sie den ganzen Ring. Sinter wird kaum im Alleingang gedealt haben.«

»Ob August gekokst hat?«

Henne winkte ab. »Der hatte ein schwaches Herz. Vermutlich wäre er bei der ersten Nase umgefallen. Außerdem stand im Obduktionsbericht nichts davon.«

»Soviel ich weiß, ist das Zeug nach neunzig Tagen nicht mehr nachweisbar. Falls überhaupt eine Haaranalyse gemacht wurde.«

»Sie wurde. Negativ.«

»Mir gefällt meine Theorie. Es würde wunderbar passen. August ist süchtig und will Stoff von Sinter. Der weigert sich, und sie streiten. August droht Sinter mit der Polizei, will ihn anzeigen und wird deshalb von Sinter erschlagen. Das perfekte Motiv.«

»Perfekt schon, aber was ist schon perfekt auf Erden?«

Henne klopfte sich den Staub von den Knien. Verärgert starrte er auf die unschönen Flecke auf seinen Hosenbeinen. Je mehr er daran herum rieb, umso schlimmer wurden sie.

»Immerhin passen die regelmäßigen Treffen gut ins Bild.«

»Die kannst du vergessen, die sind kein Beweis. Außerdem ist nun auch Sinter tot und offensichtlich ermordet.«

Henne gab seine Reinigungsversuche seufzend auf.

»Vielleicht nur ein Zufall.«

»Das kriegen wir heraus. Wir haben Sinter, den Unbekannten, zu dem August Verbindungen hatte und wir haben dessen Handy, eine Fundquelle hinsichtlich Kontaktpersonen. Die Techniker bekommen Arbeit, vielleicht können sie genügend Material sicherstellen.«

»Ich frage trotzdem mal bei Augusts Hausarzt nach. Dem dürfte ein eventueller Drogenkonsum nicht verborgen geblieben sein«, sagte Leonhardt.

In Leipzig suchte Leonhardt jedoch als erstes die Polizeitechniker auf.

Henne begab sich indessen zu Kienmann.

»Du siehst abgespannt aus. Kommst du dienstlich oder privat?«, fragte der Doktor.

»Eher privat, schätze ich.«

»Wo drückt denn der Schuh?«

Kienmann trat an den Aktenschrank und zog einen dicken Ordner heraus. Als er ihn aufklappte, kam eine Flasche zum Vorschein. Er goss zwei Gläser ein und reichte eines davon dem Freund.

»Schnaps im Dienst?«, wunderte sich Henne.

»Erstens ist das ein Kräuterlikör und kein Schnaps, zweitens ist es Medizin. Betrachtest du ihn als Alkohol, hast du sogar einen Grund mehr ihn zu trinken, bevor uns der Alte erwischt. Alkoholvernichtung ist die oberste Pflicht eines Ordnungshüters. Zumindest war das in Zeiten der Prohibition so.«

»Gutes Argument!« Henne leerte sein Glas in einem Zug. Er schüttelte sich. »Wie kann man bloß solchen Fusel trinken.«

»Schau dich an, du hast bereits Farbe bekommen.«

»Mir geht es auch schon viel besser. Die Nacht war kurz, mir fehlt der Schlaf.«

»Nur der?«

»Von einer neuen Hose abgesehen.« Henne streckte die Beine aus und musterte die Flecken auf seinen Hosenbeinen. »Wenn ich keine kaufe, muss ich heute noch waschen. Dabei hab ich keine Ahnung, wie man eine Waschmaschine bedient, noch dazu so ein dämliches High-techgerät.«

»Komm schon, das ist doch kaum dein wahres Problem.« Kienmann musterte den Freund besorgt.

»Du hast Recht.« Der Kommissar tastete nach seiner Narbe. »Ich habe einen neuen Mord am Hals.«

»Hängt er mit dem Kassierer zusammen?«

»Was sonst.«

»Übernimm doch bloß nicht.«

»Du hast gut reden! Sieht man mir die Erschöpfung schon an?«

Kienmann wiegte den Kopf. »Gesund sieht anders aus.«

»Kein Wunder«, knurrte Henne. »Manchmal habe ich die ganze Scheiße dermaßen satt!«

»Du bist Polizist und zwar mit Leib und Seele. Das ist dein Leben, schon vergessen?«

»Nee, das ist ja das Dumme. Ich denke dauernd daran. Ich will den Mistkerl, der hier herumläuft und Leute killt, unbedingt fassen. Das bin ich mir schuldig.«

»Heinrich, manchmal stehst du dir selbst im Weg.«

»Du klingst wie Erika.« Hennes Gesicht verdüsterte sich. »Erika und ich, wir lassen uns scheiden.«

»Das war zu erwarten. Sie hat dich verlassen, was klammerst du dich an sie?«

»Mach ich gar nicht.«

Kienmann schenkte nach. »Auf einem Bein steht man nicht gut.«

»Jedenfalls bin ich über sie hinweg.«

»Tatsächlich?«

»Schau mich nicht so prüfend an. Glaub mir, ich bin ihr nicht mehr gram. Es ist nur … ach, ich weiß auch nicht.« Trotzig kippte er den Schnaps hinter.

»Sie kommt ziemlich plötzlich, deine Einsicht. Vor kurzem warst du noch todunglücklich.«

»Vor kurzem kannte ich Elvira noch nicht.« Henne hörte selbst, wie lahm das klang.

»Du hast eine Neue?«

»Quatsch, ich habe Angst.«

»Das ist völlig normal. Männer, die verlassen werden, zweifeln an sich. Angegriffenes Ego, verletzte Ehre, Komplexe von vorn bis hinten. Kommt eine neue Frau ins Spiel, fürchten sie, alles könnte sich wiederholen.«

»Du scheinst dich ja gut auszukennen.«

»Ohne Psychologiekenntnisse wäre ich ein schlechter Polizeiarzt. Die Wahrheit tut manchmal weh, Heinrich. Du bist ein lieber Kerl und nur, weil es mit Erika nicht mehr klappt, bist du noch lange kein Versager. Natürlich kann niemand ausschließen, dass du wieder verletzt wirst. So ist das im Leben nunmal. Aber wenn du vor Gefühlen davonläufst, wirst du nie erfahren, ob du mit dieser Elvira glücklich werden kannst.«

»Na hör mal! Ich laufe nicht davon, ich bin bloß vorsichtig.«

»Mir scheint, gegenwärtig kommt das auf dasselbe heraus«, meinte Kienmann feinsinnig.

»Hast du keinen Rat für mich?«

»Als Arzt oder als Freund?«

»Als Arzt und als Freund.«

»Bring die Scheidung hinter dich, dann fällt dir ein Neuanfang leichter. Das mit deiner Elvira kommt dann schon ins Lot. Wie ist sie eigentlich?«

»Sie ist Lehrerin, musikbegeistert wie ich und unheimlich nett. Wenn sie lacht, tanzen Funken in ihren Augen.«

»Funken in den Augen? Dich scheint es mehr erwischt zu haben als du zugibst, mein Lieber.«

»Ich habe nichts zugegeben.«

»Wann siehst du sie wieder?«

»Jeden Montag, wir treffen uns in der Aula ihrer Schule.«

»Sonderbarer Ort für ein Stelldichein.«

»Wir üben im Blasorchester. Ich spiele meine Lissy, Elvira dirigiert.«

»Ein gemeinsames Hobby.«

Henne nickte. »Es macht mir Spaß. Außerdem kann ich beim Spielen nachdenken. Der Fall ist reichlich verwickelt.«

»Es wäre nicht das erste Mal, dass dir beim Musikmachen eine Eingebung kommt«, frotzelte Kienmann gutmütig.

Es stimmte aber. Das Saxophonspielen brachte Henne auf die sonderbarsten Ideen, und oft hatten sie sich im Nachhinein als ganz brauchbar erwiesen.

»Ich hoffe, die Proben finden weiterhin statt«, sagte Henne. »Im Gymnasium ist derzeit der Teufel los. Schüler haben einen Lehrer niedergeknüppelt und man überlegt, die Schule nach dem Unterricht geschlossen zu halten.«

»Ich habe es in den Nachrichten gehört. Schlimm für die Lehrer.«

»Nicht nur für die. Auch die Kids sind einer hohen Belastung ausgesetzt. Viele haben Angst. Manche Eltern unterstützen das noch und lassen ihre Kinder die Schule wechseln.«

Kienmann schnaubte: »Als ob das etwas bringt. Weglaufen schadet eher.«

»Das habe ich Elvira auch gesagt. Aber was soll man gegen die Angst der Leute machen?«

»Zum Beispiel die Öffentlichkeit einbeziehen«, schlug Kienmann vor.

»Das Schulamt ist dagegen. Angeblich würden Bekanntmachungen nur Unruhe stiften. Diese Klugscheißer!«

»Was ist das für eine Pädagogik! Wollen wir unsere Kinder zum Wegschauen erziehen? Da kann ich bloß mit dem Kopf schütteln.« Kienmann füllte die Gläser. »Lass uns noch einen trinken, vielleicht verstehen wir dann die Welt besser.«

»Die Welt!« Henne seufzte. »Mir würde es reichen, das zu verstehen, was in Leipzig vor sich geht. Irgendwie ist das doch komisch. Rechtsradikale marschieren durch die Stadt, Ausländer werden überfallen und niemand interessiert sich dafür. Mir ist zum Kotzen, wenn ich daran denke. Was machen unsere Stadträte nur? Schlafen die?«

»Jetzt übertreibst du aber.«

»Ich würde dir gern zustimmen, allein mir fehlt der Glaube. Es liegt etwas Schlechtes in der Luft, ich spüre es.«

»Du und deine Ahnungen. Trink deinen Schnaps und dann mach dich an die Arbeit und säubere die Stadt vom Verbrecherpack.«

Kienmann zwinkerte Henne zu, aber dem war die Stimmung verdorben. Unzufrieden marschierte er über den nach Bohnerwachs und kaltem Essen riechenden Gang in sein Büro.

»Wo sind die denn alle?«, fauchte er Kristof Keller an, der als einziger über einem Stapel Akten brütete.

Der Beamtenanwärter hob ratlos die Schultern.

Henne grollte. »Haben wir wenigstens erste Ergebnisse, beispielsweise die Daktyloskopie?«

Keller guckte verwirrt.

»Die Vergleiche der Fingerabdrücke«, erklärte Henne genervt.

Keller reichte ihm ein Fax.

Henne überflog die Zeilen. »Zumindest etwas!«, knurrte er, nun bereits freundlicher. Dem Pathologen war es gelungen, einen Teil von Sinters Papillarlinien festzustellen. Sie waren sowohl mit denen in Augusts Büro, als auch mit denen auf den Kokainpäckchen identisch. »Ein Hoch auf die forensische Serologie«, murmelte er.

»Was sagst du?«, fragte Leonhardt, der in diesem Moment das Büro betrat.

»Wir haben den Beweis, Sinter war in Augusts Büro«, entgegnete Henne.

»Der Mörder?«

»Kann sein, sicher ist es nicht.«

»Was ist schon sicher! Immerhin gibt es eine Menge Indizien, die für Sinter sprechen.«

»Du vergisst, auch der ist tot. Merkwürdig, dass er ausgerechnet jetzt ermordet wurde. Es scheint, jemand wollte verhindern, dass wir mit ihm sprechen.«

»Reine Hypothese. Im Milieu sind Feindschaften normal, Morde kommen immer wieder vor. Der Kampf um Marktanteile, Neid, Gier. Wer weiß, wen Sinter verärgert hat.«

»Ein Konkurrent hätte den Stoff nicht in der Wohnung gelassen.«

»Womöglich hat er ihn nicht gefunden«, gab Leonhardt zu bedenken.

»Möglich. Was ist mit dem Handy? Hat sich da etwas ergeben?«

»Die Techniker arbeiten daran.«

»Sie sollen Dampf machen«, grollte Henne. »Sind Sie mit der Sichtung der Unterlagen aus August Wohnung fertig?«, blaffte er Keller an.

»Nicht ganz.«

»Worauf warten Sie dann?« Ungehalten ließ Henne die Stahlbügel des Aktenordners zusammenschnappen.

Keller unterdrückte eine Bemerkung und machte sich mit hochrotem Kopf daran, den Inhalt des letzten Sackes auf den Tischen zu verteilen.

»Wenn wir wüssten, was es mit dem Schließfachschlüssel auf sich hat!« Henne strich sich gedankenverloren über die Narbe. Sie spannte immer noch und das machte ihn nervös.

»Ich überprüfe alles: Bahnhof, Kaufhäuser, Schwimmbad, Bücherei«, schlug Leonhardt vor.

»Meinetwegen.« Die Narbe brannte stärker und Henne unterdrückte einen Fluch.

»Was hast du bloß?« Leonhardt musterte Henne besorgt.

Der winkte ab. »Mach dich vom Acker. Ich komme hier allein zurecht. Ich wollte ohnehin zu den Technikern rüber. Persönliches Erscheinen ...«

»... wirkt Wunder«, ergänzte Leonhardt den Satz, den Henne früher oder später bei jedem Fall vom Stapel ließ. Im Mordfall August hatte es genau zweiundzwanzig Tage gedauert.

9. Kapitel

Im Labor herrschte geschäftiges Treiben. Henne bahnte sich den Weg durch die eng gestellten Tische, an denen die fünfzehn Mitarbeiter hantierten. Er stieß die Tür zum angrenzenden Büroraum auf, der so winzig war, dass er eher einem Verschlag glich. Für mehr als einen Schreibtisch und zwei Stühle fand sich kein Platz.

Der Mann am Schreibtisch schaute unmutig auf. Als er Henne erkannte, hob sich seine Stimmung. »Setz dich, ich bin gleich fertig. Ich hätte dich sofort aufgesucht, aber jetzt ersparst du mir den Weg.«

»Die Ergebnisse aus Sinters Wohnung?«

Günter Beuthe setzte seinen Namenszug unter den Bericht und schob Henne das Papier zu. »Du wirst überglücklich sein.«

»Schieß los, lesen kann ich später.«

»Zunächst die Fingerabdrücke. Die rechte Hand des Toten – Peter Sinter, wenn ich nicht irre – lag unter seinem Rücken. Daumen und Zeigefinger sind dadurch gut erhalten, die übrigen auch einigermaßen verwertbar. Der Zeigefinger gleicht dem blutverschmierten Abdruck auf Augusts Stuhllehne wie ein Ei dem anderen. Irrtum ausgeschlossen. Sinter war bei August ...«

»... als der im Sterben lag ...«

»... oder schon nicht mehr lebte. Auf jeden Fall zu einem Zeitpunkt, an dem Augusts Blut vorhanden war und zwar mehr, als ein harmloser Schnitt verursacht.«

Henne griff nach dem Bericht. Da stand es! Die blutige Spur auf der Lehne wurde gezogen, als das Blut höchstens einige Minuten alt war, jedenfalls noch frisch. Eine eindeutige zeitliche Bestimmung war nicht möglich, doch die Wahrscheinlichkeit grenzte immerhin an neunzig Prozent.

»Was habt ihr noch herausgefunden?«

»Das Handy ist eine ergiebige Quelle, jede Menge Nummern und Namen. Manchmal nur Abkürzungen, aber es sollte nicht schwer fallen, die Personen zu finden, mit denen Sinter Kontakt hatte.«

»Routine«, bestätigte Henne. »Augusts Nummer?«

»Ist dabei, die Dienstnummer und die private.«

Volltreffer.

Am Abend informierte er Leonhardt: »Wir haben Augusts Mörder. Peter Sinter.«

»Na prima, Fall gelöst, wenn auch der Mörder nicht mehr zur Verantwortung gezogen werden kann.«

»Ich frage mich, welches Motiv er gehabt haben könnte.«

»Das Rauschgift«, erinnerte Leonhardt.

»Darüber habe ich auch schon nachgedacht. Die hohe Geldsumme auf Augusts Konto – vielleicht der Gewinn. Vielleicht war August der große Macker, vielleicht Sinter. Oder sie waren einfach nur Partner in einem schmutzigen Geschäft.«

»Vielleicht.«

»Mir sind das zu viele Vielleichts.«

»Mein Gott, wir haben ein Ergebnis, und der Alte ist zufrieden.«

»Ich aber nicht. Für mich ist der Fall erst gelöst, wenn ich die Hintergründe kenne.«

»Du weißt, was das heißt!«

Henne nickte. »Ich ermittle auf eigene Faust weiter. Ohne Kompetenzen, ohne Unterstützung. Wie jedes Mal.«

»Du sturer Bock.« Leonhardt grinste. »Klar helfe ich dir.«

Kristof Keller hatte begierig das Gespräch verfolgt. Als sich Henne zu ihm umdrehte, beugte er sich schnell über die Papiere auf dem Tisch. Nichts deutete darauf hin, dass er gelauscht hatte.

* * *

Der Mann lief unruhig auf und ab und versuchte, die Verzweiflung zu unterdrücken, die in ihm aufsteigen wollte. Sinter war tot. Eine unerwartete Wendung, sie passte ganz und gar nicht in seinen Plan. Warum, verdammt noch mal, ging plötzlich alles schief? Was sollte er jetzt bloß tun? Dieser Heine durfte auf keinen Fall aufhören, weiter zu ermitteln. Aber wie konnte er ihn dazu bringen? Sollte er einfach darauf vertrauen, dass der Kommissar seinem Instinkt folgte? Er hatte ihn lange studiert und wusste, dass er sich nicht mit einer einfachen Lösung zufrieden geben würde. Bestimmt hatte er längst herausgefunden, dass Sinter Augusts Mörder war. Reichte ihm das? Ein weiterer, erfolgreich abgeschlossener Fall auf seinem Ermittlerkonto? Oder war

Sinters unnatürlicher Abgang Grund genug, um weiter zu schnüffeln? Genauso musste es sein.

Er hielt inne und ließ sich in den Sessel fallen. Je länger er darüber nachdachte, umso sicherer war er. Der Kommissar musste Sinters Tod einfach untersuchen. Mörder bleibt Mörder, auch wenn er anschließend selbst abging. Und noch etwas wurde ihm plötzlich klar. Sinters Tod konnte kein Zufall sein. Ein Brand, klar. Er hatte die Spuren gesehen. Doch nicht einmal ein dummer Bulle konnte die Zusammenhänge übersehen, und dieser Heine war nicht dumm, im Gegenteil. Er musste ihn bloß dazu bringen, in die richtige Richtung zu ermitteln.

Er runzelte die Stirn. Die Gedanken rasten. Er rief sich zur Ordnung. Keine Hirngespinste, er musste logisch vorgehen. Allmählich reifte ein Plan.

* * *

Anja starrte auf den unscheinbaren Zettel. Die Zahlen verschwammen vor ihren Augen. Es hatte keine Bedeutung, sie kannte sie längst auswendig. Blind vor Tränen strich sie das zerknitterte Papier glatt. Das einzige Andenken, das ihr von Klaus geblieben war. Sie hatte es auf dem Korridorboden gleich hinter der Eingangstür ihrer Wohnung gefunden. Vermutlich war es ihr aus der Tasche gefallen, als sie die Wohnung verlassen hatte. Ein Stückchen Papier mit einer Zahlenreihe unter den Worten ›Flughafen‹ und ›Aufzeichnungen‹.

Er wollte mit ihr davonfliegen, irgendwohin, wo die Sonne schien. Stattdessen hatte er sie verlassen, wenn auch unfreiwillig.

Blödsinn, schimpfte sie mit sich voller Schmerz. Sie war es, die sich von ihm getrennt hatte! Klaus wollte ihr Kind nicht, Grund genug für sie. Hatte sie das bereits vergessen? Konnte die Erinnerung so schnell verblassen?

Trotzig wischte sie die Tränen ab. Klaus konnte ihr gestohlen bleiben. Achtlos knüllte sie den Zettel zusammen und stopfte ihn in die Tasche zurück. Doch die Gedanken ließen sich nicht so leicht verdrängen. Was bedeuteten die Zahlen? Ein Schließfach, natürlich, aber was mochte es enthalten? Sollte sie es riskieren? Sie hatte keinen Schlüssel, doch ein Schlosser konnte gewiss helfen. Sollte sie sich darauf einlassen? Was, wenn es gefährlich war? Klaus hatte ihr den Zettel zugesteckt. Warum? Hatte er Angst gehabt, dass er selbst nicht in der Lage sein würde, das Schließfach zu öffnen? Die einzig logische Erklärung. Sie musste sich mit jemandem beraten, aber mit wem?

Heine? Ausgeschlossen, er würde Fragen stellen. Sie wollte nicht schon wieder unter seinem strengen Blick zittern.

Frau Bauer? Das könnte eher gehen. Sie hatte Klaus vertreten und war täglich mit ihm zusammen gewesen. Wenn jemand mehr über Klaus wusste, dann sie. Außerdem hatte sie ihr geholfen, als es ihr schlecht ging und sich persönlich darum gekümmert, dass sie versetzt wurde.

Andererseits hatte sie eine deutliche Abneigung gespürt. Frau Bauer hasste sie, obwohl sie sich den Grund nicht erklären konnte.

Ihre Überlegungen wurden unterbrochen, als das Telefon schellte. Es war ihre Mutter. »Ja, Mama … Nein, Mama … Danke, gut!« Das Übliche, ihre Eltern machten sich Sorgen. Wenn Mutter von Klaus wüsste, würde sie vermutlich kein Auge mehr zutun, dachte Anja, nachdem sie aufgelegt hatte. Sie hatten den Eltern die Liebensbeziehung verschwiegen, sie hätten kein Verständnis dafür gehabt. Ein soviel älterer Mann! Jetzt, wo Klaus nicht mehr war und sie sein Kind verloren hatte, sah sie erst recht keinen Grund, davon zu sprechen. Tote sollte man ruhen lassen! Ein dämlicher Spruch, sie kicherte. Der Rauch ihres Joints malte Kringel in die Luft.

Gute Ware, dank Julia. Tröstend, beruhigend. Von Mal zu Mal fand sie mehr Gefallen daran. Sie hatte alles unter Kontrolle. Noch ein einziges Mal, dann würde sie damit aufhören. Dann musste sie das Gespenst Klaus hinter sich gelassen haben. Sie wollte nicht wie Julia enden. Sie inhalierte erneut, ihr Blick verklärte sich.

* * *

Henne rannte. Er war spät dran, Elvira wartete bestimmt schon. Bisher hatte sie seine Erklärungen verständnisvoll hingenommen, hatte die wortreichen Entschuldigungen mit einer Handbewegung weggewischt. Aber wie lange noch? Auch bei Erika hatte es anfangs kaum Probleme gegeben, wenn er Verabredungen absagen musste oder unpünktlich am Treffpunkt erschien. Sie hatte sich dennoch von ihm getrennt. Weiber! Mit Elvira sollte ihm das nicht noch einmal passieren. Kienmann kam ihm in den Sinn. Der hatte gut reden, von wegen alles auf sich zukommen lassen und so. Eine Frau wie Elvira traf man nicht alle Tage, da musste man dranbleiben, selbst wenn man durch den Herbstnachmittag rennen musste.

Zweifel blitzten in ihm auf. Hastig verdrängte er sie.

Er stieß die Tür zu dem kleinen Café auf, überflog die wenigen Tische und atmete erleichtert auf, als er Elvira entdeckte. Mit schnellen Schritten war er bei ihr, beugte sich hinab und küsste sie auf den Mund. Als er Platz nahm, schauten die älteren Herrschaften am Nachbartisch schnell weg. Vorstellung beendet.

»Ich kam nicht eher weg«, entschuldigte Henne seine Verspätung.

»Das ist nun mal dein Job, Heinrich.«

»Hättest du lieber einen Lehrer?«

»Auch wir müssen oftmals lange arbeiten. Prüfungen, Klassenfahrten, Elternabende. Da schaut man nicht auf die Uhr.«

»So war es nicht gemeint, lass uns nicht streiten«, bat Henne.

»Ich komme mit deinem Dienst zurecht.«

»Wirklich?«

Henne warf die Lederjacke achtlos über die Stuhllehne. Plötzlich fiel ihm auf, dass Elvira lustlos wirkte. Vergeblich suchte er nach Spuren der Begeisterung, die gewöhnlich in ihren Augen stand.

»Ehrlich, du brauchst dir keine Sorgen machen«, beharrte Elvira.

»Du weißt, wenn was ist …«

»… bist du immer für mich da.«

»Genau.«

»Wir müssen tatsächlich reden, aber damit warten wir, bis wir bei dir sind.«

»Daraus wird leider nichts. Ich hab nur ein halbes Stündchen. Die Arbeit!« Er nahm Elviras Hand und streichelte sie schuldbewusst.

»Reicht die Zeit wenigstens für einen Kaffee?«

Henne winkte der Bedienung. »Jetzt bist du sauer.«

»Soll ich mich etwa freuen, wenn immer wieder etwas dazwischenkommt?«

»Nur noch kurze Zeit. Der Fall, an dem ich arbeite, ist bald abgeschlossen. Dann wird es besser.«

»Nach diesem Fall wird es andere geben. Es wird immer weitergehen. So ist es doch oder etwa nicht?«

Gerade noch war sie voller Verständnis gewesen und plötzlich das. Was hatte sie bloß? Die Zweifel kamen zurück.

»Wenn es nicht so wäre, könnte ich mich arbeitslos melden.«

»Entschuldige, Heinrich, ich wollte nicht … ich war ungerecht. Meine Nerven liegen blank, verstehst du? Es tut mir leid.«

»Ich will dich nicht verlieren.«

»Lass uns Zeit, wir müssen nichts überstürzen. Aber ich mag dich ebenfalls sehr, das solltest du auf jeden Fall wissen.«

Die Antwort enttäuschte Henne ein wenig, doch er ging darüber hinweg. Er nahm einen großen Schluck.

»Was macht die Schule?«, fragte er.

Elviras Augen verdunkelten sich. »Die Gerüchteküche brodelt.«

»Immer noch keine Spur von den Jugendlichen, die deinen Kollegen überfallen haben?«

Elvira schüttelte traurig den Kopf. »Anibal kann sich nicht erinnern.«

»Vermutlich will er es nicht.«

»Es war stockduster, er hat niemanden erkannt.«

»Mein Gott, er muss doch einen Verdacht haben!«

»Selbst wenn es so wäre, er kann nichts beweisen und Zeugen gibt es nicht. Ich an seiner Stelle würde genauso handeln«, verteidigte Elvira den Lehrer.

»Da können sich die Täter sicher fühlen. Hoffentlich wiederholen sie den Angriff nicht.«

»Versteh doch! Wenn er eine unschuldige Person anzeigt, kann er gleich einpacken. Damit setzt er sich selbst ins Unrecht. Er ist sich der Gefahr durchaus bewusst. Glaub mir!« Elviras Augen glänzten. »Er tut mir so leid.«

»Wenn ich helfen kann, lass es mich wissen.« Henne stand auf. »Sehen wir uns morgen?« Die Hoffnung machte seine Stimme rau.

»Ruf mich an«, lächelte Elvira schwach.

Henne nickte erleichtert. Er legte ein paar Münzen auf den Tisch, dann war er aus der Tür.

Elviras Lächeln verschwand. Sie machte sich Sorgen. Anibal igelte sich ein und blockte alles ab. Selbst sie, seine beste Freundin, ließ er vor der Tür stehen. Heinrich hingegen, der zweite Mann in ihrem Leben, arbeitete sich kaputt. Sein müder Ausdruck sprach Bände, die Narbe stach rot aus dem zerknitterten Gesicht. Wenn er so weiter machte ...

Der Kommissar ahnte nichts von Elviras Überlegungen. Zurück im Büro ließ er sich in den Schreibtischstuhl fallen und angelte nach dem Telefonhörer. Die Liste mit den ungeprüften Nummern von Sinters Handy war noch immer viel zu lang. Er wählte.

Bald füllte sich die vor ihm liegende Liste. Hinter jeder Nummer ein Name, hinter jedem Namen ein Termin. Henne vergaß die Zeit. Das

Jagdfieber hatte ihn gepackt. Erstaunen, Fragen, Unverständnis gar? Es kümmerte ihn nicht. Weit nach Mitternacht hakte er die letzte Nummer ab. Knapp zweihundert Befragungen lagen vor ihm. Wie sollte er die bloß schaffen? Er musste, Personal war knapp. Kein Geld für mehr Leute, jedes Jahr dieselbe Leier. Schuster durfte er damit nicht kommen. Erst recht nicht, weil er auf eigene Faust ermittelte. Bekam der Chef davon Wind, konnte es ihn den Job kosten.

Er reckte sich. Schultern und Rücken schmerzten. Kein Wunder nach dem stundenlangen Telefonieren. Er stand auf, machte einige Kniebeugen und ließ die Arme kreisen. Die Schmerzen blieben. Er schlurfte zur Toilette, dann holte er das schmale Klappbett hinter dem Schrank hervor und baute es auf. Es lohnte nicht, nach Hause zu gehen. Er würde im Büro übernachten, wie sooft.

* * *

Der Mann stand vor dem Spiegel und musterte sich. Er hatte das ehemals blonde Haar dunkel gefärbt und nach hinten gekämmt. Der Schnauzbart, den er sich hatte wachsen lassen, ließ ihn älter wirken. Er hielt den Pass mit dem Bild neben sich in die Höhe und verglich die Gesichter. Was er sah, beruhigte ihn. Niemand hätte in ihm den smarten, erfolgsverwöhnten Geldjongleur erkannt. Er wirkte wie ein biederer Handwerker. Die einfache Kleidung verstärkte den Eindruck. Er kratzte sich am Rücken. Das Hemd aus billiger Kunstfaser juckte, er hasste es bereits jetzt aus tiefstem Herzen und sehnte den Augenblick herbei, an dem er wieder er selbst sein konnte. Noch musste er sich gedulden, noch war sein Werk nicht getan. Heine war von allein auf Sinter gekommen, das war gut, obwohl dieser tot wenig nützte. Er hatte das Beste daraus gemacht. Der alte Suffkopp aus Sinters Haus … ein Hauptgewinn. Für eine Flasche Schnaps war der zu allem fähig.

Er selbst musste sich jetzt zumindest nicht länger mit den Frauen aufhalten. Anja Pechter oder Gerlinde Bauer, eine von ihnen hatte er wählen müssen. Er hatte sich für die Bauer entschieden, doch bis zuletzt hatte er gezweifelt, ob seine Wahl richtig war oder nicht. Er hätte die Frau töten müssen. Eine Notwendigkeit. Er hätte es getan, doch weiß Gott, er war froh, dass es ihm erspart geblieben war.

Er warf einen abgewetzten Parka über und setzte eine schwarze Schiebermütze auf. Dann machte er sich auf den Weg. Noch gab es etwas zu erledigen. Sein Ziel war die Elsterbrücke in unmittelbarer Nähe des Rathauses. In ihrem Schatten lehnte er sich an einen der Pfeiler und verschmolz mit ihm zu einem unsichtbaren Dunkel. Ein Späher in der Nacht, dem keine Person, die die Rathaustore ausspuckten, entging.

Er brauchte nicht lange zu warten. Karl Turnau erschien umringt von seinen Fraktionskollegen wie ein König vom Hofstaat. Wortfetzen flogen durch die Luft, Gelächter brandete auf, die Männer schüttelten sich die Hände und eilten in verschiedene Richtungen davon.

Karl Turnau blieb einen Moment stehen und zündete sich eine Zigarette an. Das Licht des Feuerzeuges in seiner hohlen Hand erhellte für einen Augenblick seine Züge. Der Mann sah es und zerbiss einen hasserfüllten Spruch zwischen den Zähnen. Turnau lief den Dittrichring entlang zu dem Park, an dem er sein Auto geparkt hatte. Ehe er es erreichte, war der Mann bei ihm, rempelte ihn an, als wäre er gestolpert, murmelte eine undeutliche Entschuldigung und eilte weiter. Turnau zuckte gleichgültig mit den Schultern und griff in die Manteltasche, um den Autoschlüssel herauszuholen. Seine Finger schlossen sich um einen runden Gegenstand. Er zog ihn heraus und als er im fahlen Laternenlicht sah, was er in der Hand hielt, wurde er leichenblass. Entsetzt drehte er die etwa zwei Zentimeter große Glasperle zwischen den Fingern, dann schleuderte er sie mit einem Fluch auf den Asphalt. Wie von Furien gehetzt, sprang er in den Wagen und raste mit quietschenden Reifen davon.

Der Mann lachte höhnisch, dann ging er in aller Ruhe zurück und hob die Perle auf.

* * *

Gerlinde Bauer öffnete den Umschlag. Erstaunt las sie die Karte, die den langstieligen, dunkelroten Rosen beigefügt war, die ein Bote vor wenigen Minuten an ihrer Wohnungstür abgegeben hatte. Sie schaute auf die Uhr. Noch zwei Stunden, dann sollte sie den Unbekannten treffen. Hans Turnau. Der Name sagte ihr nichts. Sie würde ohnehin nicht hingehen, in das Lokal, das dieser Hans vorgeschlagen hatte. Die ›Pfeifferschen Weinstuben‹, eine gute Adresse. Der Mann hatte Geschmack, das bewiesen schon die kostbaren Blumen. Dennoch oder vielleicht gerade deshalb. Auch Klaus August hatte Stil gehabt, bis er sie letztendlich doch enttäuscht hatte.

Sie stellte die Blumen in eine Vase und lehnte die Karte dagegen. Die Blüten schimmerten im sanften Licht der kleinen Wandlampe über dem Beistelltisch. Sie lockten mit feinen Stimmen und versprachen aufregende Stunden. Gerlindes Entschluss wankte.

Sie riss sich von dem Anblick los und lief ins Schlafzimmer. Unschlüssig betrachtete sie ihre Garderobe. Es ist ein Spiel, redete sie sich ein, nur ein Spiel. Es bedeutete nichts, wenn sie einige Kleidungsstücke probieren würde, einfach so, nur zum Spaß. Was hatte sie schon vom Leben? Da kamen die Rosen gerade recht. Der Mann konnte ihr gestohlen bleiben. Allein wegen der Rosen entschied sie sich schließlich für das graue Strickkleid, das sie letztes Jahr gekauft hatte, um Klaus zu gefallen.

Kurz vor der vereinbarten Zeit stöckelte sie über das Kopfsteinpflaster des Marktplatzes auf die ›Pfeifferschen Weinstuben‹ zu. Sie wurde bereits erwartet.

Der also, konstatierte sie, als sie der elegant gekleidete Herr mit einem Handkuss begrüßte.

»Ich freue mich, dass Sie gekommen sind. Gestatten? Hans Turnau.«

Die angenehme Stimme überraschte Frau Bauer. Sie nahm auf dem angebotenen Stuhl Platz und zupfte das Kleid über die Knie.

»Was verschafft mir die Ehre?«, fragte sie und hätte sich gleich darauf am liebsten geohrfeigt, weil sie so gestelzt daherredete. Was musste der Mann bloß von ihr denken!

Der rang sich ein Lächeln ab und sagte: »Ich bin oft in Ihrer Nachbarschaft. Mein Bruder wohnt mit seiner Familie ganz in Ihrer Nähe.« Er zwinkerte nervös, hüstelte und fuhr fort: »Ich habe Sie gesehen. Einmal, zweimal, viele Male. Es hat lange gedauert, ehe ich mir ein Herz gefasst habe. Ich wollte Sie unbedingt kennen lernen.« Besorgt nahm Hans die zarte Röte wahr, die Gerlinde Bauers Gesicht überzog. Hoffentlich hatte er nicht übertrieben. Er musste glaubwürdig sein, sonst würde der Plan scheitern.

Gerlinde Bauer ahnte nichts. Ihr genügte die Erklärung. Es war immer noch ein Spiel, sie wollte es genießen, es auskosten bis zur letzten Minute. Danach würde sie den Mann sowieso nie wiedersehen.

Hans sah die bebenden Nasenflügel, die leuchtenden Augen und winkte dem Kellner. »Ich habe Champagner bestellt, ich hoffe, Sie mögen ihn.«

Und wie sie ihn mochte. Der Abend begann ihr Spaß zu machen. Endlich bot sich die ersehnte Abwechslung von ihrem unscheinbaren Leben. Noch zögerte sie, noch glaubte sie nicht an ihr Glück. Je öfter sie ihr Glas hob, umso aufgeschlossener wurde sie jedoch. Der ersten Flasche folgte eine zweite. Hans wusste unterhaltsam zu erzählen, er hatte viele Reisen gemacht, exotische Länder gesehen. Frau Bauer lauschte mit großen Augen. Sie selbst war bislang nur einmal im Ausland gewesen, vor sieben Jahren, in Spanien. Sie dachte ungern zurück. Es hatte in einem Desaster geendet, und sie war froh gewesen, als sie wieder zu Hause angekommen war. Damals. Jetzt weckte Hans in ihr den Wunsch nach aufregenden Erlebnissen, nach Abenteuern und Freiheit.

Sie prostete ihm zu. »Ich beneide Sie.«

»Vielleicht begleiten Sie mich einmal? Auf meiner nächsten Reise beispielsweise?« Er sah ihr tief in die Augen.

Erneut bebende Nasenflügel und Hans wusste auf einmal, alles lief bestens. Zufrieden lehnte er sich zurück. »Ich glaube, wir können eine Stärkung vertragen.« Er blätterte in der Speisekarte.

»Für mich nur eine Kleinigkeit.«

»Ach was, Sie haben eine tolle Figur. Das Essen wird Ihnen nicht schaden, es ist übrigens ganz vorzüglich. Sie würden es bereuen, wenn Sie darauf verzichten.«

»Aber nur, wenn ich Ihnen die Wahl überlassen darf.«

Kurze Zeit später brachte der Kellner die Speisen. Pflaumensüppchen nach Art des Hauses mit gebratener Entenbrust, gefolgt von Variationen von Lamm, Rind und Schwein an einem Parmesanspiegel mit Apfel-Kartoffel-Gratin und Frühlingsgemüse, dazu ein kräftiger Burgunder. Den Abschluss bildete ein Himbeerparfait mit einer Eierlikörhaube und Sahnekringel umrandet.

Gerlinde Bauer griff trotz der anfänglichen Ziererei herzhaft zu. Ab und an warf Hans einen prüfenden Blick auf seine Tischgenossin. Schaute sie auf, lächelte er vielversprechend. Dann beugte sich Frau Bauer schnell wieder über den Teller und tat, als hätte sie es nicht bemerkt. Ihr Herz klopfte und sie war froh, dass sie das Essen von unsinnigen Gedanken ablenkte. Sie war drauf und dran, sich in den Mann zu verlieben. Als hätte es keinen Klaus August gegeben, als hätte sie nichts dazu gelernt. Das Spiel wurde gefährlich!

Nach dem Dessert leerten sie eine weitere Flasche Champagner. Die

Zeit verging wie im Flug. Zu fortgeschrittener Stunde brachte der Kellner die Rechnung und Frau Bauer erschrak.

»Das ist ja viel zu teuer.«

»Lassen Sie mich nur machen. Sie sind mein Gast.«

Hans zückte die Brieftasche und zählte Schein auf Schein, sorgfältig und gönnerhaft. Sie fühlte sich auf einmal abgestoßen, doch gleich darauf rief sie sich zur Ordnung. Der Mann war ein erfolgreicher Unternehmer, es stand ihr nicht zu, ihn zu kritisieren.

Der Kellner nahm die Zahlung mit einer kleinen Verbeugung entgegen. Wenige Minuten später kam er zurück.

»Eine Empfehlung des Hauses.« Er servierte einen goldschimmernden Cognac und reichte Hans eine Visitenkarte. Der warf einen flüchtigen Blick darauf. »Besten Dank, Herr Himpel.« Die Karte verschwand in der Jackettasche.

»Ich werde mich selbstverständlich an der Rechnung beteiligen.«

Die Bauer schluckte. Das Kostgeld der ganzen Woche würde dafür draufgehen. Der Abend hatte auf einmal einen bitteren Beigeschmack.

»Wo denken Sie hin? Ich sagte es bereits, Sie sind mein Gast. Machen Sie sich keine Sorgen, für mich sind das Peanuts, mein Baugeschäft läuft gut. Ich kann es mir leisten und hoffe, Sie werden mir des Öfteren das Vergnügen machen.«

Na bitte, wenn er es unbedingt wollte! Sie war erleichtert. »Bauunternehmer. Was tun Sie denn da so?«

»Ich baue Brücken, Straßen, Häuser, auch für die Stadt. Ich habe viele Freunde im Stadtrat. Mein Bruder Karl ist einer davon.«

»Ich interessiere mich nicht für Politik, vermutlich ein Fehler.«

»Ach was, bleiben Sie einfach, wie Sie sind.«

Karl hatte Recht. Diese Frau hatte noch weniger Ahnung, als gedacht. Zu dumm, dass sie derart fad aussah.

Beim Verlassen der Weinstuben trat Hans beiseite, um der Bauer den Vortritt zu lassen. Prüfend musterte er ihr Hinterteil. Viel zu mager, konstatierte er und verfluchte einmal mehr seinen Bruder, der ihm diese unmögliche Situation aufgezwungen hatte.

* * *

Wieder war ein Tag vergangen, und Henne war keinen Schritt weiter gekommen. Seine Füße schmerzten, die Narbe brannte. Ein Zustand, an den er sich allmählich gewöhnte. Enttäuscht kaute er auf seinem Stift herum.

»Irgendjemand muss doch einen verwertbaren Hinweis liefern«, meinte Leonhardt.

»Sieben Junkies, ein ehemaliger Kollege, zwei Hausbewohner, drei Nutten. Dafür bin ich quer durch die Stadt gelaufen. Was für eine beschissene Bilanz.« Henne seufzte.

»Kein Grund zum Jammern, schließlich ist deine Liste noch lang genug.«

»Das weiß ich selbst, aber ich hatte gehofft, ich komme schneller voran.«

»Lass mal, neuer Tag, neues Glück«, tröstete Leonhardt. »Pizza?« Er schob Henne die Pappschachtel zu.

Der griff nach einem dampfenden Stück, strich sich über den Bauch und legte es dann bedauernd zurück. »Geht nicht, bin auf Diät.«

»Du?«

»Schau nicht so dumm, ich bin nicht in Form, das ist alles.«

»Wer hochgeistig arbeitet, darf den Körper nicht zusätzlich schwächen«, dozierte Leonhardt. »Wenn der Fall gelöst ist, hast du immer noch Zeit für deinen Fitnesswahn.«

Henne schielte auf die Pizza. »Oliven?«

»Nee, ich weiß ja, du magst die Dinger nicht.«

»Okay, dann gib her.« Henne biss ein Stückchen ab und kaute. »Die Welt sieht gleich viel schöner aus.«

»Sag ich doch.« Auch Leonhardt nahm sich ein neues Teil, faltete es bedächtig zusammen und schob es in den Mund. »Bevor ich es vergesse«, mampfte er, »Schuster hat auf dich gewartet.«

»Der Chef? Was wollte er denn?«

Leonhardt schlang die Pizza herunter. »Keine Ahnung, du sollst ihn unter seiner Privatnummer anrufen.«

Der Kriminaldirektor war sofort am Apparat.

»Heine, was ist los? Ich habe gehört, Sie haben den Mörder dieses Kassierers. Warum erfahre ich es nicht von Ihnen?«

»Ich wollte morgen zu Ihnen kommen«, verteidigte sich Henne. »Aber wenn wir schon einmal dabei sind, der Mord an August scheint aufgeklärt. Es gibt jedenfalls Indizien. Der Mörder jedoch, ein gewisser Sinter, ist tot. Ebenfalls ermordet.«

»Wenn schon«, bellte Schuster. »Der Fall ist gelöst, das allein zählt.«

»Das sehe ich anders. Peter Sinter …«

»Morgen, Heine, nicht jetzt«, schnitt Schuster Hennes Erklärungen ab. Dann Stille. Schuster hatte aufgelegt.

»Der Alte hat den Fall abgehakt«, gab Henne Leonhardt Bescheid.

»Das war zu erwarten.«

»Trotzdem kommt das ziemlich schnell, findest du nicht? Schuster schiebt die Rauchfuß vor.«

»Die hat ihn gehörig unter Druck gesetzt, was sonst.«

»Ich sollte die verehrte Dame nochmals unter die Lupe nehmen und zwar gründlich.«

»Bist du verrückt? Wenn das der Alte erfährt!«

»Muss er ja nicht, ich bin vorsichtig.«

»Hoffentlich, sonst bist du deinen Job los.«

»So schlimm wird es nicht werden. Bisher hat mich Schuster stets gedeckt. Wenn ich Beweise auf den Tisch lege, kann er nichts sagen.«

»Was denn für Beweise? Du glaubst doch nicht etwa, die Rauchfuß hat etwas mit dem Mord zu tun?«

Henne hob die Schultern. »Ich glaube gar nichts. Ich will Fakten und die beschaffe ich mir.«

»Wenn das mal gut geht«, unkte Leonhardt.

»Vertrau mir, ich weiß, was ich mache.«

»Eben.« Leonhardt dachte an den letzten Fehlschlag; den Staatsanwalt, in den sich Henne verbissen hatte. Ein fataler Irrtum – einer von vielen. Andererseits war Hennes Aufklärungsquote wesentlich höher als die anderer Kommissare. Das relativierte seine Fehler. Leonhardt wollte Henne nur zu gern vor Schäden bewahren. Er mochte den bulligen Riesen, der für ihn mehr Freund als Chef war, auch wenn der selten auf ihn hörte.

Er faltete die Pizzaschachtel zusammen und stopfte sie in den Papierkorb. »Manuela wartet, wir wollen ins Kino. Wenn du nichts mehr hast, haue ich ab.«

»Danke für die Pizza, sie war wirklich gut.«

»Bis morgen dann«, verabschiedete sich Leonhardt und ließ Henne allein zurück.

Der stand auf und öffnete den Aktenschrank. Ordner neben Ordner, gefüllt mit Protokollen, Berichten, Personendaten. Er griff sich den ersten und war bald so in die Lektüre vertieft, dass er die Zeit vergaß. In welchem Zusammenhang auch immer Rita Rauchfuß auftauchte, Henne zog es heraus. Jede noch so kleine Bemerkung, er notierte sie. Das vor ihm liegende Blatt füllte sich mit zahlreichen Kreisen, in jedem ein Stichwort, ein Hinweis. Einige von ihr selbst gegeben, die meisten jedoch von anderen, Gunter Großmann beispielsweise, dem ewig unzufriedenen Mitarbeiter.

Henne suchte Zusammenhänge, zog Linien, strich und ergänzte. Er schwitzte. Ab und an ging er zur Toilette und schwappte sich Wasser ins Gesicht. Die Kälte nahm ihm den Atem, aber sie machte wenigstens munter. Die restliche Müdigkeit vertrieb der Kaffee, heiß und schwarz, bitter fast. Er schmeckte es kaum. Er stürzte ihn hinunter, auch wenn er in der Kehle brannte. Henne witterte eine Spur.

Er schaute auf die Uhr. Ihm blieben noch zwei Stunden bis Dienstbeginn. Wieder einmal kam das vertraute Klappbett zum Einsatz.

10. Kapitel

Anja Pechter schritt schnell aus. Über die Straße kroch Morgennebel. Leute, die Nasen in dicken Schals versteckt, die Hände tief in Manteltaschen gestoßen, rutschten über dünn gefrorene Pfützen. Anja trug weder Schal noch Mütze, die Kälte hatte sie überrascht. Ebenso wie sie der Gedanke an Frau Bauer überrascht hatte.

Vor Tagen noch als unsinnig verworfen, hatte er sich an diesem Morgen in Erinnerung gebracht, sie gedrängt und keinen Aufschub zugelassen. Nun war sie auf dem Weg zu ihr und hoffte, sie war nicht zu spät.

Anja querte die Fahrbahn. Erleichtert atmete sie auf, als sie den dünnen Lichtschein gewahrte, der aus Gerlinde Bauers Wohnzimmer auf die Straße stieß. Ein lockender Finger, Sicherheit verheißend.

Sie klingelte, und plötzlich war sie sich keineswegs mehr sicher, dass sie das Richtige tat.

Gerlinde Bauer öffnete und bat sie herein. Erstaunlich freundlich, registrierte Anja erleichtert. Dankbar nahm sie eine Tasse Tee entgegen und fragte, ob sie rauchen dürfe. Sie durfte, kramte in ihrer Handtasche und fingerte eine Packung Zigaretten heraus. Sie rauchte hastig, verschluckte sich und hustete.

»Nun sagen Sie aber endlich, was Sie zu mir führt«, drängte Gerlinde Bauer. »Ist etwas passiert?«

Anja legte den zerknitterten Zettel auf den Tisch.

»Was ist das?«, erkundigte sich Frau Bauer mit misstrauisch zusammengekniffenen Augen. Weggeblasen die Freundlichkeit.

»Lesen Sie selbst.«

Zögernd nahm die Bauer den Zettel. »Ich verstehe das nicht.«

»Eine Schließfachnummer«, sagte Anja. »Vom Flughafen.«

»Das sehe ich, aber was soll ich damit?«

Anja redete viel zu schnell, verhaspelte sich, begann von vorn. Frau Bauer hörte zu, unnahbar, so schien es Anja, die aus Angst, abgewiesen zu werden, noch schneller sprach.

»Nehmen Sie die Nummer«, flehte sie. »Lassen Sie das Fach öffnen, Klaus zuliebe. Immerhin war er auch Ihnen gegenüber ein guter Chef.«

Hohle Worte, Anja vermied es, Frau Bauer anzusehen.

Die faltete das Stückchen Papier sorgfältig zusammen. Abgezirkelte Bewegungen, eisiger Blick.

»Tut mir leid, ich will damit nichts zu tun haben.«

»Was soll ich bloß machen?« Anja war verzweifelt.

»Warum gehen Sie nicht zur Polizei?«

»Auf keinen Fall. Dieser Kommissar macht mir Angst. Er soll nicht noch tiefer in meinem Privatleben herumschnüffeln.«

»Erst deuten Sie an, Herr August könnte in Schwierigkeiten gewesen sein und wurde womöglich bedroht. Dann scheuen Sie sich davor, die Sache aufzuklären. Was wollen Sie wirklich?«

»Der Mörder soll gefasst werden«, stieß Anja hervor.

»Dabei haben Sie mir die Rolle zugedacht, die Sie nicht spielen wollen.« Ein böser Blick traf Anja.

Das Mädchen krümmte sich. »Ich habe Angst«, gestand sie leise.

»Wie kommen Sie darauf, dass ich keine haben könnte?«

»Sie?« Anjas Erstaunen war echt. »Sie sind eine kluge Frau, stets akkurat. Sie tun ihre Pflicht, Sie zeigen keine Schwächen, keine Gefühle, keine Ängste.«

»So sehen Sie mich also«, erwiderte Frau Bauer bitter.

»Ich wollte Sie nicht kränken, es ist nur … ich meine, Sie haben mir schon einmal geholfen. Ich vertraue Ihnen, und ich weiß nicht, an wen ich mich sonst wenden kann.«

»Diesmal kann ich Ihnen nicht helfen. Ich sagte es bereits.« Entschlossen verschränkte Frau Bauer die Arme über der Brust. Sie würde sich nicht noch einmal überreden lassen, nicht von diesem jungen Ding. »Sie müssen jetzt gehen.« Es kostete sie Mühe, ihre Stimme hart klingen zu lassen. Sie schaute an Anja vorbei und wich dem bettelnden Blick aus.

Kaum hatte das Mädchen die Wohnung verlassen, war es mit ihrer Selbstbeherrschung vorbei. Verdammter Klaus August! Die Tassen klirrten, als ihre Faust auf den Tisch knallte. Konnte er sie nicht endlich in Ruhe lassen?

Sie zitterte am ganzen Körper, sie brauchte dringend eine Stärkung. Ein Blick zu Uhr, die Zeit würde – nein musste – reichen. Wasser auf den Herd, die Mischung in die Kanne. Geübte Handgriffe, unzählige Male ausgeführt. Endlich die ersten Schlucke. Erlösung. So einfach war das alles. Sie lächelte – lächelte auf der Straße, im Bus, im Büro. Sie behielt ihr Lächeln selbst dann, als sie zur Kassenleiterin zitiert wurde. Die Rauchfuß halste ihr jede Menge Aufträge auf. Alle wichtig, alle schnell, am besten sofort. Eine Kassenprüfung stand an. Die Rechnungsprüfer wollten Unterlagen, Belege, Nachweise, Anordnungen, wer weiß was alles.

Noch vor dem Mittag ließ die Wirkung der Drogen nach, und Gerlinde Bauer fühlte sich genauso schlecht wie am Morgen. Ihre Stimmung hob sich erst, als Hans Turnau anrief. Einige Worte zum vergangenen Abend, ein paar Komplimente und dann die sehnsüchtig erwartete Frage. Ihr Herz hüpfte wie ein Tennisball. Ja, er dürfe sie nach Dienstschluss abholen. Selbstverständlich freue sie sich. Vergessen Anja Pechter und deren seltsames Anliegen, vergessen Klaus August.

Hans war pünktlich, auf die Minute. Galant bot er ihr den Arm und führte sie zu seiner Limousine, einem schwarzen Benz, der unmittelbar vor dem Bürohaus auf dem Gehweg stand. Zum ersten Mal ärgerte sich Gerlinde Bauer nicht über die Missachtung des Parkverbotes. Stolz ließ sie sich auf den Beifahrersitz helfen. Anerkennend strich sie über das von der Sitzheizung gewärmte Leder, das Wurzelholzfurnier, die schimmernden Knöpfe.

»Ein schöner Wagen«, lobte sie.

»Für Sie ist das Beste gut genug.« Hans startete den Motor.

»Wohin fahren wir? Haben Sie einen Plan?«

»Lassen Sie sich überraschen, es wird Ihnen gefallen.«

Hans hatte nicht zuviel versprochen. Das verträumte Lokal, in das er sie brachte, lag weitab der Stadt am Fuße des Elbsandsteingebirges, versteckt in einem nahezu unberührten Tal. Sie waren die einzigen Gäste. Die Wirtin bemühte sich persönlich und brachte hausgemachten Kuchen und duftenden Kaffee.

Hans sprühte vor Charme, und Gerlinde Bauer ließ zu, dass er ihre Hand nahm. Seine Andeutung auf die sich im Haus befindenden Pensionszimmer ignorierte sie jedoch. Noch war sie nicht bereit, und Hans fügte sich. Geschickt überspielte er seinen Unmut. Seine Zeit würde kommen, sie musste. Früher oder später landete die Frau in seinem Bett. Ein bewährtes Mittel, sie an sich zu binden. Er war ein guter Liebhaber, dazu kein Kostverächter. Weder beim Essen, noch beim Sex. Die

Bauer war zwar nicht sein Typ, genau gesagt, stieß sie ihn eher ab, als dass sie ihn reizte, doch das spielte keine Rolle. Er würde seine Abscheu gekonnt überspielen, er war es seinem Bruder schuldig.

Mit schnellem Blick musterte er die Frau. Jetzt, im Kerzenschein, sah sie vorteilhafter aus. Vor allem, wenn sie lachte. Dann brachen die verbitterten Linien ihres Gesichts auf und machten sie jünger und strahlender. Nicht schön, das nicht, aber immerhin ein wenig ansehnlicher und das erleichterte es ihm, die Rolle des verliebten Mannes zu spielen.

Als er Karl von seinen Treffen mit der Bauer berichtete, schien dieser nicht so recht bei der Sache zu sein.

»Was ist los?«, wunderte sich Hans. »Bist du nicht zufrieden?«

Karl zögerte, dann sagte er: »Erinnerst du dich an die Minhof?«

»Wie könnte ich Luise vergessen. Ich hab dich um sie beneidet. Jammerschade um sie.«

»Ich kann nichts dafür, dass es so gekommen ist«, verteidigte sich Karl hitzig.

»Immerhin hast du sie zu deiner Geliebten gemacht.«

»Sie hätte ablehnen können.«

»Tatsächlich? Du hättest sie auf der Stelle entlassen. Dabei war sie die beste Sekretärin, die du bisher hattest.«

Unwillig drehte sich Karl um und trat hinter seinen Schreibtisch. Er wühlte in einem Schubfach herum. Die Kette, die er seinem Bruder zuwarf, war gerissen. Hans fing sie auf, konnte jedoch nicht verhindern, dass einige der großen Perlen auf den Teppich rollten. »Du hast sie immer noch«, stellte er verwundert fest.

»Eine Perle fehlt. Die größte übrigens.«

»Den Verlust wirst du verschmerzen.«

»Es geht nicht um Geld, das Ding ist wertlos«, blaffte Karl. »Aber es war ein Geschenk an die Minhof.«

»Wie dumm von dir. Jeder hat gewusst, dass Luise ein Verhältnis hatte, nur mit wem, das wusste man nicht.«

»Ich konnte nicht ahnen, dass sie mir eines Tages gefährlich werden würde«, verteidigte sich Karl bissig.

»Zugegeben, aber Luise war schon immer anders als die anderen. Sie hat dich geliebt, für dich hat sie ihre Ehe aufs Spiel gesetzt.«

»Als ich sie damals gefunden habe ...«

»Stimmt es, dass sie versucht hat, sich zu erdrosseln?«

»Beinah hätte sie es geschafft. Ihr Gesicht war schon blau, nur mit Mühe habe ich die Kette, die sie mit dem Seil verknotet hatte, von ihrem Hals lösen können. Sie hatte ihre Finger darin verkrallt. Die größte Perle musste ich zurücklassen.«

»Wenn schon.«

»Du hast gut reden. Gestern habe ich sie in meiner Manteltasche gefunden.«

»Sag bloß, du hast Luise getroffen!«

»Red keinen Unsinn«, schnaubte Karl.

»Was ist eigentlich aus ihr geworden?«, lenkte Hans ab. Das gefährliche Glitzern in Karls Augen beunruhigt ihn.

Karl machte eine nichtssagende Handbewegung. »Sie ist zu ihrem Mann zurückgekehrt. Später irgendwann ist sie wohl durchgedreht, mehr weiß ich nicht.«

»Ihr Mann?«

»Was soll mit ihm sein? Ich kenne ihn nicht und habe auch kein Interesse, das zu ändern.«

»Und die Perle? Hast du sie …«

»Weggeworfen, was sonst.«

»Vielleicht war es irgendetwas anderes, vielleicht hast du dich getäuscht«, mutmaßte Hans, während er unbehaglich auf seinem Sessel herumrutschte.

»Ich weiß, was ich gesehen habe.« Karls Miene verfinsterte sich. »Es ist mir rätselhaft, wo sie auf einmal hergekommen ist. Wenn es ein Scherz gewesen sein sollte, dann ein übler.«

Hans erinnerte sich plötzlich an etwas und sagte: »Die Bauer ist gemessen an Rita Rauchfuß ein Niemand. Warum sie, warum nicht die Chefin persönlich?«

»Nur im Notfall …«, wehrte Karl ab und hielt Hans einen nicht enden wollenden Vortrag, dem dieser schon nach den ersten Sätzen nicht mehr folgte. Als es ihm endlich gelang, sich zu verabschieden, beschloss er, sich unverbindlich nach einem verschwiegenen Psychiater umzuhören.

* * *

Hagen Leonhardt verlor den hartnäckigen Kampf gegen den böigen Wind. Sein Pappteller machte sich mit dem Rest der angeblich echt thüringischen Bratwurst nebst Senfklecks selbständig und segelte an der Imbissbude vorbei auf die Fahrbahn der Prager Straße.

»Mist«, fluchte er und stopfte das letzte Brotstück in den Mund.

»Hörst du mir überhaupt zu?«, brachte sich Henne in Erinnerung.

Leonhardt, kaute und würgte hastig das Brot herunter: »Selbstverständlich! Die Nachforschungen werden allerdings eine Weile dauern.«

»Die Zeit läuft uns davon.«

»Das weiß ich, aber ich kann keine Berge versetzen. Bankanfragen, Standesamt, Stadtarchiv – das dauert eben. Die warten dort nicht auf uns.«

»Mach ihnen die Hölle heiß, wir ermitteln immerhin in einem Mordfall.«

»Der laut Schuster bereits aufgeklärt ist«, stellte Leonhardt richtig.

»Lass mal den Chef beiseite, den übernehme ich. Außerdem gibt es noch den toten Sinter. Das ist wohl Grund genug.«

Hennes Handy klingelte. Er lauschte und freudige Überraschung breitete sich auf seinem Gesicht aus. »Borna«, erklärte er dem wartenden Leonhardt. »Die Kollegen haben einen Zeugen aufgetrieben. Ich fahre hin.«

»Ich komme mit.«

»Du hast bereits jede Menge Verabredungen«, brachte Henne das erwartungsfrohe Glänzen in den Augen seines Assistenten zum Erlöschen.

Der Mann, dem Henne in dem engen Vernehmungsraum des Polizeireviers Borna gegenübersaß, blickte teilnahmslos. Sein aufgedunsenes Gesicht war von unzähligen roten Äderchen durchzogen. Die Haare, fettglänzend und strähnig, waren offenbar seit Monaten nicht mehr gewaschen worden und konkurrierten mit einem löchrigen Pullover und einer speckigen Jeans hinsichtlich Sauberkeit. Henne beugte sich über den Tisch und ignorierte mit zusammengebissenen Zähnen die Ausdünstungen des Mannes, die sich mit dessen Alkoholfahne zu einem erbarmungslosen Angriff auf jede normal funktionierende Nase verbunden hatten.

»Beginnen wir noch einmal von vorn.« Henne sprach eindringlich, doch der Mann gab nicht zu erkennen, dass er verstanden hatte. Erst als Henne eine kleine Schluckflasche aus der Tasche zog, kam Leben in die zusammengesunkene Gestalt. Schmutzige Finger krochen zitternd über den Tisch. Ehe sie die Flasche berühren konnten, zog Henne das Objekt der Begierde zurück.

»Sie antworten auf meine Fragen und ich gebe Ihnen den Schnaps, okay?«

Gieriges Nicken: »Das ich das erleben tun darf ... ich dachte, der Prophet hat Alkohol verboten.«

»Mir nicht, also Name und Alter bitte.«

»Gerhard Knopp, achtundvierzig.«

Henne blickte überrascht auf. Der Mann war kaum älter als er. »Dann erzählen Sie mal, Herr Knopp. Was haben Sie beobachtet?«

»Ich saß wie immer im Flur, in dem Haus in der Frankenberger, das, wo die Scheiben fehlen, so dass man leicht reinkommen tut.« Knopp zog schniefend den Inhalt seiner Nase hoch und kniff die blutunterlaufenen Augen zusammen. »Könnt ich nich vielleicht doch 'nen Schluck?«

Henne verbot sich, daran zu denken, was in Knopps oberem Nasenteil vor sich gehen mochte. »Nichts da«, wehrte er ab.

Knopp sackte betrübt zusammen.

»Sie bekommen den Schnaps«, versprach Henne, »aber erst, wenn ich zufrieden bin.« Wenn er schon gegen die Dienstvorschriften verstieß und einen Zeugen bestach, dann musste es sich wenigstens lohnen.

Die Aussicht hellte Knopps Stimmung sichtlich auf. »Ich sitze also im Flur unter der Treppe. Mein angestammter Platz, seit sich meine Alte, dieses Weibsstück 'nen neuen Kerl gesucht hat. Sie hat mich einfach aus der Wohnung geschmissen, kapiert?«

Henne nickte ungeduldig.

»Ich sitze unter der ...«

»Das hatten wir schon, bitte weiter!«

Knopp öffnete den Mund zu einem Grinsen. Beim Anblick der wenigen gelben Zahnstummel, die gleich der Hinterlassenschaft eines Orkans aus dem Unterkiefer stachen, konnte Henne der ehemaligen Frau Knopp die Trennung nicht verübeln. »Dann kam dieser Typ in die Bude.«

Triumphierend streckte Knopp die Hand nach der Flasche aus.

»Beschreiben Sie ihn.«

»Hellbraune Treter, ganz blank poliert, Hosenbeine mit Bügelfalte. Alles akkurat, mein lieber Schwan. Drüber 'nen Mantel, ebenfalls hell, wie Kamelhaar oder so'n Zeugs. Mehr weiß ich nich, und jetzt geben Se schon her!«

»Haben Sie das Gesicht erkannt?«

Knopp schüttelte den Kopf. »Ich sitze unter der …«

»… Treppe, ich weiß. Sie haben den Mann also nur von unten gesehen. Was bringt Sie zu der Annahme, er könnte etwas mit dem Wohnungsbrand unter dem Dach zu tun haben?«

Knopp grinste listig und bot Henne einen weiteren Blick auf sein ruinöses Gebiss. »Erstens tun nie so feine Pinkel in unsere Gegend kommen und das könnse mir ruhig glauben tun, ich lebe schon lange genug da, um Bescheid zu wissen. Seit mich meine Alte, das Flittchen, aus der Wohnung …«

»Und zweitens?«

»Hä?«

»Sie sagten erstens. Was folgt als zweites?«

»Ach so, zweitens hatte der 'nen Kanister bei. So 'nen großen, grünen, wie die, dies an der Tanke geben tut.«

»Der Mann ging die Treppe hinauf. Was haben Sie indessen gemacht?«

»Ich saß unten, wie immer. Mein Stammplatz, seit mich …«

»Wann ungefähr kam der Mann wieder?«

»Hab keine Uhr, der kann aber nich lange oben gewesen sein, denn Eddi war kurz drauf da, und der tut immer so nach 'm Frühstück kommen.«

»Wer zum Teufel ist Eddi?«

»Mein Kater, grauweiß gestreift, massig groß. Der weiß, wo was lang gehen tut. Is mein Freund«, verkündete Knopp stolz. »Was is'n nu mit meiner Pulle?«

»Gleich, Herr Knopp. Haben Sie etwas gehört? Sonderbare Geräusche zum Beispiel?«

»Nee, da war nix. Nur Eddi und ich. Unter der Treppe, da ist nämlich mein Stamm…«

»Gewiss, Herr Knopp. Kommen wir nun zum Brand. Wie war das genau?«

»Na, der feine Pinkel kam die Treppe runtergepoltert, rannte wie der Deubel, dann gab es 'nen Knall, und ich bin raus. Da flogen schon die Scheiben von oben durch die Luft.«

»Und der Mann?«

»Der war weg, wie vom Erdboden verschluckt.«

»Haben Sie sonst jemanden gesehen? Da müssen doch noch mehr Leute gewesen sein. Immerhin brannte es.«

»Das isses ja! Nich eine Menschenseele! Sonst hängen da immer welche rum. Die jungen, kahlgeschorenen Kerls, die sich am Müllplatz treffen, die blödsinnigen Kiffer, die Schwarzen mit ihren dickärschigen Weibern. An dem Tag war die Straße ratzekahl leer.«

Ein neuer Schwall übler Luft streifte Henne, als sich Knopp aufrappelte und die Hand ausstreckte. »Mehr weiß ich wirklich nich, ich tu 's schwören.«

Henne schob ihm die Flasche zu. »Schon gut, aber trinken Sie lieber draußen, sonst sind Sie den Schnaps gleich wieder los«, warnte er. Sein Blick folgte der schwankenden Gestalt und er erwog für einen kurzen Moment, Knopp bei einer der Suchtberatungsstellen abzusetzen. Doch was sollte das bringen? Typen wie Knopp hielten es da nicht aus. Es dauerte nie lange, bis sie einfach wegblieben. Die Sozialarbeiter wussten ein Lied davon zu singen. Ein schweres Geschäft, anstrengend und mit viel Frust, vor allem, wenn die Bemühungen umsonst waren. Für Penner, Schnorrer, Asoziale galten nun einmal andere Regeln. Genau wie für Mörder, dachte Henne.

* * *

»Auf keinen Fall«, entrüstete sich Rita Rauchfuß. Die Kassenleiterin funkelte Karl an.

Der lehnte sich gelassen zurück, schlug betont gleichgültig ein Bein über das andere, schnippte ein imaginäres Stäubchen vom Jackett und lächelte. Es war ein böses Lächeln, kalt und gefährlich. Die Rauchfuß allerdings blieb davon unbeeindruckt.

»August war leicht zu überreden«, erklärte sie. »Seine Stellvertreterin aber ist aus anderem Holz. Der brauche ich gar nicht erst mit Vergünstigungen zu kommen, die hat dafür kein Interesse. Gerlinde Bauer ist wie ein Schweizer Uhrwerk, immer korrekt, ohne Fehl und Tadel. Soviel ich weiß, hat sie keine Hobbys. Sie lebt allein und ist genügsam. Nein, mit Geld kommt man bei ihr nicht weiter. Sie ist unbestechlich.«

»Dann übernimmst du eben Augusts Aufgabe.«

»Spinnst du? Ich bin doch nicht lebensmüde. Wenn das herauskommt, wandere ich in den Knast.«

»Du musst dich eben geschickt anstellen. Bis jetzt ist ja auch nichts passiert.«

»Bis jetzt.« Die Rauchfuß trommelte nervös mit den Fingern. »Ich habe die Kassenprüfer im Haus«, gestand sie.

Karl winkte ab. »Das hattest du schon oft.«

»Diesmal ist es anders. Der alte Guhlke ist pensioniert, jetzt sitzt so ein ambitionierter Spund auf seinem Stuhl. Der wird mir nicht glauben. Der will die Bücher sehen, jeden einzelnen Beleg.«

»Dir ist doch nichts nachzuweisen. Du hast klugerweise dafür gesorgt, dass dein Name nirgends auftaucht«, stellte Karl sarkastisch fest.

»Zum Glück«, fauchte die Rauchfuß. »Das soll auch so bleiben.«

»Dann überzeuge diese Frau Bauer«, beharrte Karl.

»Du musst dir selbst etwas einfallen lassen. Ich habe dir einmal geholfen. Großvater zuliebe, der abgöttisch an den Enkeln seines alten Kriegskameraden hängt.« Die Stimme der Rauchfuß wurde bitter. »Du und Hans, ihr seid ihm wichtiger als meine Mutter und ich, sein eigen Fleisch und Blut. Wir waren für ihn nur Mädchen, schwach, weich, zu nichts zu gebrauchen. ›Mit Frauen gewinnt man keinen Krieg‹, das habe ich oft genug zu hören bekommen. Aber er und seine Männerfreunde haben den Krieg auch nicht gewonnen, sie wollen es bloß nicht wahrhaben.«

»Noch ist nicht aller Tage Abend.«

»Heb dir das Gewäsch für deine Parteitreffen auf. Bei mir zieht das schon lange nicht mehr.«

Die kalte Wut in Karls Bauch, bislang mühsam unterdrückt, loderte nach oben, stieg heiß in sein Gesicht und färbte Wangen und Doppelkinn dunkel. »Überleg dir, was du sagst«, drohte er.

»Ich lasse mich nicht einschüchtern, das solltest du wissen.«

»Du hängst viel zu tief mit drin, vergiss das nicht!«

»Ich? Was habe ich mit deinen Geschäften zu tun? Nein, mein Lieber. Ich habe August lediglich mit deinem Handlanger, diesem Sinter, bekannt gemacht. Vielleicht habe ich zu sehr durchklingen lassen, dass ich ihm vertraue. Wer will es mir verübeln, einen fähigen Mitarbeiter mit weitreichenden Kompetenzen auszustatten? Was er daraus gemacht hat, wusste ich nicht, und ich will es auch jetzt nicht wissen. Zumal er tot ist.« Ein lauernder Blick streifte Karl. »Sinter lebt auch nicht mehr. Komisch, findest du nicht?«

»Sinter! Der hat sich vermutlich bei seinem Drogenhandel Feinde gemacht. Dealer fackeln nicht lange.«

»Und Klaus August? Der hatte mit dem Zeug nichts am Hut, dafür lege ich meine Hand ins Feuer.«

»Wenn du dich da mal nicht verbrennst.« Karl schnaubte verächtlich.

»Die Polizei wird es schon herausfinden. Schuster hat versichert, der Fall stehte kurz vor der Aufklärung.«

»Gut, wenn man Kontakte hat«, höhnte Karl. Etwas Wölfisches ging von ihm aus.

Rita dachte an früher, als sie Kinder waren. Fast täglich hatten sie gemeinsam im Garten des Großvaters in Lößnig gespielt. Sie und Hans und Karl, zwei nette Jungen. Hans zumindest, aber Karl? Der und seine Streiche! Konnte man es überhaupt so nennen?

Sie schluckte, krampfhaft bemüht, sich nichts anmerken zu lassen. Vergessene Bilder stiegen vor ihr auf. Zerfetzte Frösche, durchbohrte Vögel, die jaulende Nachbarskatze, deren Schwanz eine einzige Feuerlohe war. Dazu Karls rohes Grölen. Sie wischte die Erinnerung schnell beiseite. »Ich halte dich auf dem Laufenden«, sagte sie.

»Denk an meinen Vorschlag. Ich brauche jemanden in der Stadtkasse. Jemanden mit Zugriff auf die Konten. Entweder du oder diese Bauer, kapiert?« Sein eisiges Lächeln machte klar, auf welch gefährliches Spiel sie sich eingelassen hatte.

* * *

Die weichen Hände der Kosmetikerin strichen über Hennes Stirn. Entspannen solle er sich, hatte sie gemeint, aber gerade das fiel ihm schwer. Das leise Gedudel sphärischer Klänge ging ihm auf die Nerven. Warum hatte er sich nur von Elvira überreden lassen! Massage würde ihm gut tun, ihn beleben und die müde Haut glätten. Ihm tat es nicht gut, ganz und gar nicht, da war er sich sicher.

Die Hände wanderten über die Schläfen, Wangenknochen, Nasenrücken und zurück. Es kribbelte und Henne zuckte mit den Lidern. Die Kosmetikerin ließ sich davon nicht beirren. Ein weiterer Klecks Lotion und wieder kreisende Bewegungen. Nase, Wangen, Stirn, jetzt auch das Kinn. Hoffentlich verteilte sie die Creme nicht im Bart.

Zu spät, ein besonders dicker Batzen klatschte ihm ins Gesicht und machte Hennes Hoffnung zunichte.

Er sollte nicht auf dieser unbequemen Pritsche herumliegen, er sollte Sinters Mörder jagen! Er runzelte die Stirn, sofort waren die weichen Hände da, drückten leicht auf die Falten und wischten den Widerstand beiseite. Henne musste sich fügen, ob er wollte oder nicht. Wenigstens konnte er nachdenken.

In diesem vertrackten Kassierer-Fall war so vieles undurchsichtig. Sinter stand nun wohl als Augusts Mörder fest, zumindest Schusters Meinung nach. Der Polizeidirektor hatte es ihm unverblümt gesagt und ihn aufgefordert, die Akte zu schließen. Aufgefordert? Nein befohlen hatte er es ihm, aber er wäre nicht er selbst, wenn er sich von weiteren Ermittlungen abhalten ließe. Das Gift in Augusts Körper hing ungeklärt im Raum. Dann Sinters Tod, der zwar nicht zwangsläufig mit dem ersten Mord in Verbindung stehen musste, aber er wurde die Ahnung nicht los, dass da mehr war.

Ein Zellstofftuch landete auf seinem Gesicht. Geschickt wurde es von den zarten Frauenfingern hin und her bugsiert, von rechts nach links, oben nach unten, einmal im Kreis und wieder zurück.

Der Bart juckte. Henne zwang sich, die Hände unter der Decke zu halten. Erleichtert atmete er auf, als dem Zellstoff ein nasser Lappen folgte.

Gut, der versoffene Knopp hatte Sinters mutmaßlichen Mörder gesehen. Einen Typen, der nicht in das abgewrackte Plattenbauviertel passte. Das erleichterte die Suche ein wenig. Falls der Mann überhaupt aus Borna stammte, er konnte von überall her sein, auch aus Leipzig.

Ein Handtuch wedelte über Henne, mehr Hauch, als tatsächliche Berührung. Die Lehne der Liege schnellte nach oben, und Henne riss erschrocken die Augen auf.

»Fertig, Herr Heine«, trällerte die Kosmetikdame. »Ich sehe Sie dann an der Kasse.«

Dafür musste er auch noch zahlen! Henne grunzte etwas Unverständliches. Als er jedoch im Spiegel einen ausgeruhten und mindestens fünf Jahr jünger wirkenden Oberkommissar sah, war er zufrieden. Vorsichtig betastete er die neu gewonnene Schönheit. Die Haut fasste sich angenehm an, selbst die Narbe war weich. Kein Spannen, kein Brennen. Elvira hatte also doch recht gehabt. Die Massage war ihm bekommen. Vielleicht sollte er den Salon häufiger aufsuchen.

Zuhause empfing ihn ein überquellender Briefkasten. Kostenlose Zeitungen und Werbung wanderten ungelesen in die im Hausflur stehende Abfallkiste. Der Hausmeister würde sie später zum Sammelplatz bringen. Mülltrennung war Pflicht, auch für Henne. Er musterte den Brief, der als einziges interessantes Teil übrig geblieben war. Während er die Treppe hinaufstieg, entzifferte er den Absender. Amtsgericht Leipzig. Die Ladung zum Scheidungstermin. Erika hatte es verdammt eilig.

»Herr Heine, schön Sie zu sehen.« Die fistelnde Altweiberstimme brachte ihn in die Gegenwart zurück.

»Tag, Frau Strehle.«

Er verspürte wenig Lust auf einen Plausch mit seiner Vermieterin, aber er wollte auch nicht unhöflich sein.

»Wann zieht denn Ihre Freundin ein?«

»Bitte?«

»Die junge Dame, die letzte Woche dreimal bei Ihnen zu Besuch war, das ist doch Ihre Freundin, oder? Na ja, ein Mann wie Sie! Der bleibt nicht lange allein und jetzt, wo Ihre Frau weg ist, da sehen Sie sich eben nach einer Anderen um. Das ist schon in Ordnung. Ich frage nur, weil ich doch wissen muss, wer in meinem Haus wohnt.«

»So weit ist es noch nicht, Frau Strehle. Keine Bange, ich sage Ihnen rechtzeitig Bescheid.«

Ein Nicken, eine Floskel, Henne machte, dass er davonkam. Aufatmend schloss er die Wohnungstür und warf den Schlüsselbund auf das Schränkchen. Na toll! Frau Strehle, der nie etwas entging, machte sich um sein Liebesleben Sorgen. Die Ausrede mit Elviras Einzug nahm er ihr nicht ab. Vielleicht steckte Erika dahinter, der war das durchaus zuzutrauen. Erst haute sie einfach ab, dann bespitzelte sie ihn.

Quatsch, er wollte nicht ungerecht sein, er hatte mindestens ebensoviel Schuld am Ende ihrer Ehe.

Er riss den Briefumschlag auf. Da stand es in großen, dicken Lettern: ›Ladung‹. Als ob er etwas verbrochen hätte. Hatte er ja auch. Wie lautet die Anklage, Herr Richter? Zerstörung einer Liebe, aha. Henne seufzte. Ladung jedenfalls. Montag, den vierten Dezember, 15.30 Uhr, Bernhard-Göring-Straße 64, Raum 117, mündliche Verhandlung. Ein Verweis auf das Gesetz, persönliches Erscheinen Pflicht.

In drei Wochen also. Warum auch nicht, sie waren sich längst einig. Erika hatte die Trennungszeit zurückdatiert, und er hatte es kommentarlos hingenommen.

Er presste den Kiefer zusammen, dass seine Wangenknochen weiß hervorstachen. Der Schmerz trieb ihm Tränen in die Augen. Oder war es das dumme Herz?

An diesem Abend blieb Lissy im Futteral. Henne verspürte keine Lust auf Musik, kein Verlangen nach Zerstreuung. Er kroch zeitig unter die Bettdecke und leckte seine Wunden.

* * *

Am nächsten Morgen war von der Schönheitsbehandlung nichts mehr zu sehen. Ein griesgrämiger Henne verteilte widerwillig die mitgegebene Cremeprobe im zerknitterten Gesicht. Die Narbe stach wie üblich rot hervor. Daran konnte auch die Creme nichts ändern.

Während er sich einen Kaffee brühte, hörte er den Wetterbericht. Kalt und feucht, die Aussicht auf die nächsten Tage. Er nippte an der Tasse, verbrühte sich die Zunge und fluchte.

Mist, er hatte gekleckert. Nun musste er das Hemd wechseln, dabei hatte er gehofft, er konnte es noch einen Tag tragen. Die Waschmaschine war ihm nach wie vor rätselhaft, und allmählich sprengten die Kosten für die Schnellreinigung sein Budget, doch mit den frischen Kaffeeflecken auf dem hellen Stoff konnte er unmöglich im Büro aufkreuzen.

Er wühlte im Wäschekorb, zog ein dunkles Shirt hervor und roch daran. Gut, das würde gehen. Zum wer weiß wievielten Mal nahm er sich vor, am Abend die Bedienungsanleitung der Waschmaschine zu studieren. So konnte es schließlich nicht weitergehen. Noch besser wäre, er fände jemanden, der sich um seine Wäsche kümmern würde.

Als er das Dienstgebäude in der Dimitroffstraße betrat, erwog er Gitta zu fragen. Beim Blick auf ihre an diesem Tag blauschwarze Pagenfrisur unterließ er es jedoch lieber und suchte stattdessen Doktor Kienmann auf.

Der Bericht von Sinters Obduktion lag endlich vor, die Auswertung wartete. Kienmann kam gleich zur Sache. Die zahlreichen Messerstiche im Oberkörper des Toten ließen nur eine Deutung zu. Der Mörder musste förmlich im Rausch gewesen sein.

»Blutrausch?«

»Kommt vor«, dozierte Kienmann. »Manche Menschen unterdrücken Gefühle. Hass, Neid, Eifersucht – du ahnst nicht, welche Kraft dahinter steht. Wenn die ausbricht, ist alles zu spät.«

»Vergiss nicht die Typen, die ihre Opfer quälen, um sich zu befriedigen.«

Kienmann schüttelte den Kopf. »Sinter hat die vielen Stiche nicht mehr gespürt. Der war bereits beim ersten tot.«

»Wie viele?«

»Die genaue Anzahl ist nicht auszumachen, die Leiche ist zu sehr verkohlt, aber die Spuren an Rippen und Knochen, dort, wo das Messer entlang geschrammt war, sagen genug. Und noch etwas: An der unversehrten Hand der Leiche finden sich keine Hinweise, dass sich Sinter gewehrt hat. Weder Fasern, noch fremde Hautpartikel.«

»Das heißt, er wurde überrumpelt. Vermutlich hat er seinen Mörder gekannt.«

Henne kraulte sich den Kinnbart. Wer war der Mörder? Der Mann in heller Kleidung mit den blank geputzten Schuhen? Ein Gedanke schoss ihm durch den Kopf. Mantel, Hose, Schuhe, alles in hellen Farben. Blut hinterlässt Spuren, erst recht bei einer Metzelei wie dieser.

Knopp. Der hatte den Messermann fliehen sehen. Der Pennbruder wusste vielleicht mehr, als er zugegeben hatte.

»Finde die Kleidungsstücke, dann hast du den Mörder«, sagte Kienmann.

So einfach war das also. Na bitte, Herr Oberkommissar.

* * *

»Ich kann dir den Stoff nicht umsonst überlassen.« Julia beförderte das Päckchen zurück in ihre Tasche.

»Nur noch dieses Mal«, bettelte Anja. »Die Welt ist so kalt, so öde. Ich muss etwas ziehen, sonst werde ich verrückt.«

»Kokain ist teuer, Anja. Ich hab kein Geld, um dich zu versorgen.«

»Ich bezahle dich. Sag, was du willst«, flehte Anja.

»Darum geht es doch gar nicht. Ich will nicht, dass du süchtig wirst.«

»Ausgerechnet du gibst die besorgte Freundin?« Anjas weinerliche Stimmung schlug in Aggression um. »Wer hat mich denn erst auf den Trichter gebracht. Erst die Joints, ganz harmlos, kleine Freudenspender, dann ab und zu eine Nase, bis es immer mehr wurde. Und nun? Verdammt, ich brauch das Zeug!«

»Ich habe die Sache im Griff, du nicht. Du wirst kaputt gehen«, warnte Julia.

»Es ist zu spät, Julia. Gib mir endlich den Stoff, was er auch kosten mag.«

Zögernd zog Julia das Tütchen hervor. »Aber es ist das letzte Mal, versprochen?«

Anja nickte, ihre weit aufgerissenen Augen saugten sich an dem Pulver fest. Mit geübten Handgriffen legte Julia eine Spur, rollte einen Geldschein zusammen und reichte ihn der Freundin. Anja beugte sich vor und zog den Stoff geräuschvoll durch die Nase. Dann lehnte sie sich zufrieden zurück. »Lass uns in die Stadt gehen«, schlug sie vor. »Ich will leben, auch ohne Klaus.«

Während sich Julia ebenfalls einen Muntermacher gönnte, trällerte Anja frohgemut vor sich hin. Sie tänzelte zum Kleiderschrank und musterte mit leicht gekräuselter Nase die Auswahl. Sie entschied sich für einen kurzen Jeansrock und ein knallrotes Oberteil. Dazu die langen, weißen Stiefel, die ihre Beine besonders gut zur Geltung brachten.

»Na?« Sie drehte sich vor Julia im Kreis.

»Entzückend«, gestand die Freundin. Ein wenig neidisch nahm sie zur Kenntnis, dass Anja der Traum aller Männer war. Derer zumindest, die auf zarte, blonde Wesen standen und das waren die meisten. Aber es gab auch einige, die Handfesteres bevorzugten.

Julia drückte die Schultern nach hinten, schob den ansehnlichen Busen im Dreieck des tiefen Ausschnittes ihres Pullis zurecht. Sie hatte durchaus reizende Kurven zu bieten. Wenn Anja das Engelchen war, so war sie das Vollweib. »Gehen wir?«, fragte sie.

Ihr erstes Ziel war die Eisbar in einem der Gründerzeithäuser am Marktplatz. Der Betreiber, ein junger Italiener, begrüßte sie enthusiastisch. Die Mädchen sonnten sich im Redeschwall der Komplimente, eines schwülstiger als das andere. Südländisches Feuer eben. Landen konnte der schwarzhaarige Schönling bei ihnen nicht. Nach einem Milchkaffee, auf Kosten des Hauses – was sonst – machten sie sich zur angesagtesten Disko der Stadt auf. Das ›Lollibolli‹. Ehemals ein unscheinbares Werkstattgebäude war es im letzten Jahr zum Szenetreff mutiert. Kunstvolle Graffiti an den Mauern, farbige Lichtkleckse überall, die besten DJs der Stadt und kostenlose Drinks für die Damen. Kein Wunder, dass der Laden brummte. Jetzt allerdings war noch nicht viel los. Es war erst kurz nach neun und vor zehn kamen kaum Gäste.

Die Mädchen störte das nicht. Sie schlenderten zur Bar, platzierten sich auf den hohen Hockern und bestellten für den Anfang Wodka-Cola. Während sie an den Trinkhalmen saugten, taxierten sie die wenigen anwesenden Männer.

»Hoffentlich steigert sich das Angebot«, maulte Julia.

»Ist doch noch viel zu früh!« Anja, in Hochstimmung, wedelte mit dem leeren Glas. Der Keeper brachte Nachschub.

»Du hast ja einen ganz schönen Zug drauf.« Julia schielte zu Anja hinüber.

Die zuckte mit den Schultern. »Trockene Luft, mein Hals kratzt, die Nase auch. Vielleicht werde ich krank.«

»Das kommt vom Stoff, Schniefen ist schlecht für die Schleimhäute.«

»Ach was, sei kein Trauerkloß! Heute wollen wir feiern.«

»Haben wir einen Grund?«

»Na hör mal, ist das Leben nicht Grund genug? Ich bin seit langem wieder froh und zufrieden. Ich glaube, die dunkle Zeit ist endlich vorbei.« Anja kicherte.

Eine Stunde später hatte die Wirkung des Kokains nachgelassen und der graue Alltag hatte Anja wieder. Das Licht war zu grell, die Musik zu laut, die Wodka-Cola schmeckte scheußlich. Anja hätte am liebsten geheult. Sie saß allein an der Bar, Julia war längst mit einem Typen im Tanzgetümmel verschwunden. Ab und zu erhaschte Anja einen Blick auf die beiden, dann sah sie schnell weg. Es ekelte sie an, wie Julia dem Kerl schöne Augen machte und sich begrapschen ließ, als wolle sie es gleich auf der Stelle mit ihm treiben. Julia, die angebliche Freundin. Wieso kümmerte die sich nicht um sie? Anja schniefte.

»Traurig?« Ein kräftig gebauter Mann schob sich neben Anja und stieß mit seinem Glas an ihres. Der hohle Ton schmerzte in Anjas Ohren.

»Ich bin Olaf.« Der Mann prostete ihr zu, sie griff nach der Cola und nickte gleichgültig.

»Ich sehe schon, du brauchst Gesellschaft.« Unbekümmert schwafelte Olaf weiter, laberte von sich, seinem Job, der Musik und Tanz. Anja hörte kaum zu. Sie wünschte, er würde einfach verschwinden.

Olaf tat nichts dergleichen. Im Gegenteil, er rückte näher. Sein heißer Atem streifte Anjas Ohr: »Ich hab etwas, das dich in Stimmung bringt.« Ein Tütchen tauchte wie von Geisterhand auf und verschwand gleich darauf blitzschnell in Olafs Faust. »Interessiert?«

Anja blinzelte. Olaf sah wie durch ein Wunder plötzlich sehr sympathisch aus. »Was soll es denn kosten?«

»Kein Geld jedenfalls, davon habe ich genug. Es gibt andere Währungen, in denen ein hübsches Ding wie du zahlen kann.« Olafs Zunge schnellte vielsagend über seine Lippen.

»Ich bin nicht so eine.«

»Natürlich nicht, du hast Klasse. Ich habe mich gleich in dich verguckt. Deshalb kannst du die Line ja auch kostenlos ziehen«, lenkte Olaf ein und schob Anja den Stoff in die Tasche.

Anja überlegte nicht lange und verschwand in den Toilettenräumen. Wieder zurück strahlte sie Olaf an. Ein netter Typ, er hatte ihr geholfen. Sie ließ zu, dass er den Arm um ihre Taille legte. Das Streicheln der Finger erregte sie. Sie trank die Wodka-Cola in einem Zug aus und bestellte eine neue.

»Was hältst du davon, wenn wir zu mir gehen? Ich habe zu Hause jede Menge von den schönen Tröstern, auch für dich.« Olaf drängte Anja zur Tür. Bereitwillig hakte sie sich bei ihm ein, so ein Angebot konnte man schließlich schlecht ausschlagen. Sie sah weder, dass der Türsteher Olaf verstehend zublinzelte, noch bemerkte sie Olafs schmutziges Grinsen. Sie war glücklich und zufrieden.

Als Anja am nächsten Morgen erwachte, dauerte es eine Weile, ehe sie sich zurechtfand. Böse kleine Männer hämmerten in ihrem Kopf einen wilden Marsch und damit nicht genug, schienen sie über Nacht unzählige Reißnägel in ihrer Kehle platziert zu haben. Jeder Gedanke fiel schwer. Sie tastete nach der Wasserflasche neben dem Bett. Das Schlucken kostete sie ungeheure Überwindung. Mühsam hob sie die Lider und drehte den Kopf. Das Hämmern steigerte sich zu einem Inferno. Nach geraumer Zeit nahm sie den schnarchenden Fleischberg neben sich wahr.

Erschrocken fuhr sie hoch. Der rasende Kopfschmerz machte das Denken schwer. Sekundenlang starrte sie auf den schlafenden Mann. Ihr Blick saugte sich an seinen beim Ein- und Ausatmen zitternden Nasenhaaren fest. Ekel stieg in ihr auf. Sie musste weg, so schnell wie möglich.

Vorsichtig stupste sie Olaf an. Der grunzte, wälzte sich auf die Seite und schlief weiter. Mit fliegenden Händen raffte sie ihre Sachen zusammen und schlich ins Badezimmer. Olafs gieriger Körper war das Letzte, was sie an diesem Morgen ertragen konnte. Hastig zog sie sich an. Als die Wohnungstür kaum hörbar hinter ihr zuschnappte, atmete sie erleichtert auf.

Die Straße war leer, wie ausgestorben. Anja sah auf die Uhr. Kurz vor sieben, Sonnabendmorgen. Deshalb also war noch kein Mensch unterwegs. Sie fror und zog den Mantel enger um den Körper, dann setzte sie sich in Bewegung. Bloß weg von hier, nach Hause. Dort, in ihrem eigenen Reich würde es ihr bestimmt gleich besser gehen. Zuerst würde sie eine Tablette nehmen, dann würde sie baden und sich anschließend in ihr Bett kuscheln. Die beste Medizin, um die vergangene Nacht so schnell wie möglich zu vergessen.

* * *

Als Julia am zeitigen Abend auftauchte, war Anja tatsächlich in ausgezeichneter Verfassung. Sie schnipselte Gurken und Tomaten zu einem Salat, schnitt Brot und Käse und lud Julia zum Essen ein.

»Wo bist du gestern nur abgeblieben?«, wollte Julia wissen.

»Das Gleiche könnte ich dich fragen«, wich Anja aus.

»Ich hab jemanden kennengelernt, netter Junge, lief aber nichts. Er hat mich zu Hause abgesetzt und ist verschwunden, dieser Dummkopf. Und du?«

»Ich hab auswärts übernachtet.«

»Komm schon, spann mich nicht auf die Folter.«

»Da gibt es nicht viel zu erzählen.« Anja blieb einsilbig.

»Das kannst du mir nicht weismachen. Da pennst du nach Wochen der Abstinenz mal wieder mit einem Kerl und willst nicht darüber reden? Sind wir nun Freundinnen oder nicht!«

»Also gut!« Anja gab nach. »Er heißt Olaf und ist eigentlich nicht mein Typ. Zu dick. Nacken und Arme wie bei einem Anabolika-Junkie, fette Goldkette und protzige Uhr. Er fährt einen Porsche.«

Julia wurde blass. »Doch nicht etwa Olaf Buhrke?«

Anja sah das Namensschild an der schmucklosen, weißen Wohnungstür vor sich. Olaf H. Buhrke. »Doch, ich glaube schon«, antwortete sie.

»Mensch Anja, lass dich bloß nicht mit dem ein! Der ist ein Zuhälter, ein mieses Schwein. Der fackelt nicht lange, wenn ihm etwas gegen den Strich geht. Wirst du ihn etwa wieder sehen?«

Anja schüttelte den Kopf. Sie sah Julia nicht an. Sie dachte an das Kokain, das Olaf Buhrke freigiebig vor ihr ausgebreitet hatte. Sie hatte sich bedient. Wie oft, daran konnte sie sich nicht mehr erinnern. An die Wirkung schon. Die Lebensfreude, die Euphorie. Gar nicht so übel, fand sie jetzt und verstand nicht, dass sie noch am Morgen die Nacht am liebsten aus ihrem Gedächtnis gestrichen hätte. Dass sie dafür Fleischklops Olaf ertragen musste, schien ihr ein geringer Preis.

11. Kapitel

Vom Flur her näherten sich Schritte. Kristof Keller knallte die Schublade an Hennes Schreibtisch zu und hastete zu seinem eigenen Platz.

Als Henne das Zimmer betrat, saß er mit tief gebeugtem Kopf über dem Ordner mit der viel versprechenden Aufschrift ›Klagen‹, den Henne am Vortag aus dem Schrank genommen und vor ihn hingelegt hatte. Zur Prüfung, wie er gemeint hatte. Auf Erklärungen hatte der Jungpolizist vergeblich gewartet. Dabei hatte er sich so viel vom großen Henne versprochen, der aber kümmerte sich nicht um ihn. Wie sollte er da etwas lernen? Wie Hennes berühmt-berüchtigte Erfolgsmethoden studieren?

Der unmögliche Kommissar war selbst schuld, wenn Kristof Keller andere Wege suchte, um auf der Karriereleiter nach oben zu steigen. In seiner Familie gab es keine Versager. Das würde Gerhard, sein Vater, dessen Anwaltspraxis weit über die Stadtgrenzen hinaus bekannt war, niemals dulden. Kristof durfte ihn nicht enttäuschen. Das schlechte Gewissen verschwand.

»Schon etwas gefunden?«, fragte Henne beiläufig, ohne die Antwort abzuwarten und Kristof, der bereits angesetzt hatte, schluckte gekränkt.

Henne hingegen, das Ohr am Telefonhörer, traktierte die Mitarbeiterin der Bornaer Meldebehörde am anderen Ende der Leitung mit Anweisungen. Zugriff auf Meldedaten, vollständig bitte, ausführliche Angaben, selbstverständlich auch alte Dateien. Dachte sie etwa, er spaße?

Keller lauschte und sah schnell weg, als Henne genervt abbrach.

»Scheiß Datenschutz!« Der Kommissar zerrte seine Lederjacke vom Haken. »Bin noch mal weg«, knurrte er, dann war Kristof Keller allein. Zeit, um sich das Notizbuch, das Henne neben dem Telefon vergessen hatte, anzuschauen. Auf eine solche Gelegenheit hatte er geradezu gewartet. Niemand würde ihn stören. Hagen Leonhardt würde bis zum

Abend im Stadtarchiv beschäftigt sein und Ralf, der andere Beamtenanwärter, hatte sich vor drei Tagen krank gemeldet.

* * *

Henne kämpfte sich derweil in seinem Ford durch den zähfließenden Verkehr der Innenstadt. Das Weihnachtsgeschäft hatte begonnen. Jedes Jahr zeitiger, wie Henne fand. Dementsprechend waren viele Leute unterwegs, vor allem ältere. Dachten wohl, bis Dezember wären die Waren ausverkauft, so wie früher, zu der Zeit, als Deutschland noch zweigeteilt war und in der hiesigen Hälfte sozialistische Mangelwirtschaft herrschte.

Er hupte. Ein klappriger Trabant – im Volksmund Pappschachtel genannt – hatte mitten auf der Straße gehalten. Der Fahrer lief ums Auto und half einer fülligen Oma vom Beifahrersitz. Warum konnten die Leute nicht rechts ran fahren?

Henne hupte erneut, diesmal länger. Der Fahrer zeigte auf das Rollstuhlzeichen an der Rückscheibe, tippte sich vielsagend an die Stirn und stiefelte mit bösem Blick zurück auf die Fahrerseite. Während sich der Mann in aller Ruhe in die Pappe schob, sah Henne das Omchen zielstrebig auf das nächste Geschäft zusteuern. Ein Bastkorb schwang im Takt ihrer forschen Schritte hin und her. Die und behindert, dachte Henne böse. Die behindert höchstens den Verkehr! Das Wortspiel gefiel ihm und sein Zorn verrauchte so schnell, wie er gekommen war. Weihnachtszeit, friedliche Zeit – auch wenn es bis dahin noch einige Wochen waren.

In Borna wartete er geduldig, bis der Revierleiter Zeit für ihn hatte. Ein neuer Brand hielt alle Beamten in Atem, da kam ein Fragen stellender Oberkommissar aus der Nachbarstadt ungelegen. Schließlich waren die wichtigsten Dinge geklärt, und Polizeirat Maiwald lotste Henne durch den Dienststellentrubel in sein Büro.

Maiwald war ein drahtiger Mittfünfziger mit hoher Stirn und klugen Augen hinter einer randlosen Brille.

»Kaffee?« Er setzte Hennes Einverständnis voraus und füllte zwei Tassen.

Henne griff dankbar zu.

»Was gibt es?«, wollte Maiwald wissen.

»Der Mord in der Frankenberger. Dieser Zeuge, Gerald Knopp, hat am Tattag einen Mann beobachtet, gut gekleidet, vornehm vielleicht, zumindest Oberschicht. Jemand, der sich von dem Volk, das im Umkreis der Frankenberger herumlungert, abhebt, einer, der auffällt. Ich frage mich, wo ich ansetzen kann, um einen solchen Mann zu finden.«

»Ein Bornaer?«

»Keine Ahnung.«

Maiwald stand auf, ging zu dem an der gegenüberliegenden Wand hängenden Stadtplan und zog einen imaginären Kreis um einige Straßenzüge.

»Hier.« Sein Zeigefinger piekte in die Mitte. »Das Waldviertel. Die beste Gegend, die Borna zu bieten hat.«

Henne trat neben den Polizeirat und entzifferte die Straßennamen. »Eichenweg, Bucheckersteig, Holunderpfad. Idyllisch.«

»Hauptsächlich alteingesessene Familien, nur wenige Zuzüge.«

»Können Sie mir eine Übersicht verschaffen?«

Maiwald kratzte sich am Kopf. »Wird schwer werden. Unser Meldeamt ...«

»Ich weiß, ich hatte bereits das Vergnügen. Deswegen brauche ich ja Ihre Hilfe. Allein komme ich nicht weiter.«

»Mir fällt schon etwas ein«, versprach Meiwald. »Was interessiert Sie sonst noch?«

»Der Tote, Peter Sinter, ist der schon einmal aufgefallen?«

Maiwald schüttelte den Kopf. »Erkennungsdienstlich ist er sauber.«

»Das Rauschgift in der Wohnung deutet auf einen Händlerring hin«, hakte Henne nach.

»Ihnen muss ich wohl kaum sagen, dass nicht alle Dealer erwischt werden. Die Dunkelziffer ist extrem hoch.«

»Nichts für ungut, ich dachte nur, vielleicht hat die Drogenfahndung gegen ihn ermittelt.«

»Davon weiß ich nichts, aber das hat nichts zu sagen. Die Kollegen arbeiten streng geheim. Meistens erfahren wir als Letzte von ihren Maßnahmen.« Maiwald schrieb einen Namen samt Telefonnummer auf einen Klebezettel. »Hier, Anton Stegmüller, Leiter der mobilen Kontrollgruppe. Fragen Sie den.«

Henne steckte den Zettel ein, dann fuhr er zum Hauptzollamt. Er hatte Pech, Stegmüller war im Einsatz. Wann er wiederkäme, wollte er wissen. Der Diensthabende hob ratlos die Schultern. Morgen vielleicht oder übermorgen. Grenzüberwachungen dauerten halt.

Henne folgte der Ausschilderung zum Neubaugebiet. Vorsorglich stellte er den Ford in einer gut befahrenen Hauptstraße ab. Das fehlte noch, dass ihm der Wagen gestohlen wurde.

Er schlenderte die Plattenbauten entlang, querte Durchgänge und verwilderte Grünflächen. An fast jeder Ecke lungerten verdächtige Typen herum. Henne gab sich das Bild eines harmlosen Besuchers, nickte freundlich und lächelte beruhigend.

Er bog in die Frankenberger ein. Ein verwahrlost aussehender Jugendlicher lümmelte auf einer kaputten Bank. Henne zeigte auf das rußgeschwärzte Haus, auf Sinters Fenster. »Muss ja ganz schön gewütet haben, das Feuer«, meinte er.

Der Junge nuckelte an seiner Bierflasche und rülpste. »Keine Ahnung, Alter. War nicht dabei.«

»Schade.« Henne kramte in der Hosentasche und zog langsam einen Fünfer hervor. »Nichts gesehen oder gehört?«

Der Junge schielte auf den Schein. »Was soll'n der Scheiß? Ich lass mich doch nicht von 'nem Kanaken bestechen.«

Hennes Hand schnellte vor und packte den Burschen an der Kehle. Er zog ihn ganz nah an sich heran, bis sich die Nasen berührten. »Merke auf, mein Junge. Kanaken sind angenehme Menschen, aber wehe, man reizt sie.«

»Schon gut«, stammelte der Junge erschrocken, und Henne ließ ihn los.

»Was ist nun? Hast du etwas gesehen?«

Der Junge zog seine Jacke zurecht. »Musste weg. Die haben gesagt, wer in der Gegend angetroffen wird, bereut es für den Rest seiner Tage. Die haben es ernst gemeint, Alter.«

»Die?« Henne tauschte den Fünfer gegen einen Zehner.

Der Blick des Jungen huschte die Straße entlang, nach rechts, links, dann blieb er an Hennes Hand hängen. »Kenne die nicht, hab sie noch nie gesehen. Vier Glatzen in voller Montur, Bomberjacken, Springerstiefel, Klappmesser und der ganze Scheiß.«

»Danke trotzdem.«

Der Schein wechselte seinen Besitzer, und Henne stiefelte auf Sinters Haus zu.

»Wo soll es denn hingehen, Alter?«, rief ihm der Junge nach.

Henne drehte sich um. »Ich hab da einen Bekannten, den Knopp.«

»Den Penner gibt es nicht mehr.«

Henne kam zurück. »Was?«

»Der ist gestern gestorben. Jemand hat irgend so ein Scheiß-Amt informiert, die haben ihn abgeholt.«

Nachdenklich lief Henne zu seinem Auto. Knopp tot. Ein weiterer Fall für die Rechtsmediziner. Die fragten sich vermutlich schon, ob Oberkommissar Heinrich Heine einen Pakt mit dem Tod geschlossen hatte. Hauptkassierer August, Hausmeister Krüger, Sonnenbrillenmann Sinter und nun der verlotterte Knopp. Die vierte Leiche in knapp fünf Wochen. So viele Morde hatte es im gesamten letzten Jahr nicht gegeben.

* * *

Gerlinde Bauer fühlte sich nicht wohl. Sie war uneins mit sich und der Welt, innerlich zerrissen.

Hans Turnau gab sich alle Mühe. Er lud sie fast täglich zum Essen ein und führte sie in Ausstellungen und Museen. Sogar in der Oper waren sie. Schwanensee, das russische Ballett. Obwohl sie Tschaikowsky mochte, hatte ihr die Inszenierung nicht gefallen. Statt dass wie allgemein üblich die Liebenden Odette und Siegfried glücklich zusammenfinden, hatte der Choreograph den Prinzen sterben lassen. Es hatte sie an Klaus erinnert, der dunkle Schatten ängstigte sie!

Sie schauderte.

Energisch schob sie die Vergangenheit beiseite. Jetzt hatte sie Hans, den feinsinnigen Kunstverständigen, den Feinschmecker, den Weitgereisten. Sie war doch wohl zufrieden!

Noch hatte sie sich ihm nicht hingegeben, noch sollte er zappeln. Wenn er es tatsächlich ernst mit ihr meinte, würde er warten. Doch wollte sie das auch? Gestern Abend hatte sie das erste Mal länger als sonst in seinen Armen gelegen. Beim innigen Kuss war das Verlangen in ihren Schoß geschnellt. Es hatte sie überrascht und verlegen gemacht, und sie hatte sich brüsk von Hans befreit. Er hatte nicht gefragt, er war verständnisvoll wie immer gegangen. Das Kribbeln, das Sehnen jedoch war geblieben. Bis in den Morgen hinein hatte sie aufgewühlt in sich hinein gehorcht und gegrübelt und letztendlich entschieden, dass sie richtig gehandelt hatte.

Ja, sie war zufrieden. Die verdammte Stimme in ihrem Kopf sollte endlich Ruhe geben!

Sie nahm einen Schluck vom frisch gebrühten Tee. Das Bild des lachenden Klaus August konnte sie damit nicht vertreiben. Es verzerrte sich zu einer teuflischen Fratze, höhnte und frohlockte.

»Verschwinde!«

Das Wort prallte an der Küchenwand ab und schwirrte wie ein Bumerang durch den Raum. August zerfiel in eine wabernde Nebelwolke.

Gerlinde Bauer stieß einen unterdrückten Schrei aus. Sie zitterte und musste sich beherrschen, nicht die Flucht zu ergreifen. Sie stierte auf die Wand. Erst als sie sicher war, dass sie bloß Gespenster gesehen hatte, fiel die Spannung von ihr ab. Völlig ausgepumpt ließ sie den Kopf auf die Tischplatte sinken und weinte bitterlich.

Pünktlich zwanzig Uhr schellte Hans an der Tür. Sie warf einen prüfenden Blick in den Spiegel. Sie hatte die Augenringe mit Make-up übertüncht. Es hatte eine Weile gedauert, bis sie zurechtgekommen war. Sie schminkte sich sonst nie, doch an diesem Abend wollte sie schön sein. Sie wollte im Feuer des Bauunternehmers brennen. Der quälende August-Spuk sollte ein für allemal vertrieben werden.

Mit aller Willenskraft zauberte sie ein Lächeln auf die rot bemalten Lippen und öffnete.

Hans Turnau übersah geflissentlich das mehr als großzügig verteilte Rouge, das kreisrunde Flecken auf ihren Wangenknochen bildete. Ganz Gentleman beugte er sich über ihre Hand und ließ die gespitzten Lippen darüber verharren, ohne sie zu berühren.

»Komm herein«, bat Gerlinde. »Ich hole schnell meine Jacke.«

Das Du kam wie selbstverständlich. Vor zwei Tagen hatte Hans die Gelegenheit genutzt und bei einem Schoppen ›Beaujolais Primeur‹ gemeint, es wäre an der Zeit, die Förmlichkeiten beiseite zu lassen. Gerlinde hatte an ihrem Glas genippt, hatte die Frische des Rotweines geschmeckt und ohne zu zögern zugestimmt. Man war nur einmal jung, genau wie der Wein. Hans hatte erfreut angestoßen, auch wenn seiner Meinung nach eine blasse Mittdreißigerin mitnichten jung zu nennen war. Doch das hatte er für sich behalten.

Gerlinde verschwand im angrenzenden Schlafzimmer. Hans sah sich um. Dunkler Plüsch, abgewohnt, erdrückende Möbel. Grauenvoll.

Gerlinde tauchte mit einem dünnen Wollschal um den Hals und einer hellen Jacke über dem Arm wieder auf.

»Schön hast du es.« Hans zeigte in die Runde und strahlte sie an.
Später, auf der Fahrt zu der kleinen Pension im Elbsandsteingebirge, fragte er nach ihrer Familie.
Keine Angehörigen, aha. Der Vater? Auf Nimmerwiedersehen aus dem Dorf verschwunden. Traurig, kein Rückgrat der Mann. Die Mutter? Freitod, in den besten Jahren, der Liebe wegen. Welch ein Unglück. Hans verbarg ein Grinsen.

* * *

»Ich möchte bloß mal wissen, was du damit anfangen willst«, fragte Leonhardt.
»Lass hören, dann kann ich deine Frage vielleicht beantworten.«
»Viel ist es ohnehin nicht.« Leonhardt schob Henne einige Computerausdrucke zu. »Also: Rita Rauchfuß, genauer Rita Ingelore Kerbel wurde am 25. August 1957 in Leipzig geboren. Sie blieb das einzige Kind von Ingelore Bertha geborene Müller und Willy Herbert Kerbel. Die Eltern starben 1958 bei einem Verkehrsunfall, und Rita wuchs bei den Großeltern väterlicherseits auf. Ein Jahr später starb die Großmutter. Das Kind sollte in ein Heim, doch der alte Kerbel hat sich vehement dagegen gewehrt. Mit Erfolg, Rita durfte bei ihm bleiben. Kinder- und Jugendzeit verliefen unauffällig, von den Eskapaden des Alten mal abgesehen.«
»Die wären?«
Leonhardt reichte Henne einen weiteren Ausdruck. »August Otto Kerbel, während des Krieges engagierter Heeresbeamter, konkret Stabsapotheker der Wehrmacht, nach der Rückkehr aus französischer Kriegsgefangenschaft Gründung der Lindenapotheke. Bis 1958 immer wieder volksfeindliche Hetze, in der Apotheke, auf der Straße, bei Bekannten. Erst nachdem Rita in seine Obhut kam, war damit Schluss.«
»Tatsächlich?«
»Na ja, es ist lange her. Seine Akte jedenfalls enthält seitdem keinen neuen Eintrag.«
»Apotheker.« Henne grübelte. »Ein Apotheker kennt sich gewiss mit Giftpflanzen aus. Womöglich hat er die kleine Rita an seinem Wissen teilhaben lassen.«
»Es gibt viele Apotheker. Reiner Zufall, dass einer in ihrer Verwandtschaft war.«

»Möglich«, stimmte Henne zu. »Warst du schon einmal in Tirol?«

»Komische Frage.«

»Tirol und die Tiroler Obstbrände. Obstler und Zufälle haben eines gemein. Ich vertrage nur eine bestimmte Menge davon und zu viele lassen mich kotzen.«

»Schön, dann ist es eben kein Zufall, aber weiter: Nach der Schulzeit ging Rita nach Berlin und studierte an der Humboldt-Universität. Die Mathematisch-Naturwissenschaftliche Fakultät verfügt über ein Biologie-Institut.«

»Schau an, noch ein Zufall, was?«

»Rita blieb nicht lange. Sie lernte Kurt Rauchfuß, damals Inhaber der Didaktikprofessur, kennen, heiratete ihn und widmete sich fortan dem Professorenhaushalt. Der Gatte erlitt bald darauf einen Schlaganfall, von dem er sich nie erholte. Er starb 1980. Mit dreiundzwanzig war Rita Rauchfuß Witwe. Sie kehrte nach Leipzig zurück und dank Großvaters Beziehungen fand sie einen Job bei der Stadtverwaltung. Ehrgeizig arbeitete sie sich im Laufe der Jahre stetig empor. Seit fünf Jahren ist sie die Leiterin der Kasse.«

»Hagen, Hagen, Hagen.« Henne rieb sich vergnügt die Hände. »Überleg doch mal! Klaus August wurde vergiftet, und seine Chefin, eine Person, die wohl bemerkt jederzeit an ihn heran konnte, kennt sich mit Gift aus.«

»Henne, Henne, Henne«, äffte Leonhardt den Kommissar nach. »August wurde nicht nur vergiftet, sondern auch erschlagen. Außerdem kann laut Kienmann jeder dieses Stechapfelgift verabreichen, das im Fall August ohnehin nur gewirkt hat, weil er einen Herzfehler hatte. Und davon wusste nach unseren Erkenntnissen niemand. Aber das Wichtigste ist immer noch, welches Motiv sollte Rita Rauchfuß haben? Schließlich verliert sie ihren besten Mitarbeiter.«

»Eine Spur ist eine Spur«, lächelte Henne salomonisch. Die Rauchfuß würde sich seinen Fragen stellen müssen. Morgen. Heute warteten Elvira und das Orchester. Diesmal musste er hin. Schlimm genug, dass er die letzten zwei Proben versäumt hatte.

»Sieh zu, dass du etwas über Gerlinde Bauer herausfinden kannst«, sagte er und zeigte auf den Computer. »Elternhaus, Ausbildung, Hobbys und so weiter. Und dann vergiss Augusts Hausarzt nicht!« Auf Leonhardts genervten Blick hin setzte er hinzu: »Das war deine Idee, nicht meine.«

»Aber Schuster ...«

»Der weiß nichts davon. Also besser, du hältst den Mund.«

»Und wenn er fragt?«

»Wird er schon nicht. Und wenn doch, dann sagst du, du hast den Auftrag von mir.«

* * *

Henne entschied sich für den Stadtring – trotz des dichten Verkehrs die schnellste Verbindung zwischen Polizeidirektion und Gymnasium. Er wollte auf keinen Fall zu spät kommen.

Zum Glück erwischte er einen freien Platz, parkte den Ford und eilte zur Aula hinauf. Die Kakophonie der sich einspielenden Musiker war schon im Treppenhaus zu hören. Elvira war also da. Er verspürte einen leichten Stich im Herzen.

Kaum in der Aula, nahm er seinen Platz ein. Erstaunt blickte er auf, als sich ein dunkelhäutiger Mann neben ihn setzte. Wäre er ein wenig heller und von kräftigerer Statur gewesen, hätte er sein Spiegelbild sein können. Schon wollte er fragen, ob er ihn verarschen wollte, doch plötzlich dämmerte es ihm. »Anibal Dominego, stimmt's?« Er streckte die Hand aus.

Anibal schlug zögernd ein. »Sie sind also der Neue. Sie sollen gut spielen, man lobt sie.«

»Halb so wild«, wehrte Henne ab. »Zu zweit werden wir besser sein. Schön, dass Sie wieder auf dem Damm sind. Elvira, ich meine Frau Sommer, hat mir von Ihrem Unfall berichtet. Üble Sache. Wurden die Täter wenigstens gefunden?«

Anibals Gesicht verschloss sich. »Ich möchte nicht darüber reden.«

Hennes Antwort ging im Klang der einsetzenden Trompeten unter. Die Probe hatte begonnen.

Hennes Blick wanderte zu Elvira, er wartete auf seinen Einsatz. Noch mehr allerdings wartete er auf ein Lächeln von ihr. Elvira hatte in den Noten gekramt und nicht aufgeschaut, als er Platz genommen hatte. Er hatte keine Gelegenheit gehabt, sie zu begrüßen. Irgendwie hatte er auch jetzt das Gefühl, dass sie seinen Blicken auswich. Mit ernster Miene schlug sie den Takt. Oboen, Flöten, Klarinetten, das Horn. Dann das Zeichen für die Saxophone – flüchtig, ausweichend, ganz und gar nicht Elviras Art.

In der Pause schob sich Henne zu ihr hinüber und fasste ihren Arm. Elvira zuckte zusammen.

»Was ist los?«, fragte er.

Sie machte sich frei und senkte den Kopf. »Ich habe auf dich gewartet.«

»Jetzt bin ich da, du weißt doch, der Job.«

»Genau, der Job, der auch. Ich habe gedacht, ich komme damit klar.«

»So ist das also!« Henne schluckte.

»Nein, so ist es nicht! Es überrollt mich einfach. Ich brauche Zeit.«

»Zeit? Wir sehen uns höchstens zweimal in der Woche, und das ist dir zuviel?«

»Darum geht es doch gar nicht! Du bedrängst mich, du lässt mir keine Luft.«

»Wie soll ich denn das nun wieder verstehen? Habe ich jemals etwas gegen deinen Willen getan? Habe ich dich gezwungen?«

Elvira machte eine hilflose Handbewegung. »Bitte, Heinrich, lass mich!«

In Henne gärte es. Er verstand die Welt nicht mehr. Wortlos drehte er sich um, verstaute Lissy mit wütenden Griffen im Instrumentenkoffer und steuerte auf den Ausgang zu. Er wartete, dass Elvira einlenken würde. Vergeblich. Einen letzten Funken Hoffnung im Herzen wendete er im Hinausgehen den Kopf. Was er sah, traf ihn wie ein Keulenschlag. Anibal Dominego stand eng bei Elvira und hatte besitzergreifend den Arm um sie gelegt.

Enttäuscht knallte er die Tür hinter sich zu und rannte die Treppen hinab. Zeit, Zeit, Zeit dröhnte es bei jeder Stufe. Elvira, nie Klagen, wenn er Verabredungen absagte oder zu spät kam. Immer verständnisvoll. Er lachte bitter. Elvira wollte plötzlich Zeit. Wofür eigentlich? Um sie mit diesem Puerto Ricaner zu verbringen? Was sonst sollte sie bedeuten, diese Forderung, so völlig überraschend, so endgültig.

Leonhardt schaute erstaunt auf, als Henne ins Büro stürmte.

»Fällt die Probe aus?«

»Lass mich bloß damit in Ruhe«, fauchte Henne und verschanzte sich hinter dem Ordner, den Kristof Keller mitsamt Bericht auf dem Schreibtisch hinterlassen hatte. Eine Weile war nur das Rascheln der Seiten zu hören.

»Kaffee?« Leonhardt winkte mit der Kanne.

Henne knurrte etwas, das sowohl Zustimmung als auch Ablehnung sein konnte. Leonhardt ließ sich davon nicht beirren, schenkte ein und stellte die Tasse vor Henne ab. »So, nun trink und dann erzähl, welche Laus dir über die Leber gelaufen ist.«

Henne nahm einen Schluck, verbrannte sich die Zunge und hustete. Dankbar griff er nach der Wasserflasche, die ihm Leonhardt reichte. »Ich hätte dich warnen sollen, Kaffee ist heiß. Jedenfalls wenn ich ihn koche«, witzelte Leonhardt und erntete einen weiteren bösen Blick.

»Tu dir keinen Zwang an, raus mit der Sprache!«

»Elvira betrügt mich. Dieser Lehrerkollege, der Ausländer. Ich hab dir von ihm erzählt.«

»Der überfallen wurde?«

»Genau der. Dieses Früchtchen hat wohl nur darauf gewartet, bei Elvira zum Zug zu kommen. Die Mitleidstour hat gezogen.«

»Der Mann wurde zusammengeknüppelt, schwer verletzt. Vermutlich war er für jede Hilfe dankbar«, wandte Leonhardt ein.

»Sag mal, auf wessen Seite stehst du eigentlich?«

»Du brauchst gar nicht so zu fauchen. Ich bin dein Freund, das weißt du genau. Ich finde aber, du bist ungerecht. Vielleicht hat der Mann schon eher ein Auge auf deine Elvira geworfen, und jetzt ist die Zeit reif. Es kann durchaus sein, Elvira ist sich erst jetzt ihrer Gefühle bewusst geworden. So etwas kommt vor bei Frauen.«

»Was du nicht sagst, Herr Frauenversteher!«

»Spotte nur, ich weiß Bescheid. Meine Manuela hat eine Menge Freundinnen, heute sind sie himmelhochjauchzend verliebt, morgen stellen sie fest, es war doch nicht der Richtige.«

»Aber ausgerechnet Elvira!«

»Auch sie ist kein Engel. Was ist überhaupt aus dem Überfall geworden? Hat man die Schläger gefasst?«

Henne starrte missmutig vor sich hin. »Das wollte er mir nicht sagen, dieser Feigling.«

»Ich hab einen Freund beim Revier West in der Roßmarktstraße, dort liegt die Ermittlungsakte. Wenn du willst, höre ich mich um.«

»Tu, was du nicht lassen kannst.«

Leonhardt verlor keine Zeit. Er tippte ein paar Worte, ein Mausklick und schon war die Mail unterwegs. Kurz darauf trudelte die Antwort ein.

»Interessiert dich, was die Ermittlungen ergeben haben?«, fragte er in Richtung Ordner, hinter dem Henne erneut abgetaucht war.

»Ich kann es sowieso nicht verhindern.«

Leonhardt räusperte sich. »Es gab eine Vielzahl Verdächtige. Jugendliche, kaum älter als siebzehn. Ihr Anführer ist ein gewisser Norbert Turnau.«

Henne holte scharf Luft. »Der Name sagt mir etwas.«

»Turnau lernt am bewussten Gutenberg-Gymnasium, er macht im Frühjahr sein Abitur. Die Lehrer beschreiben ihn als intelligenten, wissbegierigen Jungen. Schenkt man seinen Mitschülern Glauben, ist er eher unauffällig, angepasst. Ein Mitglied seiner – sagen wir mal – Gang, hat jedoch ein völlig anderes Bild von ihm gezeichnet: rechtsradikal und brutal.«

»Das würde passen.«

»Es gibt keine Beweise. Das Opfer, der Puerto Ricaner, könnte ihn eventuell überführen, doch ausgerechnet der schweigt wie ein Grab.«

»Turnau!«, grübelte Henne und plötzlich machte es bei ihm Klick. »Ich habe den Namen vor einer Weile gelesen, hier, in dem Klageordner. Warte, ich hab es gleich.« Aufgeregt durchwühlte er die Blätter. »Da ist es ja. Beschwerde eines gewissen Martin Kupfer. Übrigens nicht die erste, der Mann hat ständig etwas zu klagen. In dem Fall jedoch hat er sich zur Abwechslung mal an einen Stadtrat gewendet. Karl Turnau, konservative Fraktion. Der hat die Beschwerde an die Rauchfuß weitergeleitet, und die hat August damit beauftragt.«

»Inhalt?«

»Die exorbitant hohe Hundesteuer und ein Bußgeld wegen Verunreinigung des Gehweges. Das gute Bürgerlein wünscht Aufklärung, wieso er trotz Steuerzahlungen die Hundescheiße selbst beseitigen muss.«

»Der Arme.« Leonhardt griente. »Da stopft er seinem Tierchen jeden Tag Futter ins Maul und dann will er das, was dem Köter wieder aus dem Arsch kommt, nicht behalten. Hat doch schließlich alles Geld gekostet.«

Angesichts dieser Betrachtungsweise musste Henne schmunzeln, doch schnell wurde er wieder ernst.

»Turnau ist ein seltener Name. Vielleicht sind Norbert und Karl miteinander verwandt.«

»Na und?«

»War lediglich eine Überlegung. Mit unserem Mordfall hat das vermutlich nichts zu tun. Komisch sind die Parallelen aber doch.«

»Bist du mit Kristof Keller zufrieden?«, wechselte Leonhardt das Thema.

Henne strich über den Ordner. »Der Junge hat ordentlich gearbeitet, sehr gründlich, typisch deutsch. Da muss man wohl zufrieden sein.«

»Aber?« Leonhardt ahnte, was Henne meinte.

»Mir ist der Bursche zu glatt. Immer dienstbeflissen, immer eifrig. Das ist doch unnormal.«

»Ach, Heinrich, es ist eben nicht jeder ein Querulant wie du.«

»Ich soll ein Querulant sein?« Gespielt empört knüllte er Kellers Bericht zusammen. Die Papierkugel traf Leonhardt am Kopf.

»Ich entschuldige mich ja schon«, lachte der und strich das Blatt sorgfältig glatt.

Stunden später fiel Henne ins Bett. Er war todmüde, doch er fand keinen Schlaf. Mückengleich surrten Leonhardts Worte in ihm herum und nach Mückenart begannen die Stiche allmählich boshaft zu jucken. Ssss, Querulant, ssss. War das der Grund, warum es keine Frau bei ihm aushielt? Ssss, erst Erika, dann Elvira? Ssss, Querulant!

Er wälzte sich herum, gab es schließlich auf und tappte ins Bad. Er machte kein Licht, er wollte sich nicht im Spiegel sehen müssen. Er wusste auch so, dass die Narbe wie ein vertrauter Feind auf seiner Wange brannte.

* * *

Das Fenster, aus dem der Mann starrte, war blind. Der Regen hatte den Schmutz verklebt. Noch immer trommelte er aufs Dach, und wenn eine Windbö kam, gegen die Scheiben. Der Mann hörte es nicht. Er war in einer anderen Zeit. Er sah sich, jünger und ein glückliches Lachen im Gesicht, Hand in Hand mit ihr über die Wiesen laufen. Luise! Sie war so unbändig gewesen, so lebensfroh. Er meinte, ihre Haut zu riechen. Ein Duft nach frischem Heu gemischt mit Rosenblüten. So hatte nur sie gerochen. Kein Parfüm der Welt kam dem gleich.

Er ballte seine Hände, die Fingernägel bohrten sich ins Fleisch. Er begrüßte den Schmerz wie einen alten Bekannten. Er tat gut, er lenkte von der Qual in seinem Herzen ab.

Luise! Was gäbe er darum, die Zeit zurück zu drehen. Doch das war unmöglich. Er wusste es und das machte alles schlimmer. Tränen brannten in seinen Augen, er würgte sie hinab. Turnau, das Schwein, hatte ihn um sein Glück gebracht. Turnau war schuld und musste bezahlen. Mit jedem Tag kam er seinem Ziel näher. Mit jedem Tag stieg aber auch die Gefahr, entdeckt zu werden. Nicht mehr lange, tröstete er sich. Bald war es geschafft.

* * *

»Es gibt nur eine Chance für dich!« Olaf Buhrke lümmelte in einem der mit künstlichem Tigerfell bespannten Sessel und schaute gelangweilt auf das vor ihm kniende Mädchen.

Hoffnungsvoll hob Anja den Kopf.

»Du musst dir den Stoff verdienen.«

»Was soll ich denn tun?«

»Ganz einfach, du tanzt in meinem Klub. Du bist gut gebaut und hast einen geschmeidigen Körper. Die Gäste werden dich mögen, vielleicht wirst du sogar ein Star.«

»Ich bin doch auch jetzt schon fast täglich auf der Tanzfläche«, wandte Anja kraftlos ein. »Ich trinke mit deinen Gästen, setze mich zu ihnen und unterhalte sie.«

»Das alles genügt nicht mehr. Du wirst allmählich teuer, meine Liebe. Crystal, Ecstasy, Crack und Koks und jetzt auch noch Heroin.«

»Du hast mich dazu ermuntert. Du hast gesagt, es wird mir besser gehen, ich werde fröhlicher und kann endlich vergessen.«

»Dummes Gewäsch!«

Olafs Faust krachte auf die Sessellehne und Anja zuckte zusammen. Schuldbewusst senkte sie erneut das Kinn auf die Brust, opfergleich wie ein Lamm. Olaf Buhrke kräuselte zufrieden die fleischigen Lippen.

»Entweder du tanzt an der Stange oder ich stelle die Lieferungen ein«, erwiderte er hart.

»Die Männer werden mich begrapschen.«

»Na und? Bist du etwas Besseres als die anderen Mädchen? Sei froh, wenn dir die Gäste Geld in die Wäsche stecken. Solange du noch welche anhast.«

»Was meinst du damit?« Anjas Augen weiteten sich angstvoll.

»Spiel nicht die Unschuld vom Lande! Ich erwarte ein gewisses Entgegenkommen von dir. Sei nett zu den Gästen, stell sie zufrieden. In jeder Hinsicht, hörst du, in jeder!«

»Nein, bitte! Ich mache alles, aber ich verkaufe mich nicht«, flehte Anja.

»Hast du eine Wahl?«, entgegnete der stiernackige Mann. »Ich sage es dir ein letztes Mal. Entweder du erarbeitest dir den Stoff oder es ist Schluss damit. Deine Quellen versiegen. Weder ich noch ein anderer wird dir künftig Stoff verkaufen.«

»Ich …« Anja brach in Tränen aus.

»Entscheide dich!«

»Ich überleg es mir.«

»Du schwingst sofort deinen Hintern an die Stange, oder du verschwindest.«

»Jetzt?« Anja versuchte einen letzten Aufschub zu bekommen.

»Jetzt!« Die eisigen Augen des Zuhälters funkelten. »Du strapazierst meine Geduld!«

Anja wusste, das war keine leere Drohung. Niedergeschlagen schlich sie an dem Mann vorbei in das kleine Zimmer hinter der Bühne, in dem sich die Mädchen gewöhnlich umzogen.

Olaf folgte ihr und warf ihr eine Kapsel zu. »Stell dich geschickt an, dann hast du bald Geld genug, um dir soviel zu kaufen, wie du willst.« Auf dem Weg nach draußen kniff er zwei andere Mädchen liebevoll in die Pobacken. »Nehmt sie unter eure Fittiche.«

Das zufriedene Grinsen konnte über sein wahres Gesicht nicht hinwegtäuschen. Geschäft ist Geschäft. Körper gegen Geld, Geld gegen Ware.

Anja schluckte schnell die Kapsel hinunter, dann zog sie sich mit fahrigen Händen aus und schlüpfte in die winzigen Dessous.

Die Mädchen beobachteten sie und kicherten. Anja drehte sich nicht zu ihnen um. Sie verteilte eine dicke Schicht Make-up auf ihren Wangen, versteckte die Augen unter grellen Farben. Ein kläglicher Versuch, sich unkenntlich zu machen und eine andere zu sein. Die jungen Frauen wechselten einen Blick und schüttelten wortlos die Köpfe. Sollten sie sich einmischen?

Schließlich gab sich die eine einen Ruck. »Was tust du bloß? Schau in den Spiegel«, forderte sie und drehte Anja mit hartem Griff herum. »Du bist kein Vamp, du bist eine zarte Elfe. Wenn du dich derart verunstaltest, wird Olaf wütend sein, sehr wütend.«

Anja riss sich los. Sie kämpfte mit den Tränen.

»Hör mir zu, bitte, ich will doch nur dein Bestes.«

Die Frau zwang Anjas Kinn nach oben und suchte ihren Blick. Anja schaute in dunkle, ernste Augen. Das Mitleid, das sie darin entdeckte, tröstete sie ein wenig.

»Ich mache das heute zum ersten Mal«, gestand sie leise und setzte trotzig hinzu. »Unfreiwillig!«

»Ich weiß«, nickte das Mädchen. »ich bin Inga und das ist Nelli.« Sie zeigte auf ihre Kollegin, die in der Zwischenzeit in ein angedeutetes Cowboykostüm gestiegen war. »Denkst du, wir sind aus freien Stücken hier? Ich zum Beispiel habe eine Tochter. Finde mal mit einem Baby einen Job. Hier verdiene ich gut, und wenn ich genug zusammenhabe, steige ich aus. Nelli hingegen geht es wie dir. Sie ist schon so tief drin, dass es für sie kein Zurück gibt. Seit zwei Wochen hängt sie an der Nadel. In absehbarer Zeit wird sie die Einstiche nicht mehr verbergen können. Das macht einen schlechten Eindruck auf die Kunden. Ich mag nicht daran denken, wie Olaf dann reagieren wird.«

Ingas melodische Stimme beruhigte Anja. Bereitwillig ließ sie sich die Schminke abwaschen und folgte den Tipps, die ihr Inga und Nelli gaben. Nelli zauberte eine Flasche Sekt hervor und die Mädchen stießen auf die neue Freundschaft an. Langsam taute Anja auf. Der Ring um ihre Brust löste sich und sie atmete freier. Zehn Minuten später sah sie die Welt freundlich und bunt. Sie war jung und stark und wollte nur eines: tanzen, tanzen, tanzen.

Olaf steckte den Kopf durch die Tür und gab den Mädchen einen Wink. Die Show konnte beginnen.

Anja folgte Inga und Nelli auf die dunkle Bühne. Scheinwerfer flammten auf, umkreisten die Mädchen und fingen sie ein. Anerkennende Pfiffe im Saal. Anja sah und hörte nichts von alledem. Sie hielt die Augen geschlossen und wartete ungeduldig auf die Musik. Die ersten Klänge, der Rhythmus nahmen sie sofort gefangen. Die Musik bestimmte ihre Bewegungen, Schritte, Drehungen, Figuren. Sie fegte über die Bühne, ließ sich fallen und wiegte sich in lasziven Posen. Ein Wink von Olaf und die Mädchen schälten sich im Takt bis auf den String aus den wenigen Kleidungsstücken. Inga und Nelli nahmen Anja in die Mitte, Haut rieb an Haut, heißer Atem streifte über Brüste, Bauch und Po. Die Luft knisterte.

»Öffne die Augen!«, raunte Inga dicht an Anjas Ohr. Anja tat, wie ihr geheißen und blickte in die Schwärze des Saals. Die Spots blendeten. Schemenhaft hoben sich vereinzelte Gesichter aus dem Dunkel, gierige Blicke und klatschende Hände.

Die Musik wurde langsamer und Nelli schob Anja zu einer der Stangen auf der Theke. »Bis dann«, flüsterte sie ihr zu, dann war Anja allein. Sie fasste nach dem kühlen Metall, zögerte einen Moment, dann tauchte sie erneut in die Musik ein. Sie bewegte sich wie im Trance. Mühelos ahmte sie die oft genug gesehenen Bewegungen nach, als hätte sie nie etwas anderes getan. Ihr Blick streifte offene Münder, glitzernde Augen und ausgestreckte Hände. Sie beugte sich vor, fühlte tastende Finger an ihrem Slip, knisternde Scheine und hörte eindeutige Angebote. Es hatte für sie keine Bedeutung, allein der Rhythmus zählte. Leise summte sie mit. Als der Titel erstarb, blieb sie unschlüssig stehen. Olaf hatte sie die ganze Zeit mit Argusaugen beobachtet. Jetzt war er sofort an ihrer Seite.

»Hier!« Er schob sie einem gut gekleideten Geschäftsmann zu. »Das nächste Mal ergreifst du von selbst die Initiative.«

Anja nickte schnell, Olafs Blick machte ihr Angst. Die einsetzende Musik lenkte sie ab. Der Geschäftsmann zog sie auf seinen Schoß. Der Stoff des Anzuges kratzte. Anja rutschte weg, doch der Mann hielt sie fest. »Ich zahle gut«, sagte er und starrte auf ihre festen Brüste, »zweihundert Euro?«

Anja hielt die Luft an. Dafür konnte sie sich mindestens dreißig Ecstasy-Tabletten leisten. Ohne zu überlegen nickte sie. Sie schaute sich um und sah Olaf auf den Vorhang neben der Theke zeigen, hinter dem sich, wie sie wusste, mehrere Zimmer verbargen. Sie stand auf und zog ihren Kunden mit.

Das erste Zimmer war bereits belegt. Anja hörte Nelli lustvoll stöhnen. Sie führte ihren Freier nach nebenan. Der Raum war ganz in Rot gehalten. Rote Tapete, rote Vorhänge, rotes Bett. Daneben ein Waschbecken mit einem Handtuch. Der Mann hatte schon die Hose geöffnet. Sein Penis spießte aus dem Schlitz. Er drängte sich an sie, rieb und drückte. »Dreh dich um«, stöhnte er, und ehe Anja widersprechen konnte, presste er sie auf das Bett. Anja vergrub das Gesicht in den Kissen, sie wollte nichts sehen, nichts hören, nichts fühlen. Irgendwann war es vorbei. Der Mann säuberte sich und legte das Geld auf den Rand des Waschbeckens. Dann ging er.

Anja rappelte sich hoch und griff nach den Scheinen. Trockenes Schluchzen würgte sie, nach einer Ewigkeit erst kamen die erlösenden Tränen.

12. Kapitel

Ich staune, mit welchen Menschen Sinter verkehrt hat«, sagte Henne.

»Was meinst du damit?«

»Vom untersten Niveau bis zur Hautevolee ist alles dabei. Sieh selbst!« Er reichte Leonhardt die Auflistung der Telefonnummern, die die Techniker aus Sinters Handy sichergestellt hatten. »Mit den meisten habe ich bereits gesprochen. Hat nichts gebracht. Den hier habe ich mir für heute aufgespart.« Er tippte auf den vorletzten Namen.

»Olaf Buhrke? Das ist doch der Kerl aus dem Zuhältermilieu, gegen den wir voriges Jahr ermittelt haben.«

Henne nickte. »Stimmt. Damals ging es um Menschenhandel. Buhrke war verdächtig, Mädchen aus Polen, Lettland und Litauen in seiner Table-Dance-Bar illegal arbeiten zu lassen.«

»Das ›Kakadu‹ ist wohl eher ein Bordell.«

»Offiziell ist es das nicht. Wie du weißt, konnten wir ihm nichts anlasten.«

»Aber nur, weil sich unser Informant urplötzlich aus dem Staub gemacht hat. Dieser Junkie hat kalte Füße gekriegt und ist auf Nimmerwiedersehen verschwunden.«

»Vielleicht haben wir heute mehr Glück. Am besten wir überraschen den Luden in seinem Nest. Jetzt gleich.«

Leonhardt strahlte. »Der Mann arbeitet die ganze Nacht. Muss schrecklich für ihn sein, vor acht Uhr morgens aus den Federn geholt zu werden, noch dazu von so guten Freunden, wie wir es sind.«

»Ganz meine Rede, auf geht's!«

Sie brauchten knapp zwanzig Minuten, dann standen sie vor Buhrkes Wohnungstür.

»Olaf H. Buhrke. Was das H. wohl zu bedeuten hat?«, überlegte Leonhardt.

»Hannibal!« Henne drückte auf die Klingel.

»Hoffentlich hält er keine Elefanten.«

»Das werden wir gleich sehen«, erwiderte Henne trocken und presste den Zeigefinger so fest auf den Klingelknopf, dass alles Blut aus der Fingerkuppe wich. »Der muss wie ein Toter schlafen.«

Der ›Tote‹ riss unvermittelt die Tür auf. Wütend starrte er die Kriminalkommissare an. »Was soll der Scheiß mitten in der Nacht?«, fauchte er.

»Hallo Herr Buhrke.« Henne setzte seinen freundlichsten Blick auf. »Für anständige Menschen ist die Nacht längst vorbei und da wir uns zu solchen zählen, dachten wir, wir besuchen den netten Herrn vom ›Kakadu‹ mal wieder. Wo wir uns doch so lange nicht gesehen haben.«

Buhrke schnaubte. »Wer zum Teufel bist du, Kaffer?«

Henne zückte seinen Ausweis. »Jammerschade, dass Ihr Gedächtnis so kurz ist. Oberkommissar Heine und Kommissar Leonhardt. Im Gegensatz zu Ihnen erinnern wir uns gut an unser letztes Treffen.«

»Was wollen Sie?«

»Zunächst einmal dürfen Sie uns hereinbitten. Von guten Gastgebern darf man das erwarten.«

Widerwillig trat Buhrke beiseite. »Ich habe nichts zu verbergen. Aber merken Sie sich gleich, ohne Durchsuchungsbeschluss lasse ich Sie nicht in meinen Sachen herumwühlen.«

»Nun mal langsam. Wir wollen Ihnen lediglich ein paar Fragen stellen.«

»Machen Sie es kurz.«

»Sagt Ihnen der Name Peter Sinter etwas?«

»Klar kenne ich den. Der kommt oft in meine Bar, war aber schon eine Weile nicht mehr da.«

»Tja, diesen Kunden haben Sie verloren«, warf Leonhardt ein. »Er ist nämlich tot.«

»Sinter ist tot? Das glaube ich nicht!«

»Warum nicht?«

»Der ist doch immer so pfiffig gewesen, neunmalklug sozusagen. Weiß alles, kennt alles. Der lässt sich nicht mal eben so umbringen.«

»Von Umbringen haben wir nichts gesagt.«

»Na ja.« Buhrke kam ins Stottern. »Ist doch klar, einer wie Sinter stirbt nicht einfach.«

»Herr Buhrke, Sie haben sich soeben verdächtig gemacht.«

»Mein Gott!« Buhrke wurde blass. »Ich hab damit nichts zu tun, aber eins steht fest. Sinter war ein Profi, knallharter Geschäftsmann mit einer Menge Kies. Der war kein Kleiner, auch wenn er das jeden glauben machen wollte. Mich konnte er nicht täuschen.«

»Welcher Art waren denn die Geschäfte, die Sie und Sinter miteinander hatten?«

»Normale Geschäfte eben, das tut nichts zur Sache«, blockte Buhrke und verschränkte die Arme. »Überhaupt sage ich ohne meinen Anwalt kein Wort mehr.«

»Jetzt blasen Sie sich mal nicht so auf«, stoppte Henne. »Wir wollen Ihnen nichts anhängen. Wir ermitteln in einem Mordfall. Wenn Sie etwas über Sinter wissen, dann teilen Sie uns das mit. Auf den Anwalt können Sie dabei verzichten.«

»Ich weiß aber nichts über ihn. Nur das, was ich bereits sagte. Er hatte immer Geld. Keine Ahnung, woher.«

»Ihre Nummer war in seinem Handy gespeichert.«

»Klar, er war schließlich oft Gast. Gäste rufen mitunter an, fragen nach dem aktuellen Programm, bestellen einen Tisch. Daraus können Sie mir keinen Strick drehen.«

»In Ordnung, Herr Buhrke. Dann war es das fürs Erste.«

Auf der Straße brach es aus Leonhardt heraus. »Der hat Dreck am Stecken, keine Frage.«

»Das bestreitet niemand«, stimmte Henne zu. »Aber Sinter hat er nicht ermordet. Hast du seine Schuhe gesehen? Sportschuhe, Riesentreter, ausgelatscht, weit entfernt von feinen Lederschuhen. Buhrke ist mit Sicherheit kein eleganter Herr, selbst wenn er sich die größte Mühe gibt. Sinters Mörder war laut Knopps Aussage ein vornehmer Pinkel.«

»Ich lasse trotzdem seine Fingerabdrücke mit den Spuren in Sinters Wohnung vergleichen«, meinte Leonhardt.

»Ich fahre währenddessen nach Borna. Maiwald hat die Namen der Bewohner des Waldviertels gefaxt.«

»Glaubst du, ein ehrbarer, alteingesessener Bornaer verübt in diesem Nest einen Mord? Noch dazu an einem offensichtlichen Drogendealer?«

»Selbst in der besten Gesellschaft finden sich menschliche Abgründe.«

Leonhardt winkte ab. »Viel Spaß!«

»Schau dem Keller auf die Finger«, sagte Henne zum Abschied.

»Der soll mir nicht noch einmal die Unterlagen durcheinander bringen.«

»Der Junge hat es gut gemeint«, nahm Leonhardt den Beamtenanwärter in Schutz. »Er wollte lediglich alles gründlich überprüfen.«

Henne blieb skeptisch. »Er hat auch nicht mehr als wir herausgefunden. Gib ihm eine Aufgabe, lass ihn meinetwegen alle Gesprächsnotizen protokollieren. Hauptsache, er bleibt mir fern.«

Das Waldviertel lag in beschaulicher Ruhe, als Henne parkte. Er stieg aus, reckte sich und atmete tief ein. Saubere Luft, frisch und unverdorben. Heile Welt zwischen villenartigen Einfamilienhäusern, die inmitten großer Gärten durch kahle Bäume lugten.

Er ging an gepflegten Hecken entlang und schaute über schmiedeeiserne Zäune. Maiwald hatte nicht übertrieben, das Waldviertel war eine feine Gegend. Kein Schmutz auf den Gehwegen, kein Laub auf den Wiesen, akkurat geschnittene Buchsbäume und Koniferen, weiße Mauern, alles edel und gediegen.

Henne begann im Lerchenweg 1. Er schellte und wartete. Eine Gardine bewegte sich sacht, man hatte ihn gesehen. Die Sprechanlage knisterte, dann eine Stimme. »Ja, bitte?«

»Ich hätte gern Herrn oder Frau«, Henne warf einen Blick auf das Namensschild, »Münchberg gesprochen.«

»In welcher Angelegenheit?«

»Das möchte ich lieber drinnen erläutern. Ich komme von der Leipziger Polizeidirektion.«

Erstauntes Schweigen am anderen Ende, dann das Summen des Türöffners. Henne schritt den schnurgeraden Weg entlang. Ehe er die Haustür erreichte, wurde diese geöffnet. Eine weißhaarige Dame blickte ihm neugierig entgegen.

»Lieselotte Münchberg«, stellte sie sich vor und bat Henne ins Haus.

»Oberkommissar Heine, Heinrich Heine wie der deutsche Dichter, aber ich halte es eher mit der Wahrheit.« Der alte Scherz und tatsächlich, Frau Münchberg brach in schallendes Gelächter aus. Henne war überrascht. So viel Energie hatte er der zerbrechlich wirkenden alten Dame nicht zugetraut.

»Wir leben auf dem Land, einfach und naturverbunden«, erklärte Frau Münchberg. »Da weiß man Mutterwitz zu schätzen.«

»Wie ein einfaches Leben sieht es hier aber nicht aus.« Henne wies auf die antiken Statuen im Eingangsbereich.

»Sie müssen solche Sachen nicht überbewerten. Mein Mann, Gott hab ihn selig, war Steinmetz. Selbstständig, immer volle Auftragsbücher. Er hat viel gearbeitet, und das natürlich nicht umsonst. Er war ein Künstler, wissen Sie?«

Henne nickte pflichtschuldig. Weder die Statuen, noch die zahlreichen steinernen Vasen und Putten trafen seinen Geschmack.

»Kennen Sie einen gewissen Sinter?«, fragte er. »Peter Sinter?«

»War das ein Kunde meines Mannes? Ich müsste in den Unterlagen nachschauen.«

»Wann hat denn Ihr verehrter Herr Gatte sein Geschäft aufgegeben?«

Auf Frau Maiwalds Gesicht machte sich ein Lächeln breit. Verehrter Herr Gatte. Der Mann hatte Manieren, auch wenn er auf den ersten Blick nicht danach aussah.

»Am 24. ist es auf den Tag genau zwanzig Jahre her.«

»Alle Achtung, dass Sie das sofort wissen«, staunte Henne.

»Gustav und ich waren fast sechzig Jahre miteinander verheiratet, da prägen sich glückliche wie auch traurige Ereignisse ein. Als er sich für den Ruhestand entschied, war das so ein glückliches Ereignis. Leider konnten wir die Zeit nicht lange genießen. Er starb vor sieben Jahren.«

Henne rechnete schnell nach. Frau Maiwald musste demnach mindestens Neunzig sein. Respekt, das Alter hatte ihrem Gedächtnis nichts anhaben können.

»Tja, ich fürchte, Sie können mir nicht helfen«, sagte er.

»Schade.« Lieselotte Maiwald schaute betrübt. Auf einmal hellte sich ihre Miene auf. »Ich werde mich umhören. Geben Sie mir Ihre Nummer, und wenn ich etwas erfahre, rufe ich Sie an.«

Henne reichte ihr seine Visitenkarte. »Machen Sie sich bitte keine Umstände.«

»Umstände?« Wieder dröhnte Frau Maiwalds Lachen. »Junger Mann, ich werde mir ganz gewiss Umstände machen, zumindest werde ich meinen ganzen detektivischen Spürsinn einsetzen. Endlich ist Aufregung und Spannung in meinem Leben.« Resolut setzte sie hinzu: »Das lasse ich mir nicht nehmen!«

Auf dem Weg zur Gartenpforte runzelte Henne besorgt die Stirn. Er konnte nur hoffen, die nette Dame hatte nicht zu viele Miss-Marple-Filme gesehen. Frauen in dem Alter verloren mitunter ihr logisches

Denkvermögen, waren übereifrig und unvernünftig und unterschätzten die Gefahr. Flüchtig kam ihm Martha, Erikas Großtante mütterlicherseits, in den Sinn. Das Tantchen bedachte ihn bei jeder Familienfeier mit ihren Ermittlungen. Wenigstens in dieser Beziehung hatte die Scheidung etwas Gutes. Martha würde ihm nicht so schnell wieder begegnen.

Die nächste Person war ein gewisser Emil Grubauer. Sein Grundstück grenzte an das von Frau Maiwald und das war auch schon alles, was die Nachbarn verband. Emil Grubauer war ein asthmatischer, untersetzter Mann und seit knapp einem Jahr Rentner. Allerdings wirkte er wesentlich älter als die rüstige Lieselotte Maiwald. Gemeinsam mit seiner Frau, eine Person von beängstigender Leibesfülle, bewohnte er das Erdgeschoss des renovierungsbedürftigen Hauses. Die obere Etage stand leer, man scheute den Aufstieg, die Anstrengung, wie Grubauer zugab. Sinter kannte er nicht. Frau Grubauer bekräftigte seine Aussage mit schwabbelndem Kinn. Ein Fehlschlag!

Am frühen Nachmittag hatte Henne sämtliche Straßen des Waldviertels abgeklappert. Die Bilanz war enttäuschend, Henne war in einer Sackgasse gelandet. Auf keinen der Einwohner traf Knopps Beschreibung zu. Von einem Peter Sinter hatte niemand etwas gehört. Überhaupt hielt man sich vom Neubaugebiet fern. Mit asozialem Volk wollte man im Waldviertel nichts zu tun haben.

* * *

Es war soweit. Endlich. Der Mann atmete tief durch. Der Kommissar war auf der richtigen Fährte. Anja würde ihm den Rest geben. Bald wusste dieser Heine, was für ein Schwein Turnau war. Der Knast war ihm sicher. Tag um Tag, Jahr um Jahr hinter Gittern und unfähig, die hochfahrenden politischen Pläne zu verwirklichen. Für Turnau die schlimmste Strafe. Weit schlimmer als der Tod.

Er staunte, dass er keine größere Genugtuung verspürte. So lange hatte er darauf hingearbeitet und jetzt, da das Ziel in Reichweite lag, war er einfach nur müde.

Er überprüfte den Inhalt seiner Tasche, dann klickte er das Schloss zu. Er hatte alles, was er brauchte. Viel war es nicht, er würde sich ohnehin neu ausstatten. Sein Blick schweifte durch den Wohnwagen. Er hatte sämtliche Spuren beseitigt, nichts deutete darauf hin, dass hier ein Mensch gelebt hatte. Eine Vorsichtsmaßnahme; er glaubte nicht, dass sich jemand Gedanken darum machen würde. Erst wenn die Pachtzahlungen für den Stellplatz ausblieben, würde der Camping-platzbetreiber Nachforschungen anstellen. Doch dann war er längst über alle Berge.

Er verriegelte die Tür und trug die Tasche zum Auto. Auf dem Weg zum Flughafen bog er in die City ab. Die Straßen waren voll – Rush-hour – sein dunkler Wagen fiel nicht auf. Er fuhr den Stadtring entlang und nahm die Jahnallee. Zwei Kreuzungen später bog er nach Westen, Richtung Leutzsch.

Er kannte die Strecke wie im Schlaf, er hatte sie oft genug zurückge-legt. Diesmal sollte es das letzte Mal sein. Turnaus Haus war wie im-mer hell erleuchtet. Der Mann verlangsamte seine Fahrt ein wenig, gerade genug, um einen Blick hinüber werfen zu können. Er registrier-te, dass Turnaus Mercedes in der Auffahrt stand. Ein ungewöhnlicher Anblick, normalerweise war der Stadtrat um diese Zeit noch im Büro.

Die Lippen des Mannes kräuselten sich zufrieden. Er hatte getan, was er konnte. Den Rest musste die Polizei erledigen. Höchste Zeit für ihn, zu verschwinden. Er drückte das Gaspedal durch und ließ das Villenviertel hinter sich zurück.

Am Flughafen stellte er seinen Wagen auf einem abgelegenen Park-platz ab. Das Ticket, das er löste, reichte für dreißig Tage. Erst dann würde der Wagen auffallen.

Mit eiligen Schritten ging er durch die Drehtür zum Check-in. Wie vorausgesehen, gab es keine Probleme. Die Dame am Schalter nickte ihm freundlich zu und wünschte einen guten Flug.

* * *

Anja wischte sich über die Stirn. Komisch, dass sie so schnell ins Schwitzen kam. Früher hatte es das nicht gegeben. Sie strich die Zei-tung glatt und suchte die Zeichen. Ein E, ein L, noch ein E. Sie griff zur Schere, umschloss das kühle Metall. Ihre Hand bebte, sie biss sich auf die Lippen. Das verdammte Zittern sollte aufhören! Ihre Hand jedoch hatte einen eigenen Willen. Anja grub die Zähne in die Unterlippe, bis sie blutete. Sie schmeckte es nicht. Die Bauer hatte selbst Schuld. War-um wollte sie ihr nicht helfen! Angst hätte sie, diese blöde Ausrede zog nicht. Verdammt noch mal, wer hatte denn keine?

Angestrengt schnitt Anja die Lettern aus, legte sie beiseite, suchte weiter, schnitt und schwitzte. Das Häufchen wuchs allmählich zu einem wirren Alphabet. Manchmal blieben die kleinen Schnipsel an ihrer Hand hängen, dann wirbelte der Rest wild durcheinander und verteilte sich auf dem ganzen Tisch. Sie schob alles mit der Handkante zurück. Einmal, zweimal, sie musste vorsichtig sein. Mitunter dauerte es, bis die widerspenstigen Dinger an ihrem Platz blieben. Das Zittern der Hand machte es schwer.

Anja schluckte und gab die malträtierte Lippe frei. Jetzt spürte sie den Schmerz. Sie tastete danach und registrierte erstaunt die rote Spur an ihren Fingerspitzen. Doch der Papierhaufen vor ihr lenkte sie schnell ab. Endlich war es genug für ihren Plan.

Das hatte sie nun davon, diese alte Jungfer. Ihr Fehler, dass sie so ablehnend gewesen war. Jetzt sollte sie dafür büßen. Für die Bauer war das Geld eine Kleinigkeit, sie jedoch brauchte es dringend. Ihr Leben hing davon ab. Ein weiterer Monat in Buhrkes Bordell und sie wäre am Ende.

Sie wühlte nach dem Blatt Papier, dem gewissen, das, auf dem der Text stand, ganz schwach geschrieben, denn sie hatte bewusst einen Bleistift genommen und zusätzlich ihre Handschrift verstellt. Die Bauer würde nicht im Traum auf sie kommen.

Es war ein guter Text, wie geschaffen für ihre Zwecke. Sie lächelte böse, fischte Buchstaben für Buchstaben aus dem Stapel und legte sie auf die blassen Linien. Sie arbeitete jetzt zügiger, konnte es kaum erwarten. Die Sache musste zu Ende gebracht werden, je schneller, umso besser.

Schließlich war sie fertig. Den Kopf zur Seite geneigt, die Zungenspitze zwischen den Lippen begutachtete sie ihr Werk. Falsche Beschuldigungen, Luftblasen, wen störte es, Hauptsache die Drohung wirkte echt.

Ja, so mochte es gehen, sie war überaus zufrieden. Wenn die Bauer auch nur ein Fünkchen Verstand hatte, würde sie zahlen.

Sie wühlte ein frisches Blatt hervor. Es schimmerte weiß und unschuldig, doch das sollte sich schnell ändern. Sie griff nach dem Kleber und zerrte am Verschluss. Die Kappe schnippte zu Boden und verschwand unter dem Tisch. Anja kümmerte es nicht. Sorgfältig versah sie jeden Buchstaben mit einem Tropfen Leim und reihte sie aneinander. Das neue Blatt wurde hart und gemein.

Eine anstrengende Arbeit. Das Atmen fiel ihr schwer, das Schlucken ebenfalls. Die Zunge war geschwollen. Wie ein Fremdkörper lag sie in ihrem Mund.

Sie trank ein Glas Wasser, hastig, missachtete den Schmerz. Der Durst blieb, wie die zitternden Hände. Sie schnäuzte sich. Sie sah das Blut im Taschentuch und warf es achtlos in die Ecke. Das Blut tropfte weiter aus ihrer Nase. Wie sie das hasste! Wie ihren ganzen, verfluchten Körper, der sich gegen sie verschworen hatte. Warum konnte er ihr nicht gehorchen?

Heißes Schluchzen stieg in ihr auf, drückte auf Brustkorb und Lunge, schnürte den Hals zu, dass sie meinte zu ersticken. Sie krallte sich am Tisch fest, sie wehrte sich. Kein Stoff mehr, sie hatte es sich geschworen, mochte auch alles in ihr danach schreien.

Unvermittelt überfiel sie Eiseskälte, sie schüttelte sich, zitterte, ihre Zähne klapperten. Sie wollte aufstehen, das Federbett holen und sich darin vergraben, doch die Beine – watteweiche, dünne Fremdkörper – gehorchten nicht. Im Rücken war auf einmal ein Stechen und Bohren.

Anja stöhnte und krümmte sich zusammen. Sie rutschte vom Stuhl, willenlos, körperlos, wie eine der Stoffpuppen aus ihrer Kinderzeit.

Sie kicherte, es war albern, doch sie konnte nichts dagegen tun. Der Aufprall brachte sie zur Besinnung. Sie hatte sich an der Tischkante gestoßen, ihr Kopf hämmerte einen wilden Marsch, ihr wurde übel und sie übergab sich. Entkräftet blieb sie auf dem Boden liegen. Irgendwann schlief sie ein. So fand sie Julia, die wie jeden Abend bei Anja auftauchte.

Erschrocken zerrte sie die Freundin hoch. »Was machst du bloß?«, schimpfte sie. »Du brauchst einen Schuss, schnell.«

Anja blinzelte, die Freundin verschwamm vor ihren Augen, zerfloss in wabernde Wolken. Sie kniff die Augen zusammen, riss sie gleich darauf auf und schüttelte den Kopf, um die Benommenheit loszuwerden. »Was ... was ist passiert?«

»Das fragst du mich?«

»Mir ist schlecht.« Anja sank auf die Knie. Ihr Kopf sackte zwischen die Schultern.

»Komm schon, reiß dich zusammen!« Julia bugsierte Anja zum Sofa.

»Lass mich in Ruhe. Ich hab das alles satt, den ganzen verdammten Mist.«

»Warum bloß in Gottes Namen? Abgesehen von dem Schwächean-fall geht es dir doch gut? Ich wünschte ...«

»Hör schon auf! Ich bin schrecklich müde.« Anja betete im Stillen, dass Julia nicht wieder die alte Leier begann. Sie wussten beide, Julia kam hauptsächlich, weil sie klamm war.

Ein Dauerzustand. Sie beneidete Anja um das leicht verdiente Geld, Anja hingegen hätte liebend gern mit der Freundin getauscht. Sie hatte Olaf angefleht, hatte Julia als Ersatz geboten, der jedoch wollte davon nichts wissen. Mädchen wie Julia konnte er überall finden, ein goldge-lockter Engel wie Anja hingegen, kindhaft und elfengleich, war Man-gelware. Deshalb standen die Freier auf sie. Seinen besten Gaul im Stall ließ er nicht einfach laufen.

»Leg dich hin«, sagte Julia, »ich hol dir etwas zu trinken.«

Anja schloss erschöpft die Augen. Olaf Buhrkes Bild konnte sie da-mit nicht verdrängen. Seine Worte hallten in ihr wie Donnerschläge, sie klammerte sich daran, obwohl ihr das schmutzige Lachen, mit dem er den Vorschlag unterbreitet hatte, allzu gut in Erinnerung war. Sie wollte ihm glauben, wollte hoffen, nur so konnte sie weiterleben. Ein Handel, das hatte Olaf gesagt. Vorausgesetzt, sie würde ihm den entgehenden Gewinn ersetzen, eine Ablösesumme gewissermaßen. Für fünfzehn Riesen würde er sehen, für zwanzig sie auf der Stelle ge-hen lassen. Mit Drogen könne er sie dann natürlich nicht länger belie-fern.

Scheiß auf Olaf und seinen Bumsschuppen. Scheiß auf die ganze Welt.

Julia war zurückgekommen und flößte Anja eine Cola ein. Obwohl sie anders als gewöhnlich schmeckte, schluckte sie gehorsam. Ihr Kopf sank zurück.

»Was war das?«

»Ritalin, ein Medikament, hat mir mein Arzt verschrieben. Es wirkt schnell, gleich geht es dir besser.«

Anja klammerte sich an Julia. »Was geschieht mit mir?«, fragte sie ängstlich.

»Du schiebst einen Affen, du bist auf Turkey. Ein kalter Entzug ist das Schlimmste, was du dir antun kannst.«

»Ach Julia, ich will von den Scheißdrogen weg, ich gehe sonst ka-putt.«

»Ich habe dich gewarnt, jetzt ist es zu spät.«

»Nein!«, schrie Anja. »Wie kannst du so etwas sagen?«

Julia hob entschuldigend die Schulter. »Erfahrung.«

»Ich pfeife darauf. Es gibt Wege ...«

»... die allesamt unmöglich sind«, unterbrach sie Julia. »Du kannst dir nicht vorstellen, wie schwer es ist, clean zu werden. Du würdest es niemals schaffen.«

»Ich hab eine Chance, ich schaffe es, ich schwöre es.« Anjas Stimme kippte. Kraftlos sackte sie zurück.

»Beruhige dich, ich glaub dir ja. Hast du noch Geld?«

Anja wies auf ihre Handtasche, die auf einem Sessel lag. Resigniert verfolgte sie, wie Julia die letzten Scheine an sich nahm.

»Trink das aus.« Julia reichte Anja eine weitere mit Ritalin versetzte Cola. »Lass dir Zeit damit, ich besorge uns in der Zwischenzeit ein paar Muntermacher.«

Anja setzte das Glas an die Lippen. Sie nahm einen winzigen Schluck und lauschte in sich hinein. Der brennende Rückenschmerz hatte sich verzogen. Sie wartete, bis Julia die Wohnung verlassen hatte, dann stand sie vorsichtig auf. Sie schwankte, oder war es der Boden? Ein Erdbeben womöglich? Schnell setzte sie sich wieder hin und wartete. Nach einer Weile versuchte sie es erneut. Während sie unsicher um den Tisch tappte, hielt sie sich vorsorglich mit einer Hand fest. In der anderen trug sie das Glas wie eine kostbare Trophäe vor sich her. Noch ein Schluck. Schon besser, der Boden hörte auf zu tanzen. Wenn es bloß nicht so heiß wäre! Sie knöpfte die Bluse auf und ließ sie achtlos fallen. Trink, ermahnte sie sich.

Allmählich kehrten ihre Lebensgeister zurück. Sie sah die Zeitungsschnipsel auf dem Tisch, das Papier, die begonnenen Sätze. Unbeholfen wischte sie alles zusammen und versteckte das Bündel unter einem Kissen.

Kurz darauf kehrte Julia zurück. Anja lehnte in den Sofakissen, das geleerte Glas in der Hand und ein entspanntes Lächeln um die Lippen.

»Jetzt gönnen wir uns erst einmal einen Kaffee«, schlug Julia vor und verschwand in der Küche. Während die Maschine gluckste, verteilte sie das soeben erstandene helle Pulver in zwei Tassen. Diese füllte sie mit dem fertigen Kaffee auf. Der intensive Geschmack würde das bittere Speed überdecken. Leider hatte sie auf die Schnelle nichts anderes auftreiben können. Egal, es ging auch so. Hauptsache, Anja ließ den Gedanken an einen Entzug fallen. Sie war ihre einzige Stütze, und so sollte es bleiben.

Julia wartete, bis sich das Speed aufgelöst hatte. In der Zwischenzeit wurde der Kaffee kalt. Wenn schon! Sie rührte um, dann brachte sie die Tassen in die Stube. »Koffein ist gut für dich«, sagte sie.

Anja schlürfte in kleinen Schlucken. »Mir geht es schon ganz gut«, stellte sie fest und nieste. Bluttröpfchen flogen durch die Luft und verzierten Anjas weißen Büstenhalter mit roten Sprenkeln.

»Du blutest.« Julia reichte Anja ein Taschentusch.

Sie wischte sich nachlässig die Nase ab und fuhr über ihren Busen. Die Sprenkel verwandelten sich in ein zartes Strichmuster.

»Siehst du?«, klagte Anja traurig. »Das Koks hat meine Nase zerstört. Ich habe nachgelesen, im Internet. Kokain greift die Nasenschleimhäute an und ruiniert sie, irreparable Schäden. Noch ein Grund, endlich damit aufzuhören. Ich habe den ganzen Dreck gründlich satt.«

»Natürlich«, nickte Julia, froh, dass sich Anjas Wut in Luft aufgelöst hatte und deutete auf die Tasse. »Bist du fertig?«

Anja trank hastig. Sie schüttelte sich. »Das schmeckt ja eklig.«

»Kalter Kaffee ist eben so. Dafür macht er schön.«

»Kaffeerauch, nicht Kaffee, sagt jedenfalls meine Mutter.«

»Meinetwegen, und was machen wir jetzt?«

»Shoppen, zum Italiener, Disko. Hauptsache raus hier. Ich will mich bewegen, etwas erleben«, erwiderte Anja mit frischem Lebensgeist.

»Dann schlage ich vor, du ziehst dich um. Schau dich an: kein Oberteil, dafür blutverschmierte Wäsche. Ein schlechtes Outfit für die große Freiheit da draußen.«

»Ich bin sofort fertig«, versprach Anja, die plötzlich wie ausgewechselt war.

* * *

»Auf den Erfolg.« Hans Turnau prostete Gerlinde Bauer augenzwinkernd zu. »Deine Chefin muss große Stücke auf dich halten, sonst würde sie dich kaum mit solchen bedeutsamen Sachen betrauen.«

Gerlinde Bauer lächelte geschmeichelt. »So habe ich es noch gar nicht betrachtet. Aber es stimmt, die Rechnungsprüfung ist außerordentlich wichtig.«

»Sind überhaupt Beanstandungen zu befürchten?«, fragte Hans beiläufig und spießte ein Stück Fleisch auf die Gabel.

»Natürlich nicht, was denkst du nur! Bei uns hat alles seine Ordnung. Es gibt Vorschriften, jede Menge sogar. Alles ist abgesichert.« Ihr Blick verdüsterte sich plötzlich. Henne und seine Feststellung über ihre blind geleisteten Unterschriften unter Klaus Augusts Anweisungen kamen ihr in den Sinn.

»Fehler können überall auftreten, niemand ist vollkommen. Es kann doch sein, dass jemand schwach wird bei dem vielen Geld auf den städtischen Konten.« Der lauernde Ton ging in geräuschvollem Kauen unter.

»Betrug? Bei uns nicht.«

»Hast du nie daran gedacht, wie einfach es wäre, wenn ...«

»Wenn was?«, fiel sie ihm ins Wort. »Diebstahl? Überweisungen auf mein eigenes Konto?« Energisch schüttelte sie den Kopf. »Niemals. Das kommt für mich nicht in Frage.«

Hans griff zur Serviette und tupfte sich bedächtig den Mund ab. »Selbst wenn du einem guten Freund damit helfen könntest?«

Verwundert blickte Gerlinde auf. »Wie meinst du das?«

»Nimm beispielsweise uns. Stell dir vor, ich käme in eine große Notlage. Eine Unterschrift von dir könnte mich vor dem Ruin retten.«

»Ach was!«

»Wäre das ein Grund?«, fragte Hans hartnäckig.

Gerlinde Bauer legte das Besteck beiseite. »Hast du Geldsorgen?«

»Nein, natürlich nicht. Ich frage rein hypothetisch.«

»Gut.« Sie nahm Messer und Gabel wieder auf. »Ich könnte nie meine verantwortungsvolle Stellung missbrauchen.«

»Auch nicht für den Mann, den du liebst? Deinen Ehemann zum Beispiel?«

»Du gibst wohl nie Ruhe?«

»Es interessiert mich eben.«

»Ob du durch mich an Geld kommst?«

»Ach was, das nun wirklich nicht.«

»Was dann?«

»Ich meine nur, ich kann es durchaus verstehen, wenn ein Kassierer schwach wird. Wir sind alle bloß Menschen.«

»Menschen, ja. Aber in der Kasse ...«

»... arbeiten auch Menschen mit Fehlern«, ergänzte Hans. »Heißt es nicht: Wer ohne Fehler ist, werfe den ersten Stein?«

»Wer unter euch ohne Sünde ist«, korrigierte Gerlinde.

»Ein weites Thema.«

»Belassen wir es dabei. Das Essen ist köstlich, genieße es.« Gerlinde widmete sich mit angestrengter Miene ihrem Steak. Ein Zeichen, dass für sie das Gespräch beendet war.

»Du hast recht, warum wollen wir uns mit konstruierten Problemen den Abend verderben!«

Hans beugte sich über seinen Teller. Dieses verdammte Weib. Wieder war er keinen Schritt weiter gekommen, dabei drängte sein Bruder. Erst gestern hatten sie einen bösen Streit deswegen gehabt. Unfähig sei er, schwach. Karl hatte getobt. Da hatte Hans den Kopf eingezogen und war davongeschlichen. Seitdem hatte er nichts von Karl gehört, kein Einlenken, keine Entschuldigung. Dabei musste der Bruder doch wissen, dass er ihn verletzt hatte. Bisher hatten sie sich nach jedem Streit wieder vertragen. Sie konnten nicht ohne einander, spätestens nach ein oder zwei Stunden war alles wieder gut. Zwillingstypisch, so hatte der Großvater früher oft gemeint. Warum ließ ihn Karl dieses Mal zappeln? Waren die politischen Ziele wichtiger als Bruderliebe?

Wütend stocherte Hans in den appetitlich angerichteten Kartoffelbällchen herum. Die zwei jungen Mädchen auf der gegenüberliegenden Straßenseite bemerkte er nicht.

»Schau einer an!« Anja zerrte die Freundin in einen Hauseingang.

»Was hast du denn?«

»Die Frau dort, vorn links, im ›Musencafé‹.«

»Nobler Schuppen, na und?« Julia starrte nach drüben. Sie rümpfte die Nase. »Schickimicki.«

»Die Frau – ich kenne sie.«

»Mein Gott, ich kenne auch eine Menge Leute. Manchmal sieht man eben Bekannte.« Gelangweilt verließ Julia ihre Deckung.

Anja riss sie zurück. »Warte doch mal! Frau Bauer ist mit einem Kerl dort. Das ist interessant.«

»Wieso?«

Anja antwortete nicht. Ihre Gedanken rotierten. Die Bauer und ein Mann. Da musste mehr zu holen sein. Sie dachte an den angefangenen Brief unter ihrem Sofakissen, die Summe, ungeahnte Möglichkeiten.

»Was ist nun? Wollen wir hier anwachsen?«

Julias Murren brachte Anja zur Besinnung. Widerstandslos ließ sie sich mitziehen.

In der Mädlerpassage herrschte dichtes Gedränge. Die weihnachtlich dekorierten Schaufenster lockten kaufkräftige Kunden. Anja und Julia bummelten von einer Boutique zur nächsten und probierten, was ihnen gefiel. Kaufen konnten sie nichts. Anjas letztes Geld war für das Speed draufgegangen. So weh es Anja tat, sie musste selbst den knallgelben, weit ausgeschnittenen Pullover zurück ins Regal legen, der wie geschaffen für sie schien. Schade um das Traumteil. Mürrisch verließ sie das Geschäft.

»He, warte doch.« Julia hastete ihr nach. Schweigend liefen sie nebeneinander her, eingehüllt in dudelnde Weihnachtslieder und Stimmengewirr, aus dem ab und an ein Kinderlachen, Quengeln, Rufen oder Schimpfen hervorbrach.

»Lass uns einen Kaffee trinken«, schlug Julia schließlich vor. »Wie denn ohne Geld?« Anja presste die Lippen zusammen.

»Ich kenne ein paar Typen, die laden uns sicher ein.«

»Wenn du meinst.« Lustlos schlurfte Anja an der Häuserfront entlang.

»Schau mal, was ich habe.« Julia griff unter ihre Jacke.

»Der Pulli!«

»Für dich.«

»Mensch Julia, danke. Er ist einfach toll. Wovon hast du den denn bezahlt?«

»Frag nicht, nimm ihn einfach.«

Anja stutzte. »Du hast ihn doch nicht gestohlen, oder?«

»Wenn schon!«

Anja blieb stehen, der Pullover in ihrer Hand war plötzlich schwer wie ein Stein. »Ich kann ihn nicht nehmen«, sagte sie leise. »Ich will nicht, dass du für mich klaust.«

»Du Schaf!« Julia gluckste. »Ich habe das nicht zum ersten Mal gemacht. Ich muss schließlich sehen, wo ich bleibe. Zieh ihn einfach an, freu dich an ihm und denk nicht darüber nach. Du hast es dir verdient. Komm!« Sie zog Anja zu dem Schnellrestaurant am Ende der Straße. Auf der Toilette drückte sie Anja eine kleine Pille in die Hand. Anja schluckte sie hinunter und spülte mit einer Handvoll Wasser nach.

»Jetzt den Pulli!«, befahl Julia. Als Anja vor ihr auf und ab stolzierte, schnalzte sie anerkennend. »Steht dir wirklich super.«

Die Tür schlug zurück und einige Mädchen drängten lärmend herein. Bewunderte Blicke streiften Anja, dann verteilten sich die Girlies auf verschiedene Kabinen.

»Hast du gesehen?« fragte Julia, und Anja nickte stolz. Sie zog Julia an sich. »Danke.«

»Dann bist du mir nicht mehr böse?«

Anja schüttelte den Kopf. »Wie könnte ich. Du bist meine beste Freundin.«

»Deine einzige.«

»Meine einzige«, bekräftigte Anja.

13. Kapitel

Henne war ganz ruhig. Nichts deutete auf seinen inneren Aufruhr hin.

»Schön, dass du es so gefasst aufnimmst«, meinte Elvira erleichtert und griff nach ihrer Tasse. Sie saßen in ihrem Café, an ihrem Tisch. Wie üblich, als wäre nichts geschehen.

Wenn du wüsstest, dachte Henne. Stattdessen sagte er: »Du hast dich neu verliebt, so etwas kommt vor. Hoffentlich hast du diesmal mehr Glück.«

»Anibal ist ein wunderbarer Mensch. Ihr seid euch ähnlich.«

»Hm.« Ein wunderbarer Mensch also, ihm ähnlich. Dabei war er für Elvira nicht wunderbar genug gewesen. »Hauptsache, er lässt sich nicht noch einmal zusammenschlagen.« Der Seitenhieb musste sein.

»Heinrich!« Elvira tastete nach Hennes Hand. »Es liegt nicht an dir.«

»Tja.« An wem denn sonst? Er hatte versagt, keine Frau hielt es bei ihm aus. Unvermittelt zog ein stechender Schmerz durch seine Narbe, abwesend strich er sich über das Gesicht.

»Ehrlich, Heinrich. Bleib mein Freund, bitte.«

»Natürlich, wie du willst.« Die Worte kamen leicht, auch wenn sie ihm schwer fielen.

»Du bist jederzeit gern gesehen. Im Orchester und auch bei uns zuhause.«

»Ihr wohnt zusammen?« Das tat weh.

»Versteh doch! Er ist immer noch in Gefahr. Ich kann ihn nicht allein lassen. Er braucht mich.« Elviras Augen bettelten.

»Muss wohl so sein.« Henne zerknüllte die Serviette und warf sie auf den Teller, wo ein goldgelbes Stück Eierschecke darauf wartete, von ihm verzehrt zu werden. Der Appetit war ihm gründlich vergangen. Als er sich mit Elvira verabredet hatte, hatte er gehofft, sie würden sich aussprechen und alles käme wieder ins Lot. Wie dumm von ihm! Die Narbe brannte nun unerträglich.

»Entschuldige mich bitte.« Henne stand auf und lief schwerfällig durch den Gastraum zur Toilette. Er drehte den Hahn am Waschbecken bis zum Anschlag auf und wartete einen Moment. Sein schmerzverdunkelter Blick fing sich an einem Sprung in der Waschschüssel, der vor kurzem noch nicht da gewesen war. Gesprungenes Porzellan, gesprungene Seele. Die banale Gemeinsamkeit tröstete ihn ein wenig. Das Wasser wurde langsam kälter, dann eisig. Gerade richtig für ihn. Er schöpfte es mit der hohlen Hand und spritzte es auf die Narbe. Es tat gut. Er stöhnte erleichtert. Ein weiterer Schwall. Das Brennen ging allmählich in leises Pochen über. Henne zerrte einige Papiertücher aus der Halterung und trocknete sich ab. Er mied den Spiegel, er wusste auch so, welchen Anblick er bot. Ein müder, alternder Mann mit entstelltem Gesicht und Übergewicht. Der Traum jeder Frau. Alles ging zu Bruch, sein Sarkasmus jedoch war ihm geblieben, ein treuer Begleiter, sein Schutz. Er warf die zerknautschten Tücher achtlos in den Müll und kehrte an den Tisch zurück.

Elvira war bereits gegangen. Neben seinem Kuchen lag ein Zettel. Die Rechnung. Elvira hatte gezahlt. Unter dem Betrag stand ein einziges Wort. ›Verzeih!‹

Henne seufzte. Wenn das so einfach wäre! Wenn er Gefühle beiseite schieben könnte, wie unliebsamen Besuch! Er war nahe daran gewesen, sein Leben mit Elvira zu teilen. Er rief nach dem Kellner und bestellte einen Weinbrand. Er kippte ihn in einem Zug hinunter. Der Alkohol rann heiß durch die Kehle und vertrieb die Kälte aus seinem Herzen. Henne schüttelte sich.

»Noch einen?« Der Kellner deutete auf das Glas, aber Henne winkte ab. »Lieber einen Kaffee.«

Kaum hatte er die Bestellung aufgegeben, ärgerte er sich darüber. Was wollte er noch hier, allein? Seinen Kummer ertränken? Im Selbstmitleid zerfließen? Kam nicht in Frage.

Energisch stemmte er sich hoch. Beim Verlassen des Gastraumes legte er einige Münzen auf den Tresen. Der Kellner schaute ihm verwundert nach.

Statt ins Büro begab sich Henne ins Polizeirevier West. Die dortigen Polizeibeamten hatten zum Überfall auf den puerto-ricanischen Lehrer ermittelt. Henne wusste keinen Grund für sein Interesse, zumindest keinen dienstlichen. Ein vages Bauchgefühl, aber im Laufe der Zeit hatte er gelernt, auf das leise Grummeln zu hören. Er musste einfach wissen, wie die Dinge standen. Vielleicht gab es weitere Hinweise, wer Elviras Kollegen – Geliebten, korrigierte er sich bissig – angegriffen hatte. Vielleicht hatte man sie auch bereits dingfest gemacht.

Leonhardts Freund war nicht da, doch ein paar andere Beamte erkannten Henne. In einer Stadt wie Leipzig hielt man engen Kontakt zur Kripo, man arbeitete Hand in Hand.

Der Revierleiter war ein alter Hase. Mehr als einmal hatte er neben Henne in verschiedenen Sonderkommissionen gesessen und sich die Nächte um die Ohren geschlagen. Ihm konnte Henne nichts vormachen.

Er schob den Kommissar ins Dienstzimmer und drückte ihn auf einen Stuhl. »Erzähl mal!«, forderte er ohne Umschweife. »Was hast du auf dem Herzen?«

»Vermutlich ist es nicht so wichtig, aber ich bin mir nicht sicher.« Henne strich über seine Narbe. »Dieser Fall aus dem Gymnasium, der Lehrer, der überfallen wurde. Ich muss wissen, was ihr herausbekommen habt.«

Der Revierleiter zog die Tastatur seines Computers zu sich, tippte einige Buchstaben. »Dauert einen Moment«, entschuldigte er sich. »Das Programm ist nicht das Schnellste.«

Henne nickte verstehend, die Technik sorgte auch in anderen Dienststellen oft genug für Ärger.

»Hier, ich hab es. Pech für dich, du kommst zu spät. Die Akte ist bei der Staatsanwaltschaft.«

»Kann sich niemand an den Vorgang erinnern?«

»Doch, ich zum Beispiel und das ist nun wieder Glück für dich.«

»Sag schon!«, drängte Henne.

»Wir haben eine Gruppe Jugendlicher im Verdacht. Schüler des Gutenberg-Gymnasiums. Ihr Anführer ist ein gewisser Turnau. Vorname Norbert, wenn ich mich nicht irre.«

»Motive?«

»Die Aussagen der Jungs sind sehr widersprüchlich. Von unkontrollierter Gruppendynamik ohne bestimmten Grund bis zielgerichteten Fremdenhass ist alles dabei. Turnau selbst schweigt sich aus.«

»Reicht es für eine Anklage?«

»Mit Sicherheit. Staatsanwalt Schmideberg hat es in der Hand. Er ist scharf, du kennst ihn. Er hasst das braune Gesülze. Gerade wenn es um das sogenannte Deutschtum geht, fackelt er nicht lang.«

Henne nickte. »Er stammt aus einer jüdischen Familie. Seine Groß-eltern sind in Buchenwald umgekommen.«

»Wir haben einige Beweise sichergestellt. Poster zum Beispiel. Dazu gibt es einen Drohbrief. Ein weiteres Mitglied des Lehrerkollegiums hat ihn erhalten und sofort an uns weiter geleitet. Er ist anonym, der Inhalt aber ist eindeutig: ›Halte dich von Kanaken und Bullen fern oder du Schlampe bist als nächstes dran.‹ So oder zumindest ähnlich war er. Ich rechne ihn unserer Zielgruppe zu.«

»Und die Empfängerin?« Hennes Stimme zitterte unmerklich.

»Elvira Sommer ist eine couragierte Frau, dennoch hat sie Angst. Vor allem um ihren Kollegen, sie sind befreundet.«

Henne saß wie erstarrt. Elvira wurde also bedroht und sie hatte ihm nichts davon gesagt. Hatte sie kein Vertrauen zu ihm?

»Das ist alles«, endete der Revierleiter.

Henne riss sich zusammen. »In Ordnung, danke für die Auskunft. Ich revanchiere mich bei Gelegenheit.«

Der Revierleiter hob fragend die Augenbrauen.

»Ich kenne eine nette Gartenkneipe, die ›Rote Emma‹. Da trinken wir mal gemeinsam ein Schwarzes«, erklärte Henne im Hinausgehen.

* * *

»Das ist der letzte.« Gerlinde Bauer legte einen prall gefüllten Ordner auf den Schreibtisch, an dem Mark Wolf, der neue Rechnungsprüfer, saß. Vor ihm häuften sich zwei Stapel. Die fertig geprüften und als korrekt gefundenen Zahlungsvorgänge wanderten nach links, Bean-standungen landeten rechts. Gerlinde beobachtete mit gemischten Ge-fühlen, wie der rechte Stapel stetig wuchs.

»Wenn ich Ihnen helfen kann …«, warf sie zögernd ein.

Wolf schnalzte unwillig. »Ich komme allein zurecht. Wenn ich Fra-gen habe, wende ich mich schon an Sie.«

Angst stieg in Gerlinde hoch. Dieser junge Schnösel würde sie ohne zu zögern ins Unglück stürzen. Der hatte ja keine Ahnung. Er gab mit seinem theoretischen Wissen an, als hätte er es selbst erfunden.

Als ihr bewusst wurde, dass sie die rechte Hand zur Faust geballt hatte, riss sie sich zusammen. Sie hatte sich nichts vorzuwerfen. Sie richtete ihre Frisur, strich die Strähnen, die sich beim Hin- und Her-hasten gelöst hatten, hinter die Ohren und zog sich wortlos in das Ne-benzimmer zurück. Wolf hob nicht einmal den Kopf.

Sie setzte sich an ihren Platz und versuchte, sich auf die vor ihr liegende Arbeit zu konzentrieren. Es gelang ihr nicht. Ihre Gedanken waren bei den Vorgängen, die der Prüfer unter die Lupe nahm. Und bei Hans und dessen komischen Fragen. Wenn nun Klaus August … unmöglich! Sie schüttelte den Kopf.

Am Abend war sie in sich gekehrt. Hans Turnau gab sich redlich Mühe sie aufzumuntern, doch sie blieb einsilbig. Schließlich wurde es Turnau zu bunt und er brachte sie nach Haus. Beim Abschied grollte er: »Hoffentlich bist du morgen in besserer Stimmung.«

Gerlinde antwortete nicht, sondern schlug die Tür zu. Sie sammelte die Post vom Boden unter dem Briefschlitz auf, legte sie achtlos auf den Küchentisch und braute sich einen Tee. In letzter Zeit hatte sie sich bei den rauschverursachenden Zutaten zurückgehalten. Heute aber lechzte alles in ihr danach. Nach dem ersten Schluck lehnte sie sich entspannt zurück. Ihr Blick fiel auf das Posthäufchen, und sie griff danach. Die monatliche Rechnung der Telefongesellschaft, eine Mitteilung der Krankenkasse, Werbeschreiben. Achtlos legte sie die Briefe zurück. Das hatte Zeit. Nur noch einer befand sich in ihrer Hand. Unschlüssig wendete sie den weißen Umschlag. Kein Name, weder Anschrift noch Absender. Plötzlich hatte sie ein mulmiges Gefühl in der Magengegend.

Sie trank von dem Tee, dann riss sie energisch den Umschlag auf. Zuerst nahm sie gar nicht wahr, was sie in den Händen hielt, aber allmählich formten die starren, unpersönlichen Lettern drohende Worte. Böse Worte. Noch weigerte sie sich, noch hielt sie das Ganze für einen Scherz, einen schlechten dazu, lächerlich und geschmacklos. Der letzte Satz jedoch war allzu deutlich. Fassungslos ließ sie das Blatt sinken. Sie war wie betäubt. In ihrem Kopf drehte sich alles. Die Zeit tropfte zäh dahin, sie bemerkte es nicht. Nach einer Ewigkeit rappelte sie sich schließlich hoch, schüttete den kalt gewordenen Tee in den Ausguss und setzte frisches Wasser auf. Sie zwang sich zu den Handgriffen, und tatsächlich ließen sie die gewohnten alltäglichen Dinge ein wenig sicherer werden.

Während sie hantierte, bemühte sie sich, das Blatt auf dem Tisch zu ignorieren. Schau nicht hin, ermahnte sie sich wieder und wieder. Schau nicht hin! Wider besseres Wissen hatte sie auf einmal die Hoffnung, das böse Papier würde verschwinden.

Das kochende Wasser lenkte sie einen Moment ab. Sie kramte neue

Kräuter aus den Vorratsdosen. Ihr Verlangen nach dem Rausch hatte sich in Nichts aufgelöst. Was sie jetzt brauchte, war ein Beruhigungstrank. Sie umfasste den großen Becher mit beiden Händen, als könne er ihr Halt geben. Im Zeitlupentempo wandte sie sich um. Der Brief grinste sie hämisch an.

Oh Gott, warum nur!

Panikartig warf sie sich herum und flüchtete in das Wohnzimmer. Mit zitternden Händen wählte sie die Nummer, die ihr Hans vor einigen Tagen gegeben hatte. Falls sie Sehnsucht nach ihm habe oder falls etwas wäre, so hatte er gesagt und dabei gelächelt. Jetzt war etwas. Sie brauchte ihn wie noch nie, seinen Halt, seine Kraft. Er war ihre Rettung, der sprichwörtliche Strohhalm, an den sie sich klammern wollte.

Geh ran, flehte sie, geh endlich ans Telefon!

Verzweifelt schüttelte sie den Hörer. Als sie seine Stimme hörte, brach sie erleichtert in Tränen aus.

Keine dreißig Minuten später klingelte es. Sie stürzte zur Tür. Noch ehe Hans etwas sagen konnte, fuchtelte sie mit dem Brief herum.

»Da!«, schluchzte sie aufgelöst »Ich werde bedroht!«

Anklagend wedelte das Blatt durch die Luft.

»Lass mal sehen!« Die Stimme – tiefer als gewöhnlich – drang nicht zu Gerlinde durch. Auch dass Hans eine Goldrandbrille aus der Tasche zog, die sie noch nie an ihm gesehen hatte, fiel ihr nicht auf. Voller Panik war sie längst zurück in die Wohnstube gestürzt. Tief in die linke Sofaecke gekrümmt, wimmerte sie vor sich hin.

»Zum Teufel, reiß dich zusammen!«

»Was soll ich nur machen? Hilf mir, Hans, hilf mir! Bitte!«

Der abschätzende Blick, der sie traf, ließ sie zusammenfahren. Irritiert stierte sie auf die spiegelnden Gläser vor seinen Augen.

»Hans?«

Furcht kroch in ihr hoch. Der Mann strahlte eisige Kälte aus. Plötzlich rückte der Brief in den Hintergrund. Auf ihren Armen bildete sich eine Gänsehaut. Sie wagte kaum, zu atmen.

»Karl«, stellte er gelassen richtig. »Ich bin Karl Turnau.«

»Aber Hans ...«

»Mein Bruder ist verhindert. Leider «, unterbrach sie Karl ungeduldig, »oder sollte ich besser sagen, zum Glück?«

»Wie können Sie so reden!«, flüsterte Gerlinde erstickt.

»Regen Sie sich ab, Teuerste! Denken Sie lieber daran, weswegen ich hier bin.«

Der Brief, dieser schreckliche, grausame Brief. Als wäre der Gedanke daran nicht schon quälend genug, zitierte Karl: »Fürs erste eintausend Euro, in kleinen Scheinen, morgen unter Ihrem Abtreter. Zu niemandem ein Wort oder es geht Ihnen wie Klaus August.«

»Aber ich . . .«

»Aber was?« Karls Stimme klang sanft und gerade das ließ Gerlinde zittern. »Sie werden erpresst, Teuerste, und Sie wissen, das wird nicht aufhören. Erst ist es ein Tausender, dann zwei, später noch mehr und so weiter und so weiter. Sie sitzen, mit Verlaub gesagt, tief im Dreck.«

»Ich habe nichts mit Klaus Augusts Tod zu tun.«

Auf Gerlindes Wangen erschienen rote Flecke.

»Wahrhaftig?« Karl lächelte genüsslich. Seine Augen glitzerten. »Und wie ist es mit den krummen Geldgeschäften? Haben Sie auch da eine weiße Weste? Nein, Teuerste, Sie hängen drin.«

»Nein, nein und nochmals nein! Und nennen Sie mich gefälligst nicht Teuerste.«

Die Flecken hatten mittlerweile ihr ganzes Gesicht überzogen und breiteten sich in Richtung Hals aus.

Karl schoss vor und packte sie an den Schultern. Wütend schüttelte er sie.

»Hören Sie auf!«, schrie Gerlinde.

Überraschend ließ er tatsächlich von ihr ab und richtete sich auf. Ein tödlicher Hauch ging von ihm aus, als er sagte: »Sie sind nicht in der Lage, Befehle zu erteilen!«

»Gehen Sie, sofort!«, sagte Gerlinde bebend.

»Sie haben mich nicht verstanden, Teuerste. Ich bestimme hier, was geschieht.«

»Sie sind ein Schwein!«

»Sie sagen es.« Karl lächelte böse.

»Was wollen Sie?«

»Ich dachte, ich hätte es bereits klargestellt. Wir werden miteinander reden.«

»Über Klaus?«

»Der interessiert mich nicht. Ich spreche von Ihnen. Sie haben mit ihm gemeinsame Sache gemacht. Deswegen werden Sie erpresst.«

»Ich kann jederzeit zur Polizei gehen.«

»Um sich selbst anzuzeigen? Seht her, ich bin eine Diebin?« Karl lachte hämisch.

Gerlinde war zu keiner Antwort fähig.

»Ich habe eine bessere Lösung. Überlassen Sie mir den Brief, ich finde den Schreiber und kümmere mich darum.«

»Einfach so? Das nehme ich Ihnen nicht ab.«

»Es ehrt mich, dass Sie Bescheid wissen, Teuerste. Natürlich erwarte ich eine Gegenleistung.«

»Sie Mistkerl.«

»Ihre Ausfälligkeiten beginnen langweilig zu werden.«

»Was wollen Sie? Sagen Sie es endlich!«

»Nichts Unmögliches. Sie führen Augusts Werk fort.«

»Ich habe keine Ahnung, was er mit Ihnen zu schaffen hatte.«

»Darüber werden Sie rechtzeitig instruiert. Zunächst ist es wichtig, den Kassenprüfer in Schach zu halten.«

»Woher wissen Sie von der Prüfung?«

»Das geht Sie nichts an.«

»Kassenprüfungen sind hoch angesiedelt. Frau Rauchfuß …«

»Sie wird Ihnen nicht in die Quere kommen.«

Plötzlich verstand Gerlinde. »Sie hängt mit drin, hab ich recht?«

»Ich wiederhole, das geht Sie nichts an.«

Karl trat ans Fenster und schaute auf die dunkel liegende Straße hinaus. Es regnete in Strömen, keine Menschenseele war unterwegs. Das Scheinwerferlicht eines Autos brach schimmernde Asphaltstreifen aus der Nacht, dann bog es um die Ecke und die Straße lag erneut verlassen da. Eine Insel inmitten der hektischen Stadt. Seine Insel, die jetzt auf absurde Weise bedroht wurde. Eine Lösung musste her, schnell.

Er wandte sich zurück: »Haben Sie jemanden in Verdacht?«

Gerlinde Bauer schreckte auf. »Was …?«

»Können Sie sich vorstellen, von wem der Brief stammt?«, wiederholte Karl ungeduldig.

Ratloses Schweigen.

»Dann eben nicht«, winkte er genervt ab. »Geben Sie mir den Wisch und denken Sie an den Prüfer. Es darf kein Verdacht auf die Stadtkasse fallen, verstanden?«

* * *

Henne studierte den Obduktionsbericht. Gerhard Knopp, Diagnose multiples Organversagen und Schocksymptomatik unklarer Genese.

Chronischer Alkoholabusus, Exsikkosezeichen, Verdacht einer abgelaufenen Pankreatitis.

»Können die nicht verständlich schreiben?«, schimpfte er.

»Knopp war Alkoholiker. Sein Zustand war desolat, er hat sich ins Koma gesoffen und ist buchstäblich ausgetrocknet. Todesursache letzten Endes Nierenversagen«, sagte Leonhardt.

»Kein Mord.«

»Nee, alles ganz natürlich.«

»Ob ihn irgendjemand vermisst?«

»Meine Güte, was ist mit dir los? Du bist doch sonst nicht so sentimental.«

»Wer weiß«, erwiderte Henne unbestimmt.

»Ich zumindest weiß, dass wir im Falle Knopp nicht weiter ermitteln müssen.«

»Ich hätte schwören können, unser ominöser Unbekannter hat bei Knopps Tod mitgemischt. Aber egal, ich hab mich schließlich in letzter Zeit mehr als genug geirrt. Vor allem im Bezug auf Frauen. Spürnase Henne hat kläglich versagt.«

Leonhardt schüttelte verständnislos den Kopf. »Was soll das denn nun wieder! Mitleidstour?«

»Ich bin ein wenig nervös. Heute ist der Vierte«

»Und?«

»Vierter Dezember, 17.30 Uhr, Raum 117 im Amtsgericht«, erklärte Henne und Leonhardt verstand: »Dein Scheidungstermin. Apropos Scheidung, kennst du den?

Fritz heult: ›Meine Frau hat mich verlassen.‹

Darauf Horst: ›Sieh es positiv. Endlich bist du sie los.‹

Fritz überlegt, dann stimmt er zu. Er lächelt, doch plötzlich heult er erneut los.

Horst fragt: ›Was ist denn nun schon wieder?'

›Gestern ist sie zurückgekommen‹, antwortet Fritz.«

»Ha, ha«.

»Früher hast du Witze geliebt.«

»Ich weiß gar nicht, was ich dort soll, im Gericht. Erika bekommt, was sie will, und ich hab nichts dagegen zu sagen. Dazu braucht es keinen Richter, dem ich vorgeführt werde wie ein Verbrecher«, murrte Henne.

»Warte erst einmal ab, vielleicht wird es nicht so arg.«

Doch Leonhardt sollte sich irren. Es wurde sogar mehr als arg, denn Henne konnte sich später an rein gar nichts mehr erinnern. Er wusste nur noch, dass er keinen Blick von Erika gelassen hatte. Sie erschien ihm schöner und begehrenswerter als je zuvor. Worte wie Streitwert, Unterhalt und Versorgungsausgleich rauschten bedeutungslos an ihm vorbei. Brav nickte er, wenn ihn sein Anwalt in die Seite stieß, doch kein Ton kam über seine Lippen.

Erika, im eleganten Winterkostüm ihm gegenüber platziert, lächelte sanft. Die Sache war ganz nach ihrem Geschmack.

Nach der Verhandlung wartete sie vor der Tür. »Das war es dann wohl.«

Henne versank in ihren Augen. »Du bist frei. Wie du es gewollt hast.«

Erika hob die Hand, ihr Zeigefinger fuhr zärtlich Hennes Narbe nach: »Du solltest betrübt sein«, flüsterte sie.

»Das bin ich.« Hennes Stimme klang belegt. »Du ... ach, vergiss es.« Panikartig stolperte er die Treppen hinunter. Erika sollte keine Tränen sehen. Alles, aber das nicht!

»Ich ruf dich an.« Erikas Ruf holte ihn ein, doch er ignorierte ihn.

* * *

Der Wirt der ›Roten Emma‹ ließ sich seine Verwunderung kaum anmerken, als sich Henne am Tresen auf einen Hocker schob.

»Warst lange nicht da«, meinte Willy und füllte ein Schwarzes ein.

»Hab viel Arbeit zurzeit.« Henne stürzte das Bier in einem Zug hinab.

»Wie läuft es?«, erkundigte sich Willy beiläufig, während er das Glas erneut unter den Zapfhahn hielt.

»Mit Elvira ist es aus. Es wäre ohnehin nicht gut gegangen. Ich hab gemerkt, ich bin noch nicht soweit.«

»Also Erika.« Willy konnte er nichts vormachen. »Klammer dich doch nicht so an deine Ex. Das tut nicht gut, weder dir noch deinem Liebesleben.«

»Du hast gut reden, du kennst sie nicht! Ich habe ihr soeben gegenübergestanden. Auf einmal waren alle Gefühle wieder da, ich war wehrlos. Diese Frau ist eine Zauberin, ich bin ihr ausgeliefert.«

»So ein Quatsch, verquirlter. Das bildest du dir bloß ein.«

»Ich weiß, was ich sage«, stellte Henne störrisch fest und setzte das Bier an die Lippen. Wenn Willy ihm nicht glauben wollte, dann würde er eben schweigen und trinken. Vielleicht verdrängte der dunkle Gerstensaft das blonde Erikagift aus seinem Hirn. Er hätte nichts dagegen. Noch immer meinte er, Erikas behutsame Berührung zu spüren, und obwohl sie den dumpfen Schmerz unter der schlecht verheilten Gesichtswunde wohltuend gemindert hatte, wünschte er sich, die verdammte Narbe würde endlich wieder auf vertraute Art brennen. Als wäre nichts passiert und er noch immer der starke, wenn auch einsame Held.

Doch nichts von dem geschah. Weder Willy noch dessen Bier brachten die Erinnerung an Erika zum Schweigen, und Henne trollte sich traurig nach Hause. Selbst Lissy konnte die trostlose Kälte nicht vertreiben. Mechanisch spielte er sein gesamtes Repertoire durch, mochte Frau Strehle zetern wie ein Rohrspatz.

* * *

»Na?«, empfing ihn am nächsten Morgen Leonhardt mit fragender Miene.

»Nichts, na. Scheidung eben und basta.«

»Wenn du reden willst …«

»Will ich nicht«, unterbrach ihn Henne schroff. »Sag lieber, was heute anliegt.«

»Ich muss ins Kaufhaus, ganz wichtig. Morgen ist Nikolaustag und Ilona erwartet ein Geschenk.«

»Nach Privatkram hab ich nicht gefragt.«

Verbissen kniff Henne die Lippen zusammen. Seine Schuhe würden dieses Jahr leer bleiben. Das erste Mal seit zwanzig Jahren, in denen sich Erika immer etwas für ihn ausgedacht hatte.

»Nun hab dich nicht so, das hat dich doch bislang nie gestört. Meine Arbeit mache ich ja trotzdem.«

»Also?«, fragte Henne ungerührt.

»Rita Rauchfuß. Wider besseres Wissen habe ich dich angekündigt. Der Alte wird mir dafür in den Hintern treten.«

»Berufsrisiko. Ich mach mich auf die Socken.«

Die Kassenleiterin ließ Henne zunächst warten. Ein Umstand, der keineswegs dazu angetan war, seine Stimmung zu verbessern. Auch von Schlangen sollten man ein Mindestmaß an Höflichkeit erwarten können. In regelmäßigen Abständen verließ er den Platz, der ihm von Frau Sperling – äußerst pflichtgetreue Sekretärin – zugewiesen wurde und marschierte durch das peinlich aufgeräumte Vorzimmer. Vier Schritte hin, vier Schritte zurück. Tür Fenster, Fenster Tür. Die missbilligend hochgezogenen Brauen der Sperling ignorierte er hartnäckig, ebenso ihren neugierigen Vogelblick, mit dem sie seine Wanderung verfolgte.

Nach einer geschlagenen Stunde war die Rauchfuß schließlich zu einem Gespräch bereit.

»Fassen Sie sich kurz«, begrüßte sie ihn. Seine ausgestreckte Hand übersah sie geflissentlich.

»Wir haben herausbekommen, dass Ihr Kassierer vergiftet wurde.« Henne beobachtete die Rauchfuß mit Argusaugen, doch deren Gesicht blieb ausdruckslos.

»Vergiftet? Ich denke, er wurde erschlagen. Die Wunde, das Blut, das war eindeutig.« Kein Blinzeln.

»Humbug! Ich wiederhole, Klaus August wurde vergiftet und ich weiß, Sie kennen sich mit Giften aus.« Henne setzte alles auf eine Karte. »Sie sind zu einer Verdächtigen geworden.«

»Ich?« Das Erstaunen war zu echt, um gespielt zu sein.

Henne merkte sofort, er hatte einen Fehler begangen. Es war ihm egal. »Sie sind die einzige Person aus Augusts Umgebung, die über genügend Pflanzenkenntnisse verfügt«, bluffte er.

»Mein lieber Herr Hauptkommissar, da täuschen Sie sich gewaltig.« Rita Rauchfuß lächelte maliziös und fuhr sich mit der Zungenspitze über die perfekt geschminkten Lippen.

Eine Zungenspitze, die entgegen seiner Erwartungen vollkommen normal war, weder schlängelnd, noch gespalten.

Enttäuschend.

Ein Blick in die lauernden Augen belehrte Henne eines Besseren. Doch Schlange. Vermutlich malte sie sich den Anschiss aus, der ihn in der Polizeidirektion erwartete. Die würde schon dafür sorgen, dass er ihren Vorstellungen entsprach.

»Ober«, knurrte er bissig. So leicht gab er nicht auf.

»Meinetwegen Oberkommissar, wenn Ihnen Ihr Titel so am Herzen liegt. Mir ist das egal. Etwas anderes hingegen ist viel wichtiger: Es gibt nämlich mindestens eine weitere Person, die über ähnliches Wissen verfügt. Abgesehen davon, dass jeder einigermaßen gebildete Mensch in Fachbüchern nachlesen kann, welche Gifte tödlich sind.« Der Spott war unüberhörbar.

»Name der Person?«

»Gerlinde Bauer, mein lieber Herr Kommissar. Verzeihung, Oberkommissar.«

»Danke für den Tipp. Dann werde ich mal eben Frau Bauer aufsuchen. Vielleicht bestätigt sie Ihre Angaben.«

Sieg für die Schlange. Henne fühlte sich miserabel, doch er ließ es sich nicht anmerken.

»Bemühen Sie sich nicht. Sie ist heute nicht zum Dienst erschienen.«

»Krank?«

»Sie hat sich noch nicht gemeldet«, erwiderte die Rauchfuß mit einem Schulterzucken. Betont gleichgültig schlug sie einen dicken Ordner auf und vertiefte sich augenblicklich in die Seiten. Oberkommissar Heinrich Heine war entlassen.

Auf dem Weg zu Gerlinde Bauers Wohnung ließ er sich Zeit. Er musste nachdenken und zwar gründlich. Rita Rauchfuß konnte ihm gefährlich werden. Sie verfügte über genügend Einfluss, um ihn aus dem Job zu kanten. Bislang hatte er darin kein Problem gesehen, schließlich hatte er schon einmal darauf gepfiffen und war bereit gewesen, seinen Hut zu nehmen. Allerdings war damals er derjenige, der die Entscheidung getroffen hatte. Wenn jetzt jemand anderes für das Ende seiner Polizeikarriere sorgte, stank ihm das gehörig. Erst recht, wenn er seinen Rausschmiss den Beziehungen einer Parteischnepfe verdanken sollte. Konnte er aber seine Ermittlungen davon abhängig machen?

Alles in ihm sträubte sich dagegen. Er war Polizist und das mit Leib und Seele. Er sorgte dafür, dass Verbrecher ihre gerechte Strafe empfingen. Mit seinen eigenen Methoden; da ließ er sich nicht hineinreden, und der Erfolg gab ihm Recht. Verdammt noch mal, er würde sich nicht unter Druck setzen lassen, das war er sich und seinem Gewissen schuldig. Allein dafür lohnte sich der Kampf allemal.

Grimmig streckte er das Kinn in die kalte Dezemberluft.

Vor dem Haus, in dem Gerlinde Bauer wohnte, verharrte er einen Moment. Ein typisches Haus einer Wohnungsgenossenschaft. Schmucklos und nichtssagend. Wären nicht die Villen auf der gegenüberliegenden Straßenseite, die Gegend hätte tot und steril gewirkt. Er musterte die Fensterfront. Nichts deutete darauf hin, dass jemand zu Hause war. Die Gardinen hingen in akkuraten Falten, ordentlich wie Zinnsoldaten. Er kniff die Augen zusammen. War da nicht ein Lichtschein? Er wunderte sich. Strahlende Sonne hatte das Wintergrau vertrieben. Ungewöhnlich, dass an solch schönem Tag eine sparsame Frau wie die Bauer Lampen brennen ließ. Er klingelte. Stille.

Unschlüssig schaute er sich um. Glück, dass ausgerechnet in diesem Augenblick der Postbote auftauchte. Er nutzte die Gelegenheit und schlüpfte hinter ihm in den Hausflur.

An Gerlindes Wohnungstür schellte er erneut. Keine Reaktion. Er hob den Briefschlitz und spähte hinein. Im Licht der Korridorlampe sah er Papier auf dem Boden liegen. Auch das passte nicht zum Bild der korrekten Buchhalterin. Seine Nackenhaare sträubten sich. Er rüttelte am Türknauf. Als der nicht nachgab, untersuchte er das Schloss. Es war nicht verriegelt. Eine Plastikkarte sollte reichen. Ein kurzer Ruck, ein gekonnter Griff und schon schwang die Tür auf. Schnell trat er ein. Das Eis, auf dem er sich bewegte, war dünn. Einbruch gehörte keineswegs zu den üblichen Vorgehensweisen der Polizei. Ein inakzeptables Verhalten, aber was, wenn Gerlinde Bauer Hilfe brauchte? Eine Notsituation erforderte besonderes Handeln, entschuldigte er sich vor sich selbst.

Leise tastete er sich die Wand entlang. Ein Blick in die Küche. Nichts.

Das Wohnzimmer. Vorsichtig tippte er an die angelehnte Tür und sah sofort die Beine auf dem Blumenteppich, auf obszöne Weise gespreizt. An einem Fuß steckte ein Pantoffel, der andere war nackt. Er stieß die Tür vollends auf und war mit zwei schnellen Schritten bei der Frau.

Na bitte, er hatte es geahnt. Gerlinde Bauer konnte froh sein, dass er die Vorschriften missachtet hatte. Ein Arzt musste her, wer weiß, wie lange sie bereits ohnmächtig in ihrer Stube lag. Hastig wählte er den Notruf, dann beugte sich über die Frau. Ansprechen, Rütteln, Pulsfühlen, Atemkontrolle – die üblichen Handgriffe, längst in Fleisch und Blut übergegangen.

Sie atmete, ein Fall für die stabile Seitenlage. Der Arzt traf gleichzeitig mit Hagen Leonhardt ein. Gerlinde Bauer wurde mit Blaulicht abtransportiert. Klinikum St. Georg, wieder einmal. Henne kannte den Weg.

Leonhardt zog einen abgerissenen Computerausdruck aus der Jackentasche. »Ich hab etwas für dich«, sagte er und reichte Henne das zusammengefaltete Blatt.

Der Zettel entpuppte sich als E-Mail, Absender Polizeirevier Borna. Maiwald deutete an, er hätte Neuigkeiten. Wenn Hennes Angebot noch stünde, von wegen Gartenkneipe und so, dann solle er am Abend dort auf ihn warten.

»Bestätige den Termin im Büro«, trug Henne seinem Assistenten auf, »und beschreib Maiwald den Weg zur ›Roten Emma‹.«

»Was hast du vor? Krankenhaus?«

»Du sagst es, alter Knabe.«

* * *

Karl Turnau kletterte, ein langes Futteral in der Hand, die schmale Bodentreppe hinauf. Oben angekommen öffnete er das Dachfenster. Er warf einen schnellen Blick auf die unter ihm liegende Straße und die Häuserzeile gegenüber. Nichts regte sich.

Er öffnete das Futteral. Das leistungsstarke Fernrohr gehörte seinem Jungen, doch der hatte, kaum geschenkt bekommen, schnell das Interesse an der Astronomie verloren. Norbert würde es nicht vermissen. Mit geübten Handgriffen baute Karl das Stativ auf, dann setzte er das Teleskop in die Halterung. Bevor er das Okular justierte, lauschte er in das Haus hinab. Eine überflüssige Vorsichtsmaßnahme, denn er wusste, er war allein. Seine Frau hatte er zu ihrer Mutter geschickt. Er wollte nicht, dass sie merkte, was er trieb. Ihre verständnislosen Blicke, die unausgesprochenen Fragen waren das Letzte, was er jetzt brauchte. Der Junge war wie immer um diese Zeit in der Schule. Vor dem späten Nachmittag würde er nicht zurück sein.

Karl schwenkte das Rohr nach rechts, dann ein Stück nach unten. Perfekt. Der Sucher zeigte auf das Oberlicht der schräg unter ihm liegenden Haustür. Er hatte Gerlinde Bauers Wohnungstür exakt im Visier.

Geistesabwesend fingerte er das Blatt Papier aus der Hosentasche. Seit gestern, seit dem Besuch, den er der farblosen Kassentante abgestattet hatte, drehten sich seine Gedanken um diesen dämlichen Brief. Der Schreiber musste sich seiner Sache sicher sein, sonst würde er sich nicht auf das Wagnis einlassen, das Geld quasi unter den Augen der Bauer abzuholen. Vielleicht schickte er einen Boten, Karl glaubte es jedoch nicht. Mitwisser waren für den Erpresser gefährlich. Diese Null musste persönlich kommen. Er brauchte nur auf ihn zu warten.

Wieder einmal verfluchte er Sinter. Der hätte sich weit besser als er für diese Art von Job geeignet. Dummerweise hatte ihn Sinter in Gefahr gebracht. Er war zu einer Zeitbombe geworden, er konnte ihn nicht am Leben zu lassen. Wie hatte Großvater immer gesagt? Man musste Opfer bringen, die Sache ging vor.

Sinter hatte der Respekt für die Sache schlicht gefehlt, auch wenn er bei den Gruppentreffen immer wieder große Töne gespukt hatte. Allerdings hatte das weder Karl noch die anderen täuschen können: die Macher, Männer wie er, die ganz nach oben wollten und Drähte zogen, von denen ein Sinter nur träumen mochte. Sinter hatte ihn nie verstanden. Er war nur ein Mitläufer gewesen, ein Handlanger, wenn auch ein nützlicher, zumindest so lange, wie er pariert hatte.

Karl richtete sich auf. Eine junge Frau machte sich an der Eingangstür zu schaffen. Sein Instinkt war geweckt. Er presste das Auge dicht ans Okular, um ja nichts zu verpassen.

Anja rüttelte an der Klinke. Die Tür gab nicht nach. Sie studierte die Namensschilder auf dem Klingeltableau. Bauer, Kunzler, Grabfeld, Mischke. Der letzte weckte Erinnerungen. Ein Mitschüler aus einer Zeit, in der die Welt – ihre zumindest – noch in Ordnung gewesen war. Ringo Mischke; der Junge zwei Bankreihen vor ihr. Ringo, dessen berühmter Vorname nicht über den Klassenringo hinwegtäuschen konnte. An ihrem Ringo war alles gewöhnlich gewesen, und von Musik hatte er auch nichts gehalten. In Mathe dagegen hatte er mit ihr vor Klassenarbeiten geübt. Vielleicht war dieser Mischke hier ebenso hilfsbereit.

Sie klingelte und wartete. Sie ahnte nicht, dass jede ihrer Bewegungen von der gegenüberliegenden Straßenseite aus beobachtet wurde.

Als nichts geschah, drückte sie ungeduldig auf die übrigen Klingelknöpfe. Sie musste ins Haus, wussten das diese dummen Leute nicht? Irgendjemand musste sie einlassen, wie sonst konnte sie das Geld holen!

Niemand reagierte, kein Türsummer, keine Stimme aus der Wechselsprechanlage, kein sich öffnendes Fenster.

Unvermittelt bekam sie Angst. Was, wenn es eine Falle war? Hatte die Bauer den Spieß umgedreht?

Gehetzt blickte sie sich um. Die Straße lag noch immer verlassen, noch war es nicht zu spät, noch konnte sie ungesehen verschwinden. Sie warf sich herum und hetzte über das Pflaster hinunter zur nächsten

Ecke. Der lange Mantel schlug ihr an die Beine und behinderte sie. Während sie weiterlief, knöpfte sie ihn mit fliegenden Händen auf und riss ihn herunter. Sie bog mehrmals ab, jagte die Straßenzüge entlang und achtete darauf, im Schatten zu bleiben. Erst als sie die belebte Hauptstraße erreichte, hielt sie inne.

Sie hatte Seitenstechen. Schwer atmend lehnte sie sich an eine Hauswand. Als sie den verwunderten Blick eines Passanten bemerkte, zwang sie sich zum Weitergehen. Sie entwirrte den zusammengeknüllten Mantel und zog ihn an. Ihr Herz hämmerte noch immer gegen die Rippen, doch allmählich beruhigte sie sich. Blöde Gans, schalt sie sich, sie sah schon Gespenster. Die Bauer war viel zu verängstigt, um ihr eine Falle zu stellen. Trotzdem war irgendetwas schief gelaufen. Sie musste sich erkundigen, vorsichtig und unverfänglich. Ein Telefonat vielleicht, am besten mit der Sekretärin der Rauchfuß. Die war immer nett gewesen. Es stand viel auf dem Spiel. Gerlinde Bauer hing an der Angel, und sie würde sie nicht vom Haken lassen.

Anja nahm den Bus. Den Mann, der ihr bis zur Haltestelle gefolgt war, bemerkte sie nicht.

14. Kapitel

Sie müssen ja viele Bekannte haben, dass Sie schon wieder hier sind«, begrüßte die in der Anmeldung diensthabende Schwester den Kommissar.

Henne lächelte breit und lehnte sich über den Tresen der Rezeption: »Gerlinde Bauer«, sagte er, »heute eingeliefert.«

»Moment, ich hab es gleich.«

Angestrengte Blicke auf den Monitor des Krankenhauscomputers, dann ein Stirnrunzeln. »Station 3, aber Sie sollten zuerst mit dem Arzt sprechen.«

»Mach ich.«

Frau Bauer mit einem Tropf in der Vene und einem lilagrün gefärbten Bluterguss am Kopf – Ergebnis ihres Sturzes – lag in einem Bett des ansonsten leeren Krankenzimmers. Hennes aufmunterndes Lächeln war nicht geeignet, ihr Mut einzuflößen. Ihr Blick huschte zwischen Tür und Fenster hin und her. Es gab keinen Fluchtweg, der unmögliche Kommissar hatte sie gestellt.

»Blumen habe ich vergessen«, sagte Henne und zog sich einen Stuhl ans Bett.

»Ich hab Ihnen alles gesagt, was wollen Sie noch von mir?«

»Zunächst mich erkundigen, wie es Ihnen geht. Als zweites über Kräuter reden.«

»Kräuter?«

»Stellen Sie sich nicht so an, Sie wissen ganz genau, weshalb ich frage.«

»Soll das ein Witz sein?«

»Nicht mal der Entwurf dazu. Ich hab mich in Ihrer Küche umgesehen, Zeit genug hatte ich ja, als ich auf den Notarzt gewartet habe.«

»Sie waren das? Sie haben mich hierher gebracht?«

»Sagen wir, ich hab es veranlasst. Den Rest haben die Ärzte übernommen.«

»Vermutlich sollte ich Ihnen dankbar sein.«

»Sie sind gestürzt, eine kleine Unpässlichkeit. Oder lag es an dem Muntermacher, den Sie sich eingeworfen haben?«

»Es war Tee«, spuckte die Bauer zwischen zusammengekniffenen Lippen hervor.

»Nennen Sie es, wie Sie wollen, für die Polizei ist es ein Drogencocktail erster Güte. Das Labor untersucht in diesen Augenblicken den Rest, den Sie im Topf gelassen haben. Ich bin gespannt, was da zutage kommt.«

»Heilpflanzen, was sonst.«

»Stechapfel vielleicht?«

Die Bauer zuckte zusammen.

»Machen Sie es nicht so spannend«, sagte Henne, »es ist Zeit für die Wahrheit.«

»Ich will einen Anwalt.« Trotzig erwiderte die Bauer Hennes unbeugsamen Blick.

»Später, erst möchte ich hören, was Sie mir zu sagen haben.«

»Ohne meinen Anwalt nicht eine Silbe.«

»Es ist Ihre Entscheidung.« Henne stand auf. »Wir sehen uns im Gefängnis.«

»Dann bekommen Sie erst recht nichts aus mir heraus«, schrie die Bauer.

»Falsch.« Henne ging zur Tür. »Ich werde alles bekommen, was ich will. Der Nachteil für Sie dabei ist, dass Sie dann hinter Gittern sitzen. Die Tage im Knast sind lang, und Giftmischer sind unter den Insassen nicht gerade beliebt.«

»Wovon reden Sie?«

»Sie wollten August umbringen. Jetzt bekommen Sie die Quittung.«

»Warten Sie«, kreischte Gerlinde und richtete sich auf.

Henne setzte sich erneut auf den Stuhl. »Dann fangen Sie mal an ...«

* * *

Turnau hatte den Platz auf dem Dachboden geräumt, das Teleskop lag in Norberts Zimmer, als wäre es nie entfernt worden. Schneller als gedacht hatte er herausbekommen, was er wissen wollte. Unnötig, weiter den Sternengucker zu spielen. Jetzt stand er hinter der Wohnzimmergardine verborgen und ließ keinen Blick von der gegenüberliegenden Haustür. Er kannte mittlerweile jede Rille im Holz, jeden Kratzer. Seit gestern hatte niemand versucht, in das Haus zu kommen, die Bewohner ausgenommen. Wenn er Glück hatte, tauchte die junge Frau wieder auf.

Anja Pechter: Rita hatte sie nach seiner Beschreibung gleich erkannt. Die Adresse hatte er. Seine Hände wurden feucht, als er sich ausmalte, was er mit Anja machen würde. Wenn er mit ihr fertig war, würde sie Wachs in seinen Händen sein, eine gehorsame Dienerin. Rita hatte versprochen, die Kleine zu übernehmen. Auf die Bauer konnte er dann verzichten.

Der grausame Zug um seinen Mund vertiefte sich. Das Klingeln des Telefons unterbrach seine Gedanken. Verdammt, musste das unbedingt jetzt sein?

Er hastete in den Flur. Wenige Minuten, doch die genügten, um ihn von der großen Gestalt abzulenken, die zügig, jedoch ohne Eile das Haus auf der anderen Straßenseite betrat.

Zweimal schon war Anja an der ruhigen Häuserzeile vorbeigegangen. Sie machte nochmals kehrt und wandte sich auf die andere Straßenseite. Alles war unverdächtig, still und friedlich wie immer. Sämtliche Fenster waren geschlossen, selbst die weiße Villa wirkte verlassen und leer. Mit schnellen Schritten querte sie die Straße.

»Ja?«, bellte eine unfreundliche Stimme aus dem Lautsprecher. Zwischen Herrn Mischke und Ringo lagen Welten.

»Post für Bauer.«

Der Summer tönte und Anja schlüpfte in das Treppenhaus. Sie wartete, bis Mischke, 1. Stock rechts, seine Wohnungstür zukrachte. Als alles ruhig war, huschte sie zu Gerlindes Wohnung.

Das Kratzen an der Tür ließ Henne herumfahren. Lautlos schlich er in den Flur. Die Klinke der Eingangstür bewegte sich, langsam, verstohlen. Ein Klappern. Jemand machte sich am Briefschlitz zu schaffen.

Henne warf sich nach vorn. Die Tür ächzte in den Angeln, als sie an die Wand knallte. Geschmeidig schoss Henne in das Treppenhaus und wirbelte gleich darauf mit Anja im Griff in die Wohnung zurück. Die Tür donnerte ins Schloss.

»Sie! Was machen Sie hier, verdammt noch mal.«

Wütend starrte Henne in ihr totenbleiches Gesicht.

»Sie tun mir weh«, wimmerte sie. Die wächserne Blässe ihrer Haut ließ die schreckgeweiteten blauen Augen wie tiefe Seen erscheinen.

»Ich hoffe, Sie haben eine gute Erklärung«, knurrte Henne und ließ sie los.

Mit allem hatte Anja gerechnet, nur nicht mit dem bulligen Kommissar. Warum war der hier? Der Brief! Hatte ihm die Bauer davon erzählt? Ihre Gedanken überschlugen sich.

»Ich warte«, brachte sich Henne in Erinnerung.

»Ich wollte Frau Bauer besuchen.« Eine billige Ausrede, aber eine bessere fiel ihr nicht ein.

»Jetzt? Während der offiziellen Arbeitszeit?«

»Ich bin noch krank geschrieben.«

»Frau Bauer …«

»Man hat mir gesagt, sie wäre nicht im Büro.«

Das stimmte aufs Wort, vor knapp einer Stunde erst hatte Anja mit der Sekretärin, Frau Sperling, gesprochen. Ihr rasender Puls beruhigte sich ein wenig. Der Kommissar hatte nichts gegen sie in der Hand.

»Warum glaube ich Ihnen nicht?«, fragte Henne.

Anja hob die Schultern.

»Jetzt fällt es mir wieder ein. Frau Bauer ist nicht der Umgang, den ich bei einem Mädchen wie Ihnen erwarte. Sie passen nicht zueinander.«

»Immerhin haben wir eine Zeitlang zusammengearbeitet.«

»Sie haben sogar denselben Mann geliebt. Ein weiterer Grund, warum Sie sich spinnefeind sein müssten.«

»Frau Bauer und Klaus? Lächerlich!«

»Keineswegs.«

»Jetzt wird mir einiges klar«, flüsterte Anja, dann sackte sie wie eine Puppe zusammen.

»Die Anspannung, posttraumatischer Stress, das haben wir gleich«, erklärte Henne ruhig, während er das Mädchen in die Küche schleppte. »Ein wenig Wasser hilft Ihnen auf die Beine.«

»Sie können doch nicht einfach so …«

»Ich kann.« Henne schob Anja zu einem Stuhl. Dann füllte er ein Glas mit Wasser und stellte es vor sie hin. »Trinken Sie.«

Anja gehorchte. Die Blässe verschwand aus ihrem Gesicht.

»Nun erzählen Sie mal, was Ihnen dadurch klar geworden ist«, sagte Henne.

»Sie hasst mich.«

»Hat sie dazu einen Grund?«

Schulterzucken. »Es ist nur ein Gefühl, aber wenn das mit Klaus und ihr stimmt …«

»Gab es Drohungen, Sticheleien, sonst etwas in der Art?«

»Nein, im Gegenteil. Sie hat mir sogar geholfen.«

»Inwiefern?«

»Sie hat mir den Job im Bauamt verschafft. In der Kasse hab ich es nicht mehr ausgehalten.«

»Sie sehen aus, als würden Sie ein ungesundes Leben führen.«

»Ich bin krank.«

»Das sagten Sie bereits. Doch Sie haben mir noch nicht geantwortet. Was wollten Sie bei Frau Bauer?«

»Einen Rat, aber das kann ich nun ja wohl vergessen.« Anjas Miene verdüsterte sich.

»Lassen Sie hören, mein Vorrat an Ratschlägen ist unerschöpflich.«

»Besser nicht.«

Henne füllte das Glas erneut. »So, Fräulein Pechter, genug der Vorstellung. Warum haben Sie Frau Bauer erpresst?«

Anja schlug die Hände vors Gesicht.

»Wenn Sie darüber reden, werden Sie sich erleichtert fühlen«, sagte Henne und wartete.

»Ich war naiv und dumm«, flüsterte Anja. »Ich habe meine Seele dem Teufel verkauft.«

»Hat er einen Namen, Ihr Teufel?«

»Für Zwanzigtausend würde ich freikommen. Olaf hat es versprochen.«

»Olaf?« Bei Henne schellten die Alarmglocken.

»Olaf Buhrke.«

»Jetzt mal Klartext, Fräulein Pechter! Welche Rolle spielt der feine Herr Buhrke?«

»Das ist eine lange Geschichte.«

»Keine Sorge, ich habe Zeit.«

»Ich weiß gar nicht, wie ich es Ihnen erklären soll.« Anja holte tief Luft. »Damals nach Klaus, da wollte ich nicht mehr. Ich bin damit einfach nicht fertig geworden. Sie können sich nicht vorstellen, wie es ist, wenn man schlagartig allein ist.«

Henne dachte an Erika.

»Er war meine große Liebe, ich war wahnsinnig vor Trauer. Dazu die Angst.«

»Angst?«

»Ich glaube, Klaus wurde bedroht.«

»Gütiger Gott, damit spielt man nicht«, polterte Henne.

Kleinlaut zog Anja einen zerknautschten Zettel aus der Hosentasche. »Das habe ich gefunden.«

Henne nahm den Zettel und las: »Flughafen, Schließfach 79354, Aufzeichnungen.«

Der Schlüssel!

»Klaus war clever, aber er wurde trotzdem ermordet. Ich bin ein Nichts gegen ihn, man wird mich zertreten wie eine Wanze.«

»Warum sollte man?«

»Verstehen Sie denn nicht?«, rief Anja. »Was immer in diesem verfluchten Schließfach ist, für den Mörder ist es gefährlich. Ich habe mich einfach nicht getraut, es zu öffnen.«

»Sie hätten sich an die Polizei wenden können.«

»Für Sie war ich doch bereits verdächtig genug.«

»Jetzt erst recht.«

»Aber was sollte ich denn sonst tun? Ich kann nur wiederholen, ich hatte Angst, nackte, kalte Angst und nicht bloß ein bisschen Schiss.«

»Wusste noch jemand von dem Fach?«

»Frau Bauer«, antwortete Anja zögernd. »Ich wollte, dass sie das Fach für mich öffnet. Klaus hat immer davon gesprochen, eines Tages mit mir zu verreisen und da habe ich gedacht, vielleicht sind in diesem Fach noch andere Dinge. Die dämlichen Aufzeichnungen wollte ich gar nicht haben.«

»Auch nicht um den Mörder zu überführen?«

»Vergessen Sie es!«

Henne schwieg.

»Was starren Sie mich so an?«, murrte Anja. »Natürlich wollte ich Klaus rächen. Eine Zeitlang zumindest«, schwächte sie ab. »Die Nummer ist für mich einfach zu groß.«

»Trotzdem wollten Sie das Schließfach öffnen.«

»Ich hoffte, es wäre auch Geld darin. Reisen kostet schließlich und Klaus hatte immer genügend Bares bei sich. Ich brauche es so sehr!«

Hennes Gedanken überschlugen sich. Von Augusts Mörder ging keine Bedrohung mehr aus, aber hatte Sinter auf eigene Faust gehandelt? Sein Tod sprach dagegen. Er musste die Person finden, die hinter Sinter gestanden hatte. Den Drahtzieher, den Auftraggeber.

»Ich lasse Sie in die Direktion bringen«, sagte er. »Dort bleiben Sie erst einmal.«

»Bin ich verhaftet?«

»Nur zu Ihrer eigenen Sicherheit. Leonhardt wird sich um Sie kümmern, bis ich komme. Dann sehen wir weiter.«

Als die beiden das Haus verließen, duckte sich Turnau schnell hinter die Kirschlorbeerhecke, hinter der er Stellung bezogen hatte, um Anja besser beobachten zu können. Wütend beobachtete er, wie Henne Anja am Arm fasste und zu einem am Ende der Straße parkenden Wagen dirigierte. Er fluchte. Wieder war eine Gelegenheit geplatzt, wieder eine Chance vertan. Dabei drängte die Zeit.

* * *

Als Henne kurz vor acht den rauchverhangenen Gastraum der ›Roten Emma‹ betrat, saß Maiwald bereits am Tresen.

»Was macht das Revier?«, begrüßte ihn Henne.

»Läuft, und selbst?«

Henne winkte ab. »Ich mausere mich allmählich zum Hauptlieferanten der Rechtsmedizin. Die Kollegen dort hassen mich schon, und auch der Staatsanwalt mag mich nicht mehr sehen.«

»Arbeit gibt es überall. Die Drogenfahndung war erfolgreich.«

»Peter Sinter?«

»Genau der. Die Jungs haben jede Menge Prints auf den Päckchen gesichert. Sinters und die von einem anderen alten Bekannten. Olaf Buhrke, in eurer schönen Stadt eine Unterweltgröße.«

»Heute muss mein Glückstag sein. Ich kenne den Kerl. Hoffentlich reichen die Beweise, um ihm endgültig das Handwerk zu legen. Ein paar Jahre Bau hat er sich längst verdient.«

»Darauf trinken wir.« Die Männer prosteten sich zu.

Henne wischte sich den Schaum von der Lippe: »Maiwald, Sie machen mich zum hoffnungsvollsten Menschen der Welt.«

»Warten Sie es ab, ich habe noch mehr auf Lager.«

»Besser kann es doch gar nicht kommen.«

»Wie man es nimmt. Ein Teil der Drogenpakete war mit Namen versehen, bedauerlicherweise konnte nur einer zweifelsfrei entziffert werden. Halten Sie sich fest! Norbert Turnau, der Jugendliche, der als Anführer der Bande gilt, die für den Überfall auf diesen ausländischen Lehrer verantwortlich zeichnet. Was sagen Sie nun?«

»Willy, noch zwei Bier!« Henne schob dem Wirt die leeren Gläser zu. »Den Knaben nehme ich mir gleich morgen zur Brust. Zeit, ihn festzunageln. Wenn er Dreck am Stecken hat, werde ich es aus ihm herausbekommen.«

»Passen Sie auf den Vater auf. Der ist ein Mistbock. Er sitzt im Leipziger Stadtrat und denkt, er wäre Gott persönlich. Der wird Schwierigkeiten machen, glauben Sie mir. Ich weiß, wovon ich rede. Keine zehn Minuten nachdem ich seinen missratenen Buben vernommen habe, kam der Herr Papa ins Revier gestürmt. Unangenehme Szene, das kann ich Ihnen sagen.«

»Danke für den Tipp.« Henne grinste. »Jetzt freue ich mich direkt auf ihn.«

Doch bevor sich Henne am nächsten Tag zur Turnauschen Villa aufmachte, suchte er Kienmann auf.

»Ich stehe kurz vor der Lösung des Falles«, schloss Henne seinen Bericht.

Der Freund hatte ihn nicht unterbrochen. Nachdenklich kratzte er sich das Kinn. »Überstürze nichts!«, riet er schließlich. »Wenn es stimmt, was über Karl Turnau geredet wird, dann hast du weiß Gott nichts zu lachen.«

»Ach nee, was brodelt denn in der Gerüchteküche?«

»Ein eiserner Mann soll er sein, energisch und streitbar.«

»Das trifft sich gut, da gleichen wir uns«, stellte Henne nüchtern fest.

»Nimm es nicht auf die leichte Schulter! Turnau ist vor allem für seinen Machthunger bekannt. Er will nach oben, ganz weit hoch. Ärger, schlechte Presse gar, kann er nicht dulden. Der wird Druck machen. Es wäre schade, wenn du wegen dem Zoff mit dem Alten bekommst.«

»Ich passe auf«, versprach Henne. »Du kennst mich doch.«

»Eben. Sprich dich wenigstens mit Leonhardt ab, besser noch, nimm ihn mit. Zwei sehen und hören mehr als einer.«

»Danke für die alte Polizistenweisheit.«

Kienmanns Sorgen blieben. Das Jagdfieber in Hennes Augen hatte ihm gar nicht gefallen. Es würde Ärger geben, ganz bestimmt.

Hagen Leonhardt hingegen war sofort begeistert. Begierig hatte er Hennes Bericht verfolgt und wartete nun seinerseits mit Neuigkeiten auf. Nicht nur auf den versteckten Plastikpäckchen, auch in der übrigen Wohnung hatten sich Buhrkes Fingerabdrücke gefunden. Nach einem langen Gespräch hatte sich zudem Anja Pechter bereit erklärt, gegen den Zuhälter auszusagen. Das Netz zog sich zu.

Den Haftbefehl in der Tasche fuhren sie zu Buhrkes Wohnung.

Vorsorglich postierten sie zwei Polizisten am Hauseingang. Nur zur Vorsicht. Wenn Buhrke flüchten sollte, würde er nicht weit kommen. Wieder dauerte es geraume Zeit, bis der sich bequemte und die Tür öffnete. Sofort stellte Henne den Fuß dazwischen und drängte ihn zurück.

»Eh, was soll das, Mann?«

»Immer ruhig.«

Henne gab Leonhardt ein Zeichen. Blitzschnell fand sich Olaf mit gespreizten Armen und Beinen an der Wand wieder.

»Zum Teufel noch mal, was soll der Scheiß!«

»Schimpfen Sie, wie Sie wollen. Wir haben einen Haftbefehl gegen Sie in der Tasche.«

»Blödsinn, Mann. Das kommt euch Bullen teuer zu stehen.«

Henne knallte die Tür zu, wohl wissend, dass sich Buhrke mit der Hand am Rahmen festgeklammert hatte.

Buhrke schrie wie am Spieß. »Sie haben mir die Finger gebrochen, verdammt noch mal.«

»Ich werde dir gleich noch mehr brechen«, schlug Henne vor. »Du stehst unter Mordverdacht, mein Lieber.«

»Das wird ja immer besser«, heulte Buhrke. »Wen soll ich denn um die Ecke gebracht haben, he?«

»Du brauchst eine Gedächtnisstütze?« Henne riss die Tür auf.

»Hören Sie auf, um Gottes Willen. Ich kooperiere, ehrlich.«

»Du weißt nicht einmal, wie das Wort geschrieben wird, du Bastard.«

»Stellen Sie Ihre Fragen, ich werde antworten«, jammerte Buhrke. Seine blutunterlaufenen Augen bettelten und straften seine mühsam zur Schau gestellte Sicherheit Lügen.

»Beim letzten Mal hab ich nach Peter Sinter gefragt.«

»Den hab ich nicht umgelegt, ich schwöre es!«

»Spar dir die Leier für den Staatsanwalt auf.«

»Ich war's wirklich nicht.«

»Damals hast du behauptet, er wäre lediglich ein Stammgast in deiner Kaschemme.«

»Tanzbar.«

»Ich hab keine Nerven für deine Ethik-Scheiße«, verlor Henne die Geduld. »Hör gut zu: Du warst bei Sinter in der Wohnung. Wir haben deine Fingerabdrücke.«

»Dann habe ich mich damals eben geirrt.«

Henne griff nach der Türklinke.

»Wenn Sie mich anrühren, zeige ich Sie an.« Buhrkes Stimme flatterte. Sein verzweifelter Blick klammerte sich an Leonhardt fest, der gelassen seine Fingernägel betrachtete.

»Prima, du drohst mir also. Das spricht zusätzlich gegen dich. Tja Buhrke, es sieht wahrlich schlecht aus.«

Buhrke fuhr herum und schrie: »Ich habe den Sinter nicht getötet.«

»Deine Prints waren auf einer schönen Menge Stoff. Für Drogenhandel reicht es allemal. Zu dem Mord kommen wir später.«

»Also gut, ich hab mit Sinter Geschäfte gemacht«, kreischte Buhrke. »Er hat die Ware besorgt, und ich hab sie abgenommen und verteilt. Zufrieden?«

»Auf seine Rechnung?«

»Ich hätte es liebend gern auf eigene gemacht, doch dafür muss man Kohle haben.«

»Sinter hatte die?«

»Der nicht, aber sein Hintermann, ein großes Tier, jedenfalls hat er das behauptet.«

»Name?«

»Kenne ich nicht. Es war schließlich Sinters Kontakt, nicht meiner. Reicht das jetzt?«, flehte Buhrke, während seine Linke vorsichtig die mittlerweile angeschwollenen Finger der rechten Hand stützte.

»Denk nach, jede Information bessert meine Meinung über dich.«

»Ich hab Ihnen schon zu viel gesteckt. Mehr weiß ich auch nicht.«

»Eine Beschreibung, Adresse oder sonst etwas?«, überging Henne den Einwand.

Buhrke presste trotzig die Lippen zusammen.

»Dann wollen wir die Herren nicht warten lassen. Wir sprechen uns noch. Wenn du klug bist, denkst du inzwischen gründlich nach.«

Die Handschellen klickten. Buhrke schwieg noch immer verbissen, die nervös zuckenden Augenlider zeugten jedoch von der Unruhe, die ihn bei Hennes Ankündigung stärker als zuvor erfasst hatte. Um nichts in der Welt durfte ihn der Bulle ohne Zeugen in die Hände bekommen.

Dieser Verrückte hatte keine Regeln, er würde ihm sämtliche Knochen brechen und später eine unsinnige Erklärung aus dem Hut ziehen.

Die am Eingang postierten Polizisten – Rettung für Buhrkes Gesundheit – bugsierten ihn in den Wagen.

»Nichts geht über ein gutes, handfestes Verhör. Wirst sehen, mit Buhrke macht das richtig Laune«, sagte Leonhardt.

»Zuerst Norbert Turnau. Ich hab in der Schule angerufen. Der Junge müsste zu Hause sein, krank geschrieben.«

»Hast du die Adresse?«

»Klar. Du kennst die Gegend. Er und Gerlinde Bauer sind Nachbarn.«

Leonhardt stutzte, verkniff sich jedoch eine Bemerkung.

Wie am Tag zuvor steuerte Henne den Ford in die breite Parklücke am Ende der Straße.

»Nicht übel«, konstatierte Leonhardt und musterte die Villa, deren weiße Fassade einen hellen Punkt im Dezembergrau bildete. Das glänzende Schild, das den reich verzierten Metallzaun schmückte, ließ keinen Zweifel am Status der Bewohner. Hier wohnten Leute mit Geld.

Henne drückte den goldenen Klingelknopf. Der Lautsprecher knisterte, dann fragte eine Stimme: »Ja bitte?«

Henne leierte seinen Spruch herunter, das Tor öffnete sich und eine elegant gekleidete Frau nahm sie im großzügigen Eingangsbereich des Hauses in Empfang.

»Kriminalpolizei, sagten Sie?«, vergewisserte sie sich.

Henne zeigte seinen Ausweis. »Wir suchen Norbert Turnau.«

»Hat er etwas angestellt?«

Der Satz schwebte bang in der Luft. Die Hände der Frau flogen über die streng nach hinten gebundenen Haare, strichen imaginäre Fusseln vom dunklen Kostümrock und verrieten ihre Aufregung.

»Wir haben einige Fragen, mehr können wir Ihnen nicht sagen.«

»Mein Sohn ist in seinem Zimmer.« Frau Turnau gab erschrocken den Eingang frei. »Die Treppe hinauf und die erste Tür rechts.«

Sie schickte sich an, Henne zu folgen, doch der wandte sich um: »Wir finden den Weg alleine. Wenn ich Sie brauche, rufe ich.«

Frau Turnau, gewohnt zu gehorchen, blieb am Fuße der Treppe zurück. Sie lauschte einen Moment, dann rannte sie zum Telefon.

Aus Norberts Zimmer drang laute Musik.

»Ist ja grässlich.« Henne schüttelte angewidert den Kopf.

»Mit Sicherheit eine Skinheadband. Hör mal auf den Text, das geht eindeutig gegen Ausländer.«

Henne sparte sich das Klopfen und öffnete die Tür. Norbert lümmelte rauchend auf seinem Bett. »Was soll das werden?«, bellte er.

»Nun mal immer schön langsam mit den jungen Pferden! Kriminalpolizei!« Erneut fuhr der Ausweis aus der Tasche. »Herr Norbert Turnau?«

»Wer denn sonst.«

»Könnten Sie mal die Musik ausmachen?«

»Haben Sie was dagegen?« Die Gegenfrage kam aggressiv.

Leonhardt stand schon an der Anlage und zog die CD heraus. »Gegen solche schon! Anpassung ist Feigheit«, las er. »Rechtsextreme Propaganda, schwer jugendgefährdend. Die ist hiermit beschlagnahmt.«

»He, was fällt Ihnen ein!« Norbert sprang auf.

»Sitzen bleiben«, donnerte Henne.

Maulend ließ sich Norbert zurückfallen.

»Ein Freund der rechten Szene, was?« Der Kommissar zeigte auf die Fogger-Plakate, die Norberts Zimmer zierten.

»Alles legal erworben, hat mein Alter aus Berlin mitgebracht, Luftwaffenmuseum. Keine verfassungsfeindlichen Symbole, die sind nämlich verfremdet«, höhnte Norbert. »Der Staat ist streng, die Meinungsfreiheit lebe hoch.«

»Sie kennen sich verdammt gut aus.«

Plötzlich wurde die Tür aufgerissen und ein wütender Karl Turnau stürmte herein.

»Ich will auf der Stelle wissen, was hier los ist.«

»Ich nehme an, Sie sind der Vater von dem Früchtchen hier«, sagte Henne kalt.

»Ganz recht und als solcher verlange ich Antworten. Was machen Sie hier? Haben Sie einen Durchsuchungsbeschluss?«

»Wir stellen Ihrem Sohn lediglich ein paar Fragen. In Ihrem Haus, in der Direktion oder auf einem Polizeirevier. Erfahrungen hat er ja bereits.«

Der Kommissar verschränkte die Arme. Gelassen hielt er dem wütenden Blick Turnaus stand.

»Also gut«, gab Turnau zähneknirschend nach. »Was wollen Sie wissen?«

»Schnell begriffen.« Hennes Augen ähnelten Stahl, als er sich zurück zu Norbert wandte, der die Szene gelangweilt verfolgt hatte. »Sie kennen einen gewissen Peter Sinter?«

Norbert nickte zögernd.

»Wie gut?«

»Flüchtig«, warf Karl Turnau ein.

Henne fuhr herum. »Ich habe Ihren Sohn gefragt, nicht Sie. Entweder Sie schweigen oder Sie verschwinden.« Dann zu Norbert: »In welchem Verhältnis standen Sie zu Herrn Sinter?«

»Mein Vater sagte es bereits.«

»Ich würde es lieber von Ihnen hören.«

»Ich habe der Antwort meines Vaters nichts hinzuzufügen.«

»Unklug, sehr sogar. Lügen zahlen sich nicht aus.«

»Ich sage die Wahrheit.«

»Wir haben Ihren Namen in Peter Sinters Wohnung gefunden. Vielleicht möchten Sie jetzt Ihre Aussage korrigieren?«

Norbert öffnete den Mund, schloss ihn gleich darauf und blickte Hilfe suchend zu seinem Vater. Der starrte wütend zurück, blieb jedoch stumm.

»Na?«, bohrte Henne. »Heraus mit der Sprache!«

Norbert druckste. »Ich hab manchmal bei ihm gekauft. Aber gekannt habe ich ihn wirklich nur flüchtig.«

»Daraus können Sie meinem Jungen keinen Strick drehen«, schnappte Turnau.

»Sie strapazieren meine Geduld! Ich frage Ihren Sohn, nicht Sie. Ich kann den Jungen auch mitnehmen. Dorthin, wo wir ungestört sind.«

»Ich kenne meine Rechte. Mich schüchtern Sie nicht ein. Sie haben Ihre Antworten erhalten, das reicht. Norbert wird nichts hinzufügen. Kommen Sie mit einem Haftbefehl, dann können Sie Ihre Tour fortsetzen. So nicht!«

»Das werde ich«, versprach Henne. »Ihr Sohn hat mit Drogen gehandelt und Sie wissen, was darauf steht.«

»Stimmt das?« Karls Frage sprang Norbert ins Gesicht.

»Niemals, Vater.«

»Und wie erklären Sie Ihren Namen auf den in Sinters Wohnung versteckten Rauschgiftpäckchen?«, wollte Henne wissen.

»Nur für den eigenen Verbrauch. Die Prüfung, der Stress, das alles macht mich fertig«, haspelte Norbert.

»Zuviel Ware für einen Einzelnen«, widersprach Henne.

Karl hatte genug. »Sie haben es gehört. Beweisen Sie das Gegenteil, und bis dahin lassen Sie uns zufrieden!«

»Eine letzte Frage noch: Sagt Ihnen der Name Olaf Hannibal Buhrke etwas?«

»Nee.« Norbert sah Henne treuherzig an.

»Okay. Wenn Ihr Gedächtnis zurückgekehrt ist, melden Sie sich bei mir.«

»Na, sicher doch.« Norbert griente.

»Ihr Chef wird von mir hören«, ergänzte Turnau. Er wartete, bis Henne und Leonhardt das Zimmer verlassen hatten, dann stürzte er sich auf Norbert: »Willst du mich ruinieren?«

»Die können nichts beweisen.«

Karls Hand knallte in Norberts Gesicht und hinterließ einen roten Abdruck. »Dummkopf! Wann beginnst du endlich zu begreifen, dass ich solche Mätzchen nicht dulde.«

»Du hast mir gar nichts zu sagen, ich bin erwachsen.«

»Werd bloß nicht frech.« Diesmal landete der Schlag auf der rechten Wange. »Du hast Hausarrest.«

»Das kannst du nicht mit mir machen«, begehrte Norbert auf.

Karl, schon an der Tür, fuhr wutentbrannt herum: »Du wirst dich wundern, was ich mit dir mache, wenn du dich widersetzt.«

»Ich bin dein Sohn!«, schrie Norbert.

»Dann benimm dich gefälligst so!«

Hätte Henne etwas von diese Szene geahnt, er wäre weit gelassener gewesen. Seine Augen sprühten vor Zorn, als er auf das Lenkrad des Fords hieb. »Der Hurensohn glaubt, er kann jeden kaufen!«

»Das war doch bloß eine Drohung, noch dazu eine plumpe. Schuster deckt dich.«

»Hoffentlich!«

»Lass uns zu Mittag essen. Ich habe seit dem Morgen nichts in den Magen bekommen. Mir ist schon ganz flau.«

»Ich habe keinen Hunger.« Henne war gnatzig.

»Ach was, der Appetit kommt mit dem Essen. Ich lade dich ein.«

Als sie später an einem Stand auf dem Weihnachtsmarkt auf ihre Bratwürste warteten, waren von Hennes Groll nur noch glimmende Funken übrig. Er stocherte in dem Berg Pommes Frites auf seinem Plastikteller herum. Einige schnipsten von der Gabel und landeten im Matsch. »Bei Willy gibt es Bratkartoffeln«, maulte er.

»Warte auf die Wurst, die ist klasse.«

Leonhardt hatte nicht zuviel versprochen. Henne schmeckte es so gut, dass er der ersten Wurst eine zweite folgen ließ.

»Wolltest du nicht abnehmen?«, frotzelte Leonhardt.

»Für wen denn«, erwiderte Henne und verschluckte sich unvermittelt. Er hatte ein bekanntes Gesicht in der Menge entdeckt. Da war es wieder. Jetzt kam es auf sie zu. Zu spät, um ungesehen zu verschwinden.

»Erika!« Küsschen rechts, Küsschen links, Henne lächelte gequält.

»Im Dienst der Wahrheit unterwegs oder habt ihr ausnahmsweise einmal frei?«

»Mittagspause«, antwortete Hagen.

Henne starrte angestrengt nach unten.

»Heinrich?«

Henne riss sich vom Anblick seiner Schuhspitzen los. »Hagen hat recht.«

»Zweifellos«, spottete Erika gutmütig. »Ich meinte eigentlich etwas anderes. Ich würde mich gern mit dir treffen, heute noch und egal, wie spät du Dienstschluss hast.«

»Wozu?«

»Keine Angst, ich hab keine Bombe in der Tasche. Lass uns einfach miteinander reden. Wie Freunde.«

»Hm.« Der Vorschlag schmeckte Henne nicht. Erika sah zu schön aus. Sein ohnehin schwacher Seelenfrieden war in Gefahr.

»Also?«

»Was, also?«

»Wir treffen uns morgen Abend gegen zehn bei Willy. Bis dahin wirst du dich bestimmt freimachen können.« Gutgelaunt winkte sie ihm zu, und ehe er antworten konnte, war sie im Gedränge verschwunden.

Die Narbe brannte auf einmal wie verrückt, doch gegen das Brennen in seinem Inneren war es glatt harmlos. Sein Herz wummerte, dass er meinte, Leonhardt müsse es hören. Der jedoch stopfte sich seelenruhig den Rest der Wurst in den Mund.

Henne seufzte. Wen scherte schon ein zerbrochenes Herz.

Ehe er sich gänzlich in schweren Gedanken verlieren konnte, brachte ihn das Klingeln seines Handys in die Gegenwart zurück.

»Ja?«

»Gott sei Dank!« Kienmann schien ein Felsbrocken von der Seele zu fallen. »Du musst sofort zum Flughafen kommen.«

»Was ist passiert?«

»Später, beeil dich!«

Henne und Leonhardt rannten zum Wagen, den Henne vorschriftswidrig im Halteverbot abgestellt hatte.

Die Stadtverwaltung war der Meinung, Parkplätze bildeten einen unnötigen Aufwand. Die Leute waren ohnehin zu dick, ein Fußmarsch schadete niemandem, das sollte auch ein Oberkriminalkommissar im Dienst verstehen. Henne scherte sich nicht darum. Die Politesse schrie empört auf, als er sie beiseite stieß und mit durchdrehenden Reifen davonraste.

»Himmel, Arsch und Zwirn! Geht das denn nicht schneller?«, fluchte Leonhardt.

Henne musste in den engen Straßen immer wieder bremsen, da half selbst der Dauerton der Hupe nur wenig. Als sie den zähen Stadtverkehr endlich hinter sich gelassen hatten, wurde es besser. Mit Vollgas bretterte Henne über die Autobahn, linke Spur, Blinker gesetzt. Fast hätte er die Abfahrt verpasst, im letzten Moment riss er das Steuer herum. Die Reifen quietschten, als er vor dem Flughafengebäude bremste.

»Interessanter Fahrstil«, kommentierte Leonhardt, blass um Nase und Lippen. Um Millimeterbreite schrammten sie an einem Taxi vorbei, der Fahrer zeigte empört einen Vogel.

»Schließ ab und komm nach!« Henne warf Leonhardt den Schlüssel zu und rannte über den Vorplatz. Trotz seines Bauches wand er sich geschickt durch die Drehtür.

»Gut, dass du da bist«, begrüßte ihn Kienmann aufgeregt.

»Was ist los?«

»Komm mit, ich erzähl es dir unterwegs.« Kienmann eilte durch die Halle.

»So rede doch!«

»Du wirst es nicht glauben, dein Praktikant hat mich angerufen, völlig von der Rolle. Sein Partner, Keller, wenn ich mich nicht irre, ist auf eigene Faust losgezogen.«

»Dieser Dummkopf!«

»Im Telegrammstil: Keller hat geschnüffelt, dein Grünfink hat ihn ertappt.«

»Der Schlüssel!«

»Den hat sich Keller geschnappt. Deinem Grünling kam das verdächtig vor, du warst nicht da, also hat er mich alarmiert.«

Henne sprintete an den Abfertigungsschaltern entlang, drängte sich durch wartende Reisegruppen und stieß im Weg Stehende beiseite. Auf dem Boden abgestellte Gepäckstücke zwangen ihn zu Sprüngen, die einem Hürdenläufer alle Ehre gemacht hätten. Kienmann, zwar schlanker, doch noch untrainierter als Henne, hatte Mühe zu folgen und blieb zurück.

Leonhardt schloss zu ihm auf. »Wo ist er?«

Kienmann deutete auf den Gang, der zu den Schließfächern führte.

Kristof Keller kauerte vor dem letzten Fach der untersten Reihe, Schließfach 79354. Er schreckte hoch, als Henne um die Ecke preschte. Die Mappe in seinen Händen polterte zu Boden.

»Bleiben Sie stehen!« Henne zerrte die Waffe aus dem Halfter.

Gehetzt irrte Kellers Blick den Gang entlang. Zurück konnte er nicht. Wenn es eine Chance gab, dann die Flucht nach vorn. Der Kommissar würde es nicht wagen, zu schießen. Keller warf sich herum.

»Ich übernehme«, schrie Leonhardt, der in diesem Moment neben Henne auftauchte. Hagen Leonhardt, dem vierfachen Sprintsieger der Leipziger Polizeiolympiade, war Keller nicht gewachsen. Leonhardt hatte ihn schnell eingeholt und zu Boden gerissen. Keller schrammte über die Steinfliesen und knallte mit dem Kopf gegen eine Wand. Benommen blieb er liegen.

Henne zerrte ihm unsanft die Hände auf den Rücken und ließ die Handschellen einrasten. Dann riss er ihn hoch.

»So Freundchen, das wird böse ausgehen.«

Keller schwankte, doch er stand. Das Flackern der Augen verriet seine Angst.

Zurück im Büro breitete Henne den Inhalt des Schließfaches auf dem Tisch aus. Ein Flugticket, abgelaufen vor knapp zehn Wochen, Kreditkarten von zwei namhaften Gesellschaften, ein Reisepass, ausgestellt auf den Namen Klaus August. Das deckte sich mit Anjas Vermutung, nur wollte August anscheinend ohne seine hübsche Geliebte das Weite suchen. Dazu tatsächlich jede Menge Bargeld.

Während Leonhardt zählte, griff Henne nach den zusammengefalteten Blättern, die zwischen den Seiten des Passes versteckt gewesen waren. Neugierig glättete er sie und begann zu lesen.

»Das scheint ein Tagebuch zu sein«, brummte er nach den ersten Zeilen. Je weiter er las, umso aufgeregter wurde er.

»Genau Fünfhunderttausend.« Leonhardt legte den letzten Schein auf den Stapel. »Eine halbe Million. Damit kommt man ein Stück hin.«

»Das hier ist viel besser. Der letzte Puzzlestein, die Lösung, endlich. Turnau, dieses Schwein!«

»Sag bloß, der steckt mit drin.«

»Blanke Untertreibung. Turnau ist der Kopf.«

»Was?«

Henne nickte grimmig. »Den schnappen wir uns. Aber erst ist Keller dran. Ich will nicht nur im Wespennest herumstochern, ich will es ausräuchern. Keller muss die Karten auf den Tisch legen.«

15. Kapitel

Kristof Keller schien anderer Meinung zu sein. Er schwieg beharrlich. Stunde reihte sich an Stunde, Keller blieb stumm. Die Arme um den mageren Leib verschränkt, das Kinn auf die Brust gesenkt, saß er da und ignorierte alle Fragen. Nur einmal, als Henne nach der Familie fragte, blickte er kurz auf, versank aber gleich darauf wieder in seine Lethargie.

»Herrgott noch mal, Junge!«, wetterte Henne. »Reden Sie endlich, oder ich wende mich an Ihren Vater.«

Keller biss sich auf die Lippen.

Ein Telefonat beförderte den stadtbekannten Anwalt in Windeseile an den Tisch. Mit gerunzelter Stirn hörte er sich an, was seinem Sohn vorgeworfen wurde.

»Wenn ich nicht schockiert bin, dann nur, weil ich es irgendwie geahnt habe.«

»Wieso?«, wollte Henne wissen.

»Er war in letzter Zeit anders, ganz verschlossen. Das kenne ich nicht von ihm.«

»Haben Sie ihn darauf angesprochen?«

»Ich bin ein vielbeschäftigter Mann, es hat sich einfach keine Gelegenheit ergeben.«

»Jetzt schon, nutzen Sie sie. Sie haben zehn Minuten.«

Gerhard Keller ließ sich das nicht zweimal sagen. Er las seinem Sohn gehörig die Leviten und brachte ihn schließlich soweit, dass er zu einer Aussage bereit war.

»Es war Norbert, er wollte alles wissen«, gestand Kristof. »Wir sind befreundet, ich konnte es ihm nicht abschlagen.«

»Ich hätte mit seinem Vater sprechen können«, warf Gerhard Keller ein.

»Ausgerechnet du?«, schrie Kristof. »Der Alte hat dich doch in der Hand!«

»Was redest du da«, rief Gerhard.

»Norbert hat mir ein Foto unter die Nase gehalten. Du und irgend so ein billiges Flittchen. Er hat gedroht, es an Mama zu schicken.«

»Mein Gott!«

»Das konnte ich doch nicht zulassen!«

»Was haben Sie Norbert Turnau denn so erzählt?«, fragte Henne.

»Nur Belangloses, Kleinigkeiten.«

»Wenn es nicht so traurig wäre, würde ich lachen.«

»Wirklich, ich hab ja nicht viel gewusst.«

»Immerhin haben Sie jede Gelegenheit genutzt und in den Ermittlungsunterlagen herumgeschnüffelt.«

»Sie kennen den Grund.«

Trotzig starrte Kristof seinen Vater an. Aus dem gestandenen Anwalt war auf einmal ein geschlagener Mann geworden.

»Deine Mutter und ich ... die Frau auf dem Foto ...«

»Die Hure, meinst du.«

»Schweig!«, keuchte Gerhard. »Ich liebe sie, ich wollte es deiner Mutter sagen.«

»Mir wird gleich schlecht!«

»Heben Sie sich das für später auf!«, ging Henne dazwischen. »Klartext bitte: Was haben Sie Norbert Turnau verraten?«

Nach und nach erfuhren sie die bittere Wahrheit. Turnau war über alles auf dem Laufenden gewesen. Keller hatte ganze Arbeit geleistet.

»Scheren Sie sich nach Hause«, sagte Henne angewidert.

Kaum hatten die Kellers die Polizeidirektion verlassen, brach es aus Leonhardt heraus: »Dienstgeheimnisse, Datenschutz, Vertrauen, alles hat der Knabe missbraucht.«

»Du hast die Unterschlagung von Beweisen vergessen.«

»Der wird seines Lebens nicht mehr froh.«

»Der fliegt«, stimmte Henne zu. »Aber er ist noch jung. Vielleicht lernt er daraus. Es wäre auf jeden Fall besser für ihn.«

»Das ist mir egal. Kollegen hintergehen ist das Allerletzte!«

»Jetzt holen wir uns den Big-Boss!« Leonhardt wählte eine Nummer. Er sah auf die Uhr. »Mist, schon nach neun. Der Staatsanwalt hat Feierabend.«

»Wir nehmen Turnau in Gewahrsam. Den Haftbefehl holen wir uns morgen.«

»Ich kenne die Vorschriften.«

»Aber?«

»Turnau wiegt sich in Sicherheit, der läuft nicht weg.«

»Bestechung und Veruntreuung, die Sachlage ist eindeutig.«

»Wenn du dich da mal nicht irrst. Wir haben Augusts Aufzeichnungen und Kellers Geständnis. Es passt alles zusammen, aber Details haben wir noch nicht überprüft.«

»Menschenskind Hagen, ich pfeife auf deine Details. Ich will Turnau am Boden sehen und dazu genügt, was wir wissen.«

»Turnaus Beziehungen reichen bis ganz nach oben.«

»So ein Stuss hat mich noch nie gekümmert.«

»Diesmal könnte es dir das Genick brechen.«

»Nicht bei drohender Verdunklungsgefahr.«

»Der Staatsanwalt ...«

»Spar dir den Schmus, ich will Turnau und ich will ihn jetzt. Den fresse ich zum Abendbrot.«

* * *

Die weiße Villa leuchtete im sanften Schein der Straßenlaterne noch schöner als in Leonhardts Erinnerung. Eine perfekte Idylle, die durch das Eintreffen der Kriminalkommissare jäh zerstört wurde. Sie waren Fremdkörper, sie passten nicht in den Geruch von Noblesse und Geld.

Frau Turnau führte sie in die Bibliothek des Hauses, einen Raum, dessen Größe an ein Museum erinnerte. Die vielen leeren Fächer in den dunklen Regalen an den Wänden deuteten darauf hin, dass die Bewohner weniger Interesse an Literatur hatten, als man angesichts der Einrichtung vermuten konnte. Die kleinen Tische in den Leseecken waren leer, von diversen Flaschen abgesehen. Die zahlreichen Aschenbecher, über den ganzen Raum verteilt, waren dafür umso voller. Entweder hatten die Turnaus vor kurzem noch Gäste gehabt, oder die Frau des Hauses hielt nicht viel vom Aufräumen. Die Luft war rauchgeschwängert und drückend heiß, Ergebnis des Feuers, das in einem imposanten Kamin loderte.

»Nettes Umfeld«, sagte Henne.

»Wir haben nicht mit Ihrem Besuch gerechnet.« Turnau lächelte. Ein Lächeln, das seine Augen nicht erreichte.

»Sie werden lange Zeit auf Annehmlichkeiten dieser Art verzichten müssen.«

»Kommen Sie zur Sache, meine Zeit ist zu knapp bemessen, als dass ich sie mit Ihrem Geschwätz vertun kann.«

»Sie täuschen sich.« Henne gab Leonhardt ein Zeichen.

»Wenn Sie nicht auf der Stelle verschwinden …«

»Sie sind dringend tatverdächtig«, unterbrach Leonhardt Turnaus Tirade und zählte mit unbewegter Miene die Gründe für die Festnahme auf.

»Das ist doch lächerlich.«

»Erzählen Sie das dem Haftrichter. Er liebt Humor.«

»Sie sind verrückt, ein übergeschnappter Polizist.«

»Sie sagen es! Gehen wir endlich!«

Frau Turnau, die starr und bewegungslos in einem der schweren Sessel saß, sprang auf. »Sie können ihn doch nicht einfach mitnehmen.«

»Wir können! Sie haben soeben gehört, welche Verbrechen Ihr Mann begangen hat.«

Erschrocken presste sie die Hände auf den Mund und wandte sich hilfesuchend um: »Karl!«

»Lass das Theater«, schnaubte Turnau.

»Aber Karl!«

»Halt's Maul«, brüllte Karl.

Wimmernd sank Frau Turnau auf das Polster zurück. »Ich habe dich immer gewarnt, weißt du noch?«

»Kein Wort vor den Bullen.«

»Ich finde, wir sollten Ihre Frau ausreden lassen.«

»Sie Arschloch können mich mal!«

»Erwarten Sie nicht, dass ich darauf zurückkomme. Im Übrigen wissen wir auch ohne die Aussage ihrer Gattin genug, um Ihnen die Tour zu vermasseln.«

»Einen Dreck wissen Sie!«

»Da bin ich anderer Meinung«, entgegnete Henne hart. »Klaus August hat umfangreiche Aufzeichnungen hinterlassen. Jeder Euro, jeder Cent, der vom Konto der Stadt in Ihre Taschen gewandert ist, kann nachvollzogen werden. Die ganzen Millionen, die sie sich angeeignet haben.«

»August ist tot.«

»Leider! Er wollte nicht länger mitspielen, da haben Sie ihn unter Druck gesetzt.«

»Ich hab ihn nicht einmal gekannt!«

»Peter Sinter war Ihr Verbindungsmann. August hatte Angst vor ihm. Zu recht, wie sich später herausstellen sollte, denn Sinter war es, der August erschlagen hat.«

»Davon weiß ich nichts«, schrie Karl.

»Das wundert mich, schließlich haben Sie Sinter beauftragt, den abtrünnigen August umzustimmen.«

»Dafür haben Sie keinen Beweis.«

»Sie enttäuschen mich. Habe ich schon erwähnt, dass Augusts Aufzeichnungen überaus präzise sind?«

Henne wanderte zum Fenster und sah in die Dunkelheit hinaus. Turnaus Versteckspiel widerte ihn an. Er schnellte herum, sein Zeigefinger spießte in Karls Richtung. »Der Kassierer hat aufgeschrieben, was er über Sie und Ihre Machenschaften wusste. Den ganzen irrsinnigen Nazidreck, Ihre Wahnvorstellungen und soll ich Ihnen etwas sagen? Ich glaube ihm.«

»Stecken Sie sich Ihren Glauben sonst wohin. Bringen Sie Zeugen!«

»Sie vergessen das Geld. In genau diesem Moment sind meine Kollegen in der Bank. Ihre Konten, Anlagen und Schließfächer sind bereits beschlagnahmt.«

Turnau wurde blass. »Sie werden nichts finden!«

»Darauf würde ich an Ihrer Stelle nicht bauen.«

»Fragen Sie doch mal die Chefin der Stadtkasse. Es sollte mich nicht wundern, wenn sie es war, die ihrem Starkassierer das Licht ausgepustet hat. Nicht ich, er hat sich an den städtischen Konten bedient«, versuchte Turnau abzulenken.

»Das werde ich, verlassen Sie sich darauf. Doch zurück zu Ihnen. Es gibt eine nochmalige Obduktion von Sinters Leiche. Ich wette, wir finden Ihre Spuren. Heutzutage genügt ein einziger Hautpartikel, ein Haar, ein Speicheltropfen, und Sie sind überführt.«

Karls Gesicht glich einer Maske aus Wachs. Er taumelte und schnappte nach Luft. Schweißtropfen erschienen auf seiner Stirn. Er nahm die Brille ab und wischte über den Nasenrücken. Eine hilflose Geste, er spürte es und ließ die Hände sinken.

»Das gilt auch für den armen Kerl aus Sinters Treppenhaus«, fuhr Henne fort. »Ein Penner, einer, den man schnell übersieht. Er hat Sinters Mörder beobachtet. Jetzt ist auch er tot. Sonderbar, finden Sie nicht?«

»Karl!«

Was dann geschah, damit hatten weder Leonhardt noch Henne gerechnet.

Turnau stürmte zur Tür. Im Lauf warf er Stühle und Tische um. Das Durcheinander verschaffte ihm die Sekunden, die er brauchte, um aus dem Haus zu rennen.

»Los!«, brüllte Henne.

Zu spät. Turnau hatte geistesgegenwärtig das schwere Gittertor ins Schloss fallen lassen. Während er zu seinem Wagen stürzte, verloren die Kommissare wertvolle Zeit. Turnau stob mit quietschenden Reifen davon.

Leonhardt hatte mit fliegenden Händen endlich die Schließanlage überlistet. Das Gittertor gab den Weg frei, und sie rannten über die Straße. Henne fluchte, als ihm der Autoschlüssel aus der Hand rutschte. Jeder Augenblick vergrößerte Turnaus Vorsprung. Der Motor heulte auf, als sie die Verfolgung aufnahmen. Turnau war längst um die nächste Ecke verschwunden.

»Wenn er es richtig macht, nimmt er die Autobahn«, rief Leonhardt.

»Halte dich fest!«

Henne riss den Ford herum und schoss in eine enge Gasse. Die Räder holperten über das Kopfsteinpflaster, Leonhardt hüpfte wie ein Gummiball auf und nieder. Henne hielt das Lenkrad umklammert, seine Fingerknöchel traten weiß hervor.

»Hoffentlich weißt du, was du tust.«

»Eine Abkürzung, wir haben ihn gleich.«

Kaum hatten sie die Gasse hinter sich, gab Henne Gas und jagte den Stadtring entlang.

»Da!«, schrie Leonhardt.

Auch Henne hatte den Wagen entdeckt, der mit überhöhter Geschwindigkeit durch die Stadt raste, und drückte das Gaspedal bis zum Bodenblech durch. Glücklicherweise war die Straße wie leergefegt. Nur Turnau und er, Mann gegen Mann.

Henne holte auf, Turnau bemerkte die näherkommenden Scheinwerferlichter und drehte sich panisch um. In diesem Moment passierte es. Der Wagen donnerte durch ein Loch, der Schlag riss Turnau das Lenkrad aus der Hand und das Fahrzeug brach zur Seite aus. Mit schreckgeweiteten Augen sah Turnau die Mauer auf sich zurasen.

Blech kreischte, das Auto schlitterte auf dem Dach liegend auf die andere Straßenseite, wo es an eine Hauswand prallte und liegen blieb. Die eintretende Stille war unerträglich.

Henne brachte den Ford zum Stehen, und sie rannten über die Straße. Leonhardt riss an der Fahrertür, sie klemmte. Die gesamte Karosse war zerknautscht, die imposante Motorhaube auf die Hälfte zusammengeschoben. Turnau hing vornüber gesunken hinter dem Lenkrad. Der Airbag verwehrte einen Blick auf sein Gesicht.

»Der Wagen lässt sich nicht öffnen.«

»Die Scheiben!« Henne griff sich einen Stein und hämmerte auf die Scheibe der Fahrertür ein. »Los, mach mit!«

»Zwecklos.« Leonhardt schüttelte den Kopf. »Kugelsicheres Glas.«

Verbissen schlug Henne weiter zu. Verdammt noch mal, er würde Turnau nicht davonkommen lassen. So nicht!

Die schließlich mit Blaulicht heranrasende Rettungsmannschaft schweißte den Mercedes innerhalb kurzer Zeit auf. Gerade rechtzeitig, Turnau lebte noch. Der Rettungswagen brachte ihn mit heulenden Sirenen in die Notaufnahme.

* * *

Am nächsten Tag erstattete er seinem Chef Bericht. Schuster nahm ihn mit gemischten Gefühlen entgegen. »Ein Stadtrat«, stöhnte er. »Das gibt Presse.«

»Er hat Frau Rauchfuß erwähnt. Glaubwürdig.« Henne fixierte Schuster.

Der gab sich einen Ruck. »Wenn sie etwas damit zu tun hat, werden Sie es gewiss herausfinden.«

Henne verlor keine Zeit und begab sich in die Stadtverwaltung. Es war kurz nach siebzehn Uhr, wenn er Glück hatte, war die Rauchfuß noch im Büro. Er hatte Glück, mehr als erhofft, denn Rita Rauchfuß war allein.

»Karl Turnau hat eine andere Person belastet«, fasste Henne das Geschehen kurz zusammen.

Die Rauchfuß hatte ihn schweigend angehört und lehnte schwer in ihrem Schreibtischsessel.

»Sie kannten ihn doch.«

»Verschonen Sie mich mit Ihren Spielchen. Sie wissen es bereits. Ich habe von Anfang an damit gerechnet, dass alles herauskommt.«

»Sie können sich selbst einen Gefallen tun. Sagen Sie die Wahrheit.«

»Die Wahrheit!« Die Rauchfuß lachte schrill. »Als ob die mir nützen würde!«

»Der Richter wird es Ihnen zugute halten, wenn Sie ehrlich sind.«

Die Rauchfuß starrte Henne an, als sehe sie ihn zum ersten Mal. Ruhig erwiderte er den Blick.

»Also gut«, sagte sie schließlich. Mit einem Ruck schob sie ihren Sessel zurück und stand auf. Sie ging zu dem der Tür gegenüberstehenden Büroschrank, holte einen Flachmann aus einem Fach und nahm einen tiefen Schluck.

Sie rülpste leise, als sie die Flasche verschloss und fragte: »Erschüttert Sie das?«

»Mich erschüttert nichts so leicht.«

»Ich nehme an, Sie trinken nicht.«

»Getroffen.«

Die Rauchfuß hob gleichmütig die Schultern. »Kommen wir auf Karl zurück. Karl wollte immer hoch hinaus. Er war ehrgeizig, mehr als alle anderen, er wollte Macht. Erst im Stadtrat, dann Länderpolitik, Bundestag, Europaparlament. Das war sein Ziel. Aber Macht zu kaufen, kostet Geld. Er kam auf die Idee, es sich von der Stadt zu holen. Ich habe August freie Hand gelassen, ich wollte damit nichts zu tun haben.«

»Wie ist er denn an Klaus August gekommen?«, fragte Henne.

»Es gab einen Mittelsmann.«

»Peter Sinter.«

»Das wissen Sie auch schon?«

»Wir wissen mehr, als Sie denken. Umso wichtiger ist es für Sie, dass Sie vorbehaltlos alles aufdecken.«

»Ich habe mich nicht um die einzelnen Transaktionen gekümmert, es war besser, wenn ich nichts davon wusste. Vor etwa einem halben Jahr habe ich jedoch entdeckt, dass mich August hintergangen hat.«

»Bis dahin wollen Sie nichts bemerkt haben?«, zweifelte Henne.

»Dieser Betrug hatte nichts mit Sinter zu tun.«

»Sondern?«

»Mein Tresorschlüssel war verschwunden, spurlos. Eines Morgens lag er wieder im Fach, dabei wusste ich genau, am Vortag war es leer gewesen.«

»Haben Sie Geld im Tresor?«

»Ach was, ich bewahre darin meine Passwörter auf. Mir ist klar, dass ich das nicht sollte, aber ich vergesse sie ständig.«

»Da kamen Sie auf den Gedanken, dass sie dort gut behütet wären.«

»Waren sie ja auch, bis sie August ausspioniert hat.«

»Wozu hat er sie denn benutzt?«

»Barauszahlungen«, entgegnete die Rauchfuß knapp. »Diesmal prangte allerdings nicht sein, sondern mein Name darunter. Über zehn Millionen hat er sich auf diese Art mit meiner Unterschrift ergaunert.«

Henne pfiff durch die Zähne. »Haben Sie ihn zur Rede gestellt?«

»Natürlich, er hat es nicht einmal geleugnet. Er hat mir sogar den Koffer mit den Scheinen gezeigt. Er war sich seiner Sache sicher. Ich hatte keine Beweise, nur mein Wort gegen seines. Im Falle einer Untersuchung hätte er Sinter und Turnau vorgeschoben und die Schuld auf mich abgewälzt.«

»Was haben Sie dann getan?«

»Was schon, ich hab alles vertuscht. Ein hartes Stück Arbeit, aber es ist mir gelungen. Kein Prüfer der Welt würde bemerken, dass der Stadt die zehn Mille fehlen.«

»Und August?«

»Der sollte das Geld Turnau geben.«

»Aber weil er sich geweigert hat, musste er sterben«, ergänzte Henne. »Haben Sie ihn vergiftet?«

»Es war alles so einfach! Ich wusste von dem Verhältnis zwischen August und der Bauer und ich wusste auch, dass er sie fallen lassen wollte. Sie waren nicht eben leise, als sie gestritten haben.

Frau Bauer ist ein offenes Buch für mich, ich kenne sie seit vielen Jahren. Eigentlich tat sie mir leid, doch ich musste an mich denken. Karls Anweisung war unmissverständlich. Das Geld musste fließen. August weigerte sich, also hatte ich dafür zu sorgen. Ein glücklicher Umstand kam mir zu Hilfe. Gerlinde Bauer hatte wie immer Tee für ihn gekocht. Ein unmögliches Gebräu. Jeder fragte sich, was sie wohl hineinmischte, ich jedoch wusste sofort, was es war. Der Geruch, für Kenner eindeutig. Die Dosis allerdings war viel zu gering. August wäre eingeschlafen und am nächsten Morgen mit einem Brummschädel aufgewacht.«

»Die Rache einer enttäuschten Frau.«

»Kleinlich. Ich musste nachhelfen. Ich habe eine Auswahl im Büro, es war ganz leicht.«

»Sie haben daneben gegriffen. Das Gift hätte trotz Ihrer Nachhilfe nicht ausgereicht. Im Falle August konnte es nur wirken, weil er einen Herzfehler hatte. Ein gesunder Mensch wäre nicht daran gestorben.«

Die Rauchfuß rieb sich die Stirn. »Ich gebe zu, ich habe mich geirrt. Aber ich erinnere mich, Sie haben nach Krankheiten gefragt, davon hatte ich tatsächlich keine Ahnung.«

»August wurde erschlagen.«

»Das muss Sinter gewesen sein. Zuerst bin ich erschrocken, dann habe ich es für einen Wink des Schicksals gehalten.«

»Peter Sinter ist ebenfalls tot.«

»Kein Wunder oder glauben Sie, Turnau hätte ihn mit dem Geld entkommen lassen?«

»Dann haben Sie also die Millionen gar nicht Turnau übergeben?«

»Das Geld war weg. Sinter muss es genommen haben, und dann hat er kalte Füße gekriegt. Bestimmt wollte er abhauen.«

»Sie wissen, dass ich Sie festnehmen lassen muss.«

Die Rauchfuß nickte gefasst. »Ich habe einen guten Anwalt.«

Als sie kerzengerade zwischen den von Henne herbeigerufenen Polizisten aus dem Zimmer schritt, konnte Henne nicht umhin, sie zu bewundern. Soviel Kaltblütigkeit hatte er ihr nicht zugetraut.

Zurück im Büro schrieb er seinen Abschlussbericht und bereitete die Akte für die Staatsanwaltschaft auf.

»Das war's.«

»Hier ist noch eine Seite.« Leonhardt reichte ein Blatt über den Tisch.

Henne nahm es, lochte es und heftete es ab.

»Willst du nicht hineinschauen?«

»In die Aussage des Hausarztes?«

»Du weißt, was das ist?«, wunderte sich Leonhardt.

»Sie lag seit gestern im Posteingang. Inhalt irrelevant. Bei den Blutuntersuchungen war Klaus August clean, also keine Drogen. Nasenschleimhäute sauber, keine Einstiche. Von einem Herzfehler schreibt der Arzt nichts, aber was heißt das schon.«

»Dann ist der Fall ja nun wirklich geklärt.«

Keiner der Männer stieß sich daran, dass die Blutgruppe nicht angegeben war. Eine Nachlässigkeit des Labors, bedeutungslos. Der Pathologe wie auch die Spurensicherung hatten bei dem Toten die Blutgruppe AB negativ festgestellt.

* * *

Der Ford zuckelte gemütlich im vorweihnachtlichen Abendverkehr den Stadtring entlang. Im Gegensatz zu sonst regte sich Henne an diesem Abend kaum darüber auf. Seine Gedanken waren bei dem, was Kristof Keller über Norbert Turnau gesagt hatte. Freunde wären sie gewesen, früher. Verflossene Zeiten und keine Chance, das Geschehene rückgängig zu machen. Mussten Freundschaften zerbrechen? Wie die Liebe? Einer plötzlichen Eingebung folgend, nahm Henne die nächste Ausfahrt.

Die ›Rote Emma‹ hatte nur wenige Gäste, Henne sah Erika sofort und ging statt zum Tresen zu ihr hinüber.

»Da bist du ja«, stellte sie fest, als hätte sie nie an seinem Kommen gezweifelt.

»Scheint so.« Er angelte sich einen Stuhl.

Ungefragt stellte Willy ein Schwarzes auf den Tisch. Henne nahm einen tiefen Schluck und wischte sich dann den Schaum von den Lippen. Die Narbe pulsierte.

»Du siehst müde aus«, lächelte Erika traurig.

»Nichts Neues.«

»Früher ... na ja, lassen wir das.«

»Was willst du, Erika. Warum das Treffen?«, brach es aus Henne heraus.

Unter dem Tisch grollte es dumpf.

»Nicht so laut«, beschwichtigte Erika.

Henne rückte dicht an sie heran. Das Grollen ging in ein Knurren über.

»Was zum Teufel ...«

»Sei doch endlich leiser.« Erika kramte in ihrer Handtasche und drückte Henne einige braune Murmeln in die Hand. »Gib sie ihm, er mag sie.«

Verständnislos drehte Henne die Kugeln zwischen den Fingern. Plötzlich schob sich eine dunkle Schnauze unter dem Tischtuch hervor und schnüffelte an seiner Hand.

»Dschingis Khan«, erklärte Erika.

Henne musterte verdutzt den Hund, der auf Erikas Wink hin hervorgekrochen kam.

»Ein Doggenmann, reinrassig und absolut lieb.« Erika massierte zärtlich die Stelle zwischen den Hundeohren.

Dschingis erwiderte Hennes Blick. Was er sah, schien ihm zu gefallen.

»Das ist nicht zu fassen.«

»Er ist wunderschön, oder?«

Der schöne Dschingis achtete nicht auf sein Frauchen. Stattdessen starrte er hypnotisiert auf die braunen Brocken, die Henne noch immer in der Hand hielt. Seine Zunge schnellte hervor, Speichel tropfte und sammelte sich zu einem Faden.

»Er wird mich doch nicht anspucken?«, fragte Henne.

Hundesabber war das Letzte, was er auf seiner einzigen noch sauberen Hose gebrauchen konnte. Die Waschmaschine war noch immer das ungelöste Rätsel seines Badezimmers.

»Gib es ihm einfach, dann macht er nichts.«

Die Leckerlis verschwanden in einem Schlund, der groß genug war, um ein Kaninchen zu fassen. Dschingis schüttelte sich glücklich, und der Sabberschwall landete auf dem Tisch. Henne bemühte sich, nicht hinzuschauen.

»Dschingis Khan, hm?«

»Er ist so süß, findest du nicht?«

Das fand er keineswegs, aber das konnte er Erika unmöglich sagen. Nicht, wenn sie ihn mit diesen unwiderstehlich blauen Augen anstrahlte.

»Die ersten zwei Monate in Spanien habe ich bei seinen Besitzern gewohnt. Ein nettes, altes Ehepaar. Leider wurde der Mann schwer krank. Agnes, seine Frau, pflegt ihn seitdem. Dschingis wurde ihr einfach zu viel, sie wollte ihn ins Tierheim bringen. Das konnte ich nicht zulassen, hättest du doch auch nicht, oder?«

Wenn du dich da mal nicht irrst, dachte Henne.

»Seitdem sind Dschingis und ich unzertrennlich.«

Ihr liebevolles Kopftätscheln veranlasste den Hund zu einem herzhaften Gähnen, das von einem weiteren Sabberklatsch begleitet wurde.

»Du wirst dich an ihn gewöhnen«, versprach Erika und lächelte glücklich.

»Moment mal, wir sind geschieden, schon vergessen?«

Der typische Erika-Blick wurde bittend. »Heinrich, es tut mir leid, wirklich.«

Henne winkte nach Willy. Noch ein Blick in das Blau und er wäre verloren.

Willy war blind und taub. Glück für Erika, Pech für Henne.

»Ich habe nicht genug nachgedacht«, gestand Erika kleinlaut.

»Ein halbes Jahr im Süden, fast zweihundert Tage ohne mich, und du willst nicht genug nachgedacht haben?«

»Ich weiß ja, es ist schwer zu verstehen.« Erika seufzte. »Erst war ich froh, alles war neu und aufregend, ich musste auf niemanden Rücksicht nehmen. Ich konnte endlich tun und lassen, was ich wollte. Dann aber kam die Erinnerung, Sehnsucht auch. Nach dir natürlich. Ich habe es nicht wahrhaben wollen, ich habe es verdrängt, doch die Gedanken kamen wieder, öfter und in immer kürzeren Abständen.«

»Du hättest zurückkommen können.« Hennes Stimme klang belegt.

»Ich hatte Angst. Es hieß, es gäbe eine andere Frau in deinem Leben. Konnte ich da einfach bei dir auftauchen, als wäre nichts geschehen? Du hättest mich doch nicht einmal angehört.«

»Mag sein, aber warum die Scheidung?« Wenn es eine gemeinsame Zukunft geben sollte, musste er alles wissen.

»Dort, im Gerichtssaal, da wusste ich plötzlich, es war falsch. Aber es war zu spät. Ich hab es nicht geschafft, meine Anwältin zu stoppen. Ich habe nur dich gesehen, alles andere war wie im Nebel.«

Hatte er richtig gehört? Ein Kniff in den rechten Handrücken, Erika war noch da. Erika und ihr liebevoller, ehrlicher Blick, dem Henne unmöglich länger ausweichen konnte. Selbst wenn es tausendmal eine Dummheit sein sollte, Vorsätze waren dazu da, gebrochen zu werden. Was bedeutete schon eine Trennung auf Zeit, was ein gerichtlicher Wisch, wenn Erika ihn noch immer liebte?

»Die hellen Flecken von den Schränken, die du mitgenommen hast, stören mich schon lange«, sagte er rau.

»Man könnte die Schränke wieder so hinstellen, dass die Flecke verschwinden«, hauchte Erikas. Zartes Rot breitete sich auf ihren Wangen aus.

Henne sah die bange Frage und nickte. »Eine gute Idee.«

Erika tastete nach seiner Hand und drückte sie wortlos. Ihr Blick sprach Bände, und Henne ließ sich in das unvergleichliche Blau ihrer Augen fallen.

* * *

Polizeipräsident Schuster hörte sich Hennes Abschlussbericht mit unbewegter Miene an. »Traurige Sache, unangenehm. Ist der Fall damit endgültig gelöst?«, vergewisserte er sich.

»Am Anfang stand Klaus August, vergiftet von Rita Rauchfuß, letztendlich getötet jedoch von Peter Sinter. Die Indizien genügen.«

»Soweit waren wir bereits, Heine. Sie waren derjenige, der sich nicht damit zufrieden geben wollte. Was ist mit Ihrer Hauptverdächtigen, der Stellvertreterin?«

»Gerlinde Bauer? Die hatte ein Motiv, mit Augusts Tod hat sie jedoch nichts zu tun. Immerhin wird sie sich wegen Beihilfe zur Unterschlagung verantworten müssen, auch wenn sie im Moment dazu nicht in der Lage ist. Sie liegt im Krankenhaus, eine Folge ihrer ungesunden Ernährung. Es wird eine Weile dauern, bis sie ins Leben zurückfindet.«

»Sinter war der Mörder, wir hätten es dabei belassen können.«

»Er war nur ein Handlanger, er hat dafür bezahlt. Karl Turnau hat ihn auf dem Gewissen, ihn und August. Einem erneuten Gutachten zufolge weist Sinters Leichnam genügend Spuren auf, um Turnau als Messerstecher zu überführen. Doch selbst durch Sinters Tod konnte Turnau nicht sicher sein, dass keine Spur zu ihm führen würde. Knopp hat ihn gesehen. Der Schnapsbruder musste weg. Turnau brauchte sich nicht einmal die Hände schmutzig machen, das hat der Alkohol übernommen. Die Bornaer Kollegen haben die Herkunft der Flaschen, die neben Knopp lagen, rekonstruiert. Ein Mitarbeiter des Supermarktes, aus dem sie stammen, hat Turnau als den Mann identifiziert, der sie am Tag vor Knopps Tod gekauft hat. Ein Karton Wodka für Knopps Leben.«

»Menschenskind! Alles wegen des Geldes?«

»Nicht das Geld, die Macht war der Antrieb. Karl Turnau hatte Großes vor. Er wollte seinem Großvater gleichen. Regelrecht besessen war er davon. Der Opa, bis zum Lebensende ein überzeugter Nazi, sollte stolz auf ihn sein. Der Verfassungsschutz ist informiert und nimmt Turnaus Umfeld unter die Lupe. Ich möchte nicht in der Haut seiner sogenannten Parteifreunde stecken.«

»Wie geht es jetzt in der Stadtkasse weiter?«

Henne hob die Schultern. »Die Verwaltung wird eine Menge zu tun haben, um künftig Korruptionsfälle wie im Fall August auszuschließen. Die Kollegen der Integrierten Ermittlungseinheit Sachsen, kurz INES, arbeiten dran und haben Unterlagen abgefordert. Das wird dem Bürgermeister kaum gefallen. Die Kassenleiterin sitzt in Haft und wird mit Sicherheit wenig Zeit für Ortsgruppentreffen haben.«

Schuster verbarg ein Schmunzeln. »Ich übernehme die Presse.«

»In Ordnung.« Henne wandte sich zur Tür.

»Oberkommissar Heine!« Ein Blick zurück. Schuster hatte sich erhoben. »Danke für die gute Arbeit.«

Henne nickte. Draußen lehnte er sich an die Wand und schloss die Augen. Er war erschöpft, ausgelaugt und gleichzeitig zufrieden. Er hatte es wieder einmal geschafft. Endlich Zeit, sich zu erholen. Schuster hatte den Urlaub bereits genehmigt, die nächsten Tage sollten nur ihm und Erika gehören. Das war er ihr schuldig. Eine heiße Welle brandete in ihm auf. Auf einmal konnte er es kaum erwarten, nach Hause zu kommen. Gitta, an diesem Tag eine ungewohnt biedere Kurzhaarperücke auf dem Kopf, starrte ihm mit offenen Mund nach, als er an ihr vorbei aus dem Haus stürmte.

16. Kapitel

Erika hatte es sich gemütlich gemacht. Mit übergeschlagenen Beinen saß sie an Henne gekuschelt auf dem Sofa. Sinnend betrachtete sie den krummen Weihnachtsbaum, der das Wohnzimmer in gemütliches Licht tauchte. »Ich finde ihn schön.«

»Ich auch, aber noch schöner finde ich es, dass ich endlich Urlaub habe. Vier lange Wochen. Wir können gemeinsam nach Spanien fahren. Du und ich.«

»Du und ich und Dschingis.«

Henne schielte auf die zufrieden an einem riesigen Rinderknochen nagende Dogge. Im Laufe der letzten Tage hatte Dschingis den Oberkommissar auf unerklärliche Weise in sein Hundeherz geschlossen. Henne konnte machen, was er wollte, die Dogge klebte an ihm wie eine Fliege an der Kuh. Ein Zustand, den Henne keineswegs begrüßte. Er fühlte sich von Dschingis verfolgt, vor allem, wenn er die Kühlschranktür öffnete. Als hätte Dschingis von Erika den Befehl bekommen, auf Hennes Gewicht zu achten.

Der Hund, nichts von den Gedanken seines neuen Herrchens ahnend, streckte sich, dann trottete er herbei und ließ sich neben Henne fallen. Als er den Kopf auf Hennes Knie legte, ignorierte der tapfer den allgegenwärtigen Sabberschleim. Er nahm Erika fest in die Arme. Sein Lächeln war ein wenig gezwungen, als er ihr versprach, dass Dschingis selbstverständlich mitkommen könne.

* * *

Zur selben Zeit saß auf einem hölzernen Liegestuhl am Rande der Terrasse des gut belegten Hotels am Strand von Cayo Coco ein Mann. Nichts unterschied ihn von den anderen Gästen. Ein Weißer, umgänglich und ein wenig ruhebedürftig, wie man es von Urlaubern gewöhnt war. Sein Blick schweifte in die Runde.

Ein Schatten verdunkelte das gleißende Sonnenlicht.

»Noch einen Drink, Mister Riker?«

»Gern.« Der so Angesprochene reichte dem Kellner das Glas.

»Die Zeitung?«

»Sie können sie mitnehmen, ich brauche sie nicht mehr.«

Eine Münze wechselte den Besitzer. Der Kellner faltete die Zeitung sorgfältig zusammen und schob seinen Getränkewagen weiter die Poolanlage entlang.

Mister Riker ließ den Rum genüsslich auf der Zunge rollen. Wenn man über ausreichend Kleingeld verfügte, konnte man sich einiges leisten, und zehn Millionen waren eine Menge Schmott. Da fielen die armseligen Piepen, die er mit seinem Pass zurückgelassen hatte, nicht ins Gewicht.

Er reckte sich und dehnte die Glieder. Die Aufregung, Nachwehen der Reise, ließ allmählich nach. Nur manchmal noch musterte er die Leute in seiner Umgebung aufmerksamer als normal. Ab und an noch zuckte er beim Klingeln eines Telefons zusammen, aber auch das würde vergehen. Es lag jetzt an ihm, die Welt hatte ihn bereits vergessen.

Für morgen hatte er einen Ausflug zu einem Korallenriff gebucht. Tauchen faszinierte ihn. Vielleicht legte er auf dem Rückweg einen Zwischenstopp in einer der seichten Buchten ein. Ein Paradies für zahlreiche Wasservögel, das jetzt auch seines war.

Versonnen folgte sein Blick den Schaumkronen auf den Wellen, die der Atlantik an den weißen Strand schickte.

Als ihn die Maschine, die er von Buenos Aires aus genommen hatte, vor einigen Wochen auf dem Aeropuerto Internacional Jardines del Reyin in die warme Luft gespuckt hatte, war ein Gefühl über ihn gekommen, das ihn bis jetzt nicht wieder verlassen hatte. Friede im Herzen. Die Insel hatte seine Erwartungen weit übertroffen.

Das graue Europa, sein altes Leben, lag hinter ihm. Es berührte ihn ebenso wenig wie der handfeste Skandal, der Deutschland erschütterte, mittendrin die Leipziger Stadtverwaltung.

Turnau würde seine Strafe bekommen. Schade, dass das Schwein nie erfahren würde, in wessen Netz es sich verfangen hatte. Egal, es war vorbei. Sie alle konnten ihn mal!

Rita Rauchfuß, deren Launen er jahrelang geduldet hatte, stets sein Bestes gebend, immer bereit für Sonderaufgaben. Nie hatte sie es ihm gedankt, jetzt sollte sie sehen, wie sie ihren Kopf aus der Schlinge zog. Kein Verlust, wenn es ihr misslang.

Gerlinde? Anja? Keine hatte ihn verstanden. Gerlinde, die unbedingt geheiratet werden wollte. Anja, die einfach die verdammte Pille abgesetzt hatte. Dabei wusste sie genau, dass er keine Kinder wollte. Nicht, seit Luise in diesem Heim war. Mit Luise wäre er gern Vater geworden.

Luise! Er tastete nach dem Finger, an dem früher ihr Ring gesessen hatte. Wenigstens war für sie gesorgt. Sie hatte nicht mehr viele Jahre, die Lebensversicherung reichte aus, um ihr die beste Behandlung zu ermöglichen. Er war froh, ihren Verfall nicht länger mit ansehen zu müssen. Es tat zu weh.

Die Pressefritzen hatten ihn hingestellt, als wäre er nichts weiter als ein geldgieriger, korrupter Beamter gewesen, der sich auf Kosten der Stadt bereichert hatte und dem dafür die gerechte Strafe zuteil geworden war. Auch das tat weh.

Er nahm die Sonnenbrille ab, putzte die Gläser und setzte sie wieder auf. Was soll's, August war tot, es lebe Riker.

Der Mann, dieser verkappte Schauspieler, konnte natürlich nichts dafür. Er war froh gewesen, ihn gefunden zu haben, nachdem er so lange nach ihm gesucht hatte. Spätestens seit ihn Sinter vor die Wahl gestellt hatte: weitermachen oder Tod. Sinter hatte einen möglichen Unfall angedeutet – seine Art, unmissverständlich zu drohen. Turnau hätte seinen Bluthund nie zurückgepfiffen.

Dann war er auf Knut gestoßen, damals, auf dem Kurztrip nach Berlin. Oder hieß der Sven? Knut-Sven, der ihm aus einer Laune der Natur heraus wie aus dem Gesicht geschnitten war, ohne Anhang und auf der Suche nach einem Job. Ein Leichtes, ihn dazu zu bringen, mit seinem Wagen nach Leipzig zu kommen. Zwei, drei Nächte hatten sie sich die Wohnung geteilt, denn er brauchte die Spuren dieses Mannes.

Dann hatte er Knut-Sven in sein Büro bugsiert. Er war nicht unbedingt stolz darauf, doch er hatte nicht mehr zurückgekonnt.

Er erinnerte sich, wie heiß der Typ darauf gewesen war, sein Können unter Beweis zu stellen, völlig ahnungslos. Mister Riker lächelte traurig.

Eine gemeinsame Probe mit Sinter, dem vermeintlichen Schauspielkollegen, alles in echter Umgebung, ein Aufnahmetest. Knut-Sven hatte es ihm wie selbstverständlich abgenommen: das Casting, Sinter, selbst den ungewöhnlichen Probenort. Erforderlich für den Durchbruch beim Film.

Der Junge war sehr überzeugend gewesen und hatte Sinter bis aufs Blut gereizt, so wie es sein Text vorsah. Ein großes Talent. Leider konnte er nicht wissen, dass Sinter keinen Spaß verstand und von der Schauspielerei so weit entfernt war wie die Erde vom Mond.

Dann, als Sinter abgehauen war, hatte er selbst diesem Knut oder Sven den Rest gegeben. Klaus August musste tot sein. Tot für Turnau, tot für die Rauchfuß.

Ja, Mister Riker war effizient. Sogar das Glas mit dem unmöglichen Gesöff der Bauer hatte er beseitigt. Knut-Sven hatte es nur halb geleert, es hat ihm wohl nicht geschmeckt. Kein Wunder, wer weiß, welches Zeug sie gebraut hatte. Er jedenfalls hatte sich oft genug davor geekelt und die Gläser heimlich ins Klo gekippt.

Nicht so der Rum, der war weit besser. Echt kubanisch eben.

Mister Riker winkte dem Kellner. Er hob sein Glas: »Auf die Königin der Antillen! Por Cuba libre!«

Der Kellner lächelte breit und zeigte eine Reihe blendend weißer Zähne: »Por libertad, Mister Riker, por libertad!«